GINA L. MAXWELL

Fighting for Love

Heiße Liebe

Über dieses Buch:
Vanessa MacGregor hält sich in ihrem Leben an strikte Regeln. Regeln, die ihr dabei geholfen haben, ihre Vergangenheit zu vergessen. Die sie zu einer erfolgreichen Anwältin gemacht haben. Und die sie niemals brechen würde – für niemanden. Doch als sie nach Hawaii fliegt, um die Hochzeit ihrer besten Freundin Lucie zu organisieren, gerät ihr sorgsam errichtetes Regelwerk gefährlich ins Wanken. Denn um Zugang zu der luxuriösen Ferienanlage zu erhalten, die Lucie für ihre Feier ausgewählt hat, muss sie sich sieben Tage lang als die zukünftige Braut ausgeben – und ihren Verlobten spielt niemand anders als Lucies Bruder Jackson, der sie mit seiner unbeschwerten Art schon am Flughafen auf die Palme bringt. Der Mixed-Martial-Arts-Kämpfer ist das komplette Gegenteil von Vanessa, und die Woche droht zu einem absoluten Albtraum zu werden – vor allem, als sie erfährt, dass sie sich mit Jax auch noch einen romantischen Bungalow teilen muss. Aber je mehr Zeit die beiden miteinander verbringen, desto schwerer fällt es Vanessa, die Anziehungskraft zwischen ihnen zu ignorieren. Denn Jax ist der erste Mann, der in ihr das Bedürfnis weckt, ihre Regeln eine nach der anderen über Bord zu werfen …

Die Autorin:
Gina L. Maxwell war schon immer ein großer Fan von Liebesromanen. Als Kind träumte sie eigentlich davon, Schauspielerin zu werden, doch an der Uni musste sie dann feststellen, dass sie dafür leider so gar kein Talent besitzt. Stattdessen wandte sie sich dem Schreiben zu. Mit ihrem Debütroman schaffte sie es aus dem Stand auf die New-York-Times- und die USA-Today-Bestsellerliste.

Die Fighting-for-Love-*Reihe bei LYX:*
1. Heimliche Verführung
2. Heiße Liebe
3. Unstillbare Sehnsucht *(erscheint August 2016)*

Weitere Romane der Autorin sind bei LYX in Vorbereitung.

GINA L. MAXWELL

FIGHTING FOR LOVE

Heiße Liebe

Roman

Ins Deutsche übertragen
von Michaela Link

LYX

LYX in der Bastei Lübbe AG
Dieser Titel ist auch als E-Book erschienen.

MIX
Papier aus verantwortungsvollen Quellen
FSC® C083411

Die Originalausgabe erschien 2013 unter dem Titel
Rules of Entanglement bei Entangled Publishing, LLC.

Deutschsprachige Erstausgabe Mai 2016 bei LYX
verlegt durch Lübbe AG, Köln

Redaktion: Stefanie Kruschandl
Satz: Greiner & Reichel, Köln
Druck und Verarbeitung: CPI books GmbH, Leck
Printed in Germany
ISBN 978-3-7363-0155-9

Sie finden uns im Internet unter www.lyx-verlag.de
Bitte beachten Sie auch: www.luebbe.de und www.lesejury.de

3 5 7 6 4 2

Für meine Leser, die so geduldig – und manchmal
nicht so geduldig – auf dieses Buch gewartet haben.
Ich kann euch gar nicht sagen, wie dankbar ich für jeden
Einzelnen von euch bin. Indem ihr auf euren Bücherregalen
einen Platz für mich geschaffen habt, habt ihr in meinem
Herzen einen Platz für euch geschaffen.
Ich danke euch.

Vanessa MacGregors sieben Regeln
für ein glückliches Leben:

7. Vernachlässige deine Pflichten nicht.
6. Lass dich nie zu einer Lüge verleiten.
5. Lass eine Affäre nie länger als drei Tage dauern.
4. Lass dich mit keinem Mann ein, der lieber die Fäuste sprechen lässt als Worte.
3. Lass dich mit keinem Mann ohne sicheres Einkommen und gute Zukunftsaussichten ein.
2. Gib nie die Kontrolle ab.
1. Verliebe dich nicht.

TAG 1: SONNTAG

»Jetzt lässt er mich seit genau einer Stunde warten.«

Und Selbstgespräche in Normallautstärke sind nicht nur peinlich, sie machen auch hungrig und einsam.

Vanessa MacGregor saß vor dem Flughafen von Honolulu auf einer Bank, Koffer und Reisetasche neben sich, und versuchte, ihren knurrenden Magen zu ignorieren. Sie hatte bereits vor ungefähr vierzig Minuten ihren Blick von der malerischen Landschaft Hawaiis abgewendet. Als ihr nämlich klar geworden war, dass der hier ansässige Bruder ihrer besten Freundin Lucie mehr als ein paar verzeihliche Minuten zu spät kommen würde, um sie abzuholen.

Ungeduldig trommelte sie mit den Fingernägeln auf die Rückseite des Handys und überlegte, ob sie Lucie anrufen sollte oder nicht. Aber sie wollte ihre Freundin in der Woche vor deren Hochzeit nicht belästigen. Lucie stand bereits unter maximalem Stress. Und nicht erst, seit ein paar Happen verdorbenen Sushis sie mit einer schweren Lebensmittelvergiftung über die Kloschüssel gezwungen hatten.

Vanessa seufzte. Es blieb ihr wohl nichts anderes übrig, als es weiter mit Jacksons Nummer zu probieren. Nur wurden ihre Anrufe leider stets auf die Voicemail umgeleitet. Allmählich machte sie sich Sorgen. Wo steckte dieser Typ? Hatte er vielleicht seinen Wagen gegen einen Baum gefahren? Andererseits … Wenn er sich nicht bald mal meldete, würden ein paar Kratzer im Lack noch sein geringstes Problem sein.

Entnervt drückte sie eine Taste auf ihrem Handy, um den

Bildschirm zu beleuchten und zum ungefähr tausendsten Mal nach der Uhrzeit zu schauen. Sie konnte nicht den ganzen Tag am Flughafen verbringen. Schließlich war sie extra früher hergeflogen, um die Woche vor Lucies Hochzeit schon auf Hawaii zu verbringen. Darauf hatte der verrückte Hochzeitsplaner bestanden. Er wollte unbedingt, dass die Trauung in dem exklusiven Ferienresort Mau Loa bis ins kleinste Detail durchgeplant wurde. Und dazu musste entweder das glückliche Paar selbst anwesend sein oder die Trauzeugen. In anderen Worten: Jackson und sie.

Im Grunde wäre es wohl das Beste, sich einfach ein Taxi zu nehmen. Andererseits befürchtete Vanessa, dass sie Jackson dann auf dem Weg zum Mau Loa verpassen würde. Seufzend starrte sie auf ihr Handy. Dann beschloss sie, es noch einmal zu versuchen. Sie drückte auf Wahlwiederholung, prüfte kurz ihre Maniküre und lauschte auf das Freizeichen, das sie zu verspotten schien.

»Sie müssen Vanessa sein.«

Beim Klang der tiefen, sinnlichen Stimme schaute sie auf, wurde aber von der Sonne geblendet. Sie blinzelte dagegen an und beschirmte die Augen, um die Gesichtszüge des Mannes vor ihr erkennen zu können. Er trug marineblaue Boardshorts und ein hautenges Muskelshirt.

Wow. Ein echter Leckerbissen. Seine dunklen Haare waren feucht, die letzte Rasur mindestens einen Tag her.

Von seinem linken Bizeps zog sich in schwarzer Tinte ein polynesisches Tattoo aus Meereswellen bis zur Schulter hinauf. Seine Haut war zwar gebräunt, aber hatte nicht diesen typischen Goldton, sondern war eine Spur dunkler, als hätte er schon lange hier gelebt. Das Einzige, was nicht zu dem dunklen Gesamteindruck passte, waren seine bernsteinfarbenen Augen, die sie an diese köstlichen Karamellriegel mit der dünnen Zartbitterglasur erinnerten. Mist, sie brauchte wirklich etwas zu essen, sonst würde sie noch seine Augäpfel abschlecken.

Bisher hatte sie Jackson noch nie persönlich kennengelernt, aber sie hatte etliche Fotos gesehen. Genug, um zu erkennen, dass es sich bei dem Besitzer dieser Karamellaugen tatsächlich um Lucies Bruder handelte, den Meisterkämpfer in Mixed Martial Arts. Der Klang seiner Anrufbeantworterstimme, die plötzlich aus ihrem Handy tönte, erweckte sie aus ihrer kurzzeitigen Lähmung. Hastig nahm Vanessa das Telefon vom Ohr und beendete den Anruf. In echt klang seine Stimme sowieso viel besser, schoss es ihr durch den Kopf, als sie aufstand und ihm die Hand entgegenstreckte.

»Jackson, wie schön, Sie endlich kennenzulernen.«

Er betrachtete ihre Hand mit dem Anflug eines amüsierten Lächelns, ehe er sie endlich ergriff. Seine Finger waren rau, schwielig und köstlich warm.

»Schön, endlich die berühmt-berüchtigte beste Freundin meiner Schwester kennenzulernen«, entgegnete er mit einem charmanten Lächeln.

Nun, mit ihm würde sie es definitiv aushalten. Kannten die Hawaiianer eigentlich das Sprichwort »Spar dir das Surfboard, reite den Surfer«? Wenn nicht, würde sie es auf jeden Fall in Umlauf bringen. Ob er überhaupt surfte? Sie besann sich wieder auf das Gespräch und fragte: »Ist alles in Ordnung?« Als sie seinen fragenden Blick bemerkte, fügte sie hinzu: »Sie wollten um elf hier sein, und es ist nach zwölf. Ich habe versucht, Sie anzurufen, aber nur Ihre Voicemail erreicht.«

Jackson zuckte die Achseln. »Ja, mein Akku ist leer. Ich achte nicht sehr darauf, da ich das Handy fast nur benutze, um mit Lucie in Kontakt zu bleiben. Was Technik betrifft, bin ich eine Art Steinzeitmensch.«

Aha. Und warum hatte Lucie dann gesagt, sie solle ihn anrufen, sobald sie gelandet war? Was sie getan hatte. Fünf Mal. »Hm. Muss schön sein, so sorglos zu leben.« Sie zuckte innerlich zusammen, als sie den schnippischen Tonfall ihrer Stimme hörte. Nur weil sie eine Stunde lang hungrig in der Sonne gesessen hatte, musste sie ja nicht gleich ihre guten Manieren über Bord werfen. »Also, hatten Sie Probleme mit dem Auto oder so etwas?«

»Um ehrlich zu sein, ich war surfen und habe irgendwie die Zeit aus den Augen verloren.«

Nun, das beantwortete die Surferfrage. Vanessa schaute auf seine Handgelenke und bemerkte, dass er wohl *irgendwie* auch seine Uhr aus den Augen verloren hatte, bevor er mit seinem leeren Handy-Akku das Haus verließ. Plötzlich war ihr nicht mehr nach Nettigkeiten zumute. Sämtliche warme Gefühle, die sie gerade noch für diesen Mixed-Martial-Arts-Hengst vor sich entwickelt hatte, verpufften abrupt.

Regel sieben: Vernachlässige deine Pflichten nicht.

Sollte das etwa der pflichtbewusste Mann sein, von dem Lucie ihr immer erzählt hatte? Der Typ, der die Last der ganzen Welt auf seinen Schultern trug?

»Ich wünschte, ich hätte gewusst, dass es ein Problem für Sie sein würde, mich abzuholen«, meinte sie und versuchte angestrengt, nicht gereizt zu klingen. Vergebens. »Ich hätte genauso gut ein Taxi nehmen können.«

Er hob beschwichtigend die Hände. »Sie haben absolut recht. Ich war ein gedankenloser Idiot.«

»Ich habe nicht gesagt …«

»Und ich verdiene eine ausgiebige Strafpredigt«, fügte er mit einem weiteren Lächeln hinzu. »Aber lassen Sie uns das auf dem Weg zu meinem Jeep erledigen, ich parke nämlich in der zweiten Reihe. Außerdem macht es bei einem Bier und einem

Burger viel mehr Spaß, von einer zornigen Frau beschimpft zu werden. Ich bin halb verhungert.«

Zornig? Okay, vielleicht sah man ihr eine leichte Verstimmung an. Aber doch ganz sicher keinen *Zorn*. Dieser Mann hier war allerdings auf dem besten Weg, gleich eine Sondervorstellung ihres Zorns zu bekommen, wenn er weiter so viel Mist redete und versuchte, sie herumzukommandieren.

Ohne auf eine Antwort zu warten, klappte Jackson den Griff ihres Koffers heraus und machte sich damit auf den Weg. Ein gehaltvoller Mix aus Schock, Panik und Entrüstung kochte in Vanessas Innerem auf. Jackson war kaum zwei Schritte weit gekommen, da entriss sie ihm auch schon den Koffergriff. Er schaute verblüfft auf seine Hand, dann blickte er auf, eine Augenbraue fragend hochgezogen.

»Gibt es ein Problem, Prinzessin?«

Prinzessin? Sie knirschte mit den Zähnen. Zum Teufel, ja, es gab ein Problem. Mehrere, um genau zu sein. Und eins davon war die Tatsache, dass er sich benahm, als hätte er sie völlig unter Kontrolle. Vanessa konnte sich nicht daran erinnern, jemals irgendjemand gestattet zu haben, über sie zu bestimmen. Und zum Teufel, sie würde jetzt ganz sicher nicht damit anfangen.

Sie hatte stundenlang auf ihn gewartet. Dann war er endlich aufgetaucht und hatte sich einfach ihr Gepäck geschnappt – offenbar in der Annahme, dass sie brav hinter ihm hertrotten würde. Und nun wollte er anscheinend irgendwo zum Mittagessen anhalten – was eigentlich großartig klang, aber darum ging es nicht. Die Frage war vielmehr, was er als Nächstes plante, bevor er sie gnädigerweise vielleicht endlich mal am Hotel absetzen würde. Kurz mal zu Hause anhalten und Wäsche waschen?

Nein, dachte Vanessa. Es war klar, dass sie sich mit Jackson keinesfalls einlassen sollte. Wenn sie während des Urlaubs einen Mann brauchte, der ihr den Rücken eincremte, dann musste sie sich jemand anderen suchen.

Sie seufzte. Während der letzten zwei Jahre schien sie immer die falschen Männer kennenzulernen. *Wieder einer weniger, Nessie.* Aber jetzt war nicht der richtige Moment, um darüber zu jammern, dass sie niemals ihr Happy End finden würde. Sie hatte eine Woche Zeit, dafür zu sorgen, dass Lucies Märchen wahr wurde. Und offensichtlich war ihr Bruder nicht ganz bei der Sache.

»Wissen Sie was?«, begann sie mit einem huldvollen Lächeln – so falsch es auch sein mochte. »Sie brauchen sich um mich keine Sorgen zu machen. Ich weiß, Lucie hat Sie gebeten, mich abzuholen. Nett von Ihnen, dass Sie sich so viel Mühe machen wollten. Aber das ist gar nicht notwendig. Ich nehme einfach ein Taxi.«

»Damit ich so kurz vor ihrer Hochzeit den Zorn meiner kleinen Schwester riskiere? Nein danke. Lieber kämpfe ich ohne Hodenschutz gegen einen Kickboxer. Also, kommen Sie mit.« Diesmal warf er sich den Riemen ihrer Reisetasche über die Schulter und wandte sich zum Gehen.

»Mein Gott!« Sie stemmte die Hände in die Hüften, fassungslos angesichts seiner Arroganz. »Sie können sich doch nicht einfach immer wieder meine Sachen schnappen.«

Er zog eine Augenbraue hoch und verkniff sich ein erheitertes Grinsen. Leider erfolglos. »Sie halten wohl nichts von Ritterlichkeit?«

»Es gibt einen Unterschied zwischen ritterlich und penetrant. *Sie* sind *penetrant.*«

»Penetrant?« Er machte ein Gesicht, als hätte er das Wort noch nie zuvor gehört. »Ich versuche nur, das zu tun, wofür ich hergekommen bin. Für meine Verspätung habe ich mich ja schon entschuldigt. Und jetzt …«

»Nein, haben Sie nicht«, platzte es aus ihr heraus, bevor sie sich bremsen konnte. Die Fähigkeit, sich an jedes Wort eines Gesprächs zu erinnern, konnte im privaten Kontext manchmal lästig sein, aber für die Arbeit als Staatsanwältin war sie nützlich. Und im Kampf gegen einen Supermacho sogar verdammt nützlich.

»Doch, habe ich.«

Sie seufzte. »Ähm, *nein,* haben Sie nicht.«

»Doch, ich …«

Sie verschränkte die Arme vor der Brust und schnitt ihm das Wort ab. »Ihre Aussage lautete: ›Um ehrlich zu sein, ich war surfen und habe irgendwie die Zeit aus den Augen verloren‹.«

»Wow, Ihnen entgeht wohl nichts, wie? Das muss ich mir merken«, murmelte er. Er rieb sich den Nacken und besaß doch tatsächlich die Unverschämtheit, sie unter seinen unmöglich langen Wimpern hinweg zu mustern und dabei strahlend zu lächeln. Wie ein Teenager, der hoffte, dass er sich mit seinem Charme aus einer schwierigen Situation retten würde. Nicht zu fassen. »Dann tut es mir definitiv leid, dass ich nicht ›Tut mir leid‹ gesagt habe.«

Garantiert hatte Jackson Maris in seinem Leben noch nicht allzu oft das Wort »Nein« gehört, dachte Vanessa. Zumindest nicht von Frauen. Obwohl sie wegen seiner Überheblichkeit noch verärgert war, keimte irgendwo in ihrem Hinterkopf die Idee auf, einfach nachzugeben und zurückzulächeln. Glücklicherweise hatte sie noch genug Verstand, um diesen Keim zu ersticken, bevor er sich zu einem Garten verträumter Seufzer auswuchs.

»Vergessen wir es einfach. Ich nehme ein Taxi ins Hotel, und Sie können …« sie wedelte mit den Händen – »… tun, was immer Sie so tun. Wir sehen uns dann beim Probedinner am Freitag.«

Na also. Das war doch gar nicht so schwer. Obwohl sie müde und hungrig war und enttäuscht über ihren Empfang, durfte sie dem Verlangen nicht nachgeben, schnippisch und unhöflich zu sein.

Nur weil *sie* nach bestimmten Regeln lebte, bedeutete das nicht, dass der Rest der Welt das auch tat.

Sie würde höflich bleiben. Jawohl, das würde sie. Schon um Lucies willen. Außerdem hatte sie ihre Gefühle voll und ganz unter Kontrolle. Und zwar in jeder Hinsicht. »Es war mir ein Vergnügen, Sie kennenzulernen, Jackson«, erklärte sie daher freundlich und ergriff den Riemen ihrer Reisetasche, der immer noch über seiner Schulter hing.

Er legte seine Hand auf ihre, beugte sich vor und verdeckte dadurch die Sonne. Als er sprach, wurde seine Stimme tiefer, und die sonoren Schwingungen pulsierten durch Vanessas Körper und trafen auf alle möglichen erogenen Zonen, von denen sie nicht einmal gewusst hatte, dass sie existierten. »Sie klingen aber nicht besonders vergnügt, V.« Er hielt inne und sein Blick streifte kurz ihren Mund, bevor er verführerisch lächelte. »Kommen Sie mit mir.«

Ungewollte Bilder von heißem Hawaii-Sex mit Jackson blitzten in ihrem Kopf auf und legten ihr Gehirn lahm. Gewisse Teile von ihr zogen sich vor Verlangen zusammen, während andere – wie zum Beispiel ihre Knie – kraftlos nachgaben.

Entweder war ihre Sehnsucht nach einem Tête-à-Tête verzweifelter oder die Anziehungskraft dieses Mannes größer als gedacht. Wie auch immer: Für beide Probleme gab es nur eine einzige Lösung.

»Auf Wiedersehen, Jackson.«

Sie schnappte sich ihre Taschen und ging in die entgegengesetzte Richtung davon. Glücklicherweise wartete nur wenige Meter entfernt ein Taxi.

Sie hatte ihre Sachen bereits in den Kofferraum gepackt und die Hand nach dem Türgriff ausgestreckt, als er ihr nachrief: »Dann treffen wir uns eben in der Hotellobby.«

Ihre Höflichkeit verwandelte sich jäh in Wut. Bereitete es ihm irgendeine Art von krankem Vergnügen, Leute dermaßen zu ärgern? Oder war er wirklich so unbedarft? Vermutlich Ersteres.

Sie drehte sich langsam zu dem Mann um, der jetzt an einer großen Betonsäule lehnte, die Hände in den Taschen, ein Lächeln im Gesicht. »Das ist nicht notwendig. Ich bin sehr gut in der Lage, alleine zurechtzukommen.«

Lässig stieß er sich von der Säule ab und kam zu ihr herübergeschlendert, bis er ganz dicht vor ihr stand. Er roch wie die Insel selbst, nach Salzwasser und Sonne.

»Das bezweifle ich nicht, Prinzessin«, sagte er. »Aber es gibt da ein kleines Detail, das Sie nicht zu bedenken scheinen.«

»Und das wäre?«

»Der Promi-Hochzeitsplaner, den Reid engagiert hat, besteht darauf, dass bestimmte Regeln eingehalten werden. Zum Beispiel, dass das Paar eine Woche vor dem Termin anwesend ist, um sich mit ihm zu treffen und alle Arrangements durchzugehen.«

»Das weiß ich. Warum denken Sie, bin ich so früh gekommen? Ich kenne Lucies Geschmack gut genug, um das mit geschlossenen Augen zu erledigen.«

Er nahm ihre Feststellung nicht einmal zur Kenntnis. »Und wegen der Promi-Klientel im Mau Loa darf absolut *niemand* anderes als ein angemeldeter Gast die reservierten Zimmer in Anspruch nehmen.«

Sie verschränkte die Arme vor der Brust. »Und warum bin ich dann hier, wenn ich nicht einchecken kann?«

»*Sie* können nicht einchecken«, sagte er, »aber *Lucie* kann es.«

Vanessa wollte ihn gerade fragen, ob er irgendetwas geraucht hatte, oder ob es einen anderen Grund für diese wirren Worte gab, als sie plötzlich seine hochgezogenen Augenbrauen bemerkte. Und die Wahrheit begriff.

Die völlig verkorkste, absolut grauenvolle Wahrheit.

»Oh nein«, murmelte sie und hob die Hände, um die Botschaft abzuwehren, die bereits die Reißzähne in ihr Gehirn senkte. »Auf keinen Fall.«

»Auf jeden Fall.«

»Sie haben die Falsche erwischt, Maris. Denn dafür müsste ich lügen, und ich lüge nicht. Ich spreche einfach mit dem Manager und erkläre die Situation.« Sie drehte sich um und riss die Taxitür auf.

»Das wird nicht funktionieren. Das Mau Loa ist die exklusivste Ferienanlage auf ganz Hawaii. Man braucht mindestens drei Arten von Ausweisen, nur um einzuchecken. Die Reichen und Berühmten mögen das, weil dann keine Paparazzi oder verrückten Fans reingelangen. Es sei denn, sie seilen sich aus einem Hubschrauber ab.«

Ihr Herz hämmerte und versuchte, aus ihrem Brustkorb zu springen. Fühlte sich so eine Panikattacke an? »Dann steige ich in einem anderen Hotel ab und komme für die Meetings mit dem Hochzeitsplaner ins Mau Loa«, wandte sie schwach ein.

Eine mürrische Stimme erklang aus dem Taxi. »Hey, Lady, rein oder raus? Sie kosten mich Geld!«

Jackson beugte sich durch das offene Beifahrerfenster. »Wollen Sie das noch mal wiederholen?«

»Allerdings.« Der Fahrer war offensichtlich entschlossen, reinen Tisch zu machen. Aber sobald er den muskulösen Mann sah, der ihn herausfordernd anstarrte, verließ ihn sein Mut. Er räusperte sich, machte sich etwas kleiner und fügte hinzu: »Ich meinte, lassen Sie sich so viel Zeit, wie sie brauchen, Lady.«

»Das weiß ich zu schätzen.«

Als Jackson sich aufrichtete, fühlte Vanessa sich angesichts seiner Größe an die Tatsache erinnert, dass er seinen Lebensunterhalt mit den Fäusten bestritt. Und obwohl sie wusste, dass es ein Sport war und nicht die trunkenen Schläge, mit denen sie aufgewachsen war, fragte sie sich unwillkürlich, ob sich die kontrollierte Gewalt seines Jobs nicht auch auf sein Privatleben übertrug.

»Tut mir leid, wo war ich?«

Sie schluckte hörbar und sah sich um. Es musste doch einen Fluchtweg geben, irgendeine Möglichkeit, der Wahrheit in diesen topasfarbenen Augen auszuweichen. Sie war berühmt für ihre Schlussplädoyers. Doch in diesem Fall befürchtete sie, trotz aller klugen Worte nicht um die Teilnahme an dieser verdammten Scharade herumzukommen. Na gut. Versuchen konnte sie es ja. Zu irgendetwas musste ihre angeblich so scharfe Zunge doch gut sein. »Sie waren im Begriff, mich weiter an Ihrer unendlichen Weisheit teilhaben zu lassen und mir zu erklären, warum ich die Woche über nicht woanders wohnen kann.«

»Zu Ihrem Glück«, sagte er und verzog einen Mundwinkel, »habe ich beschlossen, Sie für heute kostenlos an all meiner Weisheit teilhaben zu lassen.« Sie verdrehte die Augen und lehnte sich zurück, während er mit einer Hand den oberen Rand der Tür ergriff. »Der Hochzeitsplaner ist exzentrisch und dafür bekannt, Kunden fallen zu lassen, wenn er auch nur den geringsten Verdacht hat, dass irgendetwas nicht mit rechten Dingen zugeht. Wenn er herausfindet, dass Lucie und Reid erst in letzter Minute kommen, bläst er wahrscheinlich alles ab. Kein Planer, keine Hochzeit. Und wenn es keine Hochzeit gibt, schneidet Reid mir die Eier ab, ganz zu schweigen von den Schuldgefühlen, die wir beide Lucie gegenüber die nächsten zehn Jahre haben werden. Verstehen Sie, worauf ich hinauswill?«

Mutlos hob sie den Blick und füllte die großen, fetten Leerstellen aus. »Sie und ich müssen als Reid und Lucie einchecken, damit die Hochzeit stattfindet.«

»Bingo.«

Ihre Gedanken rasten hin und her im Kampf zwischen dem Wunsch, ihrer besten Freundin zu helfen, und dem Verlangen, weder gegen ihren beruflichen Moralkodex noch gegen ihre privaten Lebensregeln zu verstoßen. Sie hielt sich eisern an diese Regeln. Und das aus gutem Grund: Diese Regeln sorgten dafür, dass sie ausgeglichen blieb. Inzwischen waren sie fast zu einer Art Religion geworden. Und dies würde nicht eine einzelne kleine Lüge sein. Nein, sie würde eine ganze Woche lang ununterbrochen lügen müssen. Es spielte keine Rolle, wen es traf oder aus welchem Grund.

Regel sechs: Lass dich nie zu einer Lüge verleiten. Sie hatte in ihrer Kindheit von ihrer Mom und ihrem Stiefvater genug Lügen für fünf Leben mit anhören müssen.

Okay. Was jetzt? Ihr blieb wohl nichts anderes übrig, als den Plan auf Schwachpunkte abzuklopfen. Vielleicht erledigte sich das Dilemma dann ja schon von allein. »Wie ziehen wir das ohne Ausweise überhaupt durch?«

»Ich habe eine Kontaktperson im Hotel, die zumindest beim Einchecken helfen wird. Also ist dieser Teil schon mal geregelt.«

»Wie erklären wir, warum *Lucie* in der Anlage wohnt, ihr Verlobter aber nicht?«

Ein teuflisches Lächeln umspielte seine Lippen. »Netter Versuch. Das tun wir gar nicht. Wir wohnen zusammen im selben Bungalow.«

»Mit zwei Schlafzimmern.«

»Die Reservierung ist für ein Luxusappartement mit *einem* Schlafzimmer. Es gibt keinen Grund für eine Braut und ihren Bräutigam, zwei Schlafzimmer zu verlangen. Aber niemand wird wissen, dass ›Reid‹ auf der Couch schläft.«

Denk nach, Nessie! »Was geschieht am Ende der Woche, wenn wir nicht diejenigen sind, die gemeinsam zum Altar schreiten?«

»Am Samstag findet noch eine andere Hochzeit statt, die höher gehandelt wird. Meiner Kontaktperson zufolge muss der Hochzeitsplaner an dieser Hochzeit teilnehmen. Daher werden er und das Hotelpersonal nicht wissen, dass die Leute, die die Entscheidungen getroffen haben, nicht die sind, die tatsächlich heiraten.«

So gewandt, wie er jeden ihrer Einwände konterte, fragte sie sich, ob er vielleicht gewohnheitsmäßig andere Leute hinters Licht führte. Und warum enttäuschte diese Vorstellung sie so sehr? »Nun, Sie haben jedenfalls alle Eventualitäten im Blick«, meinte sie mit gepresster Stimme. Dann drückte sie die Schultern durch, reckte das Kinn vor und fügte hinzu: »Na schön, ich mache es für Lucie. Aber ich nehme trotzdem ein Taxi.«

Jacksons Gesicht leuchtete auf, als hätte man ihm gerade mitgeteilt, dass er einen Harem gewonnen hatte. »Das ist in Ordnung. Wir werden diese Woche noch reichlich Zeit füreinander haben. Dann bis bald, *pupule wahine.*«

»Puh-puh-lee wah-hie-nee? Was um alles auf der Welt bedeutet das?«

Er zwinkerte ihr zu und erklärte: »Es ist ein hawaiianischer Kosename.«

»Entzückend.« Es hatte sarkastisch klingen sollen, kam aber eher bewundernd heraus. Aber was machte es schon, wenn sie die Sprache der Einheimischen hübsch fand? Und was machte es, dass sie seit Ewigkeiten von allen nur Nessie oder Frau Anwältin genannt wurde? Sie brauchte keine Kosenamen. Schon gar nicht von Männern wie Jackson Maris.

Vanessa stieg in das Taxi, zog die Tür zu und tat ihr Äußerstes, das schallende Gelächter zu ignorieren, das durch das offene Fenster hereinwehte, als sie abfuhren.

Mit einem tiefen, beruhigenden Atemzug begegnete sie dem Blick des Taxifahrers im Rückspiegel. »Bringen Sie mich ins Mau Loa. Aber zuerst bitte in ein Drive-in-Restaurant. Ich habe es nicht eilig, und ich bin vollkommen ausgehungert.«

Ich bin so *ein Arschloch.*

Jackson stieß die Hände in seine Taschen und beobachtete, wie die seltsamste, bemerkenswerteste Frau, der er je begegnet war, in einer Wolke von Abgasen verschwand. Obwohl er sich etliche Gründe vorstellen konnte, warum er sich darauf freuen sollte, mit ihr diese Woche zu verbringen – volle Lippen, smaragdgrüne Augen, seidige rote Locken und ein Körper, der einen Mann veranlassen konnte, um mehr zu betteln –, war es nicht ihr Aussehen, das ihn auf Touren brachte.

Es war ihre explosive Persönlichkeit.

Er war an Frauen mit lockerer Haltung gewöhnt. Leicht zu betören, leicht zufriedenzustellen. Vanessa MacGregor war offensichtlich weder das eine noch das andere. Und obwohl er nicht die Absicht hatte, aufzugeben, hatte sie ihn fast dazu gebracht, zu kapitulieren. *Das* faszinierte ihn höllisch.

Aber es gab keine Entschuldigung für den Bullshit, den er ihr aufgetischt hatte. Dieser Quatsch, dass sie vorgeben mussten, das Brautpaar zu sein.

Während er zu seinem Wagen zurückging, spielte er im Geiste noch einmal ihr Gespräch durch. Er hatte nicht erwartet, dass seine erste Begegnung mit der besten Freundin seiner Schwester so verlaufen würde. Im Nachhinein fand er es ziemlich mies, dass er sich so sehr verspätet hatte. Sein Verhalten war ein Zeugnis des nachlässigen Lebensstils, den er sich in den letzten zehn Jahren angewöhnt hatte. Er hatte nicht bedacht, dass man nicht immer alles mit ein wenig Charme und einer Einladung zum Mittagessen wiedergutmachen konnte.

Vielleicht wäre das noch verzeihlich gewesen. Aber dann hatte er ja obendrein noch die kleine Bombe mit dem falschen Brautpaar platzen lassen müssen.

Die Wahrheit sah etwas anders aus: Reid hatte angerufen, die Situation erklärt und ihn gebeten, Vanessa abzuholen und im Mau Loa unterzubringen. (Wenigstens die Sache mit den strikten Sicherheitskontrollen stimmte.) Danach würde alles ganz normal weitergehen, bis eine Woche später das Brautpaar eintraf. Der Hochzeitsplaner war scheinbar wirklich ziemlich exzentrisch. Aber es war nie vorgesehen gewesen, dass Vanessa sich als Lucie ausgab. Dieses kleine Detail hatte er in der Hitze des Augenblicks wohl einfach irgendwie … dazugedichtet.

Zu seiner Verteidigung musste er allerdings bemerken, dass Vanessas seltsame Anziehungskraft ihn auch ziemlich aus der Bahn geworfen hatte. Heiß und eiskalt. Jekyll und Hyde. Und *dann* hatte sie ihn auch noch brüskiert und weggeschickt wie einen Welpen, der zum hundertsten Mal mit seinem Ball angerannt kam. Kurz: Er war von dieser Frau mehr als fasziniert. Er wollte, dass sie sich öffnete, damit er sah, was in ihr vorging. Das musste auch der Grund für dieses plötzliche Verlangen sein, im Laufe der nächsten Woche so viel Zeit wie möglich mit ihr zu verbringen. Na ja. Das und die Tatsache, dass ein Großteil seines Blutes wohl in die südliche Hemisphäre gesackt war, als er diesen Bullshit von sich gegeben hatte.

Jetzt würde er das zweifelhafte Vergnügen haben, Vanessa über seinen Schwindel aufzuklären. Das konnte ihm nichts anderes als einen Tritt in die Eier einbrocken. Also stieg er widerstrebend in seinen Jeep und machte sich auf den Weg zur Ferienanlage.

Jackson lebte erst seit ungefähr zwölf Jahren in Oahu, aber es fühlte sich so an, als sei es sein ganzes Leben gewesen. Die dreiundzwanzig Jahre in Sun Valley, Nevada, waren kaum mehr als eine Ansammlung verblasster Kindheitserinnerungen. Ob es allgemein am Verstreichen der Zeit lag oder an seinem Bemühen, einen Großteil dieser Jahre zu vergessen, konnte er nicht mit Sicherheit sagen. So oder so – obwohl er seine Schwester schrecklich vermisste, war er am glücklichsten auf der Insel. Während seiner Kindheit und Jugend hatte er sich immer wie ein Rädchen im falschen Getriebe gefühlt.

Das lag nicht daran, dass er nicht mit einem großartigen Leben gesegnet gewesen wäre. Seine Eltern waren wunderbare Menschen gewesen, die ihn und seine Schwester von Herzen geliebt und dafür gesorgt hatten, dass es ihnen an nichts fehlte. Er hatte eine tolle Kindheit gehabt.

Nur der Start in sein Erwachsenenleben war nicht so ideal verlaufen. Um es mal so zu sagen. Denn kurz nach seinem Schulabschluss waren seine Eltern bei einem Unfall ganz plötzlich gestorben.

Nach fünf schlechten Jahren hatte er seine Sachen gepackt und war nach Hawaii gezogen. Weiter weggehen konnte er nicht, ohne die guten alten USA zu verlassen. Die Wahl seines Wohnsitzes hatte eher genealogische als geografische Gründe gehabt. Aber der geografische Abstand hatte ihm immerhin geholfen, den nötigen inneren Abstand zu finden.

Sobald er sich auf Oahu in seiner bescheidenen Hütte niedergelassen hatte, den Ozean vor sich und die Berge hinter sich, war er *Team Titan* beigetreten, dem besten Trainingsclub für Mixed Martial Arts auf der Insel. Mit einer erfolgreichen

Karriere vor Augen und nach einigen Veränderungen in seiner Art, das Leben zu betrachten, hatte er sich zum ersten Mal seit dem Unfall wieder frei und glücklich gefühlt.

Bei der Erinnerung an die Wochen nach dem Tod seiner Eltern krampften Jacksons Hände sich um das Lenkrad. Das Gefühl tiefer Traurigkeit, gemischt mit ohnmächtigem Zorn über den Verrat, zog ihn in einen Gefühlsstrudel, in dem er unterzugehen drohte. Er holte tief Luft, hielt den Wagen mit dem Knie auf Kurs und ließ bewusst langsam das Lenkrad los.

Die Anspannung in seinem Körper mahnte ihn, dass nie etwas Gutes dabei herauskam, wenn man über etwas Schlechtes nachgrübelte. Also dachte er stattdessen über das Surfbrett nach, das festgezurrt auf seinem Jeep mitreiste. Am liebsten wäre er jetzt zum Strand zurückgekehrt, damit die tosenden Wellen seine Muskeln und seine Erinnerungen zwangen, sich seinem Willen zu unterwerfen. Aber die gewohnte Therapie musste wohl warten.

Während er die gewundene Küstenstraße entlangfuhr, konzentrierte er sich auf die warme, salzige Luft, die ihn umwehte, und ließ sich von ihr beruhigen, wie es die Elemente der Insel immer taten.

Einige Minuten später bog er in die kunstvolle Einfahrt des Mau Loa ein. Entlang der Straße, die den fünfstöckigen Springbrunnen umrundete, wechselten sich riesige Palmen mit eleganten Straßenlaternen ab. Nachdem er den Jeep auf dem Gästeparkplatz abgestellt hatte, ging Jax in die Lobby, um auf Vanessa zu warten.

An der Rezeption händigte eine junge Frau einem Pärchen die Schlüssel aus und wies einen Träger an, das Gepäck der beiden zu übernehmen, bevor sie sie mit einem Lächeln und dem landesüblichen »Aloha« verabschiedete.

Als sie Jackson erblickte, verwandelte sich ihr förmliches Kundenlächeln in ein Lächeln echter Freude. Sie war schön und zierlich mit der bronzefarbenen Haut der Einheimischen und schokoladefarbenen Augen, deren Blicke jetzt ganz ihm galten. Eine blaue Hibiskusblüte lugte aus dem langen schwarzen Haar hinter ihrem linken Ohr hervor. Sie flüsterte dem anderen Mädchen an der Rezeption etwas zu, dann kam sie hinter der Theke hervor, um ihn zu begrüßen.

»Hey, Jilli.«

Mit einem unbeschwerten Lachen ging sie auf ihn zu, schlang die Arme um seinen Hals und drückte ihn fest. Er erwiderte die Geste, indem er ihr die Arme um ihre schlanke Taille legte. Nach einigen Sekunden zog sie sich mit einem Seufzer zurück.

»Aloha, Jackie. Es ist schön, dich zu sehen.«

Bei dem Spitznamen, den sie eigens deshalb benutzte, weil er ihn hasste, verzog er das Gesicht. Oder zumindest tat er so, als würde er diesen Spitznamen hassen. »Es ist auch schön, dich zu sehen. Wie geht es dir?«

Jilli bedachte ihn mit einem traurigen Dackelblick. »Wie es mir geht, seit du mein Herz gebrochen hast? Ist es das, was du wissen willst?«

Jax lachte. Jilli war frisch verheiratet und bis über beide Ohren in ihren Mann verliebt, der für einen anderen Club auf der Insel kämpfte. Ein guter Typ und noch dazu ein hervorragender Kämpfer. Außerdem behandelte er Jilli wie eine Prinzessin.

»Irgendetwas sagt mir, dass dein Göttergatte an diesen Worten Anstoß nehmen würde. Und ich mag meine Zähne zufällig so, wie sie sind.«

Glucksend gab sie die Verstellung auf. »Na gut. Das stimmt wahrscheinlich. Also, wo ist dein Ehrengast?«

»Noch mal danke, dass du mir hilfst, Jilli. Und falls sie nicht Halt gemacht hat, um unterwegs einen Schläger zu engagieren, der mich umbringt, wird sie bald hier sein.«

Jilli verschränkte die Arme vor der Brust. »Du hast das Mädchen gerade erst kennengelernt. Was hast du bloß mit ihr angestellt, um sie so schnell auf die Palme zu bringen?«

»Die Frage ist wohl, ob es irgendetwas gibt, was ich *nicht* angestellt habe.«

Ein verschlagenes Grinsen breitete sich auf ihren Zügen aus. »Ooh, das klingt gut, komm«, sagte sie, griff nach seiner Hand und zog ihn von der Rezeption weg. Als sie weit genug von möglichen Lauschern entfernt waren, blieb sie stehen. »Okay, erzähl mir, was passiert ist.«

Jackson unterdrückte ein Stöhnen. Dann berichtete er von dieser ganzen Misere, die mit einer Verspätung begann, seinem *penetranten* Verhalten weiterging und schließlich darin gipfelte, dass er aus purem Eigennutz das Blaue vom Himmel herunterlog.

Als er fertig war, bemerkte er Jillis schockierten Gesichtsausdruck. Plötzlich fühlte er sich so unbehaglich, als hätte seine Mutter ihn ausgeschimpft. Er verschränkte die Arme. »Ich weiß. Ich hab's vermasselt. Ich entschuldige mich und sage ihr die Wahrheit, wenn sie hier ankommt, okay?«

»Das ist sicher eine sehr gute Idee. Aber sei behutsam mit ihr, Champion. Sie ist wahrscheinlich erschöpft von der Reise.« Dann fügte Jilli hinzu: »Hey, du hast immer noch ein paar Anziehsachen in deinem Schließfach im Pausenraum. Warum ziehst du dir nicht etwas an, das etwas weniger nach Surferboy aussieht? Vielleicht nimmt sie dich dann ernster. Du weißt schon, als wärest du einer von uns Erwachsenen.«

»Sehr witzig. Na schön, es bringt mich wohl nicht um, für eine Weile so zu tun, als sei ich erwachsen.«

Jackson küsste Jilli auf die Wange und dankte ihr noch einmal für ihre Hilfe dabei, Vanessa an den strikten Sicherheitsvorkehrungen vorbeizuschmuggeln, die es ihr normalerweise unmöglich gemacht hätten, einzuchecken.

»Du weißt, dass ich alles für dich tun würde, Jackie. Und jetzt leg los«, fügte sie hinzu und tätschelte seine Wange, bevor sie in die Lobby zurückkehrte.

Jax schnappte sich ein paar Sachen aus dem Spind für die Angestellten, den er manchmal benutzte, und zog sich dann in dem kleinen Bad um. Er hatte gerade Cargoshorts übergestreift, als sein Handy auf dem Spülbecken vibrierte. Ohne sich auch nur die Mühe zu machen, nach dem Anrufer zu gucken, hielt er sich das Telefon zwischen Ohr und Schulter, während er das weiße Leinenhemd ergriff.

»Ja«, blaffte er in den Hörer.

»Jax.«

»Reid, Alter, wie geht es meiner kleinen Schwester? Schon besser?«

»Leider noch nicht. Solche Sachen können einige Tage dauern. Ihr Körper muss ja erst mal den ganzen Mist loswerden oder so.« Jackson konnte die Anspannung seines ältesten Freundes geradezu durchs Telefon spüren. »Wenn ich sie so sehe und ihr nicht helfen kann, möchte ich am liebsten irgendjemand erwürgen.«

»Ja, ich kenne das Gefühl.« Jackson erinnerte sich noch gut an den Monat, als Lucie in der 10. Klasse eine Lungenentzündung gehabt hatte. Die ständige Sorge hatte ihn in den Wahnsinn getrieben. Um Reids Anspannung etwas zu lockern, bemerkte er: »Vielleicht kannst du ein wenig auf deinen Ton oder irgendwelche Steine einschlagen, um es zu verarbeiten.«

»Hör zu, du Arschloch, ich bin jetzt kein Kämpfer mehr, sondern Bildhauer. Aber ich kann dir immer noch ohne Probleme den Hintern versohlen. Ist mit Vanessa alles gut gelaufen?«

Jax schlüpfte in das Hemd und begann es zuzuknöpfen. »Du weißt doch, wie ich mit den Damen bin, Andrews.« Ein Satz, der absolut nichts beantwortete.

»Ja, tue ich. Genau deshalb frage ich ja nach. Also, wie wird dein Ego mit der Zurückweisung fertig?«

Okay, das war unheimlich. Entweder hatte Vanessa Lucie angerufen und ihn verpetzt – was er nicht vermutete, da sie wusste, wie krank Lu war –, oder die Frau hatte einen legendären Ruf als Femme fatale. »Ich weiß nicht, wovon du redest. Die Dinge hätten nicht besser laufen können.«

»Du bist fast so ein schlechter Lügner wie Lucie, weißt du das?«

Jax dachte an all die Lügen, die er vor nicht einmal einer halben Stunde erzählt hatte, und murmelte: »Sag das mal Vanessa.«

»Was war das?«

»Ach, nichts.« Jax lehnte sich gegen das Waschbecken im Badezimmer und verschränkte die Arme vor der Brust. »Hey, da wir gerade davon sprechen: Ist sie superreligiös oder so was?«

»Nicht dass ich wüsste, warum?«

»Irgendwie kam das Thema auf Lügen. Und sie bestand darauf, dass sie niemals lügt. Ich meine, wirklich niemals. Also, wenn es nichts Religiöses ist, was steckt dann dahinter?«

»Es ist eine ihrer sieben Regeln.«

Jax ging zurück zu seinem Spind, um die abgelegten Kleider hineinzuwerfen und sich eine Wasserflasche zu schnappen, bevor er sich auf den Weg hinaus in die Lobby machte. »Wie die Goldene Regel?«

»Mehr wie ihre eigenen Zehn Gebote, nur nicht so altmodisch. Lu zufolge verstößt sie niemals dagegen.«

»Niemals, huh? Interessant.«

Der Seufzer seines Freundes schallte laut und deutlich durchs Telefon. »Hör zu, Maris, wenn du weißt, was gut für dich ist, lässt du die Finger von ihr. Ich habe sie in Aktion gesehen. Sie verwandelt selbstbewusste Männer in zerstörte Wesen, die sich in der Ecke einer Bar ihre Wunden lecken. Und du bist nicht einmal *annähernd* ihr Typ.«

Er lächelte über das Bild, das Reid zeichnete. »Tja. Eigentlich hätte ich ja gern mal *deine* Schwester verführt. Als Revanche für die Sache mit Lucie. Aber da du keine Schwester hast, ist in meinem Terminkalender noch viel freier Platz. Außerdem klingt es nach Spaß.«

Na klar, so wie der Versuch, dem Löwengehege im Zoo zu entfliehen, während einem Steaks um die Taille gebunden waren. Aber andererseits hatte er ja auch nie behauptet, normal zu sein.

»Hey«, konterte Reid, »wir wissen doch beide, dass du froh warst, wie das mit Lucie gelaufen ist. Zumindest als sich der Staub erst mal gelegt hatte *und* meine Nase verheilt war. Du wärst doch komplett durchgedreht, wenn ein anderer Mann versucht hätte, ihr nahezukommen.«

Da hatte Reid nicht ganz unrecht.

»Und zweitens, ich meine es ernst, Jax. Ich brauche deine Hilfe, damit bei der Hochzeit alles glattläuft. Du hast gesagt, dass du die Reservierungsrichtlinien umgehen kannst. Also konzentriere dich darauf. Ich weigere mich, Lu zu erzählen, dass ihre Traumhochzeit – die sie nach all dem Ärger mit diesem Scheißkerl von Exmann wirklich verdient hat – ins Wasser fällt. Kapiert?«

»Ja«, antwortete Jax mit stahlharter Stimme. »Hab's kapiert.« Die Erinnerung an das Arschloch, das Lucie vor Jahren derart betrogen hatte, reichte, um ihn sofort wieder auf den Boden zu bringen. »Ich würde um nichts in der Welt zulassen, dass die Hochzeit meiner Schwester abgesagt wird.«

Ein Teil von ihm wollte Reid gerne sagen, dass die Hochzeitsfeier *garantiert* hier stattfinden konnte. Als Mitbesitzer des Mau Loa konnte er das schließlich bestimmen. Aber aufgrund seines Vertrags durfte er weder Reid noch irgendjemandem sonst von seiner Rolle erzählen. Einige Jahre zuvor hatte Jax nach einer Möglichkeit gesucht, für die Zukunft vorzusorgen, und seine Preisgelder in das Mau Loa investiert. Doch noch war er Kämpfer. Und da er nicht in Verruf kommen wollte, einfach nur ein reicher Playboy zu sein, hatte er darum gebeten, als stiller Teilhaber behandelt zu werden. Jilli wusste nur deshalb Bescheid, weil sie beim Putzen über den Vertrag gestolpert war. Sie hatte geschworen, niemand davon zu erzählen, und daran hatte sie sich bisher auch gehalten.

Jax machte es sich an der Rezeption bequem und öffnete seine Wasserflasche. Er nuckelte die eiskalte Flüssigkeit und hörte Reid zu, der ihm ein Ohr darüber abkaute, dass mit der Hochzeit auch ja nichts schiefgehen durfte, als Vanessas Taxi plötzlich in die Einfahrt gebogen kam. Obwohl er gerade die halbe Flasche getrunken hatte, spürte er, wie sein Mund plötzlich knochentrocken wurde. Es war so weit. Der Kampf hatte begonnen. Unwillkürlich stellte er sich ein Ringgirl vor, das durch den Garten stolzierte und ein riesiges Schild mit sich herumtrug. Darauf stand in dicken fetten Buchstaben RUNDE 1.

Genau in diesem Moment traf er die Entscheidung zu warten, bis Vanessa sich eingerichtet und etwas entspannt hatte, bevor er ihr die Wahrheit sagte. Vielleicht würde er sie auf einen Drink einladen und es ihr dann erzählen. Es war weniger wahrscheinlich, dass sie ihn hasste, wenn sie erst die Sonne auf dem Gesicht spürte, den Sand zwischen den Zehen und den Alkohol in ihren Adern. Richtig?

»Keine Sorge, Alter«, versicherte er Reid, während er die langbeinige Rothaarige beim Aussteigen beobachtete. »Ich hab alles unter Kontrolle.«

Reids Fluch war nicht sehr ermutigend. »Warum habe ich so ein schlechtes Gefühl dabei?«

»Keine Ahnung. Muss Schluss machen.« Jax drückte auf den Ausknopf und stieß sich von der Rezeption ab. »Meine Verlobte ist hier.«

Der Fahrer holte die Taschen heraus und schloss den Kofferraum mit einem Knall. Dann nahm er ihr Geld entgegen und verzog sich eilig wieder in seinen Wagen, ohne auch nur »Aloha« zu sagen, bevor er abdampfte. Hustend von den Abgasen griff Vanessa nach ihren Sachen, um sie zum Empfang zu tragen. Die Insulaner waren doch angeblich so freundlich und entgegenkommend. Tja, dieser hier wohl nicht. Obwohl sie seine schlechte Laune irgendwie auch verstehen konnte, nachdem er erst am Flughafen auf sie hatte warten müssen und dann noch einmal vor dem kleinen Café, während sie einen Happen aß. Trotzdem, es war ja nicht so, als wäre er nicht angemessen für seine Zeit entschädigt worden.

Was für ein Tag. Erst strandete sie am Flughafen, dann erfuhr sie, dass sie eine neue Identität annehmen musste. Und schließlich erwischte sie auch noch den einzigen mürrischen Taxifahrer in ganz Oahu. So hatte sie sich ihren Urlaubsbeginn an einem der schönsten Orte der Welt nicht gerade vorgestellt.

Aber, räumte sie ein, bei all diesen Vorfällen hatte es sich um Dinge gehandelt, die sie nicht kontrollieren konnte. Was sie aber sehr wohl kontrollieren konnte, war die Art, wie sie mit ihrer gegenwärtigen Situation umging und …

»Hallo, Schätzchen.«

… mit ihm.

Vanessa holte tief Luft, drehte sich um und betrachtete diesen Dorn in ihrem Fleisch. Er hatte seine Surferklamotten gegen etwas eingetauscht, das passender für einen Mann war, der angeblich gerade erst vom US-amerikanischen Festland herübergeflogen war. Zu seinen khakifarbenen Cargoshorts trug er ein leichtes weißes Hemd und Sandalen. Ein unauffälliger Look. Irgendwie lässig.

Und warum fand sie ihn dann verdammt auffällig und noch dazu unerhört sexy?

Vanessas Puls setzte einen Schlag aus, und sie bekam Gänsehaut, trotz des milden Wetters. Jackson kam noch einen Schritt näher und stellte sich neben sie. Er überragte sie mindestens um zwei Kopflängen. Der Mann war einfach massiv. Wie um alles in der Welt konnte jemand so Großes die gleiche DNA haben wie ihre winzige Freundin?

Die Tatsache, dass Jackson und sie einen Fehlstart hingelegt hatten, machte sie noch lange nicht blind. Er war bei Weitem eines der prachtvollsten Exemplare, das sie je gesehen hatte. Ein Jammer, dass er so offensichtlich gegen mehrere ihrer Regeln verstieß. Verflucht, wenn sie ehrlich war, verstieß er wohl gegen alle.

Er bückte sich, um ihre Reisetasche zu nehmen, und als er sich wieder aufrichtete, beugte er sich vor, um ihr einen warmen Kuss auf die Wange zu drücken. Bei der unerwarteten Vertraulichkeit schnappte sie nach Luft und wäre fast zusammengezuckt, aber seine leisen warnenden Worte hielten sie zurück. »Denken Sie daran, wer Sie hier sind. Wenn Sie mich wegen sexueller Belästigung anzeigen, ist die Chance groß, dass unsere Tarnung auffliegt.«

Sein leises Lachen brachte sowohl ihr Inneres zum Schmelzen als auch ihr Blut zum Kochen. Prompt hoben sich ihre eigenen Mundwinkel ein Stück, obwohl sie ihnen das streng untersagt hatte. Na schön, der Punkt ging wohl an ihn. Um ihr Gesicht zu wahren, setzte sie dennoch ein breites Lächeln auf und sagte mit ihrer süßesten Stimme: »Machen Sie sich um mich keine Sorgen, Schätzchen. Ich habe herausragende schauspielerische Fähigkeiten. Worüber ich mir an Ihrer Stelle aber Sorgen machen würde, ist Ihre Männlichkeit. Denn sollten Sie diese Situation auch nur irgendwie ausnutzen, werde ich warten, bis sich die Zimmertür hinter uns schließt. Und was ich dann mit Ihren Kronjuwelen anstelle, möchten Sie lieber gar nicht wissen.«

Er zog die linke Augenbraue hoch, durch die quer eine gezackte weiße Narbe verlief. Das verlieh seinem guten Aussehen eine verwegene Note. Obwohl Vanessa wusste, dass ihre Erscheinung an diesem Punkt nichts weniger als grauenhaft war, musterte er sie, als sei sie seine absolute Lieblingssüßigkeit. Vielleicht ließ sie den hochmütigen Prinzen der Fluten doch nicht ganz so kalt, wie er sie gern glauben machen wollte.

»Ich freue mich darauf, Prinzessin«, sagte er, grinste erheitert und zwinkerte ihr zu, bevor er in die Lobby ging.

Was stimmte nicht mit diesem Mann? Er konnte doch einfach klein beigeben. Oder er konnte ihre Sorgen kleinreden. Oder er konnte sich wenigstens selbst etwas kleiner machen. *Eines* dieser Kleins wenigstens. Das tat jeder normale Mann, wenn man seine Kronjuwelen bedrohte. Vielleicht war er Masochist. Bei diesem Gedanken wurde sie ein wenig munterer. Ein heimlicher Masochist erstickte definitiv jeden Funken des Verlangens, das sie in ihrem Inneren verspürte, wenn er sie aus seinen hellen Augen anschaute.

Vanessa, die sich bereits besser fühlte, schnappte sich den Griff ihres Koffers und zog ihn hinter sich her durch den gefliesten Eingang der Lobby. Jackson stand an der Rezeption und sprach mit einer hübschen Frau, die ihm einen Umschlag mit Papierkram und zwei Schlüsselkarten reichte, und das alles mit einem Lächeln, das ihr wahrscheinlich den Kunden-Beliebtheitspreis eintrug.

Vanessa trat einen Schritt näher. »Das ist meine entzückende Braut«, verkündete Jackson, legte ihr einen Arm um die Taille und zog sie an sich.

»Zukünftige Braut, mein Lieber«, sagte sie mit einem eingefrorenen Lächeln auf dem Gesicht. »Noch bin ich nicht offiziell deine Braut.« Dann, bevor sie sich bremsen konnte, fügte sie hinzu: »Zwischen jetzt und dann kann alles Mögliche passieren.«

Als der Irre, der sie festhielt, lachte, hob die Frau hinter der Rezeption den Kopf und musterte sie. Und zwar so, wie man Konkurrenz mustert. Nicht unfreundlich, aber der kurze Bruch in der *Angestellte-des-Monats*-Fassade wurde einen Moment lang sichtbar, bevor sie den Faden wieder aufnahm.

»Willkommen im Mau Loa, Miss Miller. Es ist mir eine Freude, Sie und Mister Andrews in unserem Resort begrüßen zu dürfen. Falls wir irgendetwas tun können, um ihren Aufenthalt noch angenehmer zu machen, zögern Sie bitte nicht, nachzufragen.«

»Vielen Dank …« Vanessa schaute auf das Namensschild, das die Frau als Reservierungsleiterin auswies. »Jillian. Ich bin mir sicher, dass alles in Ordnung sein wird. Was das Treffen mit dem Hochzeitsplaner betrifft, können Sie mir bitte sagen, wann mein …«

Jackson räusperte sich und drückte ihre Taille. Sie konnte es sich kaum verkneifen, die Augen zu verdrehen.

»… wann *unser* erster Termin stattfinden soll?«

»Natürlich. Ich schaue sofort nach.« Nachdem sie einige Momente lang mit den Nägeln über die Tastatur geklackert war, sagte sie: »Sie haben heute Nachmittag um vier Uhr einen Termin mit ihm im Honu Café.«

»Wunderbar«, sagte Jackson mit einem leichten Schlag auf die Theke, als signalisiere er das Ende ihrer Unterhaltung. »Nun, Jilli, es war eine lange Reise, daher würde ich Lucie gern in unseren Bungalow bringen, damit sie sich frisch machen kann. Sie sieht normalerweise nicht so mitgenommen aus.«

Vanessa schnappte nach Luft, als hätte er ihr gerade einen linken Haken verpasst. War das sein Ernst? Ihr Puls begann zu rasen, und sie spürte das wilde Verlangen, zurückzuschlagen. Wenigstens mit Worten. »Nun, zumindest kann ich mein Problem mit einer Dusche in Ordnung bringen, Liebling. Du brauchst die kleine blaue *Pille,* um deins in den Griff zu kriegen.«

Jackson stieß ein seltsames Geräusch aus, das wie eine Mischung aus Ersticken und Lachen klang, während er sich die Faust vor den Mund presste. Bevor sie innehalten und die Worte bedauern konnte, die sie gerade ihrer besten Freundin in den Mund gelegt hatte, schnappte Vanessa sich den Umschlag und die Schlüssel von der Theke. »Warum gehst du nicht los und suchst dir ein paar neue Freunde, während ich mich für dich *frisch mache?* Ich bin wahrscheinlich eine Weile beschäftigt, also würde ich mir an deiner Stelle Zeit lassen.«

Sie fing den Blick der Frau auf, deren Gesicht zu gleichen Teilen Schock und Entzücken widerspiegelte, und schenkte ihr den entschuldigendsten Blick, den sie zustande bringen konnte. »Es tut mir so leid. Ich stehe mit der Hochzeit und allem im Moment so sehr unter Stress, dass ich nicht ganz ich selbst bin. Vielen, vielen Dank für Ihre Hilfe.«

Dann drehte sie sich auf dem Keilabsatz ihrer Sandalen um und stolzierte ohne einen Blick zurück aus der Lobby hinaus, in der Hoffnung, dass sie den Weg zu ihrem Bungalow schon finden würde. Als sie nach draußen in den Garten trat, entdeckte sie dort einen gigantischen Pool und mehrere Hot Tubs, umgeben von üppigen Palmen und Liegestühlen. Auf einer Seite ergoss sich ein Wasserfall eine große Felswand hinunter und brachte etwas von der Insellandschaft in die Hotelanlage hinein.

Während sie einem der Pfade folgte, der sie um die touristischeren Bereiche herumführte, spähte sie hinter ihrer Sonnenbrille zu den Gästen hinüber. Sie hätte schwören können, dass sie Reese Witherspoon mit ihrem Mann im Pool und jemanden, der große Ähnlichkeit mit Alec Baldwin hatte, an der Bar stehen sah. Aber ganz sicher war sie sich nicht. Zum Glück war sie zu erschöpft, um auch nur ansatzweise an irgendwelchen Promis interessiert zu sein, und ging weiter, um endlich ihr Ziel zu erreichen.

Das Mau Loa war anders als die meisten Resorts auf der Insel. Es beherbergte nicht Hunderte von Zimmern in einem einzigen gigantischen Hotelgebäude. Stattdessen verfügte es über mehrere Dutzend Bungalows mit viel Privatsphäre, die über das gesamte Anwesen verteilt waren. Im Wesentlichen handelte es sich um kleine luxuriöse Häuschen, eingebettet in eine paradiesische Landschaft.

Sie brauchte nur wenige Minuten, um ihren Bungalow am äußersten Grundstücksrand zu finden. Erleichtert schloss sie auf und betrat das weiß verputzte Haus. Das Innere wirkte wie aus einem Reiseprospekt. Groß, offen und luftig, alles in Weiß oder gedämpften Blautönen gehalten, passend zum Ozean, der nur einen Steinwurf entfernt vor ihrer Veranda lag.

Der Hauptraum war groß und mit mehreren Sofas ausgestattet, wie weiche Wolken, die vom Himmel gepflückt worden waren. Die Wand auf der linken Seite bestand gänzlich aus gläsernen Schiebetüren, die in einen kleinen Innenhof führten, komplett mit Pool, Hot Tub, kleiner Bar, Außendusche und Hängematte, umgeben von einem zweieinhalb Meter hohen

Zaun zur Sicherung der Privatsphäre. Die kleine, aber voll ausgestattete Küche lag rechts vom Wohnbereich, abgeteilt durch eine Frühstückstheke mit Hockern.

Vanessa durchquerte den Raum und öffnete die Tür an der gegenüberliegenden Seite, um das romantischste Schlafzimmer vorzufinden, das sie je gesehen hatte. Der zarte Stoff eines Baldachins war über die Säulen eines gigantischen Himmelbetts drapiert und kräuselte sich in der Meeresbrise, die durch die offenen Glastüren hereinwehte.

Während sie sich noch umsah, klopfte es plötzlich, und ein Angestellter erschien mit ihren Taschen. Vanessa verschwendete keine Zeit, schnappte sich einige frische Anziehsachen und hüpfte in die Dusche. Sie konnte sich nicht daran erinnern, wann sich heißes Wasser das letzte Mal so gut angefühlt hatte, und der blumige Duft ihrer Pflegeprodukte entspannte und belebte sie gleichermaßen. Nachdem sie sich abgetrocknet hatte und in Baumwollshorts und ein T-Shirt geschlüpft war, ging sie direkt zum Bett.

»Kaviarträume und Champagnerwünsche«, flüsterte sie mit einem Lächeln, bevor sie sich auf die Wolke von einer Matratze fallen ließ … und eindöste.

Ein erneutes Klopfen an der Tür ließ sie aus dem Schlaf hochschrecken. Sie schaute auf ihre Armbanduhr und entspannte sich. Ungefähr dreißig Minuten waren verstrichen, was ein ziemlich gutes Powernickerchen war. Sie fühlte sich definitiv frischer.

Das Klopfen erklang wieder. Wenn es einen Gott gab, dann stand da jetzt ein Kellner mit einem dieser leckeren blauen Drinks in der Hand, die sie vorhin überall gesehen hatte.

»Ich komme«, rief sie und hüpfte vom Bett. Sie riss die Tür auf, und ihre Vorfreude verpuffte. »Oh. Sie sind es.«

»Kleine blaue Pille? Das war super.« Jackson drückte sich

eine Hand aufs Herz, als er über die Schwelle trat. »Es hat wehgetan, aber es war perfekt platziert.«

Sie schloss die Tür ein klein wenig heftiger als notwendig hinter ihm. »Tja, Sie werden es nicht mehr so *super* finden, wenn in der Regenbogenpresse die Nachricht auftaucht, dass die Beziehung zwischen Lucie und ihrem Verlobten, dem reichen und berühmten MMA-Kämpfer, gerade dabei ist, in die Brüche zu gehen. Was übrigens ganz allein Ihre Schuld wäre.«

Er lehnte sich mit einer Schulter gegen die Wand und verschränkte die Arme. »Wieso wäre das meine Schuld?«

»Weil!« Sie stieß mit dem Finger gegen seine Brust. »Weil Sie mich mit Ihren Beleidigungen total auf die Palme gebracht haben. Reid hätte so etwas niemals über Lucie gesagt. Er betet den Boden an, auf dem sie geht. Aber es ist offensichtlich, dass Sie keinen Schimmer haben, wie man eine Frau behandelt, also weiß ich wirklich nicht, wie wir das eine ganze Woche lang durchziehen sollen. Andererseits, wenn das Mädchen von der Rezeption unsere kleine Show vorhin ausplaudert, wird man uns wahrscheinlich hochkant hinauswerfen, und dann brauchen wir uns darüber keine Sorgen mehr zu machen.«

Sie wollte sich umdrehen, aber er hielt ihren Arm fest und hinderte sie daran, davonzustürmen. »Zunächst einmal: Jilli wird niemandem irgendetwas erzählen.«

»Oh, wirklich. Und wie können Sie sich dessen so sicher sein?«

»Weil sie die Kontaktperson ist, von der ich Ihnen erzählt habe. Sie ist in die ganze Sache eingeweiht.«

Dieses pikante kleine Detail huschte durch ihr Gehirn und durchquerte alle Abteilungen, die zusammenspielen mussten, um zwischen den Zeilen lesen zu können. Ihre Augen weiteten sich. »Also hätten wir gar nicht …«

»So eine große Vorstellung abgeben müssen?«, sagte er mit einem breiten Lächeln. Sie bemerkte zum ersten Mal, dass sich unter dem Bart zwei süße Grübchen versteckten, die den heißen Charme dieses Mannes leider noch verstärkten. Warum waren ausgerechnet die Mistkerle immer so verdammt sexy?

»Ja, ich weiß, aber ich dachte, wir sollten üben. Außerdem haben wir jetzt unseren ersten Streit hinter uns.«

»Oh, Sie haben ja *keine* Ahnung …«

»Zweitens«, unterbrach er ihre beginnende Tirade, während er seine Erheiterung so mühelos abstreifte, als wäre es eine Maske. »Im Gegensatz zu ihrer Behauptung weiß ich zufällig ganz genau, wie man eine Frau behandelt. In *jeder* Hinsicht.«

Der charmante, gutartige Typ, den sie kennengelernt hatte, war verschwunden. Stattdessen stand vor ihr ein ernsthafter Mann. Vanessa hatte das Gefühl, dass *dieser* Mann – der zweifellos einer Geliebten jeden Wunsch erfüllen oder zum Albtraum seiner Gegner werden konnte –, der wahre Jackson war.

Plötzlich schien es ihr, als gäbe es keine Luft mehr im Raum. Topasfarbene Augen brannten sich in ihre und entzündeten ein Feuer. Zwischen ihren Beinen begann es zu prickeln, während sie noch immer über seine doppeldeutigen Worte nachdachte. Worte. Wo waren eigentlich *ihre* Worte? Sie war doch sonst niemals sprachlos. Sie verdiente sich ihren Lebensunterhalt damit, zu diskutieren, verflucht noch mal.

Dieser Mann ist Gefährlich. Großes G.

Okay, ganz ruhig. Da sie nicht vorhatte, in absehbarer Zeit einen MMA-Käfig zu besteigen und gegen ihn anzutreten, drohte ihr diese Gefahr wohl nicht in körperlicher Hinsicht. Na ja, es sei denn, man zählte erdbebenartige Orgasmen dazu, die das Potenzial hatten, sie ins Krankenhaus zu befördern, aber darüber wollte sie jetzt lieber nicht nachdenken. Nein, in körperlicher Hinsicht hatte sie nichts zu befürchten. Die eigentliche Gefahr war emotionaler Art.

Vanessa schnappte nach Luft. Im selben Moment ließ Jackson plötzlich ihren Arm los. Und wie der Wind, der nach einem Sturm die Richtung wechselte, war die Intensität plötzlich verschwunden und die Unbeschwertheit war zurück. Ganz. Einfach. So.

»Da wir das nun aus dem Weg geschafft haben, würde ich Sie gern zu einem Wiedergutmachungslunch einladen«, verkündete er lässig.

Sie musste sofort damit aufhören, seine eigenartigen Persönlichkeitsschwankungen zu analysieren. Stattdessen sollte sie sich lieber mal auf den neuesten Versuch dieses unmöglichen Kerls konzentrieren, schon wieder die Kontrolle an sich zu reißen. Also räusperte sie sich, strich sich ihre Bluse glatt und verschränkte die Arme. »Ich habe schon gegessen.«

»Okay, kein Lunch. Wir holen uns stattdessen einen Drink am Strand.«

Verdammt, das klang gut. Ganz zu schweigen davon, dass es sie irgendwie auch interessierte, wie Jackson sich in der Öffentlichkeit benehmen würde. Vor allem nachdem sie jetzt wusste, dass die ganze Sache mit Jilli nur seine schräge Art gewesen war, sich zu amüsieren. *Mistkerl.*

»Tut mir leid, ich habe etwas anderes vor. Aber lassen Sie sich von mir nicht aufhalten. Gehen Sie nur und gönnen sich ein bisschen Spaß.«

Er biss sich in die Innenseite seiner Wange, während er die Augen nachdenklich zusammenkniff. »Reid hat gesagt, dass Sie eine knallharte Gegnerin wären.«

»Reid ist ein sehr kluger Mann.«

»Kommen Sie schon, geben Sie einem Mann die Chance, für seine Sünden zu büßen. Sie mussten heute mit einer Menge Mist von mir fertig werden. Lassen Sie es mich wiedergutmachen. Wir nehmen einige Drinks und fangen von vorn an.«

Sie hatte sich definitiv einen Drink verdient. Verdammt, sie hatte sich mehrere verdient. Vielleicht würde er sich den Rest der Woche zurückhalten, wenn sie ihm erlaubte, sie auf einen Cocktail einzuladen. Dann würde sie in den nächsten Tagen nicht ständig der Ablenkung aus dem Weg gehen müssen, die er so gekonnt darbot. »Na schön. Wir nehmen einen Drink und sind dann quitt. Abgemacht?«

Er entspannte sich, und das spektakuläre Lächeln kehrte zurück, das die starken Linien seines bärtigen Kinns betonte. »Abgemacht.« Er klatschte in die Hände und ging zur Tür. Sie folgte ihm und blieb dann stehen, sobald er auf die Veranda trat.

»Ich ziehe mich noch um und treffe Sie in zehn Minuten an der Bar.« Und mit diesen Worten schloss sie die Tür vor seinem Hübscher-als-ihm-guttat-Gesicht.

Perfekt! Diesmal hatte sie das letzte Wort behalten. Sie war gerade dabei, sich zu dieser Tatsache zu gratulieren, als sie ihn brüllen hörte: »Warum ziehen Sie sich nicht schon mal um? Ich treffe Sie dann an der Bar.« Dann ertönte ein schallendes Gelächter, das langsam verklang, als er davonging.

Die Moana Bar befand sich mitten auf dem Privatstrand des Mau Loa, keine fünfzig Meter vom Meer entfernt.

Eine quadratische Theke wurde auf vier Seiten von Hockern umgeben. Darüber thronte auf polierten Holzpfeilern ein strohgedecktes Dach, an dem Laternen baumelten, die nachts als Wegweiser für durstige Gäste dienten. Neben der Holztheke waren kleine Tische mit Sonnenschirmen im Sand verteilt, wo Gäste sitzen und essen oder andere Gäste betrachten konnten, während sie an ihren Drinks nippten.

Die Atmosphäre war eine gelungene Verbindung einheimischer und touristischer Elemente: Das Crescendo der Wellen, die auf den Strand klatschten, die Gespräche und das Gelächter der Resortgäste und die Tricks der Barkeeper, die die Leute mit umherwirbelnden Flaschen unterhielten wie Tom Cruise in *Cocktail*.

Jackson stand an der Theke und genoss das Heineken in seiner Hand und die Erinnerung an Vanessas Reaktion, als sie erfahren hatte, dass das Schauspiel für Jilli völlig unnötig gewesen war. Eine Reaktion, die er mit seiner Erklärung abgewürgt hatte, dass er sehr gut wusste, wie man eine Frau behandeln musste. Nach ihrem Gesichtsausdruck zu schließen, hatte diese Bemerkung Gedanken in Vanessas Kopf ins Rollen gebracht, die sie dort *nicht* haben wollte. Was den Spaß nur umso größer machte.

Natürlich würde dieser Spaß gleich beendet sein. Sobald er sie mit ein oder zwei Drinks ausgestattet hatte, musste er ihr die Wahrheit sagen. Sie würden mit dem Hochzeitsplaner reden und die Situation erklären. Dann konnte Vanessa die restliche Zeit ihres Aufenthalts in Ruhe genießen.

Und ihn verachten und meiden wie die Pest.

Jax nahm einen Schluck von seinem Bier und hätte sich am liebsten selbst in den Arsch getreten. Er wäre nicht in dieser Situation, wenn er einfach pünktlich am Flughafen aufgetaucht wäre. Dann wäre sie nicht sauer gewesen, und er hätte ihr keine Lügen aufgetischt nur um noch etwas Zeit mit ihr verbringen zu können. Jetzt würde er sich als Mistkerl entpuppen, wenn er ihr die Wahrheit sagte, und ebenso, wenn er es nicht tat. *Fuck*.

Bei all dem Lärm hier war es unmöglich, irgendwelche Schritte zu hören. Was es umso seltsamer machte, dass er sich genau in dem Moment umdrehte, als Vanessa sich der Bar näherte.

Sie schlängelte sich zwischen den Tischen hindurch und

wich mit ein paar gekonnten Hüftschwüngen den Stühlen in ihrem Weg aus. Obwohl … vielleicht ging es ihr auch gar nicht um die Stühle. Vielleicht wollte sie einfach nur jeden Mann in einem Umkreis von fünfzig Metern mitten im Satz vergessen lassen, was er gerade sagen wollte.

Smaragdfarbene Stofffetzen klebten an ihren Brüsten mit nichts als einem Goldring in ihrem Dekolleté, der die Seitenteile zusammenhielt. Der Zweck des weißen Netzrocks, den sie sich tief um die Hüften geschlungen hatte, war Jax ehrlich gesagt ein Rätsel. Obwohl der Rock die Form ihres Hinterns verbarg, war er schräg bis zur Hälfte des linken Oberschenkels aufgeschlitzt und entblößte somit die cremefarbene Haut ihres rechten Beins.

Als Vanessa sich der Theke näherte, drehte er sich zu ihr um, musterte sie noch einmal durch seine verspiegelten Brillengläser und stieß einen leisen Pfiff aus. »Machen Sie Urlaub oder nehmen Sie an dem Badeanzugwettbewerb für den Miss-America-Schönheitswettbewerb teil?«

Sie ließ sich auf den Hocker neben der Stelle gleiten, an der er stand, und begann: »Wissen Sie was, Jackson …«

»Meine Freunde nennen mich Jax.«

Vanessa schob sich ihre Sonnenbrille auf den Kopf und musterte ihn mit einem Aufblitzen ihrer grünen Augen. »Ah, Jax. Sind das nicht diese nervigen kleinen Figuren für Kinder, die einem immer unter die Füße zu geraten scheinen?« Sie nickte, als machten alle Mysterien der Welt plötzlich Sinn. »Jetzt verstehe ich das total.«

Verdammt, ihm gefiel ihre angriffslustige Art. »Das möchte ich wetten«, sagte er und schenkte ihr ein breites Lächeln, das er nicht vorzutäuschen brauchte.

»Wie gesagt, *Jackson*«, betonte sie das Wort mit einem zuckersüßen Grinsen, »eine Frau sollte sich immer von ihrer besten Seite zeigen. Schließlich kann sie ja nie wissen, wann sie vielleicht in einer Strandbar einem gut aussehenden Fremden begegnet, der sie von ihrem Lunchdate retten kann.«

»Drinkdate.«

Sie wedelte wegwerfend mit der Hand. »Wortklauberei.«

Dann gab sie dem Barkeeper ein Zeichen und bestellte sich einen Blue Hawaiian, oder wie sie es nannte: »Dieses große blaue Dingsda, das ich überall sehe.« Wie entzückend touristinnenmäßig.

»Bedauerlicherweise werden Sie mich nicht los. Wie würde das denn aussehen, wenn Lucie Reid verlässt, um in der Woche vor ihrer Hochzeit mit einem anderen Mann herumzutollen?« Er machte sich nicht die Mühe zu erwähnen, dass er vorhatte, *sie* nach ihren Drinks allein zu lassen, nachdem er reinen Tisch bezüglich seiner Schwindelei gemacht hatte.

»Leider haben Sie recht. Aber nächste Woche ist die Hochzeit vorbei, und Reid und Lucie werden sich auf ihrer Kreuzfahrt vergnügen. Und ich werde dann immer noch hier sein und unglaublich verfügbar.«

Jax' Eingeweide krampften sich zusammen bei dem Bild einer sexy Vanessa, um die jeder Mann im Umkreis einer Quadratmeile herumscharwenzelte. Sein Kopf sagte ihm, dass es ihn verdammt noch mal nichts anging, wie sie ihren Urlaub verbrachte. Aber dummerweise war er immer ein Mann gewesen, der seinem Bauchgefühl folgte.

Ihr Blue Hawaiian kam. Sofort hob sie das große bauchige Glas, nippte an der türkisfarbenen Flüssigkeit, gab einen anerkennenden Laut von sich, der ihm ein Engegefühl in seinen Shorts bescherte, und leckte sich dann den Zucker von den Lippen.

Jackson räusperte sich, um ein Stöhnen zu kaschieren. Er bestellte ein zweites Heineken und erledigte dann sein erstes.

Bei der Vorstellung, dass Vanessa Zeit mit anderen Männern verbringen könnte, wuchs ihm so langsam ein Magengeschwür. Seine andere Hälfte – der ungehobelte Steinzeitmensch – versuchte die Oberhand zu gewinnen.

Er erstickte diesen irrationalen Mist, bedankte sich bei dem Barkeeper für das neue Bier und hielt den Ton leicht. »Wissen Sie, als Ihr persönlicher Gastgeber würde ich meine Pflichten vernachlässigen, wenn ich einem Haufen von Mistkerlen erlaube, Sie zu umkreisen wie Haie einen Köder.«

»Entschuldigung«, sagte sie mit einer ungläubigen Miene, »haben Sie mich gerade als Fischabfall bezeichnet?«

»Na ja. Sie *sind* doch Anwältin.« Zwinkern. Trinken.

Sie lachte auf die gleiche Art, wie sein Kumpel Corey bei einem ihrer freundschaftlichen Ego-Streits. »Okay, Maris, ich gebe Ihnen eine faire Vorwarnung.« Sie deutete zwischen ihnen hin und her. »Wenn *dies* vorbei ist, beabsichtige ich, ein heißes hawaiianisches Mannsbild zu finden, das mich ein paar Tage lang unterhält. Und sollten Sie sich in irgendeiner Weise, Form oder Art einmischen, muss ich Ihnen leider wehtun.«

Lachend nahm er seine Sonnenbrille ab, legte sie auf die Theke und blickte auf Vanessas schmale Gestalt hinab. »*Sie* wollen *mir* wehtun? Das ist entzückend; das ist es wirklich.« Sie öffnete den Mund, um zurückzufeuern, aber er ließ ihr keine Gelegenheit. »Ich bin allerdings froh, dass Sie sich mit einem Einheimischen amüsieren wollen, während Sie hier sind.«

Sie schloss den Mund, und eine kleine Falte erschien auf ihrer Stirn. Jackson unterdrückte ein breites Grinsen. Er liebte es, wenn seine Strategie aufging.

Nachdem er die Unterarme auf der Theke verschränkt hatte, beugte er sich langsam zu Vanessa vor. Ihr exotischer Zitrusduft füllte seine Lungen, ein Geruch, der so berauschend war, dass er am liebsten nie wieder ausgeatmet hätte. In dem Bemühen, seinen Anfall von Verlangen zu ignorieren, senkte er die Stimme und legte noch eine anzügliche Note drauf. »Ich bin ja einer dieser Einheimischen. Könnte ich wohl der richtige Mann für den Job sein?«

Sie starrte ungläubig zu ihm empor und öffnete ein klein wenig den Mund. Er testete das Terrain und saugte die Unterlippe zwischen die Zähne, um sie dann wieder loszulassen. Ihr Blick blieb daran haften und ihre Augen wurden vor Interesse dunkel.

Und Bingo.

»Ich denke, das ist ein Ja, Prinzessin.« Er gestattete sich die Genugtuung eines schwachen Lächelns, bevor er sein Bier zu einem Siegesschluck hob.

Sie tauchte jäh aus ihrer Trance auf und stieß ein empörtes Schnauben aus. »Ich bitte Sie. Offenbar haben Sie einen Hitzeschlag. Oder denken Sie ernsthaft, dass ich Ihnen auch nur erlauben würde, sich für den Job zu *bewerben*?«

Jackson lachte über ihre Entrüstung und riss den Blick lange genug von ihrer schimmernden Haarpracht los, um seine Rechnung zu unterschreiben. Punkte für ihn. Das war gar nicht so einfach gewesen. Sie war ganz anders als die Frauen, mit denen er sonst seine Zeit verbrachte. Die meisten Mädchen auf der Insel waren unbeschwert, locker und schwammen mit dem Strom. Aber Vanessa war voller Gegensätze. Feuer und Eis. Sowohl die Ruhe *als auch* der Sturm.

Und ihre Augen hatten den reinsten Grünton, den er je gesehen hatte. Nicht bräunlich-grün oder haselnussfarben. Nein, grün-grün. Sie drehte den Kopf in seine Richtung und belohnte ihn mit einem finsteren Blick. Genau wie er es mochte. Er suchte nach dem verräterischen, kaum sichtbaren Rand, der die Farbe als unecht enttarnt hätte.

»Sie tragen keine Kontaktlinsen«, erklärte er.

Eine Augenbraue glitt auf ihrer Stirn nach oben. »Sie sagen das, als wären Sie überrascht darüber.«

»Bin ich auch. Für gewöhnlich kommt eine solche Farbe nur von Kontaktlinsen. Ich habe noch nie zuvor Augen gesehen, bei denen das echt ist.« Ein schwerer Seufzer begleitete das Rollen besagter grün-grüner Augen. Erheitert über ihre offensichtliche Vermutung fügte er hinzu: »Das war keine Anmache.«

»Seit unserem Treffen am Flughafen werfen Sie mit Anzüglichkeiten nur so um sich, Jackson. Warum sollte ich also denken, dass das keine Anmache war?«

Er nahm einen Arm von der Theke und drehte sich zu ihr um. Sie war größer als die meisten Frauen – um die eins fünfundsiebzig oder eins achtundsiebzig – aber mit seinen eins neunzig hatte er trotzdem einen gewaltigen Vorteil. Vor allem da sie saß und er stand.

Langsam ließ er den Blick über jeden entblößten Zentimeter wandern, ließ sie warten, sagte kein Wort, bis er gründlich jedes Detail in sich aufgenommen hatte. Alabasterhaut und glatte Kurven an einer gertenschlanken Statur. Brüste, die ihr Bikinioberteil perfekt ausfüllten, mit harten Knospen, die gegen den Stoff drückten … Verdammt, wenn er so weitermachte, würde er seine Erregung bald nicht mehr verbergen können. Seine Cargoshorts liefen ernsthafte Gefahr, eine neue Form anzunehmen.

Er riss den Blick wieder hoch, schaute in die smaragdfarbenen Tiefen und sagte ihr die Wahrheit. »Ich benutze keine Anmachsprüche. Ich mache Komplimente. Und einer Frau etwas zu sagen, das sie bereits weiß, ist kein Kompliment. Man muss ihr wahre Dinge sagen, die sie *nicht* weiß.«

»Okay«, antwortete sie, »ich beiße an. Was würden Sie mir denn sagen?«

Er schob ihr eine verirrte Locke hinter das Ohr, dann ließ er den Finger langsam an ihrem langen Hals hinabwandern, während sein Blick folgte. »Ich würde Ihnen sagen, dass der Anblick Ihrer kurvigen Silhouette vor einem hawaiianischen Sonnenuntergang absolut atemberaubend wäre.«

Sie griff nach oben und zog seine Hand weg, aber als er ihr in die Augen sah, musste sie wohl ihr Vorhaben vergessen haben, denn sie hielt seine Finger weiter umklammert. Er strich mit dem Daumen über ihre Knöchel. »Ich würde Ihnen sagen, dass Sie die faszinierendste Frau sind, die mir je begegnet ist, und dass ich darauf brenne zu entdecken, was unter diesem sexy Selbstbewusstsein steckt, das Sie nach außen hin zur Schau tragen.«

Behutsam ließ er ihre Hand los. Er wartete auf einen verbalen Gegenschlag, ein Hohnlachen, irgendetwas, das beweisen würde, dass seine Beobachtung absolut lächerlich war. Aber sie tat nichts dergleichen. Saß einfach nur wie versteinert da, und ihre Brust war das Einzige, was sich bewegte, während sie in raschen Atemzügen die Ozeanluft in ihre Lungen sog.

Er hatte sie berührt.

Der kleine Sieg löste einen heftigen Adrenalinstoß in ihm aus. Er verkniff sich ein Lächeln und beendete den Blickkontakt, um ihr eine kurze Atempause zu gönnen, die sie sofort nutzte, um mehrere große Schlucke ihres Cocktails zu nehmen, während er sein Bier trank.

»Also, V, erzählen Sie mir etwas über sich selbst.«

»Ihre Schwester nennt mich Nessie. Die meisten Leute tun das.«

»Ich weiß, dass Ihre Vorfahren aus Schottland stammen, mit diesem Haar und dem Nachnamen und allem, aber für mich sehen Sie nicht aus wie ein schwer fassbarer Wasserdinosaurier, der sich in einem See versteckt. Ich werde bei V bleiben.«

»Eigenartig«, sagte sie in dem sarkastischen Ton, an den er sich langsam gewöhnte. »Lucie hat nie erwähnt, wie unglaublich nervig Sie sind.«

Da ist sie wieder, meinen Damen und Herren.

»Das ist eine Schande, weil es eine meiner besseren Eigenschaften ist.« Wie er gehofft hatte, zauberte die alberne Bemerkung ein Lächeln auf ihr gleichmütiges Gesicht. »Aber zurück zum ursprünglichen Thema: Was ist Ihre Geschichte?«

Sie spielte mit dem leuchtend blauen Papierschirmchen herum, das über dem Rand ihres Drinks hing. »Nichts Aufregendes. Ich bin in New York aufgewachsen, habe in Nevada das College besucht und bin Anwältin geworden.«

»Sind Sie gut?«

»Man nennt mich unter den Anwälten nicht umsonst die Rote Viper, Schätzchen.«

»Darauf möchte ich wetten.«

»Also verbringe ich jetzt meine gesamte Zeit damit, die bösen Buben in große Käfige zu sperren.« Sie fixierte ihn mit einem Blick, den er so langsam schon kannte. Jetzt würden schätzungsweise gleich irgendwelche Bemerkungen zu seiner Person folgen. »Wissen Sie, im Grunde genau solche Typen wie Sie.«

Bingo. Er konnte in dieser Frau lesen wie in einem offenen Buch. Was die ganze Sache wesentlich einfacher machte. »Ich bin ein böser Bube in einem großen Käfig, hm?«

»Sie sind ein Käfigkämpfer, oder etwa nicht?«

Er grinste, »Stimmt. Aber wieso gehöre ich zu den bösen Jungs?«

Sie leerte ihren Drink, ließ ihre Sonnenbrille auf die Nase herabfallen, während sie aufstand, und schaffte es irgendwie, den Anschein zu erwecken, als schaue sie auf *ihn* hinab und nicht anders herum. »Das bleibt abzuwarten, Mister Maris.

Aber ich habe nicht den geringsten Zweifel daran, dass es die Wahrheit ist. Danke für den Drink.«

Diese durchmischte Bewertung seines Charakters beruhte auf bloßen Vermutungen. Wegen seiner dummen Lüge von vorhin traf sie aber leider genau ins Schwarze. Darum platzte er, als sie ihn zum vierten Mal innerhalb kürzester Zeit abservierte und die Hüften kreisen ließ wie Palmenwedel in der Brise, mit einer weiteren Sache heraus, die absolut nichts dazu beitrug, die Situation in Ordnung zu bringen.

»Kommen Sie mit mir schwimmen.«

Sie lief schnurgerade weiter. »Ein andermal vielleicht.«

»Jetzt ist ein ebenso guter Zeitpunkt wie jeder andere, V.«

»Später, Jackson«, sagte sie mit einem abschätzigen Winken über ihre Schulter.

Na klar. Sie hatte nicht die geringste Absicht, später irgendetwas mit ihm zu machen.

Noch nicht.

»Hätten Sie Interesse an einem Deal, Frau Anwältin?«

Vanessa hielt mitten im Rückzug inne und biss sich auf die Lippe. *Ein Deal?* Irgendwie kam sie sich gerade vor wie eine Maus, die Käse in einer Falle witterte. Langsam drehte sie sich um und musterte Jackson. Sie versuchte aus ihm schlau zu werden, aber er war unmöglich zu durchschauen. Nach hinten gelehnt, stützte er die Ellbogen hinter sich auf die Theke, auf seinem Gesicht lag dieses verdammte Lächeln, das sie dahinschmelzen ließ, während er ansonsten aussah, als wäre ihm alles egal. Nein, dieser Mann war einfach nicht zu durchschauen.

»Was für ein Deal?«

»Wenn Sie mit mir schwimmen gehen, verspreche ich, nicht zu übertreiben, wenn wir als Paar auftreten müssen.«

Sie hob das Kinn und straffte die Schultern. »Und wenn ich es nicht tue?«

Sein Lächeln verwandelte sich in ein Grinsen. »Ich hoffe, Sie genießen öffentliche Liebesbeweise.«

Verzweifelt darauf bedacht, sein Lachen nicht zu erwidern, saugte sie die Wangen gerade weit genug zwischen die Zähne, um draufzubeißen. Verdammt! Warum konnte sie die ganze Sache nicht locker angehen? Ohne ihren blöden Stolz wäre dieser sexy Typ jetzt wahrscheinlich gerade dabei, sie aus ihrem Bikinihöschen zu schmeicheln. Im übertragenen Sinne natürlich. Sie war normalerweise nicht so eine Miesepeterin, aber die ganze Situation war ihr von Anfang an gegen den Strich gegangen, und sie war zu halsstarrig, um es jetzt schon gut sein zu lassen.

»Was sagen Sie, V? Idyllisches Pärchen oder unerträgliche Jungverheiratete?«

»Das kann nicht Ihr Ernst sein.« Oh, es war sein voller Ernst. So ernst wie ein Todesurteil. *Das* zumindest konnte sie erkennen. Sie versuchte es mit einer anderen Taktik und sagte: »Sie tragen nicht mal eine Badehose.«

»Als ich das letzte Mal nachgesehen habe, gab es im Meer keine Kleidervorschriften.« Er fing an, sein Hemd von oben nach unten aufzuknöpfen, und entblößte mit jeder Bewegung seiner Finger mehrere Zentimeter herrlich gebräunter Haut. Er streifte die Sandalen ab und warf das Hemd auf einen der Barhocker, ohne sie auch nur eine Sekunde lang aus den Augen zu lassen. »Kommen Sie mit mir schwimmen.«

Gütiger Gott, er war umwerfend. Vanessa war mit vielen Männern ausgegangen, und einige von ihnen waren in tadelloser Form gewesen, aber kein einziger konnte dem Exemplar das Wasser reichen, das jetzt vor ihr stand. Er sah aus wie ein Bronzegott, muskelbepackt und straff. Breite Schultern umrahmten eine muskulöse Brust mit dunklen, flachen Brustwarzen, über die sie gern die Zunge hätte gleiten lassen. Sein Torso, vollkommen glatt und haarlos, ging in die anmutigen Täler und Hügel der Bauchmuskeln über. Und dann folgten die tiefen Linien, die pfeilförmig nach unten zu einem V verliefen … *Verdammt, jetzt hör aber auf damit, Nessie.*

»Ich könnte Ihre Annäherungsversuche ganz einfach vereiteln, wissen Sie.« Verflixt, sie konnte nicht aufhören! Ein Bad im Meer klang tatsächlich umwerfend. Wasser hatte noch nie so einladend ausgesehen. Aber sie konnte die Einladung nicht annehmen, ohne zuerst alle Auswege zu überprüfen.

»Das könnten Sie. Aber dann würden die Leute den Eindruck gewinnen, Reid und Lucie wären schon vor der Hochzeit am Ende ihrer Beziehung angelangt.« Er zwinkerte. »Was haben Sie sonst noch so in petto?«

Nichts, das hatte sie. Ein großes. Fettes. Nichts. Außerdem begann gerade irgendetwas tief in ihrem Inneren, vor Freude zu hüpfen. Was bestimmt nur daran lag, dass sie sich so sehr darauf freute, endlich durch die pazifischen Wellen zu waten. Mit Lucies älterem Bruder hatte das nichts zu tun. Nein, ganz sicher nicht.

»Schön, wir machen es auf Ihre Art. Ich hatte ohnehin vor, später schwimmen zu gehen. Also verlege ich lediglich meine eigenen Pläne ein wenig vor.«

Sie löste den Knoten an ihrer Hüfte, nahm ihren Sarong ab und warf ihm das Teil im Vorbeigehen an den Kopf. Dann ging sie weiter zum Rand des Wassers, wobei sie aufpasste, dass ihre Hüften sich wie die eines Supermodels auf einem Pariser Laufsteg wiegten. Als sie über ihre Schulter zurückschaute, sah sie genau das, worauf sie gehofft hatte: Jackson, der ihren Sarong umklammert hielt und ihr mit einem ehrfürchtigen Ausdruck auf dem Gesicht nachstarrte. Sie machte sich nicht die Mühe, ihre selbstgefällige Genugtuung zu verbergen, als sie ihm zurief: »Also, wer ist nicht bereit für ein Bad im Meer?«, und dann kümmerte sie sich nicht weiter um ihn, sondern watete in die glitzernden Wellen hinein.

Das warme Wasser fühlte sich himmlisch an, und der Sand quoll ihr zwischen den Zehen hindurch. Die salzige Meeresbrise wirbelte ihre langen Locken wild umher. Gerade als Vanessa die widerspenstigen Strähnen hinter die Ohren schob, packten sie ein Paar muskulöser Arme von hinten und rissen sie von den Füßen. Sie kreischte und versuchte sich freizustrampeln, aber ihr nerviger Angreifer weigerte sich, auf ihr Flehen zu hören. Wahrscheinlich weil sie nicht aufhören konnte zu lachen, während er sie in das tiefere Wasser hinaustrug.

»Jackson, kommen Sie schon, lassen Sie mich runter!«

»Nie im Leben, MacGregor. Sie sind eine grausame Frau und Sie müssen bestraft werden.« Dann warf er sie ohne viel Federlesens in eine ankommende Welle.

Vanessa versank unter der Oberfläche, stieß sich dann aber schnell wieder vom Grund ab. Als sie auf die Füße sprang, strömte ihr das salzige Wasser in den Mund und sie spuckte es aus, strich sich das Haar aus dem Gesicht und schnappte nach Luft. Sie brauchte nicht lange, um den Riesen von einem Mann zu entdecken, der sich in zwei Meter Entfernung gerade prächtig amüsierte.

Entschlossen ließ sie sich wieder unter Wasser sinken, griff nach seinen Knöcheln und zog sie mit einem Ruck zu sich heran, bevor sie wieder auftauchte und … gerade noch das Ende seines Sturzes mitansehen konnte. Das daraus resultierende Spritzen durchweichte sie erneut, aber es wusch ihr Lächeln nicht weg, als Jackson keuchend an die Oberfläche kam und sich das Wasser aus dem Gesicht streifte.

Sein überraschter Gesichtsausdruck verwandelte sich in ein boshaftes Grinsen. Er senkte die Arme und ließ die Finger spielen, als bereite er sich darauf vor, die Waffe zu ziehen oder sein Opfer mit einem spektakulären Angriff zu überwältigen. Da das hier nicht *High Noon* war und Jackson kein Pistolenhalfter zu seinen Cargoshorts trug, vermutete Vanessa, dass es Letzteres sein würde.

Sie machte Anstalten zurückzuweichen, einen langsamen Schritt nach dem anderen. Aber jedes Mal, wenn sie zurücktrat, trat er vor. »Jackson, ich habe die Gefälligkeit nur erwidert. Wir sind jetzt quitt.«

Ein weiterer Schritt rückwärts von ihr. Ein weiterer Schritt vorwärts von ihm. »Kommen Sie schon, bleiben Sie fair, ja?« Noch ein Schritt. Ein schneller Blick, um die Entfernung zum sicheren Ufer abzuschätzen. *Verdammt.* Zu weit. Und er wusste es.

Seine Augen begannen zu glitzern und seine Mundwinkel verzogen sich. Das leise Grollen seines Gelächters ließ die winzigen Härchen auf ihrem Nacken zu Berge stehen.

»Jax?«

»Lauf, kleiner Hase«, sagte er. »Lauf.«

Vanessa flüsterte einen Fluch und wirbelte herum, um auf den Strand zuzurennen. Ein Versuch, der sich als genauso nutzlos entpuppte wie vermutet.

Kaum war sie anderthalb Meter weit gekommen, da knurrte er auch schon und fegte sie von den Füßen, hievte sie über seine Schulter wie einen Sack Kartoffeln.

»Jackson Maris, lassen Sie mich sofort runter!«

Sie beobachtete, wie der Strand sich immer weiter und weiter entfernte, während Jackson durch die schaumigen Wellen pflügte und sie in immer tieferes Wasser trug. »Hören Sie mir überhaupt zu?« Frustriert darüber, dass er nicht den Anstand hatte, ihr zu antworten, tat sie das Erste, was ihr einfiel … sie schlug ihm so hart sie konnte auf den Hintern.

Er erstarrte, und seine Rückenmuskeln spannten sich unter ihr an und ließen sie ihr Tun sofort bereuen. »Haben Sie mir gerade den Hintern versohlt?«

»Ähm …«

Ohne Anstrengung hob er sie von seiner Schulter, sodass sie nun in seinen Armen lag, und er ihr ins Gesicht schauen konnte. Sie schlang die Arme um seinen Hals, da die Wahrscheinlichkeit, dass er sie plötzlich fallen ließ, ziemlich hoch war.

»Das ist das erste Mal, dass irgendjemand das gewagt hat«, sagte er und klang erheitert.

Das Bild dieses großen, starken Mannes, dem in irgendeinem Zusammenhang der Hintern versohlt wurde, war absurd genug, um sie zum Lachen zu bringen. Aber sie biss sich auf die Innenseite einer Wange, um es sich zu verkneifen. »Dann brauchen Sie wahrscheinlich ein klein wenig Erziehung.«

»Finden Sie, hm?« Sie nickte. Er schaute hoch in den klaren Himmel, als denke er darüber nach, dann schüttelte er den Kopf. »Ich denke nicht. Allerdings …« Er beugte seinen Kopf dicht über ihren und bedachte sie mit einem Blick, der sie an Stellen wärmte, an denen er das nicht tun sollte. »Ich könnte Ihnen den Hintern auf eine Weise versohlen, dass Sie um mehr betteln werden.«

Ihr stockte der Atem bei dem Bild, das vor ihren inneren Augen entstand. Ein Kribbeln begann tief in ihrem Bauch und breitete sich bis in ihre Arme und Beine aus. Jackson beugte sich vor, so dicht, dass sie seinen Atem fühlte. Oh Gott, er würde sie küssen, und aus irgendeinem Grund konnte sie sich nicht mehr daran erinnern, warum das eine ganz schlechte Idee war. Erwartungsvoll verschränkte sie die Finger hinter seinem Nacken.

Kurz bevor ihre Lippen sich berührten, hielt er inne und sagte: »Ich werde Ihnen später nur allzu gern zeigen, was ich meine. Aber Sie müssen mich nett darum bitten.«

Er hätte sie nicht mehr erschüttern können, wenn er einfach ausgeholt und ihr ins Gesicht geschlagen hätte.

Mit einem spöttischen Grinsen richtete er sich wieder auf. Er wusste genau, was er tat. Wahrscheinlich hatte er nie vorgehabt, sie zu küssen. Er hatte nur ein wenig mit ihr gespielt. Und sie war prompt darauf hereingefallen. Die Hitze des Begehrens, die eben noch ihren Körper erfüllt hatte, verwandelte sich in etwas anderes. Wut. Umso besser! Sie war bereit für die Schlacht.

»Oh, Sie sind *so* …«

Anscheinend beeindruckte ihn das nicht im Mindesten, denn er warf sie sich wieder über die Schulter. Sie kreischte, überrascht von dem plötzlichen Gefühl der Schwerelosigkeit, und stieß dann ein lautes *Uff* aus, als ihr Magen auf seiner Schulter landete. »Bevor Sie sich jetzt wieder künstlich aufblasen, Prinzessin, sollten Sie über mein Angebot nachdenken.« Er strich mit einem Finger die Umrisse ihres Bikinis nach und machte sie zum ersten Mal darauf aufmerksam, wie nah ihr Hintern seinem Gesicht war. Sie konnte seinen warmen Atem auf ihrer Haut spüren.

»Ich verspreche, es wird Ihnen gefallen, V.«

Wenn sie nicht das Lächeln hinter dieser Provokation herausgehört hätte, hätte sie bereits Pläne für das Dahinscheiden seiner Kronjuwelen geschmiedet. Aber *er* brauchte nicht zu wissen, dass seine besten Teile in Sicherheit waren. »Sie können mich gerne versohlen, wenn ich Ihnen die Eier im Gegenzug mit einem Messer rasieren darf.« Dann fügte sie in einem spöttischen Tonfall hinzu: »Ich verspreche, ich werde nicht abrutschten, Jax.«

Das Lachen grollte in seiner Brust. Einen Moment später flog sie wieder durch die Luft, kurz bevor sie mit dem Hintern voraus im Meer landete. Doch diesmal war sie vorbereitet gewesen und hatte tief Luft geholt. Sobald sie ganz untergetaucht war, drehte sie sich um und schwamm unter Wasser von ihm weg, bis ihre Lungen brannten und sie auftauchen musste, um Luft zu schnappen.

Es war sinnlos, sich umzusehen, wie weit sie gekommen war. Jackson war hinter ihr hergeschwommen. »Okay, ich gebe auf«, sagte sie und hob resigniert die Hände. »Sie haben gewonnen. Hören Sie jetzt bitte auf, mich durch die Gegend zu werfen?«

»Ja, wenn Sie auch aufgeben.«

»Gut, dann wäre das zumindest geklärt. Und jetzt muss ich gehen.«

»Wovon reden Sie? Wir fangen doch gerade erst an, Spaß zu haben.«

Sie sah zu ihm hinüber und musste sich ermahnen weiterzuatmen. Die Sonne, die auf seine Muskeln traf, ließ es so aussehen als tropften Diamanten von seinem Körper. Seine Cargoshorts, schwer vom Wasser, hingen köstlich tief auf seinen Hüften und brachten dieses unglaubliche V schon wieder hervorragend zur Geltung. Er war wirklich ein bemerkenswerter Anblick.

Vanessa schüttelte sich im Geiste und setzte den Weg zu ihren Sachen an der Bar fort. »Erfolg besteht zu neunzig Prozent aus Arbeit und zu zehn Prozent aus Spiel, und das«, sagte sie und zeigte dorthin, wo er sie gerade noch ins Wasser geworfen hatte, »waren meine zehn Prozent für heute.« Sie zog hinten an ihrem Bikinihöschen, um sicherzustellen, dass es nicht in einer kompromittierenden Position saß, und trottete zum Strand.

Und … Jackson folgte. *Natürlich,* dachte sie. Dieser Mann kannte die Bedeutung von »Hör auf, solange du in Führung liegst« nicht.

»Ist das eine Ihrer sieben Regeln?«

Ihre Füße verharrten an der Stelle, wo der Sand aufs Meer traf, und ihr Kopf schoss herum. »Wie bitte?«

»Sie wissen schon, Ihre Regeln, die eingerahmt über Ihrem Bett hängen oder was auch immer.«

»Woher wissen Sie davon?«

Er zuckte mit einer Schulter, während er sich mit der Hand über sein dunkles Haar fuhr. »Ich habe Reid gefragt, was Sie von Lügen halten. Er hat mir erzählt, dass Sie eine Liste von Regeln hätten, nach denen Sie leben. Das ist alles. Sollten sie ein Geheimnis sein?«

Die Frage ließ sie stutzen. »Nein, nicht unbedingt. Aber sie sind etwas Persönliches und nichts, worüber ich mit jedem spreche. Und nein, das ist keine der Regeln. Wohl eher ein Mantra.«

Sie setzten ihren Weg fort und stapften durch den weichen weißen Sand in Richtung Bar. Der Hinweis darauf, dass ihre Regeln »persönlich« waren, beendete hoffentlich die Diskussion. Obwohl Jackson nach ihren bisherigen Erfahrungen vermutlich trotzdem nicht locker lassen würde. Wie ein Hund, der sich in einen Knochen verbissen hatte.

»Also, warum haben Sie dann diese Regeln?«

Sie zuckte die Achseln. »Sie erinnern mich daran, wie ich mein Leben führen will und mit welchen Menschen ich mich einlassen sollte.«

»Wow. Das klingt wirklich …« Er schien nach einer höflichen Weise zu suchen, um zu sagen, was er wirklich dachte. »Vorsichtig.«

Sie schüttelte nur den Kopf und lächelte. Sie würde sich jetzt garantiert nicht zu irgendwelchen weiteren Diskussionen verführen lassen.

Als sie den Köder nicht schluckte, fuhr er fort. »Wo hatten Sie die Idee für so etwas überhaupt her?«

Es lag ihr auf der Zunge, zu behaupten, das Ganze wäre auf Gandhi zurückzuführen oder etwas ähnlich Tiefsinniges … aber damit würde sie Regel sechs brechen.

»Es spielt keine Rolle, woher ich die Idee habe. Was zählt ist, dass die Regeln mir etwas bedeuten. Und sie funktionieren. Sie sollten versuchen, sich selbst ein paar zuzulegen. Ich wette, Sie könnten ein wenig Struktur in Ihrem Leben gebrauchen.«

»Ich habe jede Menge Struktur, wenn es um mein Training geht. Und für mein Privatleben brauche ich auch keine Regeln.«

Sie lachte. »Oh doch, die brauchen Sie.«

Er verschränkte die Arme und baute sich breitbeinig vor ihr auf. Aha. Offensichtlich seine Kampfposition. Und davon abgesehen leider eine mega-alpha-superheiße Pose. »Nennen Sie mir eine Regel, die ich Ihrer Meinung nach öfter befolgen sollte.«

»Wie wäre es mit ›Alles, was nicht rechtzeitig ist‹«, sagte sie und bedachte ihn mit einem vielsagenden Blick, »›ist zu spät.‹« Sie wartete nur wenige Herzschläge auf seine nächste geistreiche Bemerkung. Als keine zu kommen schien, verbuchte sie im Geiste einen Sieg auf ihrer Seite. *Tschaka!* »Wenn Sie mich jetzt bitte entschuldigen wollen, ich habe um vier Uhr einen Termin mit dem Hochzeitsplaner, und obwohl es keine meiner Regeln ist, weigere ich mich trotzdem, mich zu verspäten.«

»Wir.«

»Was?«

»*Wir* haben einen Termin mit dem Planer.«

»Oh, das ist nicht notwendig. Ich erledige das.«

Bitte, lass mich das erledigen. Ihre Gefühle wirbelten in seiner Gegenwart ständig durcheinander, und sie hatte keinen Schimmer, was sie dagegen tun sollte. Sie brauchte ein paar Stunden für sich allein. Zeit, alles aus ihrem Kopf zu spülen, was mit Jackson zu tun hatte. Zeit, ihre Kräfte zu sammeln, bevor sie sich wieder wie die eine Hälfte eines verliebten Paares benehmen musste.

»Ich zweifle nicht an Ihren Fähigkeiten, V, aber ich denke nicht, dass Reid Lucie erlauben würde, alles selbst zu erledigen. Schließlich ist Reid, wie Sie heute früh so treffend festgestellt haben, ein sehr aufmerksamer Mann.« Er ergriff ihre Hand und hielt sie zwischen seinen, die Wärme seiner Finger ein leises Raunen funkelnder Möglichkeiten. »Tatsächlich bezweifle ich, dass er Lucie jemals aus den Augen lassen würde.«

Ja. Großes G wie Gefährlich.

Sie räusperte sich, um ihr plötzliches Unbehagen zu kaschieren. »Also, muss ich das so verstehen, dass Sie vorhaben, zu *allen* Terminen diese Woche mitzukommen?«

Stichwort breites Grinsen. »Allerdings.«

Sie entzog ihm die Hand und ignorierte den Schauder, der ihr Rückgrat hinunterflitzte, als seine Schwielen über ihre Haut rieben. Dann schenkte sie ihm ihr schönstes *Du-bringst-mich-nicht-aus-der-Ruhe*-Lächeln. »Fantastisch.«

Mit diesen Worten ging sie den Rest des Weges zur Theke, holte ihre Sachen und machte sich auf zum Bungalow, ohne abzuwarten, ob er ihr folgte. Während ihre Füße sie zurück zum Zimmer trugen, flehte sie den Himmel um ein Wunder an. Zum Beispiel, dass plötzlich alle MMA-Kämpfer spurlos von dieser Insel verschwanden.

Jackson stand draußen vor dem Honu Café, wo Vanessa sich mit dem Hochzeitsplaner treffen sollte. Da er zuvor gespürt hatte, dass sie ein wenig Zeit für sich brauchte, war er nach Hause gefahren, hatte geduscht und trockene Cargohorts sowie ein blaues Poloshirt angezogen. An den meisten Tagen surfte er entweder oder er trainierte, daher kam es nicht oft vor, dass er etwas anderes trug als Boardshorts oder Sportshorts. Und obwohl er jetzt genauso aussah wie jeder andere Mann im Resort, der nicht am Pool oder am Strand war, fühlte er sich overdressed.

Als ein Pärchen das Café verließ, fragte er: »Entschuldigen Sie bitte, können Sie mir sagen, wie spät es ist?«

»Sicher«, antwortete die Frau und schaute auf ihre schmale Armbanduhr. »Es ist zehn vor vier.«

Er schenkte ihr ein freundliches Lächeln. »*Mahalo.*« Perfekt. Er hatte dafür gesorgt, dass er zu früh kam, um Vanessa zu beweisen, dass er kein totaler Faulpelz war. Er konnte pünktlich sein, wenn er musste. Teufel, zum Training kam er *nie* zu spät.

Er lehnte sich an die Mauer, schob die Hände in die Taschen und dachte über den Nachmittag mit ihr nach. Wie vermutet war sie auf den Deal eingegangen. Natürlich hatte sie dann behauptet, sie hätte das sowieso gewollt und sein Vorschlag habe nichts mit ihrer Entscheidung zu tun. Doch das erstaunte ihn wenig. Es gab immer noch eine Menge, was er über Vanessa MacGregor lernen musste. Aber eines war schon mal glasklar: Diese Frau hasste es, die Kontrolle zu verlieren. Sie brauchte die Gewissheit, dass es immer nach ihrem Kopf ging.

Pech für sie, dass er trotz seines entspannten Lebensstils hier auf der Insel noch immer daran gewöhnt war, selbst die Kontrolle zu haben. Obwohl Kontrolle nicht zu den Dingen gehörte, die er wirklich *brauchte.* Jedenfalls nicht außerhalb des Käfigs und des Schlafzimmers. Aber alte Gewohnheiten sind mächtig, und da er fünf Jahre lang eine jüngere Schwester großgezogen hatte, war er daran gewöhnt, den Anführer zu spielen.

Darüber hinaus war er es gewohnt, dass Frauen sich ihm gegenüber kokett verhielten. Es gefiel ihnen, so zu tun, als wären sie unerreichbar, und alle Fäden in der Hand zu halten. Und er spielte freudig mit. Bis zu einem gewissen Grad. Dann legte er den Schalter um und übernahm die Kontrolle. Er zog es vor, die Zügel in der Hand zu halten. Nun, vielleicht war »vorziehen« nicht das richtige Wort. Es lag ihm einfach im Blut.

Aber die Frauen, mit denen er sich bisher vergnügt hatte, waren keine Herausforderung gewesen. Sie waren wie Schafe in Wolfspelzen. Sie bildeten sich ein, sie wären tough, aber sobald er auch nur einen Finger krümmte, folgten sie brav seiner Führung.

Vanessa war anders. Sie täuschte nicht nur vor; sie *war* ein Wolf. Wenn er schubste, dann schubste sie zurück. Er hätte nie gedacht, dass er sich jemals zu einer so willensstarken Person hingezogen fühlen würde, aber er bekam sie nicht aus dem Kopf. Sie war wie ein Feuerball, bereit zu explodieren, und er war ein Pyromane, der sich nicht dazu bringen konnte, Abstand zu halten. Die Zeit würde zeigen, welche Art von Schaden sie anrichten würde. Und bis dahin hatte er vor, das Feuerwerk zu genießen.

Unwillkürlich musste er grinsen bei der Erinnerung daran, wie sie ihm ihren Rock an den Kopf geworfen hatte und zum Wasser gegangen war, als gehöre ihr der Sand unter ihren Füßen.

»Ich dachte, Sie hätten vielleicht Ihre Meinung geändert.«

Er war so versunken in seine Gedanken gewesen, dass er sie gar nicht hatte kommen sehen. Sie sah wunderschön aus in einem Sommerkleid mit großen roten Hibiskusblüten auf weißem Hintergrund. Lässig und anmutig. »Sie meinen, Sie haben *gehofft*, dass ich meine Meinung ändern würde.«

»Das habe ich nicht gesagt.«

»Sie brauchten es auch nicht zu sagen«, erwiderte er und schenkte ihr ein verständnisvolles Lächeln. »Das ist okay, ich mache Ihnen keinen Vorwurf. Ich habe es Ihnen heute nicht leicht gemacht. Aber ich verspreche, mich ab jetzt von meiner besten Seite zu zeigen.«

Ihre Augen wurden schmal, als sie ihn musterte. »Warum der Gesinnungswechsel?«

»Wollen Sie denn gar keine Bemerkung über meine Pünktlichkeit machen?«

Zu seiner Überraschung versuchte sie wieder, sich am Lachen zu hindern, indem sie sich in ihre eigene Wange biss. Es war durchaus möglich, dass es das Entzückendste war, was er jemals eine Frau hatte tun sehen. Schließlich seufzte sie und sagte: »Na schön, lassen Sie uns hineingehen. Aber Sie sagen kein Wort. Lassen Sie mich das einfach regeln, okay?«

Er zwinkerte ihr zu. »Was immer du sagst, Liebling.« *Wohl kaum, Schätzchen.*

Jackson hielt ihr die Tür auf und folgte ihr in das klimatisierte Restaurant. Es war eine der lässigeren Örtlichkeiten im Resort, wenn man Mahagonitische mit feinem Porzellan und Tischschmuck aus Orchideen in Kristallvasen lässig fand.

»Aloha!« Ein niedliches Mädchen am Empfangstresen lächelte, als sei sie noch nie so glücklich darüber gewesen, zwei Menschen zu sehen. »Tisch für zwei Personen?«

Vanessa trat einen Schritt vor. »Tatsächlich sind wir hier, um uns mit dem Hochzeitsplaner zu treffen. Können Sie uns in die richtige Richtung weisen?«

»Ah, ja! Er hat mir gesagt, dass Sie erwartet werden und dass ich Ihnen sofort Plätze zuweisen soll. Er wird in Kürze hier sein.«

»Perfekt, vielen Dank.«

Sie folgten ihr in den hinteren Teil des Restaurants zu einem Tisch, in dessen Mitte ein RESERVIERT-Schild stand. Das Mädchen nahm das Schild weg und reichte ihnen Speisekarten, aber Vanessa lehnte höflich ab. »Wir werden jetzt nichts essen, aber ich hätte schrecklich gern einen Eistee, bitte.«

Ihre Bedienung nickte eifrig und sah Jackson an. »Heineken, danke.« Ein weiteres Nicken, und sie war weg.

»Mir gefallen Ihre Sandalen«, bemerkte er.

»Meine Sandalen?«

Sie drehte den Kopf und streckte einen Fuß aus, um sie zu betrachten, als hätte sie vergessen, was sie angezogen hatte.

Dann zog sie eine Augenbraue hoch, schaute in seine Richtung und fragte: »Sind Sie ein Experte in Sachen Damenschuhe, wenn Sie gerade frei haben, oder irgendetwas?«

»Teufel, nein. Ich habe nicht den leisesten Schimmer, was Mode angeht.«

Sie runzelte die Stirn. Das tat sie offenbar häufig, wahrscheinlich während sie hart an ihren Fällen arbeitete. »Was genau gefällt Ihnen denn an meiner gegenwärtigen Fußbekleidung?«

Er hielt inne, als die Kellnerin ihre Drinks vor sie hinstellte, dann sagte er: »Ich mag es, wie die Riemen Ihre Waden betonen.«

Sie musterte ihn mit einem verwunderten Lächeln. »Mir hat noch nie ein Mann Komplimente über meine Schuhe gemacht, basierend darauf, wie sie meine Beine aussehen lassen.«

»Wir haben bereits festgestellt, dass man Ihnen nie die richtigen Komplimente gemacht hat. Und, Vanessa …« Er beugte sich vor und starrte in ihre tiefgrünen Augen, bis die Heiterkeit darin erlosch, und die Ader an ihrem Hals plötzlich schneller pochte. »Ich könnte Ihnen die ganze Nacht lang richtige Komplimente machen.«

Dann lehnte er sich zurück und hob sein Bier an die Lippen, ohne den Blickkontakt zu brechen. Es faszinierte ihn zu beobachten, wie *sie ihn* beobachtete. Oh ja, da gab es eine ganze

Reihe von Dingen, bei denen diese Frau ihm gerne zuschauen durfte.

»Hi, Hallo, Bonjour und Aloha!«

Jackson drehte den Kopf und sah einen stockdürren Mann auf sie zukommen; er trug weiße Stoffshorts und ein Hawaiihemd. Der Mann federte mehr als üblich beim Gehen, was darauf schließen ließ, dass er entweder extrem überdreht oder buchstäblich der glücklichste Mann auf Erden war. Er zögerte nicht, Vanessa zu umarmen, als seien sie lang verschollene Freunde. Selbst als er sie endlich losließ, hielt er eine ihrer Hände weiter umfangen, während er sich hinsetzte.

Er zeigte auf das Namensschild an seiner Brusttasche. »Ich weiß, es sieht aus, als sei mein Vorname Robert, aber so einfach ist das nicht. Stellen Sie sich vor, Sie sitzen in einem Kanu, und vor ihnen sitzt ein fauler Bär. Jetzt sagen Sie ihm, er soll gefälligst rudern: *Row*, Bär! Rudere, Bär!« Er kicherte über einen Scherz, den er zweifellos Tausenden von Touristen erzählte. »*Row*-Bär, verstehen Sie? *Robert.* Meine Mutter ist Französin, aber ich wurde hier geboren, was sowohl meine seltsame Aussprache als auch mein akzentfreies Französisch erklärt.«

Vanessa kicherte. Sollte ihre Erheiterung nur gespielt sein, war die Vorstellung auf jeden Fall sehr überzeugend. Jackson dagegen spürte schon jetzt, wie ihn die überkandidelte Persönlichkeit des Mannes anzustrengen begann.

»Wie dem auch sa-hei«, fuhr Franklin fort, »genug über mich. Es ist *so* schön, Sie beide endlich kennenzulernen. Wir werden diese Woche *beste* Freunde werden, und ich werde *all* Ihre *Träume wahr* werden lassen. Wir haben so viel zu tun, bevor Sie vor den Altar treten, also packen wir's an.«

Während Franklin über die Blumenauswahl und andere Dinge losplapperte, saß Jackson da und hörte zu. Nicht den tatsächlichen Details, sondern der Überfülle von Worten, die

Franklin gern besonders betonte. Das gab seinen Gesprächsbeiträgen einen beinahe melodischen Rhythmus und sorgte auf jeden Fall dafür, dass es für einen Zuschauer unterhaltsam war.

Als Vanessa begann über ihre – oder vielmehr Lucies – Vision der Hochzeit zu reden, nutzte Jax die Gelegenheit, sie genauer zu betrachten. Die Art, wie sie den Hochzeitsplaner anlächelte, raubte ihm beinahe den Atem. Das Lächeln war breit, strahlend … *aufrichtig.* So hatte sie ihn nicht angelächelt, aber Gott, wie sehr er sich wünschte, dass sie es tun würde.

Er rückte seinen Stuhl näher an ihren heran und spürte, wie sie sich verspannte, aber wenn das Row-Bär ebenfalls auffiel, ließ er sich jedenfalls nichts anmerken. Ohne vorher nachzudenken, drapierte Jackson den Arm über ihrer Stuhllehne und neigte seinen Körper näher an ihren heran. Als er seine freie Hand benutzte, um ihr eine Haarsträhne hinters Ohr zu streichen, damit er einen besseren Blick auf ihr Profil hatte, zuckte sie leicht zurück.

Da sie wahrscheinlich begriff, dass sie für ihre Rolle als Lucie untypisch reagiert hatte, stieß sie ein nervöses Lachen aus. »Tut mir leid. Ich war wohl so auf unser Gespräch konzentriert, dass du mich erschreckt hast.«

»Du brauchst nichts zu erklären, Schätzchen.« Jax nahm den Arm vom Stuhl und legte ihn ihr um die Schultern. Ihre nackte Haut fühlte sich verführerisch warm und weich an. Spontan zog er sie an sich und drückte ihr einen sanften Kuss auf die Schläfe. »Du bist in letzter Zeit nervös, weil die Hochzeitsvorbereitungen dich stressen.«

Mit einem angespannten Lächeln antwortete sie: »Da hast du wohl recht.«

»Klar habe ich recht. Aber hey«, sagte er und benutzte einen Finger, um ihr Kinn hochzudrücken und ihren Blick zu seinen Augen zu führen, »jetzt sind wir hier, und du hast Franklin, der dir bei allem hilft. Also will ich, dass du ein paarmal tief durchatmest und versuchst, dich zu entspannen.«

In Wahrheit versuchte er natürlich nicht »Lucie« dazu zu bringen, dass sie sich entspannte, sondern Vanessa. Ihre Rolle in dem Täuschungsmanöver machte sie nervös. Er atmete langsam durch die Nase ein und war erleichtert, als sie seinem Beispiel folgte. Sie atmeten zusammen aus, und etwas von dem Reh-im-Scheinwerferlicht-Blick verschwand aus diesen schönen grünen Augen. Er bedachte sie mit einem beruhigenden Lächeln und drückte ihr sanft die Schulter.

»Braves Mädchen«, sagte er leise. Erst nachdem sie matt gelächelt und den Blickkontakt abgebrochen hatte, wurde Jackson klar, dass er es aufrichtig gesagt hatte, ohne dabei an seine Rolle als Reid zu denken. Merkwürdig. Er wusste nicht, was er davon halten sollte.

Das enthusiastische Klatschen des Hochzeitsplaners unterbrach jede weitere Überlegung zu diesem Rätsel. »Oh, Sie beide sind *ab-so-lut süß!* Deswegen *liebe* ich meinen Job. Nichts auf der Welt ist so kostbar wie eine junge Liebe.«

»Nein, wirklich nichts, Rob«, antwortete Jax mit einem Grinsen.

Am Ende des Treffens verkündete Franklin, dass er noch mit dem Hotelpersonal den Termin für den Vorspeisentest absprechen müsse, und Vanessa meinte, sie brauche etwas frische Luft. Ganz der hingebungsvolle Ehemann, folgte Jax ihr hinaus in die spätnachmittägliche Hitze. Sobald sich die Glastür hinter ihnen schloss, stieß Vanessa einen tiefen Seufzer aus. Dann ließ sie den Kopf kreisen, um die Anspannung in ihrem Nacken und den Schultern loszuwerden.

Da Franklin sie immer noch gut sehen konnte, nutzte Jackson die Gelegenheit, um hinter sie zu treten und ihr die Hände auf die Schultern zu legen. Mit den Daumen strich er kreisförmig über die verspannten Partien ihres Rückens. Vanessa ließ den Kopf auf die Brust sinken und schmolz unter seiner Berührung dahin, aber nicht aus Gründen, die ihm gefallen hätten.

»Oh, Gott, das fühlt sich so gut an.«

»Warum so angespannt, meine *pupule wahine*?«

Sie warf ihm einen finsteren Blick zu. »Sehr witzig. Sie wissen *genau*, warum. Und lassen Sie das mit den Kosenamen. Wir hatten einen Deal. Schon vergessen? Oder gehören Sie zu den Leuten, die sich nicht an Abmachungen halten?«

»Auf keinen Fall.«

»Wirklich? Und wieso dann diese ganzen unnötigen Zuwendungen, mit denen Sie mich da drin bedacht haben?«

Jackson zog sie nach hinten an seine Brust und ließ die Daumen an ihrem Nacken entlanggleiten. »Zuwendungen sind niemals unnötig, V.«

»Ooh, ja, genau da«, stöhnte sie.

Verdammt, was hätte er nicht darum gegeben, sie genau das unter weniger bekleideten Umständen sagen zu hören.

»Es ist ja nicht so, als hätte ich Sie leidenschaftlich geküsst. Und außerdem«, erläuterte er, während er sie zu sich umdrehte, »ist es nicht das, was Sie so stört.« Ihr halsstarriges Kinn hob sich um zwei Zentimeter, aber sie widersprach seiner Beobachtung nicht. »Was besagen Ihre Regeln über das Lügen, V?«

Eine Weile lang dachte er, sie würde ihm nicht antworten. Dass er vielleicht zu weit gegangen war. Aber dann überraschte sie ihn. »Lass dich nie zu Lügen verführen. Lügen sind Gift.«

Gift. Diese Frau musste einige ziemlich schlimme Dinge erlebt haben, um Lügen nicht einfach als falsch, sondern als Gift zu empfinden. Jax wollte ihr weitere Fragen stellen, wollte verstehen, aber über ihren Kopf hinweg bemerkte er, dass Franklin das Café verließ.

»Okay, es kann losgehen. Hier ist meine Visitenkarte. Ich

habe das Datum und die Uhrzeit für die Hors d'œuvres auf der Rückseite notiert. Falls Sie *irgendwann irgendetwas* benötigen sollten, zögern Sie nicht, mich anzurufen, dann bin ich im Handumdrehen hier. Klingt das gut?«

Vanessa lächelte und nickte, während Jax die Hand ausstreckte. Er verabschiedete sich von dem übersprudelnden Hochzeitsplaner und zog seine beste Glücklicher-Bräutigam-Show ab. »Vielen herzlichen Dank, Franklin. Sie waren bereits eine riesige Hilfe, und ich weiß, dass Sie meiner Verlobten helfen, ihre Traumhochzeit zu verwirklichen.«

»Oh, *bitte,* es ist nicht nötig, mir zu danken, Mister Andrews. Ehrlich, ich kann Ihnen gar nicht sagen, wie aufregend es ist, in dieser Hinsicht für sie zu arbeiten. Es ist so *erfrischend,* ein Paar zu treffen, das so *offensichtlich* verliebt ist. So viele Menschen kommen nur wegen des Glamours hierher.« Er sah sich kurz um, um sich davon zu überzeugen, dass niemand in Hörweite war, dann senkte er die Stimme. »Ich ziehe Kunden wie Sie jederzeit diesen arroganten Promis vor.«

»Ich habe gehört, dass Sie diesen Samstag einen von denen betreuen.«

»Verflixt. Erinnern Sie mich bloß nicht daran. Sie sind erst gestern angekommen, und schon jetzt hat die Braut sechs Mal ihr Farbschema geändert, und der Bräutigam hat von mir verlangt, dass wir bei ihrer hawaiianischen Hochzeit italienisches Essen servieren. *Italienisches!*«

Vanessa verzog das Gesicht. »Ach du meine Güte, wie schrecklich. Ich wette, sie machen endlos Probleme bis zum Ende des Hochzeitsempfangs.«

»Schätzchen, Sie haben ja *keine* Ahnung.«

Jax legte Vanessa den Arm um die Taille. »Das ist eine Schande. Lucie und ich hätten sie schrecklich gern an unserem großen Tag als Gast dabeigehabt.«

Franklin schlug sich an die Brust und keuchte, sodass Jackson fast befürchtete, der Mann würde einen Herzinfarkt erleiden. Doch dann richtete der Hochzeitsplaner sich auf und verkündete: »Oh, das ist ja so *süß!* Niemand *bittet* mich jemals, an seiner Hochzeit teilzunehmen. Sie *erwarten* es einfach immer nur.« Er wedelte mit den Händen vor seinem Gesicht und blinzelte gegen das Wasser an, das sich in seinen Augen sammelte. Nach einigen langen peinlichen Sekunden riss Franklin sich endlich zusammen. »Wissen Sie was? Zum Teufel mit dieser anderen Hochzeit. Ich komme zu *Ihrer!*«

Jetzt hatte Jackson das Gefühl, gleich einen Herzinfarkt zu bekommen. Und auch Vanessa, die neben ihm stand, wirkte ziemlich blass um die Nase und schwankte verdächtig. Wenn er sie nicht festgehalten hätte, hätte sie inzwischen bereits den gepflasterten Gehweg geküsst. Sofort begannen sie beide, auf die denkbar netteste Art zu protestieren.

Sie konnten nicht von Franklin erwarten, dass er seine anderen Kunden im Stich ließ.

Sie wollten nicht, dass er seinen Job verlor.

Es würde doch gar nicht so spektakulär werden.

Die andere Hochzeit würde sich großartig in seinem Lebenslauf machen.

Aber nichts konnte den sentimentalen Row-Bär umstimmen. Er entkräftete jeden ihrer Einwände und versicherte, das wäre alles gar kein Problem. Er würde einfach einen befreundeten Hochzeitsplaner hinzuziehen, der »tief« in seiner Schuld stand und daher die andere Hochzeit am Samstag für ihn übernehmen musste.

Als es nichts mehr gab, was sie tun konnten, ohne verdächtig zu wirken, verabschiedeten sie sich schließlich von Franklin und sahen ihm nach, wie er mit noch schwungvolleren Schritten als zuvor um die Ecke verschwand. Falls das überhaupt möglich war.

Ohne ein weiteres Wort löste Vanessa sich von Jacksons Seite, machte auf dem Absatz kehrt und stolzierte in Richtung Bungalow davon.

Verdammte Scheiße. Das war nicht so gut gelaufen.

Er beobachtete sie einige Sekunden lang, während sich die Gedanken in seinem Kopf überschlugen, dann joggte er hinter ihr her. »V, kommen Sie schon. Vielleicht ist es nicht so schlimm, wie wir denken. Ich bin mir sicher, dass uns etwas einfällt.«

Vanessa ignorierte ihn und ihr Unmut schien mit jedem Schritt zu wachsen. »Wissen Sie, obwohl ich es verabscheut habe, den Mann hinters Licht zu führen, sind wir mit unseren Rollen als Reid und Lucic gut zurechtgekommen. Er hat *kein einziges Mal* an unserem Benehmen gezweifelt, und alles lief prima. *Jetzt* wird er, nur weil Sie unbedingt Prince Charming spielen mussten, bei *jedem* weiteren Schritt des Weges an unserer Seite sein, einschließlich des Probedinners und der *Trauung!*«

»Wow, das ist ja richtig unheimlich. Sie klingen genau wie Franklin.« Sie bogen um die Ecke und nahmen den Pfad, der zu ihrem Zuhause in der Fremde führte. »Das übertriebene Betonen einzelner Wörter klingt allerdings bei ihm natürlicher.«

»Sie müssen immer zu allem Ihren Senf dazugeben, wissen Sie das?« Sie blieb an der Haustür stehen und stieß ihren Schlüssel ins Schloss. »Genau aus dem Grund hatte ich Ihnen gesagt, dass Sie Ihren Mund halten und das Reden mir überlassen sollten!«

Er folgte ihr in den Bungalow und schloss die Tür ein wenig heftiger als notwendig. Jetzt regte er sich langsam ebenfalls auf. »Tja, nun, ich schätze es nicht, gesagt zu bekommen, dass ich still sein soll. Ich bin nicht Ihr Schoßhündchen, und ich bin verdammt noch mal nicht stumm.«

Sie warf die Schlüssel auf den Dielentisch neben der Tür, drehte sich jäh herum und stieß ihm mit dem Finger gegen die Brust. »Nein, Sie sind *definitiv* nicht stumm. Glauben Sie mir, es besteht keine Gefahr, dass ich das jemals vergessen könnte. Sie haben eine Menge dummes Zeug gequatscht, seit ich Sie zum ersten Mal gesehen habe. Aber lassen Sie sich etwas gesagt sein, Maris«, fügte sie hinzu, trat näher an ihn heran und funkelte ihn an, als sei er ihr personifiziertes Verderben. »Sie sollten wissen, wann Sie reden und wann Sie die Klappe halten müssen. Und soweit ich das erkennen kann, haben Sie keine Vorstellung von Letzterem.«

Na schön. Das stimmte vielleicht. Sie dagegen schien allerdings keine Ahnung zu haben, wann die Grenze erreicht war. »Sie fordern mich heraus, V. Sind Sie sich sicher, dass Sie diesen Weg einschlagen wollen?«

»Ha! Darauf können Sie Ihren Hintern verwetten. Eigentlich sollten wir das Schweigespiel spielen. Wer den ersten Laut von sich gibt, verliert. Wie wäre es damit?«

»Ich denke, das ist das Beste, was Sie heute von sich gegeben haben.«

»Gut!«

»Schön. Sagen Sie einfach wann.«

»Wann!«

Vanessa drehte sich um, zweifellos, um beleidigt davonzustolzieren. Wahrscheinlich wollte sie ihn mit ihrem Schweigen strafen, dabei war das immerhin seine Idee gewesen. Und überhaupt – so leicht würde sie ihm nicht davonkommen. Er packte ihren Arm, schwang sie wieder zu sich herum und zog sie an sich, einen Sekundenbruchteil, bevor er seinen Mund auf ihren presste. Für einen weiteren Sekundenbruchteil erstarrte sie, alle Muskeln angespannt. Aber dann knabberte er an ihrer Unterlippe, und die Hölle brach los.

Sie grub die Finger in sein Haar, presste sich enger an ihn und öffnete einladend den Mund. Sofort drang er in sie ein und leckte wieder und wieder über ihre Zunge. Er vergrub die Hände in ihren Schultern und presste sie ganz eng an sich, während sein Schwanz hart wurde und um den zusätzlichen Druck flehte. Sie stieß ein kehliges Stöhnen aus. Eigentlich war es ein Geräusch, das bedeutete, dass er der Sieger war, aber es reichte nicht. Diese Frau hatte seinen Stolz verletzt, und er würde ihr jetzt beweisen, dass er genau wusste, wann Worte unnötig waren. Außerdem musste er dieses dumme Spiel gewinnen, denn wenn er es nicht tat, wusste er, dass sie es ihm in Zukunft ständig unter die Nase reiben würde.

Er löste sich von ihren Lippen und küsste sich zu ihrem Kinn vor und dann weiter hinunter, bis zu ihrem Hals. Dort, genau an der Stelle, wo der Hals auf ihre Schultern traf, knabberte er erneut an ihrer Haut, bevor er sich wieder zurück nach oben arbeitete. Er registrierte, dass ihr Körper jedes Mal, wenn er die Zähne benutzte, zuckte, als würde Strom durch ihre Adern schießen. *Tja, darauf stehst du wohl, du Rote Viper. Du magst das Zwicken von Zähnen. Was für ein Glück. Ich nämlich auch.*

Er hielt sie fest und drehte sich mit ihr um, sodass sie jetzt gegen die Wand gepresst wurde. Dann nagelte er sie mit den Hüften dort fest, um seine Hände wandern zu lassen. Mit einer Hand umfasste er ihre Brust und drückte sie sanft, während er mit den Zähnen über eine Sehne ihres Halses kratzte.

Und da passierte es, sie stöhnte seinen Namen.

Er wollte sie, so sehr, dass er keinen klaren Gedanken mehr fassen konnte. Aber wenn irgendetwas zwischen ihnen geschehen sollte, musste sie ihn ebenfalls wollen. Und sie war noch nicht so weit.

Obwohl es ihn schier umbrachte, hielt er sich an die Regeln des Spiels. Er ließ die Hände sinken und flüsterte ihr ins Ohr: »Ich habe gewonnen.« Dann ging er quer durch den Raum, betrat das Badezimmer und schloss die Tür hinter sich.

TAG 2: MONTAG

Vanessa saß auf dem Sofa, ihren Laptop und eine Tasse Kaffee auf dem Couchtisch neben sich. Fast Mittag und immer noch keine Spur von Jackson. Was ihr nur recht war. Sie war noch nie in ihrem Leben wütender auf einen Mann gewesen. Zuerst hatte er mit Franklin alles vermasselt, und *dann* hatte er den Nerv gehabt, nicht zu vollenden, was er begonnen hatte.

Verdammt, was redete sie da? Sie sollte dankbar dafür sein, dass er im letzten Moment noch innegehalten hatte. Wenn sie all ihre Regeln nahm, sie in tausend Stücke zerstampfte und daraus dann einen Mann formte, käme dabei Jackson heraus. *Auf keinen Fall* würde sie sich mit ihm einlassen. *Oder?* Sie knabberte an ihrer Unterlippe. Vielleicht würde eine Liste mit Pros und Contras … sie schüttelte den Kopf, um sich von dieser Idee zu befreien. *Auf. Keinen. Fall.*

Er hatte sie gestern Abend heiß gemacht und dann einfach sitzen gelassen. Wahrscheinlich hatte er eine kalte Dusche gebraucht, so eiskalt, dass er seitdem Frostbeulen an den Eiern hatte. Aber nicht einmal dieser Gedanke hatte sie gestern noch aufheitern können. Sie war aus dem Bungalow geflüchtet, zum Abendessen gegangen und danach hatte sie einen Spaziergang am Strand gemacht, um den Kopf freizubekommen. Als sie zurückgekehrt war, hatte sie sich etwas ruhiger gefühlt. Sie war ein Profi, verflixt noch mal, und irgendwie würde sie aus diesem ganzen Schlamassel wieder rausfinden, in dem sie hier steckte. Bis dahin würde sie mitspielen, damit Lucies Traumhochzeit nicht platzte. Sie weigerte sich, ihre Freundin zu enttäuschen.

Auf ihrem Strandspaziergang hatte sie sich für eine weitere Konfrontation gewappnet. Doch als sie den Bungalow betrat, hatte ein schneller Blick durch den Raum gezeigt, dass er leer war. Erst als sie in dem kleinen Garten nachschaute, hatte sie Jackson gefunden, der nur mit Boxershorts bekleidet in der Hängematte schlief.

Erleichterung und Enttäuschung waren über sie hinweggeflutet, und zu diesen beiden Gefühlen hatte sich noch Verwirrung gesellt. Warum sollte sie enttäuscht sein, dass er schlief? Es war ja nicht so, als würde sie sich gerne mit ihm befassen. Erst recht nicht nach diesem Vorfall heute. Aber egal, sie war jetzt sowieso nicht in der Verfassung, um solche Fragen zu klären. Also würde sie die Gelegenheit lieber nutzen, um ihn in Ruhe zu mustern, ohne zwischenmenschliche Konsequenzen befürchten zu müssen.

Er hatte einen Arm über dem Kopf angewinkelt, und die andere Hand ruhte auf seinem Bauch. Sein Gesicht war zur Seite gedreht, was ihr einen Blick auf sein bemerkenswertes Profil ermöglichte. Gerade Nase, hohe Wangenknochen und ein hartes, kantiges Kinn. Wahrscheinlich waren mehr als ein paar Boxhiebe nötig, um so viel Eleganz zu zerstören. Sein Bart war jetzt deutlich wahrnehmbar, nachdem er ihn den ganzen Tag nicht rasiert hatte. Das Mondlicht wanderte über seine nackte Brust und führte sie in Versuchung, ihre Hand auszustrecken und zu fühlen, ob sie genauso glatt war, wie sie aussah.

Ihr Blick wanderte tiefer. Sie versuchte mithilfe des Jedi-Gedankentricks die Hand von seinem Magen zu bewegen, aber es funktionierte nicht. *Überraschung*. Da die meisten seiner Waschbrettbauchmuskeln sowieso nicht zu sehen waren, fiel ihr auf, dass seine Hand schon für sich genommen sehr sexy war. Stark, mit langen Fingern und bedeckt mit einigen weißen Narben. Nur Stunden zuvor hatte diese Hand ihre Brust gedrückt, und die bloße Erinnerung daran ließ die Schmetterlinge in ihrem Bauch verrückt spielen.

Ein Pfad dunklen Haares unter seinem Bauchnabel erregte ihre Aufmerksamkeit. Jackson schien kein übertrieben behaarter Mann zu sein, besaß aber einen leichten Haaransatz, und der führte zu – *Donnerwetter*. Ihr Blick fiel auf das weinrote Stück Unterwäsche. Oder vielmehr auf das, was *in* der Unterwäsche war. Sie befahl sich wegzuschauen. Das hier grenzte an Voyeurismus, und man konnte darüber streiten, ob der Mann dadurch auf irgendeiner unbewussten Ebene verletzt wurde. Und trotzdem starrte sie ihn weiter an.

Er wirkte so friedlich, wie er da in seiner Hängematte lag – ein Riese von Mann, größtenteils nackt und zweifelsohne ziemlich … steif.

Das enge Material seiner Boxershorts erlaubte ihm nicht, sich völlig frei zu entfalten, aber er ließ sich davon nicht wirklich abhalten. An irgendeinem Punkt war ihr der Unterkiefer heruntergeklappt. Sie klappte ihn mit einem hörbaren Aufeinanderschlagen ihrer Zähne wieder zu. Dann drehte sie sich auf dem Absatz um und rannte ins Schlafzimmer.

Danach hatte sie lange geduscht und war dann ins Bett gegangen. Aber sobald sie die Augen schloss, sah sie sofort wieder Jacksons Ständer vor sich. Nachdem sie eine Stunde lang vergeblich versucht hatte einzuschlafen, hatte sie schließlich zu einer Schlaftablette gegriffen. Acht komatöse Stunden später war sie erwacht. Und er war fort gewesen.

Vanessa schaute von ihrem Laptop auf, als sie einen Schlüssel in der Tür hörte. Jackson kam mit einem strahlenden Lächeln herein, frisch rasiert und geduscht, in gelben Boardshorts – wie viele Paare besaß er eigentlich davon? – und einem T-Shirt mit der Aufschrift: LASS UNS HEUTE NACHT DINGE TUN, DIE UNS MORGEN PEINLICH SIND.

»Hallo, meine Schöne. Gut geschlafen?«

Die fröhliche Begrüßung brachte sie aus dem Konzept, aber nur kurz. Sie antwortete mit einem kleinen Lächeln – sie war sich noch nicht sicher, was er vorhatte, aber sie wollte verdammt sein, wenn sie ihn allein »erwachsen« sein ließ – und sagte: »Ja, habe ich, vielen Dank. Natürlich lag ich ja auch in einem ziemlich bequemen Bett, während du die Nacht in einer Hängematte verbracht hast. Wie war das?«

Er stellte die große Reisetasche, die er mitgebracht hatte, auf den Boden und setzte sich neben sie. »Machst du Witze? In einer Hängematte zu schlafen, die in der Brise unter den Sternen schaukelt? Ich liebe das.«

Sie griff nach ihrem Kaffeebecher und murmelte: »Irgendetwas hast du auf jeden Fall geliebt.«

»Was war das?«

»Nichts. Also, um wie viel Uhr bist du heute Morgen aufgebrochen? Wo bist du hingegangen?«

»Befinde ich mich im Zeugenstand, Frau Anwältin?«

»Ich mache nur Konversation. Glaub mir, wenn ich dich im Zeugenstand verhören würde, würdest du das sehr schnell merken. Nämlich spätestens dann, wenn dir die Furcht deine Eingeweide zerfrisst.«

»Nur die Schuldigen haben Angst um ihre Eingeweide. Was bringt dich auf die Idee, ich hätte mir jemals etwas zuschulden kommen lassen?«

Sie zuckte mit einer Schulter. »Du bist ein Mann. Das ist ein Tatbestand, der schon mal gegen dich spricht. Die meisten Männer scheinen es unmöglich zu finden, sich längerfristig wie anständige menschliche Wesen zu benehmen. Am Ende vermasselt ihr es alle im großen Stil.«

»Autsch. Das ist eine enorme Verallgemeinerung, findest du nicht auch?«

»Ja, tue ich. Bedauerlicherweise ist noch nicht bewiesen worden, dass ich unrecht habe.«

»Also erzählst du mir gerade, ich sei schuldig bis zum Beweis meiner Unschuld. Ist es das?«

Sie stand vom Sofa auf und ging in die kleine Küche, um sich Kaffee nachzuschenken. »Hast du noch nie den Ausdruck gehört: ›Erwarte das Schlimmste und hoffe auf das Beste‹?«

»Doch, aber nur wenn es um Dinge wie Partyplanung geht. Man hofft auf tolles Wetter, stellt aber trotzdem ein Zelt auf – für den Fall, dass es regnet. Dieser Ausspruch wird im Allgemeinen nicht in Hinblick auf Menschen benutzt. Das ist geradezu zynisch.«

»Stimmt. Aber die beste Zukunftsvoraussage ist ein Blick in die Vergangenheit.«

Sie hatte ihn nicht durch den Raum kommen hören, aber plötzlich stand er neben ihr, so nah, dass seine Körperwärme ihr dünnes Top durchdrang. Als er sprach, war seine Stimme leise und besorgt. »Wie viele Männer haben dir wehgetan, V?«

»Männer, mit denen ich eine Beziehung hatte?« Er nickte. Sie hielt ihren Kaffeebecher wie einen Schild vor sich, drehte sich zu ihm um und sagte ihm die absolute Wahrheit. »Kein einziger.«

Jackson beobachtete, wie Vanessa zum Sofa zurückging und sich wieder an ihren Laptop setzte. Etwas stimmte mit ihrer Antwort nicht. Sie war so abgebrüht, wenn es um Männer und Beziehungen ging, und doch hatte ihr niemand in der Vergangenheit wehgetan? Das ergab keinen Sinn. Sie war ein Rätsel, eine Art Puzzle in Frauengestalt, und er wollte die fehlenden Teile finden.

»Wie lange planst du heute zu arbeiten?«

Sie schaute kurz auf, dann fuhr sie fort sich auf einem gelben Block Notizen zu machen. »Ich weiß nicht, wahrscheinlich noch eine Weile.«

»Hast du das den ganzen Morgen getan?«

»Ja, habe ich. Was hast *du* den ganzen Morgen getan?«

Er lächelte und lehnte sich mit der Hüfte gegen die Theke. »Angst, dass ich mit dem Hausmädchen geschäkert habe, Liebling?«

Sie schaute auf, schenkte ihm ein übertriebenes Lächeln und klimperte unschuldig mit den Wimpern. »Ich hatte es gehofft.«

Er schlug sich eine Hand aufs Herz. »Meine geliebte Ehefrau, du verletzt mich.«

»Ich bin noch nicht deine Ehefrau, Süßer. Und glaube mir, sobald ich irgendeinen Ausweg aus dieser Sache hier finde, bin ich auch nicht mehr deine Verlobte.«

»Nun«, sagte er und rieb sich die Hände, »dann sollten wir bis dahin das Beste daraus machen. Du hast noch genau eine halbe Stunde Zeit, dich mit diesen langweiligen Akten zu abzuschuften, bevor ich dich entführe.«

»Seit wann ist der Ausdruck *Verlobter* ein Synonym für *Herr und Meister* geworden? Ich gehe nirgendwo hin, bis ich verdammt noch mal dazu bereit bin.«

Er ging zum Sofa hinüber, umfasste ihr Gesicht und küsste sie entschlossen auf den Mund. »Dann sieh zu, dass du in genau einer halben Stunde verdammt noch mal bereit dazu bist.« Und mit diesen Worten verließ er den Bungalow und die sprachlose Rothaarige auf dem Sofa.

Er brauchte nur etwa zwanzig Minuten, um die Dinge zu beschaffen, die er für ihr Nachmittagsprogramm benötigte. Er hatte Franklin aufgespürt, der nur allzu glücklich gewesen war, ihm zu helfen, einen Picknickkorb mit Speisen aus einem der Restaurants zusammenzustellen. Da Jax danach noch ein paar

Minuten Zeit hatte, machte er in der Strandbar halt, genoss die Aussicht auf den kristallblauen Ozean und plauderte mit dem Barkeeper.

Genau dreißig Minuten nach seinem Aufbruch betrat er den Bungalow wieder. Eigentlich war er davon ausgegangen, Vanessa an derselben Stelle vorzufinden, an der er sie verlassen hatte. Aber zu seiner Überraschung saß sie in einem der Adirondack-Stühle auf der vorderen Veranda, die Arme verschränkt und einen strengen Ausdruck auf dem Gesicht.

»Du hast mir nicht gesagt, wie ich mich vorbereiten soll.«

»Ähm … was?«

»Ich habe keine Ahnung, was wir tun oder wohin wir gehen. Woher soll ich wissen, was ich anziehen soll oder ob ich irgendetwas mitbringen muss? Wenn wir eine Sightseeingtour machen, dann würde ich Shorts, ein Top und bequeme Schuhe anziehen. Wenn wir irgendwo schwimmen gehen, wäre es sinnvoll, einen Badeanzug und Flipflops einzupacken. Wenn wir in einem der Restaurants hier zu Mittag essen, muss ich mich ein wenig in Schale werfen und brauche noch mal ein ganz anderes Outfit. Und dazu kommt dann die Frage nach dem passenden Make-up. Ach ja, und nach der richtigen Frisur.«

Jackson stand ganz still da, um dieses wilde Wesen nicht zu erschrecken und in Raserei verfallen zu lassen. »Heilige Scheiße, sind alle Frauen so? Wenn du mir gesagt hättest, ich soll in einer halben Stunde fertig sein, hätte ich dafür gesorgt, dass ich an den entscheidenden Stellen bekleidet bin, und mir für den Ausflug ein paar Biere aus dem Kühlschrank geschnappt.«

Sie warf die Hände hoch und ließ sie frustriert auf die Oberschenkel klatschen. »Warum überrascht mich das nicht?«

In dem Moment wurde es ihm klar; dies war kein Ärger. Es war Panik, weil sie keine Kontrolle über die Situation hatte. Sie hatte aufgehört zu arbeiten, also war es offensichtlich, dass sie einen Nachmittag außer Haus genießen *wollte,* aber angesichts der Umstände wusste sie nicht wie.

Er stellte den Korb auf die Stufen, ging auf sie zu und zog sie an den Händen hoch. »Tut mir leid. Mir war nicht klar, dass du weitere Infos brauchtest. Das nächste Mal sorge ich dafür, dass du zumindest eine Ahnung davon hast, wie du dich für die Überraschungen rüsten kannst, die ich für dich plane. Abgemacht?«

»Das nächste Mal?« Ihre Züge wurden weicher, und das Blitzen in ihren grünen Augen erlosch. »Du hast vor, mir weitere Überraschungen zu bereiten?«

Er hatte nicht wirklich darüber nachgedacht, was er sagte, aber jetzt nahm er sich einige Sekunden, um das nachzuholen. »Ja, ich denke schon. Im Moment schwebt mir nichts Bestimmtes vor, aber irgendetwas sagt mir, dass es mir gefällt, dich auf Trab zu halten.«

Sie biss sich auf die Lippe und senkte den Blick. »Jackson, wegen gestern Nacht …«

Mit einem Finger hob er ihren Kopf an und zwang sie, ihm in die Augen zu schauen. »Was ist damit?«

»Ich habe mich benommen, als hättest du absichtlich etwas getan, um diese Woche schwierig für uns zu machen. Das war albern von mir. Es tut mir leid, dass ich dich angebrüllt habe.«

Leider war das ganz und gar nicht albern, sondern die reine Wahrheit. Plötzlich verspürte er Gewissensbisse. Sein Verstand sagte ihm, dass er jetzt sofort ein Geständnis ablegen sollte. Gleichzeitig erklärte ihm eine Stimme tief in seinem Inneren, dass er diese Zeit mit ihr noch ein kleines bisschen länger genießen sollte.

Er bemühte sich um ein unbefangenes Lächeln und erwiderte: »Ich habe mich auch nicht gerade mit Ruhm bekleckert, mit der Nummer, die ich abgezogen hab, um unser Spiel zu gewinnen. Also sagen wir, wir sind quitt, okay?«

»Okay«, entgegnete sie und erwiderte sein Lächeln. »Also, was soll ich anziehen?«

»Einen Tanga und Stilettos.«

Ihr klappte der Unterkiefer herunter.

»Was?«, fragte er mit Unschuldsmiene. »Du wolltest nicht wissen, wovon ich träume?«

Sie lachte und stieß ihn weg.

»Strandkleidung«, antwortete er schließlich. »Und du kannst einen Bikini darunterziehen, für den Fall, dass du dich in den Sand legen oder ins Meer springen willst. Wenn du lesen oder in der Sonne ein Nickerchen machen willst, gehe ich solange surfen. Das Ziel ist es, sich zu entspannen und die Natur zu genießen.«

»Das klingt großartig. Ich bin in ein paar Minuten fertig.«

Jackson holte den Picknickkorb und wartete, während sie sich im Badezimmer umzog. Sie fuhren zu einem seiner Lieblingsplätze, einem abgelegenen Strand, von dem nur die Einheimischen wussten, daher war er nicht überfüllt mit Touristen. Er parkte seinen Jeep und trug den Korb zu einer hübschen Stelle neben einer hohen Klippe. Dann breitete er zwei Decken nebeneinander aus, eine in der Sonne und eine im Schatten, sodass Vanessa der Sonne ausweichen konnte, wenn es notwendig wurde. Bei ihrem hellen Teint musste sie wahrscheinlich vorsichtig sein, damit sie nicht allzu schnell wie ein Hummer aussah.

»Jax, dies ist … absolut der schönste Ort, den ich je gesehen habe.«

Ihm gefiel die Tatsache, dass sie seinen Spitznamen benutzte. Vielleicht bedeutete das ja auch, dass sie ihn zu mögen begann, wenn auch nur ein klein wenig. Als er hinter ihr stand, legte er ihr zaghaft die Hände auf die Hüften, unsicher, wie sie reagieren würde. Nur weil er jedes Mal gegen einen Ständer kämpfte, wenn sie in seine Richtung schaute, bedeutete das nicht, dass sie irgendwelche Zuneigungsbekundungen von ihm wollte. Doch zu seiner Überraschung ließ sie sich mit einem zufriedenen Seufzer gegen seine Brust sinken und entspannte sich. Plötzlich durchströmte ihn ein rauschhaftes Hochgefühl, als hätte er die erste Runde eines Wettkampfes gewonnen. Ermutigt durch ihre Reaktion legte er die Arme um sie und bettete das Kinn auf ihrem Kopf, während er versuchte, die Landschaft mit ihren Augen zu betrachten.

Wattewölkchen säumten einen taubenblauen Himmel und stießen am Horizont auf den königsblauen Ozean. In Strandnähe wurde aus dem Königsblau ein Kobaltblau, dann Türkis, jeweils mit mehreren Zwischentönen, bis das klare Wasser endlich auf den weißen Sand traf. Die schwarzen, dicht bewachsenen Klippen ragten bis hinauf in den Himmel und weit hinaus in den Ozean, wo sie das paradiesische Farbspiel abrundeten.

»Ja. Es ist eine meiner drei Lieblingsstellen.«

»Wirst du mir die beiden anderen auch noch zeigen, bevor ich abreise?«

Die Frage überraschte ihn. Dieser Ort belegte den zweiten Platz. Der dritte war nicht so malerisch, dafür aber seine Lieblingsstelle, um mit Freunden abzuhängen, daher konnte er sie auf jeden Fall dorthin mitnehmen.

Nur Platz Nummer eins war eine ziemlich private Sache. Obwohl er nicht der Einzige war, der diesen Ort kannte, wanderten seine »Nachbarn« selten so weit den Berg hinauf, um die Aussicht dort oben zu genießen. Er betrachtete es als sein eigenes Stückchen Himmel, einen Ort, um nachzudenken und zu reflektieren. Noch nie hatte er irgendjemand mitgenommen.

Wie wäre es wohl, gemeinsam mit Vanessa dort zu sein? Zu

seiner Überraschung störte ihn die Vorstellung nicht. Im Gegenteil: Nachdem sich die Idee erst mal in seinem Kopf festgesetzt hatte, wollte er ihr diesen Ort unbedingt zeigen. Sie würde ja sowieso bald wieder fort sein. Daher war auch nicht zu befürchten, dass sie in Zukunft ständig in seine Privatsphäre eindrang.

Als ihm einfiel, dass er noch nicht geantwortet hatte, sagte er: »Sicher.«

»Gut«, entgegnete sie und trat von ihm weg. »So, was ist denn nun in dem Korb? Ich bin nämlich halb verhungert.«

Sie saßen nebeneinander auf der sonnenbeschienenen Decke. Vanessa leckte sich den Erdbeersaft von den Fingern und stöhnte in purem Feinschmeckerglück. Jackson hatte mit irgendwelchen Tricks einen der Köche des Resorts dazu gebracht, ein echtes Festmahl einzupacken, und sie hatte gegessen, bis sie nicht mehr konnte.

Während er etwas Wasser trank und ein paar Vögel beobachtete, die in der Brandung spielten, nutze sie die Gelegenheit, seine Tätowierung zu studieren, die sich über seine Schulter und den Bizeps zog. Sie war nie eins der Mädchen gewesen, die auf Tattoos standen, aber sie fand die Bilder auf Jacksons Körper auf eine maskuline Weise ziemlich schön. Ein geometrisches Muster aus kleinen Wellen umspielte seinen Bizeps und verwandelte sich dann in größere Wellen, die bis hinauf zu seiner Schulter reichten. Alles war in schroffem Schwarz gehalten, bis auf die roten Blüten, die auf dem Kamm einer gewaltigen Woge schwammen und sich in der Mitte des Designs noch einmal wiederholten.

»Hat deine Tätowierung eine bestimmte Bedeutung?«

Er schaute auf seinen Arm, dann zu ihr hoch. »Irgendwie schon. Ich wollte etwas haben, das die Kultur hier repräsentiert und meine Liebe zum Meer. Außerdem haben Maori-Tattoos angeblich eine schützende Wirkung, deshalb sollen die Wellen mich vor Unglücken beim Surfen bewahren. Aber die Blüten sind das, was wirklich symbolisch ist.«

»Und inwiefern?« *Zu aufdringlich.* »Tut mir leid, das brauchst du nicht zu beantworten.«

»Ist schon gut. Es handelt sich um Kirschblüten. Das waren die Lieblingsblumen meiner Mutter. Die beiden Blüten in der Mitte stellen Lucie und mich dar, wie wir immer noch versuchen, unseren Weg durchs Leben zu finden.« Er senkte den Kopf und deutete auf die beiden Blüten, die die große Welle mit sich fortriss. »Diese da stehen für unsere Eltern … die uns von Kräften, die wir nicht kontrollieren konnten, genommen wurden.«

Vanessa spürte, wie sich ihr Herz zusammenkrampfte. Sie konnte sich nicht vorstellen, wie es war, die eigenen Eltern zu verlieren. Es musste für Lucie und ihn sehr schlimm gewesen sein. War es wahrscheinlich immer noch. »Tut mir leid, Jackson. Es ist ein wunderschönes Tattoo.«

»Danke.« Er schenkte ihr ein warmes Lächeln. »Hattest du genug zu essen?«

»Oh mein Gott, machst du Witze? Ich habe das Gefühl, ich könnte jederzeit ein komplettes Vegasbüfett gebären. Das war *so* gut. Musstest du irgendeine Kellnerin um den Finger wickeln, um das alles für dich rauszuschmuggeln?«

Jax stützte sich auf einer Hand auf und zog seine linke Augenbraue hoch, die mit der sexy Narbe, die mitten hindurchlief.

»Das denkst du von mir? Dass ich einfach ein Playboy bin, der bekommt was er will, indem er mit Frauen schläft?«

»Ich weiß es nicht. Bist du es?« *Bitte, sag Ja, damit ich dich hassen und abhaken kann.*

»Ich bin mir nicht sicher«, antwortete er mit einem Grinsen. »Seit ich dich kenne, habe ich alle anderen Frauen vergessen.«

Sie lachte und schüttelte den Kopf. »Du redest so viel Quatsch, dass du eine ganz lange Nase haben solltest. Von all den Lügen.«

»Okay, das könnte jetzt ein wenig weit hergeholt sein.« Das breite Lächeln verblasste. Topasfarbene Augen brannten sich in ihre, plötzlich ganz ernst. Sie schluckte.

Die Intensität seines Blickes und was er bedeutete, verunsicherten sie. »Was?«

Er hob die eine freie Hand an ihr Gesicht. Seine Berührung war so zart, dass Vanessa sich unwillkürlich fragte, wie Hände, die dazu bestimmt waren, Schaden anzurichten, so unglaublich sanft sein konnten.

»Es gibt da etwas, das ich nicht vergessen kann«, sagte er schroff.

Sie schnappte hörbar nach Luft, während er ihr mit dem Daumen liebkosend über den Wangenknochen strich und mit seiner rauen Haut dort ein Kribbeln hinterließ. »Und was wäre das?«

Er wandte den Blick von ihren Augen ab und ließ ihn auf ihrem Mund ruhen. Sein Daumen zeichnete ihre Unterlippe nach. »Die Art, wie du gestern Abend auf meine Küsse reagiert hast. Und wie sehr ich mir wünsche, dich wieder zu küssen.«

Er verstärkte den Druck auf ihre Unterlippe, bis sie den Mund öffnete, dann strich er mit dem Daumen über den Rand ihrer Zähne. Ihre Zungenspitze traf die Kuppe seines Fingers, leckte sie, zögernd zuerst, dann ungenierter. Der zarte Geschmack der süßen Ananas, die er zuvor gegessen hatte, ließ ihr das Wasser im Mund zusammenlaufen, und zwischen ihren Beinen begann es verlangend zu pochen.

Wie von selbst näherten sich ihre Körper einander, und dann waren sie in einer halben Umarmung. Selbst im Sitzen überragte Jackson sie. Nicht viele Männer waren größer als sie, aber er war so groß, dass sie sich beinahe zierlich fühlte.

Sein Atem ging stoßweise, während sie die Zunge um seinen Daumen kreisen ließ. Dann schloss sie die Lippen und saugte. Er stöhnte, und Vanessa verspürte ein plötzliches Machtgefühl. Vielleicht war jetzt der Moment, um sich für diesen Stunt gestern Nacht an ihm zu rächen.

Ihre Brüste fühlten sich schwer an in dem Bikini, den sie unter ihrem Tanktop trug. Sie fragte sich, ob Jackson ebenfalls eine derart starke körperliche Reaktion verspürte, wandte den Blick jedoch nicht von seinem Gesicht ab. Schließlich öffnete sie den Mund, legte den Kopf in den Nacken, um den Winkel zu bekommen, den sie brauchte, und biss in die Spitze seines Daumens. Kräftig.

Sie hatte *erwartet,* dass er den Daumen wegreißen und fluchen würde. Sie hatte *geplant,* über seinen Schock zu lachen und dann ihre Rache zu nehmen, indem sie ihn nach mehr lechzen ließ. Aber sie hatte sich geirrt. Statt zu fluchen, knurrte er vor Wonne.

»Wenn wir nicht gerade an einem öffentlichen Strand wären, würde ich dir zeigen, wie sehr mich genau das angetörnt hat. Erst mal hast du eine Gnadenfrist. Nachher … hast du keine mehr.«

»Und wenn ich nicht will, dass du mir irgendetwas zeigst?«

Er beugte den Kopf vor, nippte einmal, zweimal, dreimal an ihren Lippen und fing sie dann in einem langsamen und sinnlichen Kuss ein, der ihr das Gefühl gab, geschätzt und begehrt zu werden. Als er sich schließlich zurückzog, grinste er und sagte: »Dann muss ich deine Meinung einfach ändern.«

Reiß dich zusammen, befahl sich Vanessa. Sie konnte nur

hoffen, dass sie nicht so atemlos wirkte, wie sie sich fühlte. »Das war schon mal ein ganz ordentlicher Anfang.«

»Freut mich, zu hören. Und jetzt werde ich mir diesen Ständer wegsurfen, während du dich entspannst.«

Sie konnte sich ein Lachen nicht verkneifen. »Viel Glück damit.«

»Danke. Das kann ich gebrauchen. Er wird mich wahrscheinlich aus dem Gleichgewicht bringen.« Er zwinkerte. Sie verdrehte die Augen. »Sei brav, während ich fort bin, zukünftige Braut.«

»Wir sind nicht im Resort, Jax.«

»Ich weiß«, sagte er mit einem weiteren Zwinkern, bevor er sich sein Brett schnappte und in die Wellen lief.

Sie schaute zu, während er sich auf sein Board legte und dorthinaus paddelte, wo die Wellen sich aufbauten. Sie hatte nie viele Gedanken ans Surfen verschwendet, aber als sie Jackson unter eine kleinere Welle hinwegtauchen sah, um die größere dahinter zu erwischen, war sie voller Ehrfurcht.

Seine Rücken- und Schultermuskeln spannten sich an und bewegten sich mit jeder Drehung seiner Arme. Als er die Welle erreichte, sprang er so mühelos auf das Brett, als befände sich unter seinen Füßen fester Grund und nicht das brodelnde Wasser, dass jetzt blitzschnell in Richtung Strand schoss. Er stand ganz still, während er schwerelos auf dem Wellenkamm dahinzuschweben schien.

Dann änderte er mit einer leichten Körperdrehung die Richtung. Sein Brett durchschnitt die Welle und lief im Zickzackkurs, je nachdem, in welche Richtung er es drückte. Bis sich die Welle schließlich brach. Vanessa sprang auf und bekam kaum Luft vor lauter Sorge. Wo war er? Wo war Jackson? Doch dann entdeckte sie ihn wieder, stark und aufrecht inmitten der tosenden Wassermassen. Gischt sprühte ihm ins Gesicht, und er hob die Hand, um das Wasser fortzuwischen. Schließlich verebbte die Welle, und er tauchte mit einem eleganten Sprung in die Fluten.

Dann kam er wieder an die Oberfläche und begann das Ganze von Neuem.

Okay, dachte Vanessa. Wellenreiten war hiermit ihr neuer Lieblingssport. Zumindest, solange sie selbst sicher am Strand stand und zuschauen durfte.

Sie seufzte. Was war das nur mit diesem verflixten Jackson. Er bestand aus lauter Gegensätzen, so viel stand definitiv fest. Auf den ersten Blick schien er genau das zu sein, wofür man ihn hielt: ein talentierter Kämpfer mit dem sorglosen Leben eines Surfers. Aber irgendetwas stimmte da nicht. Das Bild passte nicht zu dem verantwortungsbewussten Mann, von dem Lucie all die Jahre geredet hatte. Hatte ihre Freundin sich geirrt? Vergötterte sie einfach ihren großen Bruder, oder versteckte Jackson sein wahres Ich? Und wenn ja, warum?

Den megaheißen MMA-Star Jackson Maris umgaben auf jeden Fall einige Rätsel. Die Anwältin in ihr wollte die Wahrheit herausfinden. Die Frau in ihr wollte den Mann kennenlernen. Bedauerlicherweise wollte sie ihn ein wenig *zu gut* kennenlernen. Und genau da lag das Problem.

Sie hatte sich nie als Feministin betrachtet. Aber sie mochte Sex und sie mochte ihren Körper. Nur war es inzwischen ziemlich lang her, dass sie sich für irgendetwas anderes als ihre Arbeit Zeit genommen hatte. Davon abgesehen war ihre Auswahl an Datingpartnern so zusammengeschrumpft, dass aus einem Tümpel eine Pfütze geworden war, und selbst die vertrocknete langsam. Sie lernte einfach keine Männer kennen, bei denen sie das Gefühl hatte, dass sich die Mühe lohnte.

Aber Jackson … sie hatte den Eindruck, dass sich bei ihm die Mühe mehr als lohnen würde. Nachdenklich kaute sie auf ihrer Unterlippe herum und beobachtete, wie er eine weitere Welle eroberte.

Die Schmetterlinge in ihrem Magen begannen sachte mit den Flügeln zu schlagen.

Natürlich würde vorher ein Gespräch stattfinden müssen. Es war wichtig, dass sie sich wirklich auf der gleichen Wellenlänge befanden. Aber danach würde nichts sie daran hindern, mit ihm nach hawaiianischer Art in die Horizontale zu gehen.

Nachdem ihr Entschluss feststand, eskalierte das Flattern in ihrem Magen urplötzlich zu einem irren Brausen. Die Vorfreude darauf, endlich ihrem Verlangen nachzugeben, breitete sich in ihr aus und setzte sich intensiv an diesem Punkt zwischen ihren Schenkeln fest.

Sie atmete tief die salzige Luft ein und stieß sie mit einem Lächeln wieder aus. Sie fühlte sich jetzt schon entspannter. Und obwohl sie in der vergangenen Nacht eine anständige Portion Schlaf gehabt hatte, war sie immer noch ein wenig erschöpft. Vielleicht sollte sie tatsächlich ein Powernickerchen machen, während er surfte. Sie streckte sich auf der im Schatten liegenden Decke aus, gähnte und schloss die Augen.

Während sie langsam wegdämmerte, konnte sie noch immer seine Lippen auf ihren spüren.

Die nachmittägliche Sonne hatte Jacksons Körper bereits getrocknet. Er lag auf der Seite und sah Vanessa dabei zu, wie sie schlief. Vor etwa einer halben Stunde war er vom Surfen zurückgekommen und hatte sie nicht wecken wollen. Sie sah so friedlich aus, so sanft. Sie war eine toughe Frau und immer auf der Hut, wie eine wachsame Straßenkatze, die jederzeit bereit war zu kämpfen, wenn es notwendig wurde.

Aber wenn sie schlief, entspannten sich ihre Züge, und ihre Locken schmiegten sich weich um ihr Gesicht. Ihre braunen

Wimpern, lang und leicht gebogen, lagen wie Fächer über feinen Wangenknochen, und ihr Atem kam leicht und gleichmäßig durch geteilte rote Lippen.

Die Erinnerung an ihren Geschmack berauschte ihn noch immer. Eine einzige kleine Kostprobe, und statt seinen Durst zu löschen, machte es ihn nur süchtig nach mehr.

Während er dalag und sie beobachtete, fragte er sich, wie sie wohl normalerweise war – zu Hause, in ihrem eigenen Element. Er hatte von Lucie einige Geschichten aus dem College gehört, über Abende, an denen Vanessa seine sonst so brave Schwester überredet hatte, verrückte Dinge zu tun. Irgendwie passte das gar nicht zu der Frau, die er in den letzten sechsunddreißig Stunden kennengelernt hatte. War sie vielleicht nach dem College ruhiger geworden? Oder lag ihr Verhalten eher an den Umständen hier?

Interessant war auch die Frage, wie viel sie eigentlich über ihn wusste. Hatten Lucie und sie über ihn geredet? Sprachen Mädchen über ihre Familien? Vermutlich schon. Soweit er wusste, redeten Mädchen nonstop über alles. Trotzdem war seine Schwester niemand, die so einfach Geheimnisse ausplauderte. Bestimmt hatte sie nur von den oberflächlichen Dingen erzählt. Komische Geschichten aus ihrer Kindheit, zum Beispiel von der Teeparty, die er und Reid ruiniert hatten, indem sie Lucies Barbies als Kriegsgefangene genommen hatten. (Hey, das war nicht seine Schuld gewesen. Ken hatte sich als Geheimagent entpuppt, der für die Russen arbeitete.)

Aber das alles war nur oberflächliches Zeug. Lucie konnte Vanessa die wichtigste Sache über ihn gar nicht erzählt haben. Denn die wirklich wichtigen Dinge hatte er ihr nie erzählt. Wie auch? Wie sollte er seiner kleinen Schwester sagen, dass ihre Familie – die sie immer für so perfekt gehalten hatten – gar nicht so perfekt gewesen war?

Als seine Eltern bei dem Autounfall gestorben waren, war Jacksons Leben auf den Kopf gestellt worden. Er hatte gerade erst den Highschoolabschluss gemacht und wollte eigentlich mit Reid nach Vegas gehen, um seine MMA-Karriere zu starten. Stattdessen musste er darum kämpfen, der juristische Vormund seiner dreizehnjährigen Schwester zu werden. Und kurz danach hatte er den Papierkram gefunden, der im Bankschließfach seiner Eltern versteckt gewesen war. Papierkram, der sein bisheriges Leben zerschmettert hatte.

Nach dem anfänglichen Schock hatte Jackson alles verdrängt, während er Lucie nach besten Kräften großzog. Wirklich, sie hatte es ihm ziemlich leicht gemacht. Sie war ein tolles Kind gewesen, hatte nie Scherereien gemacht, immer glatte Einser gehabt, und sie ging nicht mit Jungen aus. Aber das minderte trotzdem nicht den Stress, während der entscheidendsten Jahre ihrer Jugend für sie verantwortlich zu sein und wirklich schnell lernen zu müssen, wie man ein Erwachsener mit einem Job wurde, der die Rechnungen bezahlen konnte. Aus diesem Grund hatte er, als er nach Hawaii gekommen war, beschlossen, so einfach wie möglich zu leben und nur zu kaufen, was er bar bezahlen konnte. Er war jetzt für niemand mehr verantwortlich. Auf diese Art hatte er seither ziemlich glücklich gelebt.

Vanessa regte sich neben ihm, rieb sich die Nase und zuckte damit. Wie ein kleines Häschen. Er lächelte und strich ihr die Locke, die das Kitzeln verursacht hatte, hinters Ohr. Zu seiner Überraschung drehte sie den Kopf zu ihm um, schmiegte ihr Gesicht in seine Hand und flüsterte seinen Namen. Ein Gefühl, das er nicht beschreiben konnte, durchfuhr ihn, das Wissen, dass er in ihren Träumen war. Ihm blieb allerdings nicht viel Zeit, in dieser Vorstellung zu schwelgen, denn kaum hatte sie seinen Namen ausgesprochen, öffneten sich auch schon flatternd ihre Lider.

»Wie lange war ich weg?«

»Ich würde sagen, zwei Stunden.«

Sie richtete sich auf, als hätte die Decke sie versengt. »Oh mein Gott, ich kann nicht glauben, dass ich so lange geschlafen habe. Ich meine, ich dachte, ich würde ein dreißigminütiges Powernickerchen machen oder so etwas.«

»Was ist schon dabei? Also, du hast ein paar Stunden an einem wunderschönen Strand geschlafen. Das ist bestimmt kein Verbrechen, V.«

»Weiß ich«, blaffte sie. »Ich bin einfach … nicht daran gewöhnt, einen so großen Teil meines Tages zu verschwenden.«

»Ich werde jetzt mal das Offensichtliche feststellen. Du bist ein Workaholic, der nicht weiß, wie man loslässt, selbst im Urlaub.«

»Eigentlich habe ich keinen Urlaub. Ich sollte erst am Freitag hier sein, erinnerst du dich? *Nächste* Woche fängt mein Urlaub an. Bis dahin muss ich noch arbeiten. Nur eben nicht an meinem Schreibtisch, sondern aus der Ferne, von einer Tropeninsel aus.«

»Ach du Schande, das klingt ja nach null Spaß.«

Sie stand auf und begann sich anzuziehen und die Picknicksachen zusammenzusammeln. »Tja, wir können leider nicht alle Jobs haben, die es uns erlauben, sorglose Surfer zu sein.«

Er stand ebenfalls auf und griff nach seinem Brett. Er hätte nicht gedacht, dass sie einer der Menschen war, die Kämpfer für faule Nichtsnutze hielten. »Nur weil ich im Moment nicht im Trainingslager bin, heißt das nicht, dass ich mein ganzes Leben am Strand verbringe. Oder dass immer alles eitel Sonnenschein ist.«

»Ach komm, Jackson. Deine Karriere besteht darin, gesund zu essen und zu trainieren. Die meisten Menschen tun das zusätzlich zu allem anderen in ihrem Leben.«

»Wirklich. Mehr ist es nicht, hm?«

»Versteh mich nicht falsch. Ich bin mir sicher, dass deine Work-outs hart sind. Ich sage nur, dass es für jemanden, der daran gewöhnt und in guter Form ist, ziemlich leicht sein muss. Ungefähr so, als ob ich einen Zeugen ins Kreuzverhör nehmen müsste.«

»Dein Zutrauen in meine Fähigkeiten ist ja sehr schmeichelhaft, aber es spielt keine Rolle, wie gut ich in Form oder wie oft ich im Trainingslager bin. Jeder Work-out fühlt sich genauso hart an wie mein allererstes Training. So sind sie konzipiert.«

Die Art, wie sie skeptisch die Brauen hochzog, war ungefähr so subtil wie Lucies Schnauben. Er hatte das Gefühl, als hätte sie gerade seine Arbeit beleidigt, und das ergab keinen verdammten Sinn. Klar, er selbst war immer der Erste, der darüber witzelte, wie leicht und sorglos sein Leben war. Wenn sein Leben eine Gebrauchsanleitung hätte, würde sie lauten: Kämpfe, surfe, entspanne dich, wiederhole alles. Warum also war es ihm plötzlich so wichtig, ihr zu beweisen, dass er nicht irgendein träger Playboy war, der nur so tat als ob.

»Ich sag dir was«, erwiderte er, während sie die Decken ausschüttelten und zusammenfalteten. »Ich gehe morgen zum Training. Warum kommst du nicht mit und siehst es dir an? Auf diese Weise, Frau Anwältin, können Sie Ihr Urteil fällen, sobald Sie alle Beweise beisammen haben.«

»Mmh«, begann sie und machte ein Gesicht, als würde sie ernsthaft darüber nachdenken. »Du hast überzeugende Argumente, aber ich dachte, du gehst im Moment nicht ins Trainingslager.«

»Tu ich auch nicht, aber das bedeutet nicht, dass ich niemals trainiere.« Als Vanessa sich bückte, um den Picknickkorb und ihre Strandtasche hochzuheben, nahm er ihr beides aus der

Hand und fügte hinzu: »Ich muss schließlich in Form bleiben. Für das schwache Geschlecht, weißt du.«

Sie richtete sich auf und für den Bruchteil einer Sekunde war da dieser verärgerte Ausdruck in ihren Augen. Dann deutete sie auf seine Taille und fragte: »Nennst du dieses Hüftgold da in Form bleiben?«

»Was?« Verdammt, er hätte in den letzten Wochen nicht so viele Hamburger essen dürfen. Hastig sah er an sich hinunter und fand … nichts.

Neben ihm ertönte schallendes Gelächter. Vanessa bog sich vor Lachen. »Oh mein Gott, das war zu einfach! Du bist ja schlimmer als ein Mädchen!«

»Ein Mädchen?«, fauchte er mit gespielter Empörung. Sie nickte nachdrücklich, während sie mit einer Hand ihr Gekicher erstickte. »Ich zeig dir, wer hier das Mädchen ist.«

Kaum machte er einen bedrohlichen Schritt in ihre Richtung, da quiekte sie protestierend seinen Namen, ließ die gefalteten Decken fallen und rannte über den weißen Sand davon.

Und er war mehr als glücklich, ihr hinterherzujagen.

»Ich will dir etwas vorschlagen.«

Jackson sah auf. Er war gerade dabei, an ihrem privaten Pool sein Surfbrett zu wachsen. Als sie vom Strand zurückgekommen waren, hatten sie beim Zimmerservice das Abendessen bestellt, und dann hatte Vanessa gearbeitet, während er Laufen gegangen war. Da sie nach seiner Dusche immer noch über ihren Akten saß, hatte er sich am Pool niedergelassen und sein Brett in Ordnung gebracht, während er den Wellen, dem Gelächter und der Musik lauschte, die von der Strandbar herüberklangen.

»Nimm Platz«, sagte er und deutete auf die Stelle neben sich. Sie trug abgeschnittene Jogginghosen, die kaum ihren Hintern bedeckten, und ein Tanktop. Die passende Kleidung für einen

Abend auf Hawaii. Was sein Schwanz leider ganz ähnlich zu sehen schien. Denn der richtete sich sofort auf, um Aloha zu sagen. *Jesus*. Er versuchte, sich wieder auf die vor ihm liegende Arbeit zu konzentrieren. Doch aus irgendeinem Grund fiel ihm das ziemlich schwer.

Sobald sie dasaß und ihre Beine in den Pool baumeln ließ, schob sie die Hände unter die Oberschenkel und stieß einen langen Seufzer aus.

»Mmh«, erwiderte er mit einem Grinsen. »Klingt ernst. Im Gegensatz zu dir bin ich ja kein Experte, was die Gesetze betrifft. Aber kannst du dich von mir scheiden lassen, bevor wir überhaupt verheiratet sind?«

»Darauf komme ich später noch mal zurück«, antwortete sie trocken. »Ist das Ananas, was ich da rieche?«

Er hielt die Dose hoch. »Sex Wax. Nicht zu verwechseln mit der Art von Wachs, die man tatsächlich beim Sex benutzen kann.«

»Hast *du* schon mal Wachs beim Sex benutzt?«

Er zog eine Augenbraue hoch. »Fragst du mich, ob ich schon mal Wachsspiele ausprobiert habe?«

Sie zögerte … dann nickte sie.

»Bisher noch nicht. Aber irgendetwas sagt mir, dass ich nichts dagegen hätte, mit der richtigen Person alle möglichen Dinge auszuprobieren.«

»Oh«, sagte sie. Ihre Stimme klang heiser, und sofort wurde ihm ganz warm – nicht nur ums Herz, sondern vor allem etwas weiter unten. Ein Themenwechsel war dringend angebracht, sonst würde er in den nächsten dreißig Sekunden ohne Vorwarnung über sie herfallen. Was nicht so ganz die feine Art war. Bedauerlicherweise.

»Also, erzählst du mir, worum es geht?« Er schaute auf ihre Brüste hinab und sah, dass ihre Knospen sich gegen das Tanktop stemmten. Kein BH. *Fuck!* Sie versuchte, ihn umzubringen. »Oder wäre es dir lieber, ich würde raten?«, erbot er sich mit tiefer werdender Stimme.

»Ähm, nun«, begann sie, bevor sie sich räusperte. »Ich bin mit der Absicht nach Hawaii gekommen, mich zu amüsieren. Du weißt schon, vielleicht einen Mann finden, mit dem ich etwas Spaß haben kann. Aber da du mich in diese verrückte Zwangslage gebracht hast, deine Verlobte spielen zu müssen, kann ich schlecht mit irgendwelchen anderen Männern flirten.«

»Uh-hu.« Ihm gefiel, wo das hinführte.

»Da ich also keine andere Wahl habe, verstehst du, wärest du wohl derjenige, mit dem ich hier Spaß haben muss«, beendete sie ihren Satz lahm.

»In einfachen Worten, V.«

»Oh, verdammt. Du weißt genau, was ich meine. Ich will eine Urlaubsaffäre.«

»Und das heißt?« Er verstand ihren Vorschlag, aber er wollte sie die Worte laut und deutlich aussprechen hören. Er beugte sich ein wenig näher zu ihr vor, bis ihr Atem sich mit seinem vermischte. »Sag es«, befahl er leise.

Sie holte tief Luft und sah ihm tapfer in die Augen. »Ich will Sex mit dir haben.«

»Da. So hart war das doch gar nicht?« Er lächelte. »Apropos hart …« Er griff nach ihrer Hand und zeigte ihr, was genau er von ihrem Vorschlag hielt.

»Oh«, keuchte sie.

Selbst mit dem Stoff seiner Shorts dazwischen, sandte das Gefühl ihrer Hand Schockwellen durch seinen steifer werdenden Schwanz. »Ich nehme deinen Vorschlag an.«

Sie riss die Hand zurück und rutschte einige Zentimeter von ihm weg, als brauche sie Raum zum Atmen. Diese Frau war wirklich der Hammer. Sie tat genau das Gegenteil von allem, was er erwartet hatte.

»Aber wir können nicht vor morgen anfangen.«

Und sie sagte genau das Gegenteil von allem, was er zu hören erhofft hatte.

»Wie bitte?«

»Regel Nummer fünf: Lass eine Affäre nie länger als drei Tage dauern. Heute ist Montag. Wenn wir morgen anfangen, haben wir dadurch bis Donnerstagnacht. Das wäre perfekt, denn am Freitag werden ja Lucie und Reid zum Probedinner erwartet.«

Das war doch nicht zu fassen! Erst verkündete sie, dass sie eine Affäre mit ihm wollte. Dann gab sie ihm ein Zeitlimit, wie bei einer gottverdammten Parkuhr. »Verflucht. Machst du das mit jedem Mann?« Die Vorstellung, dass sie mit beliebigen Männern Drei-Tage-Affären hatte, weckte in ihm das plötzliche Bedürfnis mehrere Runden auf einen Punchingball einzuschlagen. Oder besser noch: auf die beliebigen Männer.

»Nun, ich diskutiere nicht mit ihnen über diese Regel. Ich beende die Dinge einfach immer, bevor sie ernster werden. Aber da wir uns in einer ganz speziellen Situation befinden, möchte ich dich vorab gerne über meine Erwartungen aufklären.«

»Also hattest du noch nie Beziehungen, die länger gedauert haben als drei Tage?«

»Natürlich hatte ich die, aber wir reden nicht über Beziehungen. Wir reden über Affären. Das sind zwei sehr verschiedene Dinge.«

Er rieb sich mit der Hand die Bartstoppeln auf seinem Kinn, während er darüber nachgrübelte. Vanessa MacGregor war eine seltsame Kreatur. Er kam nicht dahinter, warum sie so viele absurde Regeln hatte, die sie dann auch noch mit religiösem

Eifer befolgte. Er selbst fand das albern, aber wenn er mit ihr zusammen sein wollte – und das wollte er wirklich, *wirklich* –, gab es wohl Schlimmeres, als sich ein paar Tage lang nach irgendwelchen Vorschriften zu richten. Vorausgesetzt, keine davon war komplett verrückt.

Er kniff die Augen ein wenig zusammen und fragte: »Mal angenommen, ich würde zustimmen. Wie lauten denn die übrigen Regeln? Ich will nicht, dass ich am zweiten Tag von irgendetwas überrascht werde. Du hast doch wohl keine Regel, die von mir verlangt, Frauenkleider anzuziehen, oder?«

»Nicht einmal einen meiner Tangas?«

Seine Augen weiteten sich, bis sie lächelte. »Vorsicht, Prinzessin. Nach meiner Rechnung hast du dir schon zwei Bestrafungen verdient. Du willst das doch nicht verdoppeln, oder?«

Ihr Gesicht wurde etwas ernster und errötete schwach, was bei ihm die Frage aufwarf, ob es von Sorge herrührte oder … von Erregung.

Sie räusperte sich, griff in ihre Gesäßtasche und faltete ein Stück Papier auseinander, das stark danach aussah, als wäre es – *heilige Scheiße*. »Ist das ein Vertrag?«

»Natürlich nicht! Aber ich wollte nichts vergessen, daher habe ich sie alle aufgeschrieben, die …«

»Regeln?«, fragte er mit einer hochgezogenen Augenbraue.

Sie bedachte ihn mit einem selbstbewussten Blick und reckte das Kinn einen Anflug höher. »Ja. Regeln.«

Es gefiel ihm, dass sie nicht klein beigab. Viele Frauen ruderten beim kleinsten Anzeichen von Widerstand sofort zurück. Aber nicht Vanessa. Sie war total im Reinen mit ihrer Verrücktheit, und aus irgendeinem Grund brachte ihn das umso mehr auf Touren. Es sah so aus, als würde er eine Menge Dinge tun, um seine exzentrische Möchtegernbraut bei Laune zu halten.

Er legte sein Brett beiseite, verschränkte die Arme vor der Brust und sagte: »Okay, lass hören.«

»Der Deal ist, dass wir für die Dauer von drei aufeinanderfolgenden Tagen eine sexuelle Beziehung eingehen, beginnend am Dienstag, was morgen ist, und danach kehren wir zu einer platonischen Freundschaft zurück. Da wir jedoch gemeinsame Freunde haben, ist es fast sicher, dass wir einander in Zukunft sehen werden. Also muss klar sein, dass wir bei diesen Treffen danach unsere sexuelle Beziehung nicht wieder aufnehmen dürfen.«

»Kein Sex um der guten alten Zeiten willen? Warum zum Teufel nicht?«

»Weil drei Tage drei Tage sind, Jackson. Alles darüber hinaus würde bedeuten, dass wir riskieren, Gefühle füreinander zu entwickeln. Und das will keiner von uns beiden.«

»M-hm. Und warum noch mal nicht?«

»Nun, du hast gesagt, dass du nichts Langfristiges willst. Und für mich ist der Grund, dass …« Sie wandte den Blick von ihm ab und war plötzlich ganz fasziniert von ihrem Blatt Papier. »Du bist nicht der Richtige für mich.«

Autsch. Das traf ihn mehr, als er gedacht hätte. »Wegen deiner Regeln?«

Sie nickte, erklärte es aber nicht näher. Na schön, dachte Jackson. Sein Entschluss stand fest: Er würde in den nächsten Tagen diese Liste von Regeln auseinandernehmen und sie dazu zu bringen, so viele davon wie möglich zu brechen. Diese Frau war viel zu angespannt. Also war es seine Aufgabe, sie verdammt noch mal etwas lockerer werden zu lassen.

»Was hast du sonst noch aufgeschrieben?«

Sie zuckte mit einer schmalen Schulter. »Nur dass keiner von uns in dieser Zeit mit jemand anderem etwas anfängt. Das ist nicht nur ein Gebot der Höflichkeit, sondern dient auch dazu,

Reids und Lucies Ruf zu schützen.« Dann sah sie ihn aus dem Augenwinkel an. »Das schließt Flirts mit ein. Also solltest du dich in Zukunft vielleicht von Jillian fernhalten.«

Er gab sich größte Mühe, ein ernstes Gesicht zu machen und nicht laut zu lachen. Natürlich galt ihre Sorge auch Lucie. Aber er hätte sein Lieblingsbrett darauf verwettet, dass diese letzte Bemerkung außerdem einen kleinen Stich von Eifersucht enthielt. V hatte nichts von seiner alten Flamme zu befürchten, aber er sah keinen Grund, sie darauf hinzuweisen. Schließlich spielte das für eine kurze Affäre keine Rolle.

Also strich er sich übers Kinn und tat so, als grübele er über ihre Bedingungen nach. Natürlich fand er den strengen Zeitrahmen und das Verbot aller zukünftigen Aktivitäten lächerlich. Aber er weigerte sich zu glauben, dass es unumstößliche Regeln waren. Selbst eine Rote Viper konnte auf irgendeiner Ebene noch betört werden.

»In Ordnung«, sagte er schließlich. »Ich stimme deinen Punkten zu, aber nur unter einer Bedingung.«

»Und die wäre?«

»Du überlässt mir die Kontrolle.«

Sie schüttelte den Kopf, als habe er sie gerade aufgefordert, den Präsidenten zu ermorden. »Regel zwei.«

Er verkniff sich einen frustrierten Seufzer. Geduld. Er musste jetzt ganz ruhig bleiben. »Und die wäre?« Sie saugte ihre Unterlippe zwischen die Zähne. Wenn das so weiterging, würde sie sich noch verletzen. »V, wenn das hier funktionieren soll, muss ich wissen, womit ich es zu tun habe. Wie lautet die Regel?«

»Gib nie die Kontrolle ab.«

Peng. Diese Regel allein war völlig absurd. Aber sie erklärte zumindest, warum Vanessa jedes Mal durchdrehte, wenn er die Zügel in die Hand nehmen wollte. Was hatte diese Frau erlebt, das sie so misstrauisch gemacht hatte? Vermutlich etwas ziemlich Heftiges. Unwillkürlich überkam ihn das grimmige Bedürfnis, sie zu beschützen. Aber er wollte ihr außerdem helfen, etwas von dem loszulassen, was sie quälte. Und das konnte er nur tun, wenn sie ihrer Angst ins Auge sah.

»V«, sagte er sanft, »ich will nur die Kontrolle im Schlafzimmer. Ansonsten kannst du mich herumkommandieren, so viel du willst.«

»Nein.«

Behutsam. Bestimmt. »Doch.«

»Ich kann nicht«, murmelte sie schwach.

»Du kannst. Ich bitte dich nur darum, mir zu erlauben, die Führung zu übernehmen. Ich werde niemals etwas tun, das du nicht willst. Sobald du mir sagst, dass ich aufhören soll, höre ich auf.« Jax beugte sich vor, drückte die Nase an ihren Hals und ließ seine Barstoppeln sanft über ihre Haut kratzen, während er den Kopf hob, um ihr ins Ohr zu flüstern. »Aber ich verspreche, dass du auf keinen Fall wollen wirst, dass ich womit auch immer aufhöre. Überlass mir die Kontrolle, V.«

Sie erschauderte so heftig, dass das Zittern beinahe auf ihn übergriff. »Ich …« Ein schwacher Atemzug fächelte über seine Haut. »Ich verspreche, dass ich es versuchen werde, okay? Abgemacht?«

Jax fühlte sich, als würde sein Arm nach einem entscheidenden Wettkampf zur Siegergeste hochgerissen. Er wusste, dass es für sie ein riesiger Schritt war, es auch nur zu versuchen. »Abgemacht.« Dann ließ er sich ins Wasser gleiten und schob sich zwischen ihre Beine, die Hände auf den Beton neben ihren Hüften gelegt, damit sie nicht entkommen konnte.

»Du hast zugestimmt, dass wir nicht vor morgen anfangen.«

Er beugte sich vor, sein Gesicht neben ihrem, sein Mund an ihrem Ohr. »Ich habe nicht die Absicht, dich anzufassen.

Aber anfassen ist nicht die einzige Möglichkeit, dich anzutörnen. Zum Beispiel hast du mich gestern Nacht ziemlich erregt, und dabei hast du mich nur …« – er zog sich zurück, um ihr vielsagend in die Augen zu schauen – »angesehen.«

Vanessa schnappte nach Luft und ihr Rücken versteifte sich. »Ich dachte, du hättest geschlafen.«

»Habe ich auch. Aber dann habe ich diesen intensiven Blick auf mir gespürt. Meine Haut schien zu brennen, und es hat mich so verdammt wild gemacht, dass es ein Wunder ist, dass ich nicht aus dieser Hängematte gesprungen bin und dich genommen habe.«

Normalerweise gehörte eine Menge dazu, sie erröten zu lassen, aber jetzt hatte sie das Gefühl, als passten ihre Wangen genau zu ihrem Haar. »Ich kann nicht glauben, dass du nichts gesagt hast.«

»Schön, dann werde ich das wiedergutmachen und dir eine ganze Menge Dinge sagen.«

»Wie zum Beispiel?« Sie schluckte hörbar. Er war ihr näher als ihr lieb war. Verflixt, es würde ganz schön schwierig werden, sich an ihre eigene verdammte Regel zu halten, dachte Vanessa.

»Zum Beispiel, dass ich plane, deinen süßen Mund zu erobern, sobald es mir erlaubt ist.« Er bewegte sich, bis seine Lippen auf gleicher Höhe waren, so nah, dass sie sie fast auf ihren spürte, und trotzdem war immer noch Raum zwischen ihnen. »Und wie meine Hände darauf brennen, deine glatte Haut zu berühren, deine Brüste zu kneten und diesen süßen Arsch anzufassen, während ich dich an mich ziehe.«

Warum atmete sie so verdammt laut? Sie klang, als stünde sie an der Schwelle eines Asthmaanfalls. Und ihr Herz klopfte so heftig, dass sie es fast für den fernen Beat der Musik gehalten hätte. Ihre Haut kribbelte in den Bereichen, von denen er sprach, als wären seine Worte körperliche Berührungen. Bevor sie begriff, was geschah, ertappte sie sich dabei, dass sie sich zurücklehnte, während Jackson sich über sie beugte, immer noch im Pool stehend, immer noch ohne sie zu berühren. Aber jetzt schwebte sein Gesicht über ihrer Brust.

»Ich kann es gar nicht erwarten, an ihnen zu saugen.« Sein heißer Atem drang durch das Baumwollgewebe ihres Tops. Sie spürte, wie ihre Brustwarzen sich zusammenzogen, beinahe schmerzhaft, während sie sich ihm entgegenreckten und darum flehten, genommen zu werden. »Ich habe versucht, mir vorzustellen, wie deine Nippel aussehen. Ich wette, bei deiner hellen Haut haben sie eine hübsche, hellrosa Schattierung.«

Die tiefen Vibrationen seiner Stimme streichelten über ihren Körper. »Und ich wette, sie werden kirschrot, nachdem ich sie tief in meinen Mund gesaugt, mit der Zunge umkreist und vielleicht ein wenig daran geknabbert habe.«

Irgendwo ganz hinten in ihrer Kehle entrang sich ihr ein Stöhnen bei dem Gedanken an seine weißen Zähne, die auf ihre harten Knospen trafen.

»Ah«, sagte er und schaute zu ihr auf, »wieder bekomme ich beim Stichwort Beißen eine Reaktion. Ich denke, wir beide werden im Bett ziemlich kompatibel sein, Baby.«

Während er sich an ihrem Körper entlang weiter nach unten gleiten ließ, hielt sie den Blick auf seine Augen gerichtet. Eine Atombombe hätte nebenan hochgehen können, und sie hätte nicht einmal geblinzelt. Jackson starrte vielsagend auf ihre Schenkel, dann schaute er ihr wieder ins Gesicht.

»Weiter auf.«

»Was?«

»Deine Beine. Weiter aufmachen.«

Sie zögerte, unsicher, ob sie mehr von diesem Spiel verkraften konnte. Er blieb, wo er war, wartete ab. Offenbar schien er zu denken, dass es nur eine Frage der Zeit war. Nun, sie konnte sich gegen einen Mann wie ihn behaupten. Sie unterwarf sich niemand, nur weil er ihr etwas befahl. Der Deal war, dass sie während ihrer Affäre die Kontrolle ihm überließ. Und diese Affäre hatte noch nicht begonnen.

Er zog die Augenbraue hoch, sodass die Narbe darin einen spitzen Winkel annahm. »Angst, dass du dich versucht fühlen wirst, deine eigenen Regeln zu brechen, MacGregor?«

Verdammt. Der Mann schoss Herausforderungen auf sie ab, was das Zeug hielt. Aber das bedeutete nicht, dass sie jede davon annehmen musste … oder? Sie wollte ihre eigene Frage gerade mit einem nachdrücklichen »Nein« beantworten, als ein Grinsen sich auf seine Züge stahl. Auf keinen Fall würde sie ihn denken lassen, dass er eine so starke Wirkung auf sie hatte. Sie zog ebenfalls ihre Augenbraue hoch und spreizte die Beine langsam so weit, wie sie konnte.

Er verschwendete keine Sekunde damit, sich an seinem vermeintlichen Sieg zu weiden. Es war, als sei seine Dreistigkeit nur eine Fassade gewesen, die er brauchte, um zu bekommen, was er wollte. Aber sobald er es hatte, rutschte die Maske runter, um den eindringlichen Mann darunter zu enthüllen, dem es wichtig war, ihr das größtmögliche Vergnügen zu verschaffen.

Er ließ sich bis zu den Schultern ins Wasser sinken, sein Gesicht nun direkt zwischen ihren Beinen. Sie biss sich auf die Unterlippe und betete, dass er bald aufhören würde, sie zu quälen.

»Jesus, Vanessa …« Ihr Name klang erstickt, als hätte seine Kehle sich zugeschnürt. Sie suchte sein Gesicht nach Hinweisen auf seine Gedanken ab. Seine Augen konzentrierten sich auf den Scheitelpunkt ihrer Oberschenkel, seine Nasenflügel bebten kurz, und die Muskeln in seinem Kiefer zuckten alle paar Sekunden. Er sah aus, als versuche er verzweifelt, nicht die Kontrolle zu verlieren. »Du bist so nass, dass es durch deine Shorts sickert.«

»Es ist so lange her …« – ihre Stimme klang rauchig und unstet. Beinahe nicht wiederzuerkennen –, »… dass mich ein Känguru heiß machen könnte. Es hat nichts mit dir zu tun.«

»M-hm«, erwiderte er sarkastisch. Er beugte sich vor, bis die Vibrationen seiner tiefen Stimme sie beinahe über den Rand schickten. »Du musst es nur sagen, Baby, und ich werde mich sofort darum kümmern.«

»N-nein.«

»Komm schon. Es verstößt gegen keine deiner Regeln, es verbiegt sie nur ein wenig.«

»Es wird uns nicht umbringen, uns ein wenig zurückzuhalten. Wir können das hinkriegen. Wir sind erwachsen.« Sie klang ungefähr so überzeugt, als würde sie behaupten, dass sie an den Nikolaus glaube.

»Teufel, ja, wir sind erwachsen. Genau darauf will ich hinaus«, sagte er. Er fluchte leise und schlug auf das Pflaster neben ihr, sodass sie zusammenzuckte. »Wir sollten tun können, was wir wollen, wann wir wollen. Wir sind keine Kinder mit Sperrstunden und Zubettgehzeiten.«

Seine offenkundige Geringschätzung ließ sie augenblicklich zur Vernunft kommen. Sie rutschte rückwärts und stand auf. »Hör mal, ob du das für dumm hältst oder nicht, ist nicht der Punkt. Der Punkt ist, dass es für *mich* wichtig ist. Also, wenn ich dir zu schwierig bin, ist das in Ordnung. Ich habe keine Probleme damit, meinen Vibrator zu benutzen. Er befriedigt meine Bedürfnisse bestens.«

Mit einer einzigen fließenden Bewegung stemmte er sich aus dem Wasser hoch und sprang auf die Füße. Tropfnass ragte er über ihr auf, zornig und zugleich so verdammt sexy. »Der

Tag, an dem ein Vibrator meine Geliebte befriedigt, ist der Tag, an dem ich mich selbst zum Eunuchen mache.« Er ging dorthin, wo sein Handtuch zusammengeknüllt in einem der Stühle lag, und rubbelte sich mit kurzen, hastigen Bewegungen trocken, bevor er an der Tür zum Schlafzimmer stehen blieb. »Genieße die letzten paar Stunden deiner Kontrolle, V. Denn danach … gehörst du mir.«

Jackson nahm die längste und kälteste Dusche seines Lebens. Doch selbst das eiskalte Wasser konnte nicht verhindern, dass er kam und danach *wieder* steif wurde, nur bei dem Gedanken an die Frau, die in diesem monstergroßen Bett lag, ganz allein und nur wenige Schritte von ihm entfernt. Das Warten machte ihn wahnsinnig. Sie schlief wahrscheinlich friedlich. Scheinbar dachte sie, dass die Dinge erst begannen, wenn sie erwachte. Tja. Da dachte sie falsch.

Er schaute auf die Uhr an der Wand und lächelte vor sich hin. In fünf Minuten war Mitternacht. Offiziell Dienstag, und er hatte nicht die Absicht, Zeit zu verschwenden, bevor er ihre dreitägige Exkursion ins Wilde und Verruchte begann.

Während die Minuten verstrichen, ging er im Geiste seinen Plan durch, dachte daran, was er als Erstes tun wollte, was er danach tun würde. Es war schwierig, sich zu entscheiden. Er wollte alles gleichzeitig mit ihr tun. Das erste Mal würde keine zögerliche und langsame Erfahrung sein. Dafür waren sie beide zu aufgeheizt.

Endlich war es so weit. Zwölf Uhr. Er öffnete vorsichtig die Tür und legte sich dann neben sie auf das Bett. Nur das Laken verhüllte ihren Körper, da es trotz der Klimaanlage immer noch etwas zu warm war. Sie lag auf dem Rücken, beide Arme über dem Kopf verschränkt. Vorsichtig zog er das Laken von ihr ab, bis sie entblößt war.

Er rutschte hinter sie, drehte sie auf die Seite und zog sie dann an sich. Sie bewegte sich im Schlaf, legte den Kopf auf die Innenseite seines Armes und drückte den Rücken noch etwas mehr an seine Brust. Mit der freien Hand strich er über ihren nackten Oberschenkel bis zu ihrer Hüfte hinauf. Die abgeschnittenen Hosen waren kein großes Hindernis, und sie rutschten zur Seite, als er eine glatte, runde Pobacke umfasste und sie leicht drückte. Vanessa gab einen kleinen Laut von sich und wölbte den Rücken, presste den Hintern gegen seinen Schwanz, der verzweifelt versuchte, durch seine Boxershorts zu brechen.

Er vergrub die Nase an ihrem Hals und sog ihren Duft tief ein, während er eine Hand zu ihrer Vorderseite gleiten ließ und unter ihr Tanktop schob, um eine reife Brust zu finden, die perfekt in seine Hand passte. Sie reagierte sofort und drückte die Schultern zurück, während sie versuchte, seiner Berührung entgegenzukommen.

»Gut so, Baby«, sagte er, während er die harte Knospe zwischen Daumen und Zeigefinger rollte. »Werde für mich lebendig. Lass mich dafür sorgen, dass du dich gut fühlst.«

Jackson konnte nicht glauben, wie sehr er in sie eindringen wollte. Er war Tausende von Malen in seinem Leben erregt gewesen, aber das hier war eine andere Liga. Es war mehr wie ein tiefer, nagender Hunger, den er stillen musste. Und ihren Regeln zufolge besagte die Uhr an der Wand, dass es Essenszeit war, also wollte er verdammt sein, wenn er noch länger wartete.

Er ließ von ihrer Brust ab, schob die Finger zwischen ihre Beine, blieb für den Moment über ihren Shorts und rieb einige Male hin und her. Sie stöhnte, und ihre Hüften begannen sich mit ihm zu wiegen.

Plötzlich keuchte sie auf und erstarrte. Er schlang ihr schnell den Arm und die Taille und hielt sie fest, während er leise in ihr Ohr murmelte: »Pst, V, es ist okay. Ich bin es nur.« Er spürte sofort, wie sie sich wieder entspannte. Dennoch war sie jetzt wach, und gleich würde ihr Verstand sich in die ganze Sache einschalten. Also musste er sich beeilen.

»Behelligst du Frauen immer im Schlaf, Maris?«

Er lachte. Ihrer Frage fehlte der Biss, den sie wohl eigentlich rüberbringen wollte. Stattdessen klang sie atemlos und ein wenig erleichtert.

»Nur diejenigen, die mir ein Zeitlimit setzen. Es ist nach Mitternacht, was bedeutet, dass wir Dienstag haben. Was außerdem bedeutet, dass du für die nächsten drei Tage mir gehörst. Und ich habe zufällig die Absicht, meine Zeit bestens zu nutzen.«

»Na ja, nun … *oh, Gott!*«

Er hatte nicht auf ihre Erwiderung gewartet, sondern die Finger dorthin zurückbewegt, wo sie gewesen waren, bevor sie aufgewacht war. Er schob die Hand unter ihre Shorts und fuhr fort, sie durch die Seide ihres Slips hindurch zu reiben. »Du bist bereits feucht. Dein Körper reagiert auf mich, V. Er weiß, was er will.«

Sie stöhnte und wölbte sich ihm entgegen. »Fühlt sich so an, als könnte ich dasselbe über dich sagen. Also, hör auf, mich zu ärgern, und gib uns beiden, was wir wollen.«

Selbst im Halbschlaf konnte die Frau nicht anders; sie erteilte Befehle. Er fühlte sich versucht, sie an ihr Versprechen zu erinnern, besann sich dann aber eines Besseren. Er wollte jetzt nicht darüber streiten, wer was versprochen hatte. Das würde er später tun, nachdem sie dieses erste Mal hinter sich hatten. Oder vielleicht die ersten paar Male. So wie er sich fühlte, konnte er sich wieder und wieder in ihr verausgaben und immer noch bereit für mehr sein.

Mit einem Ruck zog er ihr das Tanktop über den Kopf, dann

packte er ihre Shorts und den Slip und zerrte sie herunter, bis sie sich in dem Wust aus Laken und Wäsche zu ihren Füßen verloren. Sofort folgte seine gottverfluchte Unterwäsche, die drohte, ihn zu beschneiden, wenn er sie nicht loswurde. Mit einem Seufzer der Erleichterung nahm er seine Position hinter ihr wieder ein und schmiegte seine Erektion in die weiche Rille ihres Hinterns.

Die Berührung Haut an Haut, der er stundenlang entgegengefiebert hatte – verdammt, wahrscheinlich tagelang –, reichte beinahe aus, um ihn hier und jetzt kommen zu lassen. Er hielt still und traute sich nicht, sich zu bewegen, um nicht das bisschen an Kontrolle zu verlieren, das er noch über seinen Körper hatte. Aber dann rieb sie sich an seinem Schwanz, und damit war die Sache entschieden.

Er packte eins der Kondome, die er auf den Nachttisch gelegt hatte, und streifte es schnell über, damit er es später in der Hitze des Augenblickes nicht vergaß. Nachdem er sich um seine Pflicht gekümmert hatte, griff er nach Vanessa und rollte sich halb auf den Rücken, sodass sie mit einer Körperhälfte auf ihm lag. Dann griff er hinunter und zog ihr eines Bein über sich hinüber, öffnete sie weit. Sein Arm schlang sich von hinten wieder um sie, um mit einer Brust zu spielen, während seine andere Hand zu der süßen Stelle zwischen ihren Beinen zurückkehrte.

Er knurrte anerkennend, als er vollkommen glatte Haut berührte. Dann drehte er den Kopf um einige Zentimeter und biss ihr sachte ins Ohrläppchen, während seine Finger die Stelle zwischen ihren Schamlippen streichelten. »Gottverdammt, du bist so feucht, Baby.« Wann immer er sich ihrer Öffnung näherte, hob sie die Hüften und versuchte, seinen Eintritt zu erzwingen, aber vorerst verweigerte er ihr diese Wonne.

»Morgen werden meine Lippen, meine Zunge und meine

Zähne eine Ewigkeit damit verbringen, dich genau hier zu huldigen. Aber heute Nacht …« Er schob einen Finger tief in sie hinein, dann zog er ihn langsam heraus, bevor er die Prozedur wiederholte. Ihr Ekstaseschrei hallte in seinen Ohren wider, und er musste sich zurückhalten, um sie nicht zu schnell zu nehmen. »Heute Nacht werde ich dir geben, was du brauchst.« *Was wir* beide *brauchen.*

Er nahm einen zweiten Finger dazu, um sie langsam weit genug zu öffnen, dass sie ihn aufnehmen konnte. Auf keinen Fall wollte er ihr irgendeine Art von Unbehagen bereiten. Sein ganzes Blut mochte aus seinem Gehirn in seinen Schwanz geströmt sein, aber er war nicht so weit hinüber, dass er sich nur um sein eigenes Vergnügen kümmerte. Sie fühlte sich so verdammt eng an, dass er sich fragte, wie er jemals hineinpassen sollte. Aber er würde hineinpassen. Er würde dafür sorgen. Denn an diesem Punkt war die Idee, nicht in sie zu hineinzutauchen undenkbar.

»Was brauche ich?« Ihre gehauchte Frage strafte die Zurückhaltung, die sie zu wahren versuchte, Lügen.

»Sex«, knurrte er. Er beschleunigte das Tempo und benutzte den Handballen, um Druck auf ihre Klitoris auszuüben. »Rauen, primitiven, Fuck-me-Baby-Sex.«

Worte flossen ihr von den Lippen, ihre Zurückhaltung schwand angesichts seiner Direktheit. »Ja! Oh Gott, Jackson, das brauche ich. Jetzt, tu es jetzt.«

»Ruhig«, flüsterte er. »Ich muss dafür sorgen, dass du für mich bereit bist. Dann verspreche ich, dass nichts mich daran hindern wird, meinen Schwanz so tief in dir zu versenken, dass du mich noch tagelang dort fühlen wirst.«

Sie bettelte mit einem Wimmern und einem Stoß ihrer Hüften. Er antwortete: »Gleich«, und schob einen dritten Finger in sie. Eine feine Schweißschicht bedeckte ihre beiden Körper, die feuchten Haarsträhnen, die Vanessas Gesicht umrahmten, klebten an ihren Wangen und an seinen. Alles in ihm schrie danach, sie zu nehmen, sie zu markieren, sie zu seinem Eigentum zu machen. Und er konnte sich nicht länger zurückhalten.

Er nahm die Finger weg und zog Vanessa ein Stück weiter nach oben, bis die Spitze seines Schwanzes an die richtige Stelle glitt.

Sie umklammerte seine Handgelenke, und ihre Nägel gruben sich in seine Haut, als wappne sie sich für das, was kommen würde. »Jetzt?«, fragte sie.

»Jetzt.«

Mit einer einzigen geschmeidigen Bewegung drang er in sie ein. Als er den tiefsten Punkt erreichte, durchschoss ein Blitz purer Lust seinen Körper, anders als alles, was er jemals verspürt hatte. Vanessa schrie auf und drückte den Rücken durch, sodass nur ihre Schultern und ihr Hintern noch auf ihm lagen. Hastig winkelte er sein Bein an, um ihres damit zu fixieren und sie so weiter geöffnet zu halten, dass er sie mit beiden Händen berühren konnte.

Langsam zog er sich zurück, während ihr schwellendes Geschlecht versuchte, ihn wieder hineinzuziehen. Als er nur noch knapp mit der Spitze in ihr war, hielt er sie fest und stieß wieder hinein, ihr Name ein wunderschönes Gebet auf seinen Lippen.

»Schneller«, keuchte sie. »Jackson, mach schneller. Du bringst mich um.«

»Glaub mir, es bringt mich auch um.«

Sie drehte den Kopf und sog sich mit ihren Honiglippen an seinen fest. Er übersprang die Vorspielküsse, drang tief in ihren Mund ein und führte mit der Zunge die langsamen, kontrollierten Stöße seiner Hüften fort.

Die Zeit stand still, während er in ihrem Geschmack schwelgte, in ihrem Geruch, in ihrer absoluten Leidenschaft.

Nach einem Moment, der eher ein paar Stunden als ein paar Sekunden anzudauern schien, lösten sie sich voneinander, um wieder zu Atem zu kommen. Erneut gab Vanessa ihm zu verstehen, dass er schneller machen solle, härter.

»Baby, ich will dich so sehr«, sagte er und liebkoste ihre schweren Brüste, »dass ich Angst habe, es zu vermasseln, wenn ich schneller mache. Das hier fühlt sich fast an wie mein erstes Mal.«

»Ich bin so kurz davor, dass ich wahrscheinlich mit dir komme. *Bitte, Jax!*«

»Verflucht. Dich so betteln zu hören, macht mich süchtig nach mehr.« Er schlang die Arme fester um ihren Körper und sagte: »Halt dich fest.« Und mit diesen Worten legte er den Schalter von langsam und stetig auf schnell und schneller um.

Rein und raus, mit jedem Stoß seiner Hüften füllte er sie ganz aus. Schweiß tropfte von seiner Stirn über seine Schläfen. Die klatschenden Geräusche von Fleisch auf Fleisch erfüllten den Raum. Er spürte, wie ihre Säfte seine Eier benetzten, die sich erwartungsvoll zusammenzogen. Weißglühende Hitze bildete sich an seinem Rückenansatz und wurde mit jeder Sekunde stärker.

Vanessa redete nicht viel beim Sex, aber sie machte jede Menge Geräusche. Das Konzert aus Stöhnen, schwerem Atmen, Jaulen und Wimmern wurde zu seiner neuen Lieblingsplaylist.

Es war höchste Zeit, die Dinge etwas voranzutreiben. Also nahm Jax die Hände zu Hilfe. Mit einer umfing er ihre Brust und zwirbelte die harte Knospe ihres Nippels, die andere schlängelte sich hinab, um sich kreisend über ihre Klitoris zu bewegen. Jetzt rasten sie Kopf an Kopf auf die Ziellinie zu. Mit den Zähnen knirschend, bis sein Kiefer sich anfühlte, als würde er brechen, sorgte er dafür, dass er sie nicht als Erster überquerte.

»Oh mein Gott, ja«, schrie sie keuchend. »Ich komme, Jax. Gleich. Gleich!«

Er liebte es, dass sie seinen Namen sagte. Dass er wusste, dass sie nicht an jemand anderen dachte. »Komm, Vanessa. Ich bin hier, bei dir.«

Ein erstickter Aufschrei entrang sich ihren Lippen, während ihr Geschlecht bebte und sich um seinen Schwanz spannte. Und mit nur wenigen weiteren Stößen kam er nach und füllte das Kondom, während ihr Körper ihn warm und feucht umschloss.

Er war sich nicht sicher, wie lange sie dort ineinander verschlungen lagen, aber schließlich bugsierte er sie auf die Seite, damit er sich im Badezimmer waschen konnte. Als er mit einem Handtuch zum Bett zurückkehrte, war Vanessa komplett weggetreten und schnarchte leise. Das bedeutete wohl, dass eine weitere Sexparty bis zum nächsten Morgen nicht infrage kam.

Grinsend wischte er ihr den Schweiß von der Stirn und warf dann das Handtuch in Richtung Badezimmer, bevor er wieder ins Bett schlüpfte und sie beide zudeckte. Er küsste ihre Schulter und versuchte, selbst ein wenig Schlaf zu finden.

TAG 3: DIENSTAG

»Aufwachen, V.«

Vanessa spürte die warmen Sonnenstrahlen auf dem Gesicht, kniff die Augen zusammen und stöhnte in ihr Kissen.

»Komm schon. Ich muss zum Training, und du begleitest mich heute, erinnerst du dich?«

Sie konnte sich an nichts erinnern außer an das Gefühl seiner Arme um ihren Körper und wie er sich tief in ihr anfühlte. Selbst jetzt kribbelten ihre Brüste bei der Erinnerung an seine Berührung.

»Gib mir noch zehn Minuten«, nuschelte sie in ihr Kissen.

Sein Schatten fiel über ihr Gesicht, als er sich vor sie hinstellte, und der Klang seiner Stimme drang durch ihren Körper bis tief in ihr Inneres. »Normalerweise nehme ich mir mehr Zeit. Aber eingedenk unseres engen Zeitplans, sind zehn Minuten auch okay.«

Sie riss die Augen auf und sah Jacksons verruchtes Lächeln, als er begann, seine weißen Sporthosen aufzubinden. *Heilige Mutter Gottes.* So gerne sie ihm auch dabei helfen wollte, sein Versprechen – oder seine Drohung – zu halten, wollte sie sich doch selbst erst mal in den Griff kriegen. Sie war es nicht gewohnt, überrumpelt zu werden. Und wenn man bedachte, wie die letzte Nacht gelaufen war, war überrumpelt eine gewaltige Untertreibung.

Als er begann, die Hosen herunterzuziehen, fuhr sie im Bett hoch. Abwehrend streckte sie eine Hand aus, um hoffentlich jede weitere Enthüllung zu verhindern, die ihre Meinung ändern würde. »Ich bin auf! Ich bin auf. Nur … ähm …« Sie versuchte nachzudenken, aber ihr Gehirn fühlte sich so nebelig an wie ein Londoner Morgen. »Lass mich einen Kaffee trinken, und wir können gehen.«

»Ich habe ihn schon für dich gemacht.« Mit einem triumphierenden Lächeln zog er seine Hosen wieder hoch und hob Vanessa an der Taille aus dem Bett. »Er ist in einem Thermobecher drüben auf der Theke.«

In dem Moment wurde ihr klar, dass sie im grellen Tageslicht splitternackt vor ihm stand. Keuchend riss sie die Decke vom Bett und presste sie an die Brust. Er lachte und trat dabei viel zu nah an sie heran. Bedauerlicherweise wäre sie beim Zurückweichen nur auf das Bett hinter ihr gefallen, daher hob sie das Kinn und blieb, wo sie war.

»Was ist so komisch?«

Er legte ihr seine großen Hände auf die Hüften. Da das Laken nicht so weit hinunterreichte, trafen seine Finger weiter unten auf nackte Haut. Sofort kehrten die Erinnerungen an letzte Nacht zurück, und Vanessa spürte, wie ihr heiß und kalt wurde.

Er musterte sie und fragte dann: »Findest du es nicht seltsam, dich so zu verhüllen? Ich meine, noch vor wenigen Stunden konnte ich mit diesem sehr nackten Körper alles tun, was ich wollte.«

»Tja, nun, es gibt einen gewaltigen Unterschied dazwischen, etwas im Mondlicht zu sehen und etwas im Sonnenlicht zu sehen. Also, wenn du nichts dagegen hast …«

Seine Züge verdüsterten sich. »Teufel, und ob ich etwas dagegen habe«, knurrte er. »Ich kann nicht glauben, dass eine Frau, die so schön ist wie du, Probleme mit ihrem Aussehen hat. Jetzt *weiß* ich, dass du verrückt bist.«

Sie lachte spöttisch. »Jede Frau hat Probleme mit ihrem

Aussehen, Jax. Es spielt keine Rolle, ob man ein Durchschnittsmädchen ist oder Kate Moss.«

»Dann mache ich dich zu der ersten Frau auf der Welt, die diese Probleme verliert.« Er schlang die Arme fest um sie und küsste sie so heiß, dass sie beinahe ihren eigenen Namen vergaß. Als er sich endlich von ihr löste, waren sie beide ein wenig außer Atem. »Aber nicht jetzt. Jetzt gehen wir zum Training, also setz deinen süßen Arsch in Bewegung.« Er packte sie an den Schultern und drehte sie Richtung Badezimmer. Dann gab er ihr einen Klaps auf den Hintern. Ein Klaps, der sie zusammenzucken und überrascht aufkeuchen ließ.

Sie streckte ihm die Zunge heraus und lief durch den Raum, wobei sie aufpasste, dass ihre Hüften sich ordentlich wiegten, damit es ihn hoffentlich auf einer ganz primitiven Ebene quälte. Er hatte das mehr als verdient für die Nummer, die er in der vergangenen Nacht durchgezogen hatte. Nicht dass sie sich beklagte. Wie er sie geweckt hatte, war verflucht heiß gewesen. Aber jetzt wusste sie, dass sie vorsichtig sein musste, oder Jax würde ihr am Ende erheblich mehr nehmen als nur ihre Kontrolle.

Jackson fuhr sich durchs Haar und stieß den Atem aus, den er angehalten hatte, als er das rote Mal auf diesem bleichen Hintern gesehen hatte. Fuck, er steckte in Schwierigkeiten. Sie war höllisch streitbar, wenn sie ihren Verstand beisammen hatte. Zu seiner Überraschung gefiel ihm das aber genau so, wie ihr die arrogante Art mit ein paar Küssen auszutreiben.

Er wünschte, er hätte genauso gut geschlafen wie sie. Aber der kleine Vorgeschmack hatte in ihm nur das Verlangen nach mehr geweckt. Den größten Teil der Nacht hatte er in der Hängematte geschaukelt und sich davon zu überzeugen versucht, dass er sie in Ruhe schlafen lassen sollte, statt einen Sexmarathon nach Art der alten Römer zu beginnen.

Als die Sonne schließlich über den Horizont gespäht und signalisiert hatte, dass es Zeit für seinen Morgenlauf war, hatte er gerade mal zwei oder drei Stunden Schlaf abbekommen gehabt. Jetzt fühlten seine Augen sich trocken an, er war zu müde gewesen, um sich zu rasieren, und sah wahrscheinlich ziemlich wild aus.

Aber egal was der Rest des Tages bringen würde, eines stand fest. Er musste, sobald es menschenmöglich war, Zeit allein mit Miss MacGregor verbringen.

Sie duschte und zog sich in Rekordzeit um, und eine halbe Stunde später erreichten sie den Trainingsraum, gerade als seine anderen Teamgefährten hereingetröpfelt kamen. Er stellte sie Roger vor, seinem Trainer, und erklärte, dass sie sein Gast sei und als Zuschauer während des Work-outs im Raum sitzen würde.

Die Männer reagierten auf sie wie Mönche auf ein Playmate im Kloster. Roger trug seinen ledernen Bürostuhl heraus, der »hübscher war als diese verdammten Metalldinger«, und Vanessa durfte sich von den Powerade Elektrolytdrinks aussuchen, was sie wollte, als die Typen auftauchten, die immer ganze Kühltaschen voll von den Dingern mitbrachten.

Während er auf den Matten Dehnübungen machte, beobachtete Jax erheitert, wie die Männer eifrig über ihre Witze lachten und Vanessa zu ihrem Teammaskottchen für den Tag ernannten. Er konnte ihnen ihre gutmütigen Flirts nicht übel nehmen. Selbst mit einem Pferdeschwanz, simplen Khakishorts und einem blaugrünen Neckholder-Top war diese Frau einfach umwerfend. Dazu kam noch ihre extrovertierte Persönlichkeit und ihr ansteckendes Lächeln – kein Wunder, dass alle seine Teamgefährten hingerissen waren.

Wenn sich irgendwelche anderen Männer so verhalten hätten, wäre er vermutlich nicht so erfreut gewesen. Aber seine

Jungs wussten, dass Vanessa mit ihm hier war. Und bei allen spielerischen Flirts würden sie das respektieren und sie nie ernsthaft anbaggern.

Schon bald scheuchte Roger die Gruppe auseinander und triezte die Jungs, bis sie ihre Aufwärmübungen begannen. Sie machten Seilspringen und Sit-ups, dann rannten sie Kopf an Kopf zu Suicide Sprints los. Die ganze Mannschaft schuftete sich den Arsch ab und lieferte ihrem Trainer hundertzehn Prozent Einsatz. Sie schwitzten genug, um ihre Kleider fünfmal zu durchnässen.

Zwischendurch gab es eine fünfminütige Pause, um Wasser zu tanken, bevor sie sich in Gruppen aufteilten. Jax war in der Gruppe, die mit dem Kardiotraining begann. Danach würden sie mit verschiedenen Kraftübungen, Grappling, Schlagtechniken und Sparring weitermachen. Schwer atmend lehnte er an der Wand des Trainingsraumes und trank ein paar Schlucke Powerade. Irritiert bemerkte er, dass jede Zelle seines Körpers ihn dazu drängte, zu Vanessa hinüberzugehen und die Pause mit ihr zu verbringen.

Und genau deshalb würde er das nicht tun. Es war eine Sache, die Gesellschaft einer Frau zu genießen und scharf darauf zu sein, sich im Bett mit ihr zu vergnügen. Aber das Verlangen, ständig bei ihr zu sein und sie lächeln zu sehen, war etwas ganz anderes. Ein ziemlich eigenartiges Gefühl, das er nicht einordnen konnte. Also würde er sich selbst beweisen, dass er sie *nicht* brauchte. Dass es ihm gut ging, genau dort, wo er war.

Die Doppeltüren, die zum Parkplatz hinausführten, schwangen auf, und ein hagerer Junge, kaum alt genug, um in der Öffentlichkeit Alkohol trinken zu dürfen, schlenderte mit einer schweren Sporttasche über der Schulter herein. Er blickte sich um und schob sich die schwarz verspiegelte Sonnenbrille auf den Kopf.

Der Trainer schaute auf die Uhr an der Wand und funkelte den Jungen an. »Akana! Wer zum Teufel hat dir erlaubt, zum Training zu kommen, wann immer es dir verdammt noch mal gefällt?«

Während er weiter Kaugummi kaute, ließ sich Danny Akana zu einer gemurmelten Erklärung herab, die ungefähr so aufrichtig klang wie die Entschuldigung eines Löwen, bevor er seine Zähne in das Zebra versenkte. »Sorry, Coach. Hab verschlafen. Wird nicht wieder vorkommen.«

»Sorg dafür, dass es das tatsächlich nicht tut«, sagte Roger und stach mit einem Finger in Richtung des Jungen. »Sonst kannst du nächstes Mal nach dem Training unsere gesammelten Unterhosen waschen.«

Akana hielt zum Zeichen der Beschwichtigung beide Handflächen hoch, aber sobald Roger ihm den Rücken kehrte, machte er eine eindeutige Geste mit der Hand.

Der Junge war der Sohn von Rogers ältestem Freund, was die Milde des Trainers ihm gegenüber erklärte. Wenn einer der anderen Männer mit diesem Scheiß gekommen wäre, hätte er ihn trainieren lassen, bis er gekotzt hätte, ohnmächtig geworden wäre oder beides. Jackson kannte Akana nicht gut, da der Junge erst seit zwei Wochen beim Training war, aber er wusste, dass er ihn nicht mochte. Er war dreist und respektlos, und Jax konnte kaum den Tag erwarten, an dem irgendjemand ihm mal ein paar Schläge verpasste. Von denen er hoffentlich k. o. ging.

»Noch eine Minute, Leute!«

Jax leerte den Rest seines Getränks. Dann ging er zu dem Trinkwassertank einige Schritte von Vanessa entfernt, um die Flasche wieder aufzufüllen, bevor er aufs Laufband stieg. Sie hatte die Flip-Flops ausgezogen, einen Fuß auf den Stuhl gestellt und ihre Arme um das angewinkelte Bein geschlungen.

Sie sah aus wie eine Elfenprinzessin in lässiger Kleidung, die auf ihrem Lederthron hockte, während sie ihre Untertanen überwachte.

Er grinste und betrachtete aus dem Augenwinkel ihr Profil. Eine *Elfe.* Das war es definitiv, woran sie ihn mit ihrem wilden Haar, ihrer bleichen Haut und dem anmutigen, gertenschlanken Körper erinnerte. Selbst ihre Gesichtszüge verliehen ihr etwas Elfenhaftes. Ihre kecke Nase bog sich am Ende etwas in die Höhe, ihre Lippen waren voll, aber nicht übertrieben breit, und ihre Ohren hatten oben eine ganz winzige, abgerundete Spitze.

Ihre Persönlichkeit war dagegen alles andere als zart. Jeder, der Vanessa in die Quere kam, lernte ziemlich schnell die uralte Lektion, dass man ein Buch niemals nach seinem Einband beurteilen darf.

Gerade als Jax sich abwenden wollte, um aufs Laufband zu gehen, erblickte er etwas, das ihn mitten im Schritt erstarren ließ. Akana war auf Vanessa zugegangen und flirtete jetzt mit ihr. Aber diesmal war es nicht harmlos. Er machte sie tatsächlich an.

Jax spürte, wie seine Muskeln sich automatisch anspannten. Außerstande, sich zu bremsen, schritt er hinüber, mit einem drohenden Blick, den jeder Mann verstand: *Verpiss dich.*

»Belästigt der Junge dich, V?«

Sie schaute mit einem Lächeln zu ihm auf und sagte: »Ganz und gar nicht. Danny war so freundlich, mir seine *Dienste* anzubieten. Er sagte, er könne mir zeigen, wie die einheimischen Jungs *es* hier *tun*«, erklärte sie mit genug Sarkasmus, dass ein Esel daran erstickt wäre. Offenbar war Akana nicht gerade erfolgreich gewesen mit seiner Nummer.

Jax sah den Jungen an und prüfte seine Reaktion.

»Außerordentlich kameradschaftlich von ihm.«

Vanessa nickte. »Ja, nicht wahr? Bedauerlicherweise wollte ich ihn gerade darüber aufklären, dass er und ich hier gar nichts tun werden. Zum einen, weil ich nicht auf kleine *Jungs* stehe. Und zum anderen, weil ich bereits einen Mann für den Job habe.«

Nun, der kleine Junge war sichtlich geschockt. Sein Unterkiefer arbeitete, zweifellos zermahlte er seine Backenzähne zu feinem Staub, und sein Gesicht sah eine Spur zu rot aus, wenn man bedachte, dass er noch nicht mal mit dem Aufwärmprogramm begonnen hatte.

»Du hast die Lady gehört, Junior. Der Job ist vergeben«, sagte Jax. »Jetzt geh und fang mit deinem Blocktraining an, bevor der Coach dich zwingt, meine Unterhosen mit der Zahnbürste zu schrubben.«

Akanas Mund blieb fest geschlossen, aber seine Augen sagten *Fuck you.* Jax sah ihn abwartend an. Wenn der Kleine einen Kampf wollte, konnte er den gerne bekommen. Aber Akana machte rasch auf dem Absatz kehrt und stolzierte in die entgegengesetzte Richtung davon.

»Saubere Arbeit«, sagte Jax und zwinkerte Vanessa zu. »Geht's dir gut?«

»Machst du Witze?«, fragte sie, stand auf und reckte sich. »Wenn ich gewusst hätte, dass es so unterhaltsam ist, verschwitzte Männer mit Gladiatorenkörpern zu beobachten, hätte ich das schon vor Jahren getan. Nächstes Mal bringe ich Popcorn mit.«

Grinsend trat er einen Schritt näher. Sofort war es um seine Beherrschung geschehen. Er legte Vanessa die Hand auf den Rücken und beugte sich vor. Während er tief ihren Zitrusduft einatmete und das Gefühl ihrer weichen Haut genoss, flüsterte er: »Wir können gehen, wann immer du willst. Du brauchst bloß ein Wort zu sagen, und ich packe mein Zeug zusammen.«

»Oh«, antwortete sie mit übertriebenem Bedauern in der Stimme. »Bist du schon müde? Das ist völlig okay. Du solltest dich deshalb nicht weniger männlich fühlen.«

Er lachte ungläubig auf. Dann wurde er wieder ernst und flüsterte ihr eine Warnung ins Ohr. »Wir sehen uns später, Weib. Mach dich auf etwas gefasst. Deine Strafe wird folgen.«

Mit einem Laut, als hätte sie gerade in eine Godiva-Praline gebissen, machte sie einen Schritt rückwärts und zwinkerte ihm anzüglich zu. »Du solltest eine Strichliste führen, du Hengst.« Dann versetzte sie ihm einen Klaps auf den Hintern, ehe sie davonging und lautstark den Jungs verkündete, dass sie »ihre besten Teile zum Mittagessen serviert kriegen würden«, wenn sie innerhalb der nächsten fünf Minuten einen Fuß in den Ankleideraum setzten.

Ein Dutzend Männer erstarrte, erstaunt über das eben noch so nette Maskottchen und zweifellos in Sorge um die »besten Teile«. Als Vanessa bemerkte, dass ihre beiläufig hingeworfene Drohung sich als ein ziemlicher K.-o.-Schlag entpuppt hatte, lachte sie, und das glockenhelle Geräusch hallte von den Fliesenwänden wider, als die Tür sich langsam hinter ihr schloss.

Andere Männer mochte diese freche Art dazu bringen, den Schwanz einzuziehen, aber auf Jackson hatte das genau die gegenteilige Wirkung. Er wollte Vanessa packen, zu Boden werfen und sie dazu bringen, seinen Namen laut herauszuschreien.

Und das würde er auch tun. Vielleicht nicht jetzt und vielleicht nicht in den nächsten paar Stunden. Aber bald.

Er spürte, dass seine Boxershorts schrumpften, und stieß einen Seufzer der Frustration aus, während er zum Cardiobereich ging. »Toll«, murmelte er. »Jetzt muss ich einen Zehn-Meilen-Lauf mit einem Ständer absolvieren.«

Verdammter Mist.

Er steckte so was von in Schwierigkeiten.

Vanessa fühlte sich wie eine komplette Idiotin.

Während Jax sein Training absolvierte, musste sie sich bemühen, nicht vor Ehrfurcht den Kiefer herunterklappen zu lassen. Sie hätte sich am liebsten selbst einen Tritt verpasst, dass sie nicht besser acht gegeben hatte, als Lucie ihr von dieser Sportart erzählt hatte. Als Anwältin hasste es Vanessa, in irgendeiner Situation unwissend zu sein, und im Moment fühlte sie sich wie der größte Dummkopf auf dem Planeten.

Jackson trainierte auf eine Weise, die ihr völlig fremd war: Zunächst hatte er ein paar Sprints absolviert, wobei sein Partner ihn mittels einiger Bungee-Bänder zurückzuhalten versuchte. Dann waren die Männer dazu übergegangen, mit Vorschlaghämmern auf gigantische Treckerreifen einzuschlagen, bis es ihnen schließlich gelang, die Reifen umzuwerfen.

Bei jeder Übung wurden andere Muskeln trainiert. Und was für Muskeln! Einige davon hatte Vanessa noch nie im Leben gesehen, und ihr Anblick erinnerte sie an Wellen, die aufs Ufer zurollten. Jacksons Körper war eine wunderschöne Maschine, und obwohl er schweißüberströmt war und seine Brust sich vor Anstrengung hob und senkte, ließ er kein einziges Mal nach oder beklagte sich auch nur darüber, wenn er eine Aufgabe zugewiesen bekam. Stattdessen schien es, als treibe er sich mit jeder neuen Übungseinheit härter an. Besonders faszinierend hatte sie die Grappling-Übungen gefunden. Zwei Männer, die versuchten, einander nur durch Ringen und Submission-Holds zu bezwingen. Es ging nicht um Stärke, sondern um schnelle Reaktionen und um die Fähigkeit, seinen Gegner auszutricksen, indem man auf den Moment wartete, in dem er für einen Sekundenbruchteil unaufmerksam war.

Jax hatte seinen Trainingspartner fast jedes Mal besiegt, und sie hörte die anderen Männer darüber reden, dass Jiu-Jitsu seine größte Stärke sei.

Jetzt beobachtete sie, wie er seine Hände mit über zwei Meter langen und fast acht Zentimeter breiten schwarzen Stoffstreifen umwickelte. Er überkreuzte die Stoffbahnen sorgfältig über seinen Handgelenken und seinen Handtellern, darauf bedacht, auch zwischen den Fingern und an den Knöcheln für ausreichenden Schutz zu sorgen. Als er die Klettbänder an den Enden verschlossen und sein Werk getestet hatte, indem er die Hände einige Male durchbog und zur Faust ballte, schnappte er sich seine Handschuhe und ging zu einem großen Boxsack, der von der Decke hing.

Während der nächsten halben Stunde schlug er mit den Fäusten auf den Sack ein. Manchmal führte er hohe Tritte oder Drehtritte aus – Vanessa kannte für keine dieser Bewegungen die Fachausdrücke – in Kombination mit seinen Boxhieben. Sein Haar war feucht und klebte ihm am Gesicht und sein weißes ärmelloses Shirt hätte ihm den ersten Platz bei einem Wet-T-Shirt-Contest eingetragen.

»Maris!«

Jax schaute durch den Raum, wo Roger im Käfig stand. »Coach?«

»Komm rein und mach ein bisschen Sparring mit Danny, ja?«

Jacksons Mund verzog sich zu einem schmalen Grinsen. »Mit Vergnügen.«

Vanessa wusste nicht, was das Problem zwischen ihm und dem Jungen war, aber ihr sechster Sinn sagte ihr, dass sie nicht viel füreinander übrig hatten. Wie das wohl ablaufen würde? Zwei Männer, die sich nicht mochten, sollten nun in diesem Käfig nett gegeneinander kämpfen?

»Nun«, murmelte sie, »das wird sich gleich zeigen.« Sie ließ sich wieder in ihren gemütlichen Stuhl sinken und lehnte sich zurück. Verflixt, sie hätte wirklich Popcorn mitbringen sollen.

Jackson streifte sein Shirt ab, joggte die wenigen Stufen in den großen achteckigen Käfig hinauf, nahm seinen Mundschutz, der an seinem Taillenbund hing – *iih* – und schob ihn an den Lippen vorbei über die oberen Zähne. Danny trug, wie der Rest der Männer, einen gepolsterten Helm. Jackson streifte nichts Derartiges über.

»Hey«, rief sie. »Wo ist dein Kopfschutz, Maris?«

Er schaute über seine Schulter in ihre Richtung – wie ein Teenager, der verärgert war, dass seine Mom ihn vor seinen Freunden blamierte. »Ich komme schon zurecht, *Liebes.*« Sein Kosename troff von Sarkasmus. Sie kniff die Augen zusammen und verschränkte die Arme vor der Brust. Ihr gefiel sein Ton nicht, aber na schön. Sie kapierte es. Er war ein großer Junge und konnte selbst auf sich aufpassen.

Hoffentlich würde ihm Danny gleich zu Beginn ordentlich eine verpassen, damit er seine Lektion lernte.

Ein riesiger Kerl – Corey, wenn sie sich recht erinnerte – setzte sich neben sie, schoss sich einen Schwall Wasser in den Mund und schluckte. »Machen Sie sich wegen Jax keine Sorgen«, erklärte er ihr mit einem unbefangenen Lächeln. »Akana ist ein Anfänger. Er hat keine Chance, Jax beim Sparringtraining zu verletzen. Er ist nur da drin, um sich zu verteidigen und den Jungen arbeiten zu lassen.«

»Ach ja? Warum sieht Danny dann so aus, als wolle er Jackson den Kopf abreißen?«

Corey kicherte. »Wahrscheinlich weil das ganze Team beobachtet hat, wie sie ihn plattgemacht haben. Und es war verdammt offensichtlich, für welchen Mann sie ihn abgewiesen haben.«

Vanessa verdrehte die Augen und seufzte. »Warum sind Jungs solche Steinzeitmenschen?«

»Wir können nicht anders«, sagte Corey und stand wieder

auf. »Ist in unserer DNA.« Als das geklärt war, ging er auf den Käfig zu und brüllte: »Gut so, Maris, halt ihn auf Trab!«

Während der nächsten zwanzig Minuten beobachtete Vanessa voller Ehrfurcht, wie Jackson ein ums andere Mal Dannys Hiebe blockierte und fast jeden Takedown des Jungen vereitelte. Die wenigen Treffer, die Danny platzieren konnte, hatten lediglich zur Folge, dass Jackson ein breites, plastikgefülltes Lächeln zeigte, während er auf den Fußballen wippte und mit den Fingern das universelle Zeichen für *Komm schon, zeig's mir* machte.

Als sie auf dem Boden landeten, brauchte Jax kaum eine Minute, um sich aus Dannys Griff zu befreien und den Spieß umzukehren, sodass er nun in der überlegenen Position war.

Corey hatte recht. Jackson konnte auf jeden Fall für sich sorgen. Aber was Vanessa beunruhigte, war der Ausdruck in Dannys Augen. Mit jeder verstreichenden Minute wurden die Frustration und der Zorn darin deutlicher, doch ein Blick in die Runde zeigte, dass sie die Einzige zu sein schien, der das auffiel.

Vanessa war sich nicht sicher, wie MMA-Fighter ihre Konflikte austrugen, aber diese Art von Blick bedeutete nichts Gutes. Sie hatte einen ähnlichen Ausdruck oft genug im Gesicht ihres Stiefvaters gesehen, um zu wissen, dass das Ergebnis unschön war. Um es mal so zu sagen.

Sie holte tief Luft und versuchte, sich zu entspannen. Jackson wusste bestimmt, was er da tat.

Momentan hielt er Danny in einer Position, die sich anscheinend *Full Guard* nannte. Der obere Mann war zwischen den Beinen des unteren eingeklemmt und hatte das Ziel, mehr Macht durch *Half Guard* zu bekommen – eine Position, bei der er sich rittlings auf eins der Beine des Gegners setzte – oder *Full Mount*, indem er der Umklammerung entkam und sich auf die Hüften seines Gegners setzte. Das alles während er gleichzeitig Schläge auf Kopf und Körper des anderen niederprasseln ließ.

Zu Dannys Pech war Jackson einfach zu gut. Obwohl Roger den Jungen coachte und Vorschläge brüllte, wie er um Jacksons Bewegungen herumkommen und die Oberhand gewinnen konnte, schien Akana es nicht einmal zu einer Half-Guard-Position zu schaffen.

Vanessa hatte die Hände schraubstockartig ineinander verschränkt. Sie beobachtete, wie Jackson Dannys Beine zu einer Seite wegstieß, während er sich mit den Hüften hochdrückte und sie beide herumrollte, bis er nun oben saß.

Danny wirbelte sofort unter Jax herum. Offenbar wollte er versuchen aufzustehen.

Rogers Gesicht wurde rot, als er rief: »Nein, Akana, du zeigst ihm niemals den Rücken! Dreh dich um und zwing ihn in deinen Guard!«

Aber es war zu spät. Jackson hatte bereits einen starken Unterarm gegen den Hals des Jungen gedrückt und zog langsam dessen geballte Faust zu sich hin. Dannys Gesicht wurde von immer dunkleren Rottönen geflutet. Es würde nicht mehr lange dauern, bevor der Junge k. o. ging.

Soweit Vanessa es verstand, war die Regelung für einen solchen Fall, dass es Danny entweder gelang, sich zu befreien, oder er ein Zeichen gab, damit Jackson ihn losließ. Aber Danny klopfte nicht auf den Boden, und es war ihm unmöglich, sich zu befreien; Jacksons Arm war zu fest um seinen Hals geklemmt, als dass er hätte entkommen können.

Jax drehte den Kopf zur Seite und spuckte sein Mundstück aus. »Komm schon, Junge, klopf auf den Boden, und wir machen für heute Schluss.«

Aber Danny antwortete nicht, und er klopfte nicht, während sein Gesicht röter wurde als eine Tomate. Jackson sah fragend zu Roger hinüber und erhielt ein Nicken zur Antwort. Sofort lockerte er seinen Griff, und Danny schnappte keuchend nach Luft.

Jax schlug ihm auf den Rücken und sagte: »Hast Mut gezeigt und nicht aufgegeben, Junge. Ich bin beeindruckt. Mehr Glück beim nächsten Mal.« Er stand auf, drehte sich zu Vanessa um, schwer atmend und schweißtriefend, und kam an das schwarze Maschengewebe des Käfigs heran. Mit einem Grinsen verhakte er die Finger in dem Gitter und fragte: »Bist du bereit, von hier zu verschwinden, du Prachtweib?«

Sie stand auf und ging auf das Oktagon zu, den Blick fest auf ihn geheftet. »Na schön, ich habe mich geirrt, was deinen Sport betrifft. Das gebe ich gerne zu. Aber jetzt hast du mir das bewiesen. Also geh duschen, und wir können ins Mau Loa zurückfahren. Der Tag ist noch jung, und wir haben *noch einiges* vor.«

Eigentlich standen heute nur die Kuchenverkostung und das Menü für Freitag und Samstag auf dem Plan. Aber sie bedachte Jax mit einem Blick, der hoffentlich verdeutlichte, dass sie noch einige andere Dinge im Sinn hatte. Und die waren viel, viel unartiger.

Er kapierte sofort. Zumindest nach der Art zu urteilen, wie seine Pupillen immer größer wurden, bis sie die bernsteinfarbene Iris fast verschluckten. Kluger Mann!

»Das brauchst du mir nicht zweimal zu sagen. Ich bin gleich wieder hier.«

Doch als Jackson sich gerade umdrehen wollte, bemerkte Vanessa, wie Danny sich in der Mitte des Rings hochrappelte. Er murmelte etwas vor sich hin, doch bei all dem Lärm, dem Geklirr der Gewichte und dem Gebrüll der Männer konnte sie nicht hören, was er sagte. Aber sein wilder Blick sagte alles.

Sie riss die Augen auf und rief Jacksons Namen. Doch ihre Warnung kam zu spät.

Alles lief wie in Zeitlupe ab, als hätte jemand die Realität auf Pause gestellt und klickte jetzt ein Einzelbild nach dem nächsten an. Danny zog die Hand erst zurück, dann wieder nach vorne und schwang sie mit voller Wucht gegen Jacksons Kopf.

Jax drehte sich rechtzeitig um, um die Faust durch die Luft fliegen zu sehen. Er reagierte, indem er nach links auswich, war aber nicht schnell genug, um dem Angriff gänzlich zu entgehen. Der Schlag, der auf sein Gesicht gezielt hatte, endete als bloßer Streifhieb auf der Wange. Doch die Wucht genügte, um Jax rückwärts gegen den Zaun zu schleudern. Schnell richtete er sich auf und wandte sich der Bedrohung zu.

Da er jetzt mit dem Rücken zu ihr stand, bewegte Vanessa sich mehrere Schritte weiter, um eine bessere Sicht zu haben. Bei seinem Anblick krallte sie die Finger in den Zaun, während ihr Magen sich vor Angst verkrampfte. Aus einer Platzwunde unter seinem rechten Augen tropfte dunkelrotes Blut und rann ihm über sein Kinn und auf seine Brust.

Jackson stieß sich vom Käfig ab und betrachtete mit zusammengekniffenen Augen den Mann, der ihm diesen unerwarteten Schlag verpasst hatte. Vanessa wusste nicht viel über die technischen Aspekte des Kämpfens, aber jedem normalen Menschen war klar, dass Danys Verhalten eine nonverbale Einladung für eine gute altmodische Prügelei darstellte. Genau das, was sie nicht mit ansehen wollte.

»Jackson, komm schon, lass uns gehen.«

Ihre zittrige Stimme ließ sie schwach und verängstigt wirken. Ein Eindruck, gegen den sie seit dem Tag, an dem sie von zu Hause weggegangen war, hart angekämpft hatte. Aber es war ihr egal. Sie konnte nicht anders. Es zählte nur, Jackson dort herauszubekommen, bevor … *bevor was, Nessie? Bevor hier Gewalt ausbricht? Der Mann ist ein Kämpfer. Er ist wahrscheinlich von Natur aus gewalttätig … genau wie Carl.*

Oh Gott, bitte nicht. Nicht Jackson.

Vanessas Hände wurden klamm und ihre Haut kalt. Sie wollte ihn erneut anflehen, aber der Kloß in ihrem Hals hatte ihre Stimmbänder lahmgelegt. Jax neigte den Kopf und benutzte die Schulter, um sich das Blut vom Gesicht zu wischen. Statt die Situation zu verbessern, verschmierte er es nur auf seinem stoppeligen Kinn und auf seiner Schulter. Jetzt glich er der Zeichnung eines Vorschülers zum Valentinstag.

Er sah Danny fest in die Augen und sagte gefährlich leise: »Fühlst du dich jetzt wie ein Mann, Junge?«

Dannys Kiefer arbeitete und seine Nasenflügel bebten, als würden Jacksons Worte übel riechen.

»Ne«, antwortete er. »Aber ich sage dir, was das bewerkstelligen würde.«

Vanessa hielt den Atem an, während sie beobachtete, wie Danny sich vorbeugte, um Jackson etwas ins Ohr zu murmeln. Die Lippen des Jungen bewegten sich kaum, und er sprach zu leise, um ihn von hier aus zu verstehen. Doch Jacksons Reaktion war mehr als deutlich: Obwohl er vollkommen reglos blieb, spannte sich jeder Muskel in seinem Körper an, und seine Hände ballten sich zu Fäusten, während der Junge mit einem befriedigten Grinsen auf dem Gesicht davonging. Als er sich rückwärts entfernte, ging Danny sogar so weit zu lachen, zuversichtlich, dass er durch seine geflüsterte Botschaft die Oberhand gewonnen hatte.

Ein tödlicher Blick – der Blick, den sie mehr als alles andere hasste – flammte in Jacksons Augen auf. Seine sonst so warmen Augen, die an einen guten Whisky an einem kalten Abend erinnerten, weckten in ihr plötzlich den Wunsch, sich zu verkriechen.

Kämpfen als Sport war eine Sache, aber kämpfen aus Zorn eine ganz andere. Etwas, das sie auf den Tod nicht ausstehen konnte. Irgendwie fand sie ihre Stimme wieder und setzte zu einem allerletzten Versuch an, ihren Eindruck von diesem Mann zu retten, der innerhalb kürzester Zeit ihr Inneres nach außen gekrempelt hatte. »Jackson, nein, tu es nicht! *Bitte!*«

Entweder konnte er sie durch das Blut, das in seinen Ohren rauschte, nicht hören, oder er zog es vor, sie zu ignorieren. Denn eine Sekunde später landete er einen so grimmigen Schlag, dass Dannys Augen sich verdrehten und er auf die Matte sackte, eine knochenlose Version seines ehemaligen Selbst.

Der Coach, der den Käfig nach dem Ende des Sparrings verlassen hatte, stürmte jetzt zurück und schob sich zwischen einen immer noch wutentbrannten Jackson und den bewusstlosen Jungen. Corey und ein anderer Kämpfer packten Jax an den Armen und zerrten ihn aus dem Käfig, redeten auf ihn ein, um ihn aus seiner Rage herauszuholen, die ihn noch immer fest im Griff hatte.

Während die Welt um sie herum wieder das gewohnte Tempo annahm, machte Vanessa auf dem Absatz kehrt und ging so schnell sie konnte in Richtung Ausgang, bis sie endlich durch die Doppeltüren stürmte.

Die Hitze des frühen Nachmittags schien sie zu erdrücken. Wie ein schweres Gewicht presste sich die heiße Luft auf ihre Brust und ihre Schultern, bis ihre Beine zitterten und sie sich auf dem Gras neben dem Eingang hinsetzen musste.

Sie zwang sich, tief zu atmen und ihren Körper wieder unter Kontrolle zu bekommen. Schon bald war sie wieder die Alte, aber sie hatte trotzdem nicht die Absicht, in den Trainingsraum zurückzugehen. Die Männer dachten wahrscheinlich, sie würde mit ein wenig Blut nicht fertig werden, was von der Wahrheit nicht weiter entfernt hätte sein können. Es war nicht das Blut, das sie fertigmachte, sondern das, was danach kam.

Als sie aus dem Haus ihrer Mutter ausgezogen war, hatte Vanessa sich geschworen, dass sie sich niemals mit jemandem einlassen würde, der Konflikte mit seinen Fäusten regelte. Und obwohl diese Sache mit Jackson nur eine Affäre war, störte es sie trotzdem, dass er so reagiert hatte, wie er es eben getan hatte.

Was sie noch mehr wurmte. Warum spielte es eine Rolle, wie er sich in einer Konfliktsituation benahm? Es war nicht so, als zöge sie ihn für eine Beziehung in Betracht. Sie wollte sich nur ein paar Tage lang mit ihm im Bett vergnügen – drei Tage, um genau zu sein – und dann fröhlich ihrer Wege gehen. Es spielte für *sie* keine Rolle, wie viele Männer er außerhalb des Käfigs k. o. schlug. Richtig? Richtig.

Als sich hinter ihr die Türen öffneten, schaute sie über ihre Schulter. Jackson kam mit seinen langen, lässigen Schritten auf sie zu, so anders, als der extrem aufgebrachte Mann von eben. Als er sie erreichte, ging er in die Hocke, stützte die Ellbogen auf die Knie und ließ die Hände zwischen den Beinen baumeln.

»Hey«, sagte er. »Bist du okay?«

Obwohl er noch immer die Handbandagen trug, waren seine Handschuhe verschwunden, und jemand hatte ihm das Blut von Gesicht und Körper gewaschen. Nur seine leicht geschwollene Wange und die beiden Klammerpflaster, die die Platzwunde zusammenhielten, zeigten, dass er angegriffen worden war.

Sie hätte beinahe die Hand ausgestreckt, um die Stelle zu berühren, um die Schwere der Verletzung zu prüfen oder ihm Trost zu schenken. Aber sie unterdrückte den Impuls, indem sie eine Handvoll Gras packte und es in Fetzen riss.

Sie reckte das Kinn vor. »Natürlich bin ich okay. Warum sollte ich das nicht sein?«

Er legte den Kopf schief und studierte sie einen Moment lang. »Ich weiß es nicht. Du bist ziemlich schnell gegangen, nachdem ich Akana da drin k. o. geschlagen hatte.«

»Was hat er dir gesagt?«

Jacksons Augen wurden kalt, und der Muskel in seinem Kiefer zuckte. »Nichts, was eine Wiederholung wert wäre.«

Also eine Beleidigung. Ob sie ihm oder ihr gegolten hatte, spielte nicht wirklich eine Rolle. Sie nickte und schaute auf den Grashalm hinab, den sie soeben entzweigerissen hatte.

»V, es tut mir leid. Als ich wieder einen klaren Kopf hatte, habe ich begriffen, dass du mich da drin aufhalten wolltest. «

Zuerst sagte sie nichts, aber da er auf irgendeine Art von Erklärung zu warten schien, antwortete sie: »Und?«

»Und obwohl ich weiß, dass eine Menge Frauen Gewalt hassen …« Er hielt inne, um sich über den Nacken zu fahren, bevor er ausatmete und sie mit einem zerknirschten Gesicht ansah. »Also, ich denke irgendwie, dass ich vielleicht gegen eine Regel verstoßen habe.«

Das ließ sie stutzen. Entweder befürchtete Jackson, mit allem, was er sagte oder tat, gegen eine ihrer Regeln zu verstoßen. Oder kannte sie gut genug, um ihr anzumerken, dass etwas Wichtiges vorgefallen war.

Hoffentlich Ersteres. Ihrem Seelenfrieden zuliebe, oder besser gesagt: ihrem Herz zuliebe.

»Habe ich gegen eine deiner Regeln verstoßen, V?«, fragte er sanfter nach.

Sie seufzte und mied diese eindringlichen goldenen Augen und konzentrierte sich stattdessen auf die leuchtend rosafarbenen Hibiskusblüten, die den Parkplatz säumten. »Ich weiß, du hältst mich für verrückt – beziehungsweise meine Regeln –, aber es gibt sie aus gutem Grund. Und ja, du hast gegen eine verstoßen.«

»Ich halte dich nicht für verrückt.« Er hielt inne, dann fügte er hinzu: »Vielleicht für ein wenig neurotisch.«

Sie riss den Kopf herum, bereit zu kontern, aber sein schiefes Grinsen sagte ihr, dass er lediglich versuchte, sie zu provozieren. Eigentlich hätte sie jetzt verärgert sein sollen – oder wenigstens entnervt –, aber dieses kleine ironische Lächeln wirkte wie ein Vanessa-MacGregor-Bombenentschärfer.

»Also, was sind die Gründe für die Regeln?«

Oh, zum Kuckuck, nein. So viel dazu, in ein Wespennest zu stechen. Nur dass dies vielleicht eher ein Hornissennest war. Von der gemeinsten Sorte. »Nichts für ungut, aber ich erzähle selten jemandem, dass ich sie überhaupt habe. *Warum* ich sie habe, ist als Thema indiskutabel.«

Er schien eine Weile darüber nachzudenken. Vermutlich überlegte er, ob es Sinn machte, ihr zu widersprechen. Schließlich gab er es auf. »Dann erzähl mir, welche Regel ich gebrochen habe.«

»Regel vier: Lass dich mit keinem Mann ein, der lieber die Fäuste sprechen lässt als Worte.« Er zog fragend eine Augenbraue hoch. »Das klingt jetzt vielleicht etwas absurd. Natürlich habe ich von Anfang an gewusst, dass du dir deinen Lebensunterhalt im Käfig verdienst. Aber die Regel gilt nicht für professionell ausgetragene Kämpfe. Es geht um private Angelegenheiten. Und das eben war kein professioneller Kampf.«

Er senkte den Kopf. »Das stimmt.«

»Andererseits«, sprach sie weiter und sah ihm wieder in die Augen, »da wir uns darauf geeinigt haben, dass wir nicht zusammen sind – weder jetzt noch sonst irgendwann –, hast du wohl tatsächlich gegen nichts verstoßen.«

Sie stand auf und klopfte sich das Gras von den Shorts. »Geh duschen, damit wir nicht zu spät zu unserem Treffen mit Franklin kommen. Ich warte im Wagen auf dich.«

Die Mahina Lounge war leer, abgesehen von dem geschäftigen Personal, das frische Tischdecken zurechtzupfte, makelloses Besteck und Porzellan auftrug und frisch geschnittene Hibiskuszweige auf den Esstischen arrangierte. Jackson saß an einem der Vierertische im hinteren Teil des Restaurants, dicht bei der Küche, und wartete darauf, dass Franklin auftauchte.

Es gefiel ihm nicht, dass er den Hochzeitskuchen für seine Schwester aussuchen sollte, aber dagegen konnte man nichts machen. Dieses ganze Täuschungsmanöver wurde immer komplizierter, und bald würde die Sache ganz aus dem Ruder laufen, wenn sie keine Möglichkeit fanden, die Situation besser zu beherrschen.

Jax schaute quer durch den Raum und musterte Vanessa, die mit Lucie telefonierte. *Sie versucht herauszufinden, was Lucie will,* vermutete er. V stand mit dem Rücken zu ihm. Ein weiteres Zeichen dafür, dass sie seit dem Zwischenfall vorhin auf Abstand ging. Während der gesamten Rückfahrt zum Mau Loa hatte sie mit starrer Miene neben ihm gesessen, die Hände im Schoß verschränkt – Frau Anwältin auf dem Weg zum Gericht. Nichts erinnerte mehr an das sorglose Mädchen, das auf der Hinfahrt Lieder aus dem Autoradio mitgeträllert und mit den nackten Füßen den Takt auf das Armaturenbrett getrommelt hatte.

Scheiß Akana. Jax tat es nicht leid, dass er dem Jungen eine verpasst hatte – verdient hatte er es für den Mist, den er da von sich gegeben hatte –, aber er bereute, dass er die Angelegenheit in Vanessas Gegenwart geregelt hatte. Als er sich umgewandt hatte und sie den Raum verlassen sah, war er erschrocken. Er hatte versucht, hinter ihr herzulaufen, aber Corey hatte ihn festgehalten und auf einen Stuhl gedrückt, damit Roger ihm die Wunde klammern konnte. Sobald alles Blut abgewaschen worden war, hatte er sich auf die Suche nach ihr gemacht, und als er den enttäuschten Ausdruck auf ihrem Gesicht gesehen hatte, war er wie angewurzelt stehen geblieben.

Er konnte sich nicht erinnern, wann das letzte Mal jemand von ihm enttäuscht gewesen war, mal abgesehen von ihm selbst. Er hatte vergessen, dass es sich wie Säure im Herzen anfühlte, wenn man jemanden hängen ließ.

Vanessa entpuppte sich als ein Rätsel, das er nicht lösen konnte. Wenn er es richtig interpretierte, bedeutete diese Enttäuschung, dass ihr auf irgendeiner Ebene etwas an ihm lag. Dann sah sie wahrscheinlich mehr in ihm, als nur den großen Bruder ihrer besten Freundin. Doch das passte dann wieder nicht zu der berechnenden Frau, die Sex wollte, aber nur nach ihren Regeln.

Zum ungefähr fünfzigsten Mal, seit er sie getroffen hatte, fragte er sich, was sie dazu trieb, diese Regeln überhaupt aufzustellen. Er wurde das Gefühl nicht los, dass sie nicht bloß eine Frau war, die von einigen Exfreunden verschmäht worden war.

Sein Telefon vibrierte. Er zog es aus der Tasche, schaute aufs Display und antwortete: »Wie geht's, Alter? Was macht Lucie?«

»Sie war gut drauf, bis Vanessa ihr dann von eurem kleinen Rollenspielfiasko erzählt hat.« Scheiße. Reid klang, als wolle er ihn am liebsten als Punchingball benutzen. »Was zum Teufel ist bei euch los, Jax?«

»Hör mal, das war keine Absicht, okay? Es hat angefangen, als ich etwas gesagt habe, nur um sie ein bisschen zu ärgern. Oder vielleicht war es nicht das, ich weiß es nicht. Ich wollte ihr die Wahrheit sagen, aber dann kam dieser Hochzeitsplaner dazwischen, und alles ging den Bach runter.«

»Also, was passiert, wenn wir Ende der Woche auftauchen? Denn ich bin mir verflucht sicher, dass ich nicht den Trauzeugen spielen werde, während du Vanessa das Jawort gibst.«

»Hey! Komm runter, okay? Die einzigen Leute, die am Wochenende heiraten, seid ihr beide.« Jax schaute zu Vanessa hinüber, die so aussah, als beende sie gerade ihr Telefongespräch. Sie gestikulierte heftig, während sie Lucie wahrscheinlich davon zu überzeugen versuchte, dass alles unter Kontrolle war. Okay, dachte Jax. Jetzt musste er seinen besten Freund von derselben Sache überzeugen. Ob es stimmte oder nicht.

Nein, noch mal zurück. Er *musste* wirklich daran glauben. Denn auf die eine oder andere Weise würde er niemandem erlauben – einschließlich des angepissten, nicht ganz französischen Hochzeitsplaners – seiner kleinen Schwester ihre Traumhochzeit zu vermasseln.

Am anderen Ende des Raums steckte V ihr Handy weg und kam auf ihn zu, gerade als Franklin mit einem Rollwagen durch die Schwingtüren der Küche trat. »Keine Sorge, Reid. Ich kümmere mich um alles. Sieh nur zu, dass meine Schwester gesund wird, damit sie reisen und dich miesen Arsch heiraten kann. Ich muss Schluss machen.«

»Jackso...«

Jax legte auf und steckte sein Telefon weg, kurz bevor Vanessa auf dem Stuhl zu seiner rechten Seite Platz nahm. Sie richtete ihre Aufmerksamkeit auf Franklin, der ein silbernes Tablett mit Minikuchen und kleinen Schalen voller Tortenfüllung auf den Tisch stellte.

Verflucht, dachte Jackson. Er hasste es, dass sie sich weigerte, ihn anzusehen. Hasste es, dass er sie verstimmt hatte.

Ohne darüber nachzudenken, hob er sanft ihre Hand und drückte die Lippen auf die zarte Haut über ihren Knöcheln. Er hörte nicht, sondern sah viel mehr den Atem, der ihr in der Kehle stockte, als ihr Blick zu seinem Gesicht flackerte. In den Tiefen ihrer Augen sah er ein ganz schwaches Schimmern von Verlangen unter der Unsicherheit.

»Oh, seht nur, wie süß!«, rief Franklin aus. »Ich schwöre, Sie sind das *liebreizendste* Paar. Sie benehmen sich *immer noch* wie Jungverliebte. *So* erfrischend!«

Vanessa zog die Hand zurück und schenkte dem Mann ein nervöses Lächeln. »Also, was haben Sie für uns, Franklin? Ich brenne darauf, die Kuchenfrage zu klären.«

»Natürlich, natürlich! Kommen wir zu der harten Arbeit der Kuchenverkostung, ja? Danach können Sie beide zurück in Ihr Zimmer gehen und diese Extrakalorien abarbeiten, wenn Sie wissen, was ich meine.«

Jax spähte zu Vanessa hinüber, die knallrot anlief und einen Schluck von ihrem Eiswasser nahm, während Franklin sich damit beschäftigte, den ersten Kuchen zu präsentieren.

»O-kay, es geht *los*. Der *erste* Kuchen ist einer mit Vanillecreme. Der Teig ist ganz leicht und hat ein zartes Vanillearoma, der beliebteste Kuchen in unserem Sortiment. Natürlich kann er mit *jeder* unserer Spezialfüllungen kombiniert werden. Beliebt sind Ananasquark, Guavenbuttercreme und weiße Schokolade mit Cream Cheese. Also, greifen Sie zu.«

Sie schnitten jeder mit der Kante ihrer Gabeln ein Stück von dem Kuchen ab. Jax, gierig nach Strafe, beobachtete, wie Vanessa den Kuchen in den Mund schob und die Gabel wieder herauszog. Heiße Bilder – der Art, die er in diesem Moment definitiv nicht gebrauchen konnte – fluteten sein Gehirn. Nachdem er seinem Schwanz den Befehl gegeben hatte, Sitz zu machen, konzentrierte er sich darauf, ebenfalls den Kuchen zu kosten. Er schmeckte genau so, wie Franklin ihn beschrieben hatte.

»Nun?«

Jax schaute zu ihrem Gastgeber hinüber und zog fragend eine Augenbraue hoch.

»Was denken Sie? Sie können den Kuchen nicht kosten und

dann nichts sagen. Sie müssen mir mitteilen, ob Sie ihn mögen oder ob Sie ihn nicht mögen …«

»Oh«, antwortete Jax und räusperte sich, bevor er an seinem Wasser nippte. »Ich mag ihn sehr, aber er ist ein wenig auf der faden Seite. Findest du nicht auch, Baby?«

Vanessa sah ihn nicht an, als sie antwortete. »Ich stimme dir zu. Ich mag ihn, aber ich denke, sie will – ähm, *ich* will etwas weniger Alltägliches.«

Franklin faltete die Hände über der Brust und sagte: »Ich *könnte* Ihnen gar nicht mehr zustimmen. *Nächster* Kuchen!«

Er nahm noch eine Kostprobe vom Tablett und stellte sie vor sie hin.

»Also, *dies* ist ein Butterteig. Er wird für die Chocolate-Decadence-Creme und die Mokka-Macadamia-Füllung verwendet.«

Vanessa war damit beschäftigt, noch einen Schluck von ihrem Wasser zu nehmen, während Jax ein kleines Stück vom Kuchen auf seine Gabel spießte. Statt ihn selbst zu essen, drehte er sich zu ihr um und verharrte erwartungsvoll. Ihr Blick flackerte zum Kuchen. Dann zu ihm empor. Zurück zum Kuchen.

Ob sie sich unbehaglich damit fühlte, Franklin zu belügen, oder ob es etwas anderes war, konnte er nicht sicher sagen. Aber er gab nicht klein bei. Er hasste es, dass sie ihn auf Abstand hielt. Er vermisste es, das Funkeln in ihren Augen zu sehen, wenn sie ihn anschaute. Also würde er, wenn er sie dazu zwingen musste, ihn zur Kenntnis zu nehmen, genau das tun.

Schließlich beugte sie sich vor und nahm den angebotenen Kuchen an, während sie seinen Blick festhielt. Absolut atemberaubend. Als sie den Kopf zurückzog, beobachtete er, wie ihre Lippen an den Metallzinken saugten. Plötzlich stieg die Temperatur im Raum um mindestens zehn Grad. *Heilige Scheiße.*

»Mmmh. Das ist wirklich gut«, sagte sie. »Könnte ich auch die passenden Füllungen probieren?«

»Ah!« Franklin stellte zwei der kleinen Schälchen neben den Kuchenteller. Dann deutete er auf das erste und erklärte: »Die Schokoladen-Macadamia-Creme besteht aus Schokoladenganache, Kaffeebuttercreme und Macadamianuß-Krokant. Sehr *un*gewöhnlich. Die Chocolate-Decadence-Füllung ist etwas klassischer. Hier wird die Schokoladenganache mit einem kräftigen Himbeersorbet kombiniert.«

Diesmal sorgte Vanessa dafür, dass sie rechtzeitig ihren Löffel in die cremige Ganache tauchte, sodass Jax nicht noch einmal die Gelegenheit bekam, sie zu füttern. Um des Anstands willen tat er das Gleiche und kostete die Füllung, aber er hätte Franklin nicht sagen können, ob sie nach Kokosnuss oder altem Waschlappen schmeckte. Er war ganz auf Vanessa konzentriert.

Als sie den Löffel aus dem Mund zog, blieb etwas von der Glasur an ihrer Unterlippe hängen. Er streckte die Hand aus und wischte sie mit dem Daumen weg. Wieder schien Vanessa kurz der Atem zu stocken. Aber diesmal schimmerte, als ihre Blicke sich trafen, deutlich das Verlangen hindurch, das sie zurückgedrängt hatte.

Es kostete Jax seine ganze Beherrschung, um Franklin nicht zu sagen, er solle den verdammten Kuchen selbst aussuchen, und sie in ihr Zimmer zu schleppen.

Sie kosteten noch einige andere Kombinationen und entschieden sich zu guter Letzt für einen leichten Biskuitteig mit Haupia-Kokos-Füllung und italienischer Buttercremeglasur. Jax wusste, dass Lucie eine Schwäche für Kokosnuss hatte. Auch Vanessa schien das für die richtige Entscheidung zu halten, obwohl sie ein klein wenig mehr von der Chocolate-Decadence-Füllung probiert hatte. Offenbar mochte sie die Kombination aus Schokolade und Früchten. Gut. Das würde er sich für die Zukunft gleich mal merken.

»Wir sind Ihnen so dankbar, Franklin«, erklärte Vanessa, als sie aufstand. »Bitte sagen Sie der Küche, dass alle Kuchen wunderbar sind. Ich weiß das sehr zu schätzen.«

»Es war uns ein Vergnügen, glauben Sie mir. Jetzt gehen Sie sich amüsieren, und wir sehen uns bald wieder!«

Jackson erhob sich ebenfalls. Er wartete darauf, dass all die Umarmungen und doppelten Luftküsschen zu Ende gingen, schüttelte Franklin dann die Hand und begleitete Vanessa aus dem Restaurant.

Kaum waren sie auf dem Pfad draußen angekommen, als auch schon ihr Handy klingelte. Es klang nach einem Mandanten, und aus Vanessas Bemerkungen schloss Jax, dass sie sich für eine lange Arbeitsnacht rüstete.

Er schob die Händen in die Taschen, folgte ihr mit einem breiten Grinsen. Auf keinen Fall würde er ihr erlauben, ihn während der restlichen Nacht zu ignorieren. Nein, da hatte er ganz andere Pläne.

Vanessa starrte auf den Aktenordner auf ihrem Schoß und kaute an ihrem Stift. Das war schon immer eine schlechte Angewohnheit von ihr gewesen. All ihre Kulis und Bleistifte sahen aus, als hätten Ratten daran genagt. Sobald sie Anwältin geworden war, hatte sie es geschafft, diese Gewohnheit abzulegen. Schließlich wollte sie nicht, dass der gegnerische Anwalt sie an ihren Schreibgeräten kauen sah und sie für nervös oder inkompetent hielt.

Aber nun sah der obere Teil ihres Stiftes aus, als hätte ihn ein Biber attackiert. Dabei hatte sie gerade erst vor einer halben Stunde mit der Arbeit begonnen. *Verdammt.*

Die Badezimmertür wurde geöffnet. Sie spähte zwischen ihren Wimpern hindurch und … wünschte dann, sie hätte es gelassen.

Jackson trat aus dem Bad mit nichts als einem Handtuch … mit dem er sich gegenwärtig das Haar trocknete. Sie biss die Zähne zusammen, um ihren Mund daran zu hindern aufzuklappen angesichts des olympischen Körpers, den er gerade frei zur Schau stellte. Er verschwand in seinem Schlafzimmer, und sie hörte das Geräusch einer Kommodenschublade, die geöffnet und dann wieder geschlossen wurde. Würde er sich etwa da drinnen anziehen? Und verflucht noch mal, warum dachte sie über derartige Dinge überhaupt nach?

Während er den Refrain von »Don't Cha« von den Pussycat Dolls vor sich hin pfiff, stolzierte er zurück ins Badezimmer, *in der Hand* – vielen Dank, lieber Gott – Jerseyshorts und ein Muskelshirt.

Sobald die Tür sich geschlossen hatte, stöhnte Vanessa frustriert auf. Sie konnte mit ihm in der Nähe nicht arbeiten. Er war eine Ablenkung und ein Ärgernis obendrein. Ein wirklich heißes Ärgernis, das fast niemals ein Hemd trug. Wie zum Teufel sollte sie sich konzentrieren, wenn er die ganze verdammte Zeit wie ein hawaiianischer Gott halb nackt herumstolzierte?

Falls er mitbekommen hatte, wie sie ihn anstarrte, hatte er es sich nicht anmerken lassen, aber andererseits -- welchen Grund sollte er sonst haben, nackt ins Badezimmer zurückzugehen? Der Mistkerl wusste wahrscheinlich, dass sie ihn die ganze Zeit beobachtet hatte.

Sie hatte ihr Bestes getan, sich seit dem Training emotional von ihm fernzuhalten. Die Tatsache, dass sein Angriff auf Dany sie so fertigmachte, gefiel ihr überhaupt nicht. Nicht mit seiner Reaktion einverstanden zu sein, war eine Sache. Aber es war eine ganz andere, das Gefühl zu haben, als würde ihr Inneres nach außen gekehrt bei dem Gedanken daran, dass er eine gewalttätige Ader hatte. Das hätte *nicht* eine solche Wirkung auf sie haben dürfen.

Was nur eines bedeuten konnte: Sie hatte sich emotional auf einen gewissen Jackson Maris eingelassen.

Vanessa dachte zurück an die Kuchenverkostung. Jax war tatsächlich zärtlich zu ihr gewesen. Die Weichheit seiner Lippen auf ihrer Hand hatte den Raum um sie herum verdunkelt, während sie in das goldene Licht seiner Augen schaute. Als er ihr Kuchen von seiner Gabel zu essen gegeben hatte, war es intimer und sinnlicher gewesen, als diese Handlung es rechtfertigte. Und als er ihr die Glasur von der Lippe gewischt hatte, hatte sie sich sehnlichst gewünscht, er hätte sie mit einem Kuss entfernt.

Aber woher wusste sie, dass er das nicht alles wegen Franklin getan hatte? Schlimmer noch – was wenn seine Zärtlichkeit wirklich aufrichtig war? Ersteres weckte in ihr den Wunsch, ihm in den Hintern zu treten. Letzteres weckte in ihr den Wunsch, ihn zu küssen, bis sie beide zu atmen vergaßen. Was sodann in ihr den Wunsch weckte, sich *selbst* in den Hintern zu treten, weil sie sentimental wurde, wenn es um diesen Mann ging.

»Ich bin ein liebestolles Wrack«, murmelte sie vor sich hin. Und wenn es eines gab, was Vanessa Ann MacGregor hasste, dann war es, ein liebestolles Wrack zu sein. Egal ob äußerlich *oder* innerlich. Daher waren ihre Regeln so wichtig für sie. Durch sie blieb alles in ihrem Leben so, wie sie es brauchte.

Also, was tust du dagegen, Nessie?

Es gab nur eines, was ihr einfiel, um sich zu sortieren. Sie musste es für den Rest der Woche vermeiden, mit Jackson Sex zu haben. Natürlich würde sie ihm das nicht auf die Nase binden. Alle möglichen Frauen machten das so, Tag für Tag. Oder besser gesagt: Nacht für Nacht. Sie hatten Kopfschmerzen oder

Krämpfe, waren zu müde … Sie selbst hatte noch nie Ausreden benutzt, aber es war bestimmt nicht so schwer, einen Mann davon zu überzeugen, dass man keine Lust hatte sozusagen.

Genau in dem Moment klopfte es an der Tür.

»Ich mache auf.« Jackson betrat den Raum, und sie spürte bei seinem Anblick eine Mischung aus Erleichterung und Enttäuschung. Er öffnete die Tür. Einige Sekunden später setzte er sich neben sie aufs Sofa und stellte ein Tablett auf den Couchtisch, auf dem eine Flasche Patron Tequila stand, zwei Schnapsgläser, ein Salzstreuer und eine Schale mit Limettenscheiben.

»Was soll das denn?«, fragte sie und zeigte mit ihrem entstellten Stift auf das Tablett.

»Hast du schon so lange keinen Spaß mehr gehabt, dass du vergessen hast, wie er aussieht?«

»Zu deiner Information: Ich habe ständig Spaß. Man nennt mich zu Hause auch die Spaß-Königin. Frag deine Schwester.«

»Statt meine arme kranke Schwester anzurufen, um deine Geschichte zu überprüfen – warum beweist du deine Aussage nicht einfach?«

»Ich muss arbeiten, Jackson.«

»Du hast die ganzen letzten Stunden gearbeitet, sogar beim Abendessen. Es ist weit nach Feierabend, V«, sagte er und öffnete mit einem Lächeln die Flasche.

Sie versuchte sich zu beherrschen, aber die Hälfte eines Lächelns kroch doch über ihr Gesicht.

Er hielt inne und musterte sie. »Was?«, fragte er.

»Wir werden gleich herausfinden, ob du mit der Bonusregel klarkommst.«

»Die wäre …«

»Geh niemals mit einem Mann aus, der dich nicht mit Tequila unter den Tisch trinken kann.«

Er lächelte breit und beugte sich vor. »Du gehst unter, MacGregor.«

Vanessa wog schnell das Pro und Contra ab, an etwas teilzunehmen, das unterm Strich einem Wettpinkeln gleichkam. Schlimmer noch: ein Kräftemessen mit Alkohol und dem Mann, von dem sie gerade beschlossen hatte, dass er verbotenes Terrain war. In der Pro-Spalte: Eine Pause von der Arbeit, guter Tequila und die Möglichkeit, Mister Arroganz ein paar Köpfe kleiner zu machen, indem sie ihn unter den Tisch trank. In der Contra-Spalte: hohe Wahrscheinlichkeit, betrunken zu werden und damit ihren gesunden Menschenverstand auszuhebeln und *ihrerseits* von Mister Arroganz noch zu Matratzengymnastik verführt zu werden. Und das wäre schlecht.

Andererseits wäre das dann betrunkener Sex, und bei *betrunkenem* Sex ging es nie um Emotionen oder rührseligen Gefühlsmist. Es waren verrückte, unbeholfene Bewegungen von unfähigen, halb nackten Individuen, die am Ende blaue Flecken davontrugen, weil sie gegen Lampen fielen, und sich am nächsten Morgen kaum noch an etwas erinnern konnten. Daher würde es, selbst wenn es zum Schlimmsten käme, trotzdem nicht mit der neuen Bewahre-Abstand-Regel kollidieren. *Perfekt*, dachte sie und lächelte in sich hinein.

Vanessa schob ihre Akten beiseite und setzte sich aufrechter hin, um sich ihrem Gegner zu stellen. »Wir werden ja sehen, wer hier untergeht, Maris. Gieß ein.«

Jackson öffnete die Flasche, goss den Tequila in die Gläser und griff dann nach dem einem, während er darauf wartete, dass sie das Gleiche tat.

Ohne zu zögern, hob Vanessa ihr Glas, sagte *»Salut«* und kippte den Inhalt herunter.

»Kein Salz, keine Limone zum Nachspülen?«

»Ich brauche das Zeug nicht, aber lass dich davon nicht aufhalten. Einige Leute kommen mit dem Biss von Tequila nicht zurecht. Aber ich werde diese kleine Schwäche selbstverständlich nicht gegen dich verwenden.«

Ein boshaftes Grinsen umspielte seine Mundwinkel. »Ich habe das Extrazeug nicht für mich bestellt, Prinzessin.« Nachdem er die klare Flüssigkeit heruntergekippt hatte, fügte er hinzu: »Zumindest nicht dafür.«

Und mit dieser kryptischen Bemerkung, die zwischen ihnen in der Luft hing, nahm Jackson die Gläser und schenkte ihnen beiden eine weitere Runde ein.

»Was hältst du davon, wenn wir die Dinge etwas interessanter machen?«

Vanessa zog eine Augenbraue hoch, während sie die beiden Gläser füllte. »Das kommt darauf an, was du mit interessant meinst.«

»Ein harmloses Spiel, um einander besser kennenzulernen.«

»Ein Trinkspiel?« Einen Moment lang verspürte sie Freude. Dann kniff sie die Augen so fest zusammen, dass sich fast ihre Wimpern verhedderten. »Muss man dabei Kleidungsstücke ablegen?«

Er hob die rechte Hand. »Ich schwöre, der Verlierer muss sich in keiner Weise ausziehen.« *Sagte die Spinne zur Fliege.*

Ihre Schultern entspannten sich, und sie beugte sich leicht vor. »Okay, wie spielen wir?«

»Ich mache eine Aussage über mich selbst. Sie kann wahr oder vollkommen erlogen sein. Du musst dann raten, was zutrifft, und sagst ›wahr‹ oder ›Bullshit‹. Wenn du recht hast, darfst du eine Stelle auf deinem Körper auswählen, von der ich einen Shot nehme. Wenn du dich irrst, darf ich die Stelle aussuchen. Dann tauschen wir.«

Vanessa öffnete den Mund, aber es kam nichts heraus. Sie schloss ihn. Versuchte es noch einmal. Schließlich schüttelte sie den Kopf. »Ich habe zu meiner Zeit eine Menge Trinkspiele gespielt, aber von so etwas habe ich noch nie gehört. Darf ich fragen, wie es heißt?«

Jax grinste. »Bullshit Body Shots. Reid und ich haben es zusammen mit unseren Freundinnen in der Highschool erfunden.«

»Daran zweifle ich nicht«, erwiderte sie trocken.

»Komm schon, V. Du bist Anwältin, und nach deiner eigenen Aussage eine verdammt gute. Du solltest in der Lage sein, meinen Bullshit aus einer Meile Entfernung zu riechen. Es sei denn natürlich, du bist nicht so gut, wie du behauptest.«

Klar, er köderte sie. Wieder einmal. Es schien zu einer Art Angewohnheit geworden zu sein. Und obwohl Vanessa die Falle erkannte, konnte sie der Versuchung nicht widerstehen. Ein Charakterzug, den er an ihr liebte.

Schließlich verdrehte sie die Augen und sagte: »Dann fang an.«

Spiel läuft. Er würde mit etwas Einfachem beginnen. »Ich war in meinem Abschlussjahr auf der Highschool einer der besten Wrestler und wurde ins beste Team gewählt.«

»Wahr. Deine Schwester hat mir das von einer Ewigkeit erzählt«.

Er hatte sich so etwas schon gedacht, aber er wollte, dass V sich wohlfühlte. Und keinen Verdacht schöpfte. »Wo nehme ich den Shot?«

Sie tat so, als denke sie darüber nach, dann hielt sie die Innenseite ihres Handgelenks hoch. Ihm war klar gewesen, dass sie sich für die sichere Variante entscheiden würde. Oder zumindest eine Variante, von der sie *dachte*, sie wäre sicher.

Er schnappte sich den Salzstreuer und mit der anderen Hand ihr Handgelenk, dann hielt er Blickkontakt mit ihr, während er das Gesicht langsam seinem Ziel näherte. Er leckte einen trägen Pfad über ihre weiche Haut und spürte den Puls, der sich unter seiner Zunge beschleunigte. Vanessas Pupillen wurden größer, als er etwas Salz hinzufügte und es dann in der gleichen Art wie zuvor ableckte. Er kippte sein Glas herunter und genoss das Brennen, als die Flüssigkeit seine Kehle hinabrann.

Als sie versuchte, die Hand zurückzuziehen – wohl in der Annahme, dass er damit fertig wäre –, hielt er sie fest. »A-a-a. Die brauche ich noch.«

»Wofür?«

Wortlos nahm er eine der Limettenscheiben und drückte sie vorsichtig aus – sodass mehrere Tropfen auf ihrem Handgelenk landeten und über die Seiten flossen –, und dann beendete er die Prozedur mit einem Kuss, um den verbliebenen Saft aufzusaugen. *Dann* ließ er sie los.

»So macht man nicht …« Ihre Stimme brach, und sie räusperte sich, um es noch einmal zu versuchen. »So macht man keine Body Shots.«

»In diesem Spiel schon. Du bist dran, Viper.«

Dass er sie an ihre Rolle als toughes Mädchen erinnerte, gab ihr einen Schubs. Sie riss sich zusammen, setzte ihr Pokergesicht auf und begann. »Ich bin in einer richtig beschissenen Gegend in Queens, New York, aufgewachsen.«

»Bullshit. Du hast nicht den entsprechenden Akzent.«

»Falsch, und deine Annahme ist genau der Grund, warum ich so hart daran gearbeitet habe, den Akzent loszuwerden. Es gefiel mir nicht, dass die Leute erkennen konnten, wo ich aufgewachsen bin, und mich danach beurteilten, einfach aufgrund meines Akzents.«

Es überraschte ihn nicht, dass sie hart daran gearbeitet hatte, irgendwelche Makel loszuwerden. Oder das, was sie für Makel hielt. Vanessa schien darauf versessen zu sein, immer und überall im Leben Bestnoten zu bekommen. Irgendetwas in ihrer Vergangenheit musste dieses Verhalten ausgelöst haben. Die Frage war nur: Was?

»Gut gemacht, V, ich finde das großartig. Es bedeutet außerdem, dass du wählen darfst, wo du deinen Shot nimmst.«

Der Gedanke daran, dass Vanessa ihn irgendwo lecken würde, ließ das Blut in einen zentralen Bereich seines Körpers schießen. Sie deutete auf seinen Hals und zögerte nicht, das Ritual zu beginnen. Mit jeder Berührung ihrer Zunge leckten Flammen an seinem Hals empor und verzehrten ihn Stück für Stück. Er biss die Zähne so fest zusammen, dass er sich beinahe den Kiefer brach bei dem Versuch, nicht den Kopf zu drehen und über ihren Mund herzufallen.

Als sie fertig war, schenkte er ihr ein schwaches Lächeln, das hoffentlich besagte: *Netter Versuch, Baby. Ungefähr so spannend wie eine Autoversicherung. Aber danke trotzdem.* Ihre Augen weiteten sich ungläubig. So ganz schien sie ihm seine Reaktion nicht abzunehmen. Aber er ging darüber hinweg, als hätte er es nicht mitgekriegt. *Nicht mitgekriegt. Von wegen.*

Er fühlte sich eher so angetörnt, dass er jedes kleinste Detail an ihr wahrnahm. Von der Form ihrer Augen bis zu der Sommersprosse auf der Rückseite ihres linken Knies. Von der Locke über ihrem rechten Ohr bis zu der trockenen Stelle an ihrem linken Mundwinkel.

Nichts mitzukriegen war das Letzte, was ihm mit dieser Frau passierte. Und er wusste einfach nicht, warum.

»Sind wir fertig, oder machst du noch eine Runde?«, fragte sie.

Er grinste. »Scharf darauf, meinen Mund wieder auf dir zu spüren?«

»Träum weiter, Surfer Boy.«

Er ließ das scherzhafte Verhalten fallen und sah ihr in die Augen.

»Tatsächlich würde ich es zu schätzen wissen, wenn du aus meinen Träumen herausbleibst. Es reicht schon, dass ich mich in jeder wachen Minute nach dir verzehre, mit mehr werde ich im Moment nicht fertig.«

Ihr Mund öffnete sich, als wolle sie antworten, aber es kam nichts heraus. Für einen langen Moment schwiegen sie, starrten einander nur an, bis Vanessa den Blick senkte und sich eben jene Locke hinters Ohr schob. Schließlich brach er das Schweigen, indem er das Spiel wieder aufnahm.

»Ich habe vor Spinnen eine Heidenangst. Wahr oder Bullshit?«

Sie musterte ihn eingehend und verkündete dann ihr Urteil. »Bullshit.«

»Falsch.«

»Wirklich?«

»Reid und Lucie sind die einzigen Personen, die davon wissen, daher erwarte ich, dass du dieses Geheimnis mit ins Grab nimmst, MacGregor.«

Sie legte theatralisch die linke Hand aufs Herz, während sie die rechte erhob. »Ich schwöre es. Niemals werde ich jemand erzählen, dass du Angst vor klitzekleinen Insekten hast.«

Frau Anwältin fand seine Phobie also lustig, wie? Das würde er ihr noch austreiben.

»Ich bin dran mit trinken.« Er umfasste den Saum ihres Tanktops und begann es ihr über den Bauch zu heben. Er kam nicht viel weiter als bis zu ihrem Bauchnabel, bevor sie seine Handgelenke packte und festhielt. Er schaute sie fragend an.

»Ich dachte, du hättest gesagt, es würden keine Kleidungsstücke entfernt werden.«

»Nein, ich sagte, der *Verlierer* muss sich nicht ausziehen. Der *Gewinner* darf selbstverständlich alles tun, um seinen Shot an der richtigen Stelle zu platzieren.«

»Heilige Scheiße«, sagte sie mit großen Augen. »Du wärst ein harter Gegner vor Gericht.«

Er zwinkerte. »Nimm's nicht so schwer. Ich habe mir einfach nur deine Arroganz zunutze gemacht.«

»Meine *Arroganz?*«

»Beruhige dich, Prinzessin.« Jax drehte die Hände nach oben und löste sich aus ihrem Griff. »Deine Arroganz ist eines der Dinge, die ich am meisten an dir mag.«

Als sie den Mund öffnete, um zu protestieren, legte er ihr einen Finger auf die Lippen. »Scht. Regeln sind schließlich Regeln.«

Sie kniff die Augen zusammen, aber die Belustigung, die hinter ihren Wimpern tanzte, konnte sie nicht ganz verstecken. In dem sicheren Wissen, dass sie keine weitere Widerrede erheben würde, zog er ihr das Shirt über den Kopf und warf es irgendwo hinter sich auf den Boden. Ein schwarzer BH, mit grüner Spitze überzogen, umhüllte ihre Brüste. Genauer gesagt umrahmte er sie nur und brachte sie dadurch noch viel effektvoller zu Geltung. Denn die kleinen Stoffstücke bedeckten gerade so eben die Brustwarzen. Kurz gesagt: Es war das herrlichste Stück Wäsche, das er je gesehen hatte.

»Himmel hilf. Ist das ein passendes Set?« Er fixierte ihre Shorts und wünschte sich einen Röntgenblick.

»Du wirst noch eine Runde gewinnen müssen, um das herauszufinden.« Sie schenkte ihm ein zufriedenes Lächeln. »Regeln sind schließlich Regeln.«

»Touché«, antwortete er und erwiderte ihr Grinsen. Ein

Jammer, dass er im Begriff stand, ihr dieses reizende Lächeln vom Gesicht zu wischen.

Mit beiden Händen umfasste er Vanessas Taille und zog sie hoch, sodass sie an der Armlehne des Sofas lehnte. Der Ausdruck in ihren Augen sagte ihm, dass sie sich nicht entscheiden konnte, ob sie ihn bestrafen wollte, weil er handgreiflich geworden war, oder ob sie ihren Kontrollzwang fallenlassen wollte, um zu schauen, wohin es führte.

Er rutschte herüber, behielt eins ihrer Beine hinter sich und legte sich das andere über die Knie, bis seine Hüfte sich gegen sie presste. Dann legte er ihr eine Hand auf das Brustbein und drückte leicht, bis sie nachgab und mit Kopf und Schultern auf der gepolsterten Armlehne zu liegen kam, während ihre langen Locken über den Rand des Sofas flossen.

Der Anblick von Vanessa in einer so verletzlichen Position genügte fast, um seine Entschlossenheit ins Wanken zu bringen. Sie befand sich in einer unvertrauten Rolle und bot sich ihm dar, ohne genau zu wissen, was er geplant hatte. Ihre Brüste hoben und senkten sich im Takt der raschen Atemzüge und verlockten ihn, das Spiel einfach hier und jetzt abzubrechen. Vielleicht sollte er ihr lieber den BH herunterziehen und ihre weichen Hügel mit seinen Lippen erkunden? Aber nein. Das würde später folgen. Jetzt hatte er erst mal andere Pläne. *Alles zu seiner Zeit.*

Er beugte sich über sie und leckte einen Pfad entlang des Brustansatzes. Die Art, wie ihr weiches Fleisch dem sanften Druck seiner Zunge nachgab, machte seine Eier hart, und als sie leicht das Becken anhob und sich an seiner Hüfte rieb, zuckte sein Schwanz erwartungsvoll.

Jax wusste, wenn er die Sache mit dem Shot nicht in den nächsten paar Sekunden durchzog, würde er jede Selbstbeherrschung verlieren. Salz, lecken, Shot, Limette, wieder lecken. Nachdem er es geschafft hatte, ohne seinen niederen

Trieben nachzugeben, klopfte er sich im Geiste auf die Schulter, bevor er ihren Kopf stützte und sie wieder in eine sitzende Position hob.

Ihr Blick war nicht ganz so scharf wie gewöhnlich, und sie konterte auch nicht mit einer sarkastischen Bemerkung. Tatsächlich sagte sie gar nichts. Sie starrte nur zu ihm empor. Ihre Unterlippe hatte in der Mitte eine Delle, als hätte sie sich daraufgebissen.

»Du bist an der Reihe«, sagte er mit rauer Stimme.

Vanessa blinzelte heftig, und er konnte beinahe sehen, wie sie wieder zu sich kam. Der benommene Blick wurde von ihrer kühlen, selbstbewussten Haltung verdrängt. Sie räusperte sich, warf das Haar nach hinten und runzelte die Stirn über seine andauernde Nähe. Tja, Pech. Er würde jetzt keineswegs zulassen, dass sie wieder in ihre distanzierte Art verfiel.

»Probleme, Prinzessin?«

»Natürlich nicht.« Mit einem hinterlistigen Lächeln beugte sie das vordere Bein und schob den Fuß zwischen seine Beine. Jax biss die Zähne zusammen und zwang sich, nicht zu reagieren, selbst als ein Blitz von seinen Eiern bis ganz hinauf in seinen Rücken und wieder zurück schoss. Stattdessen hielt er ihr Knie lässig an die Brust gedrückt, als wäre nichts, und lauschte, während sie das Spiel wieder aufnahm.

»Im College habe ich mich eines Nachts mit meiner Tutorin betrunken, und am Ende hatten wir versuchsweise lesbischen Sex. Aber nur dieses eine Mal.«

»Sosehr es mir auch gefallen würde, wenn die Bilder, die jetzt gerade in meinem Kopf herumschweben, ein Körnchen Wahrheit enthielten, sage ich doch Bullshit.«

Sie stieß einen Laut aus, der ihren Unmut über seine Antwort ausdrückte. »Wie kommst du darauf, dass es eine Lüge war?«

Er zuckte mit den Achseln. »Ich hätte es wahrscheinlich geglaubt, wenn du gesagt hättest, es sei mit meiner Schwester passiert. Das hätte mehr Sinn ergeben, weil ihr beste Freundinnen seid, und da hat man ein gewisses Maß an Vertrauen. Du bist zu strukturiert und kontrolliert, um betrunkene, spontane Liebeleien zu haben.«

Der leichte Ärger in ihrer Miene wich einer interessiert hochgezogenen Augenbraue. »Gut aufgepasst; ich bin beeindruckt. Also, wo willst du es tun?«

Im Geiste überschlug er ein Dutzend Möglichkeiten – das Sofa, der Küchentisch, die Dusche, neben dem Waschbecken … *Moment mal.* »Wo will ich *was* tun?«

Sie schenkte ihm ein aufreizendes Lächeln, das ihm sagte, wie sehr es ihr gefiel, ihm den Spaß an seinen Fantasien zu verderben.

»Wo möchtest du, dass *ich meinen Shot nehme?*«

»Ah.« Er riss sich das Hemd über den Kopf und warf es zur Seite, dann hielt er ihrem Blick stand und tippte auf die Gegend seiner Brustmuskeln, bevor er die Arme über die Rückenlehne des Sofas ausstreckte.

Sie hielt einen Moment lang inne und durchbohrte ihn mit Blicken. Offenbar zwang sie ihr Gehirn gerade, auf allen Kanälen Dampf zu machen, obwohl der Alkohol in ihrem Blut die Sache nicht leichter machte. Plötzlich veränderte sich der Ausdruck in ihren Augen. Aha, jetzt hatte sie wohl einen Entschluss gefasst. Nur welchen? Na schön, ihm blieb wohl nichts anderes übrig, als abzuwarten.

Sie sammelte die notwendigen Gegenstände vom Tisch, drückte ihm ihr Glas in die linke Hand, den Salzstreuer in die rechte und steckte ihm die Limettenscheibe zwischen die Zähne. Dann kam sie mit einer fließenden Bewegung auf die Knie und schwang ein Bein über seine Hüften, als stiege sie auf ein

Pferd. Er hatte gedacht, er hätte bei diesem Spiel die Oberhand. Aber da hatte er sich offenbar geirrt. Denn während er so unter ihr lag, die Dinge haltend, die sie ihm gegeben hatte, fühlte er sich eher wie ein Diener.

Und in diesem Moment war ihm das scheißegal.

Sie presste sich an ihn, ließ sich langsam herabsinken und rieb den Schritt ihrer dünnen Baumwollshorts über seine Bauchmuskeln, bis sie fest auf seinem steifen Schwanz saß. Die doppelte Schicht Kleidung änderte nichts daran, dass die Hitze ihres Geschlechts durch den Stoff drang und ihn versengte. Er unterdrückte ein Stöhnen und zwang sein Becken, reglos zu bleiben. Keine einfache Aufgabe, wenn sein Schwanz sich als wärmesuchendes Geschoss betätigen wollte und das heißeste Ziel der Umgebung sich nur wenige Millimeter vor ihm befand.

Vanessa legte ihm die Hände auf beide Seiten seiner Brust, beugte sich vor und leckte einen feucht-warmen Pfad zwischen seinen Brustmuskeln hinauf bis zum Schlüsselbein. Dabei entfuhr ihr ein leises Stöhnen, wie das Schnurren einer Katze, die den letzten Tropfen Milch aus ihrer Schüssel genoss.

Sie hob den Kopf, warf ihm ein sündiges Lächeln zu und nahm ihm den Salzstreuer aus der Hand. Einige Krümel verstreut, und schon ging es weiter. Die groben Körner kratzten über sein Fleisch, bevor sie sich an ihre Zunge hefteten. Jackson konnte kaum einen Aufschrei unterdrücken. Er wollte nicht, dass sie wusste, welch enorme Wirkung sie auf ihn hatte. Noch nicht.

Seine nun wieder freie Hand verließ die Rückenlehne des Sofas und legte sich auf die schmiegsame Kurve ihres Hinterns. Sie machte sich nicht die Mühe, ihm zu befehlen, das Salz zurück auf den Tisch zu stellen, sondern griff stattdessen hinter sich und erledigte das selbst.

Einen Moment später nahm sie ihm ihr Glas ab. Kaum war seine Hand leer, füllte er sie auf die gleiche Weise wie die andere. Auf beiden Seiten gruben sich seine Finger in Vanessas Hinterteil und zogen sie tiefer auf seinen harten Schwanz. Es war ihr hoch anzurechnen, dass sie nicht die Kontrolle verlor. Das einzige Zeichen, dass sie überhaupt etwas empfand, war ein kleines Stocken ihres Atems. Aber das genügte.

Sie hob das winzige Glas an die Lippen, legte langsam den Kopf in den Nacken und präsentierte dabei ihren anmutigen Hals, während ihr die Flüssigkeit in den Mund lief. Sobald sie das Glas hinter sich gestellt hatte, pflückte sie ihm die Limette aus dem Mund und drückte sie über der Mitte seiner Brust aus. Der kalte, klebrige Saft strömte zwischen seinen Brustmuskeln hindurch, durch das Tal seiner Bauchmuskeln, und sammelte sich kurz in seinem Nabel, bevor der überquoll und die Flüssigkeit in den Taillenbund seiner Shorts sickerte.

Vanessa rutschte von seinem Schoß herunter, ehe er eine Chance hatte zu protestieren. Aber sobald sie zwischen seinen Beinen kniete, verzieh er ihr schnell. Er hielt den Atem an, und sein Puls hämmerte in seinen Ohren, während sie den Kopf senkte, um ihm den Saft von der Haut zu lecken. Sie ließ die Zunge über die Linie dunklen Haares wandern, wusch die Vertiefung seines Nabels und wanderte weiter über seine Bauchmuskeln und mitten zwischen seinen Brustmuskeln hindurch.

Je höher sie kam, desto enger presste ihr Körper sich an seinen, ihre Brüste liebkosten seine Eier und seinen Schwanz bei ihrem Aufstieg. Außerstande, noch mehr Folter zu ertragen, packte er sie an den Oberarmen und zerrte sie den Rest des Weges hoch, bis sie wieder rittlings auf seinem Schoß saß.

Die Anstrengung, die es ihn kostete, sich im Zaum zu halten, ließ seine Kehle eng und seine Stimme zu kaum mehr als einem Krächzen werden. »Du bist ein bisschen ausgeflippt da unten, Baby; ich hatte auf meine Brust gedeutet.«

Sie zuckte mit einer schlanken Schulter. »Künstlerische Freiheit. Hast du etwas dagegen?«

»Nicht im Mindesten.« Er stieß sein Becken einmal leicht nach oben, sodass sie nach Luft schnappen musste. »Habe ich gut geschmeckt?«

»Wie eine Margarita nach einem gewonnenen Prozess.«

»Wow«, sagte er und rieb die Bartstoppeln auf seinem Kinn über ihren Hals, während er ihr ins Ohr raunte. »Das klingt wirklich ziemlich gut.«

»Aber ich sollte eine weitere Kostprobe nehmen. Um mir sicher zu sein, dass die Beweislage ausreicht. Doch diesmal wähle *ich* die Stelle.«

Er wollte ihr sagen, dass sie Proben nehmen konnte, so viel sie wollte. Teufel, er würde ihr sogar Vorschläge machen, wo sie anfangen sollte. Aber er wollte es nicht überstürzen. Nicht heute Nacht. Nicht schon wieder. Gerade als sie sich vorbeugte, um ihn zu küssen, stoppte er sie mit einem Finger auf dem Kinn und sagte: »Dann musst du dir dieses Recht verdienen.«

Mit hochgezogenen Augenbrauen lehnte sie sich zurück, um ihn zu mustern, als erwarte sie, dass er jeden Moment seine bescheuerte Bemerkung zurücknahm. Ein Teil von ihm – namentlich der Teil, der hart genug war, um Nägel damit einzuschlagen – wartete auf dasselbe.

Er ignorierte sie beide.

»Ich bin dran.« Er tat so, als müsse er länger nachdenken. Mit etwas Glück würde Vanessa das als Hinweis sehen, dass er sich gerade eine Lüge ausdachte. »Okay. Ich habe meine Jungfräulichkeit an die ältere Schwester meiner Highschoolfreundin verloren, als sie in den Ferien aus dem College nach Hause kam.«

»Ein Collegegirl, das sich herablässt, mit dem Freund seiner kleinen Schwester rumzumachen? Auf keinen Fall. Bullshit.«

Er konnte das breite Grinsen nicht unterdrücken. »Falsch.«

»Was? Ist das dein Ernst?«

Mhm. War sie erstaunt darüber, dass sie sich geirrt hatte? Oder galt ihre Ungläubigkeit der Sache mit dem Collegegirl? Wahrscheinlich ein wenig von beidem. Oder eine Menge von beidem.

Er hob die rechte Hand. »Ehrenwort. Elfte Klasse. Aimee Anders und ich hatten gerade begonnen, miteinander auszugehen. Es war ein Samstag, und ich habe bei ihr zu Hause auf sie gewartet. Sie kam verspätet von einem Volleyballturnier zurück. Ihre ältere Schwester Jean, im zweiten Jahr an der UNLV, war über die Feiertage nach Hause gekommen und hat mir erklärt, ich könne mit ihr zusammen auf Aimee warten. Erst haben wir ferngesehen, und im nächsten Moment saß Jean auf meinem Schoß und gab mir Privatunterricht in den Feinheiten akademischer Bildung.«

»Wahnsinn.« Vanessa schüttelte den Kopf und fügte hinzu: »Dir ist doch klar, dass dich das zu einem totalen Mistkerl macht, richtig?«

»Eigentlich ja, aber Aimee und ich waren nur zusammen, um ihren Ex eifersüchtig zu machen. Wir hatten gar nichts miteinander, was mich von jedem Unrecht freispricht.«

»Tja, ich fürchte, die Geschworenen sind darüber noch in Beratung, Mister Maris.«

Ohne Vorwarnung packte Jax sie und warf sie auf den Rücken. Ihr wildes Haar verteilte sich um ihren Kopf herum, und das Lächeln, das sie ihm schenkte, war ebenso strahlend wie der Vollmond in einer klaren Nacht. Er drückte sie mit seinem Gewicht herunter und presste seine Erregung gegen ihr Geschlecht. Keuchend bog sie sich ihm entgegen. Er zwang sich stillzuhalten, obwohl sein Körper darauf bestand, dass er sein Becken anhob, um auf jede erdenkliche Art Erlösung zu finden.

»Ich bin wieder dran.«

»Und wo, bitteschön, planst du es diesmal zu tun?«

»Reden ist billig, Frau Anwältin. Ich bin ein Mann der Tat.« Er packte ihre Handgelenke und legte sie über ihrem Kopf auf die Armlehne des Sofas. »Sei brav und lass sie dort für mich liegen.«

»Und wenn ich es nicht tue?«

»Beweg sie und finde es heraus.« Er knabberte an ihrem Ohrläppchen, dann flüsterte er: »Ich hoffe irgendwie, dass du es tust.«

Ohne auf ihre Reaktion zu warten, erhob er sich auf die Knie, schob die Finger in den elastischen Bund ihrer Shorts, und zog sie herunter. Als er ihr die Hose über die Hüften streifte, wurde sein Mund trocken, und sein Blick blieb an ihrem Slip hängen. Dann warf er die Shorts über seine Schulter und musterte das kleine Dreieck aus meergrüner Spitze, bis er jede Einzelheit aus dem Gedächtnis hätte nachzeichnen können. Erst dann gestattete er sich, ihren Körper in seiner Ganzheit zu betrachten.

»So verdammt hinreißend.«

Er stützte die Hände rechts und links neben ihren Hüften ab und ließ sich langsam heruntergleiten. Nun schwebte er mit dem Mund über der Stelle, wo der Oberschenkel auf das Becken traf. Und damit knapp über dem Ziel. Gebannt beobachtete Vanessa ihn. Den Blick auf seinen Mund fixiert, wurde das Heben und Senken ihrer Brust immer schneller. Ihre Pupillen waren riesig, ihre Zähne gruben sich in die Unterlippe und … immer noch hielt er still. Sie wollte seinen Mund genauso verzweifelt auf sich haben, wie er es wollte. Aber er würde sich keinen weiteren Millimeter bewegen, bis sie darum bat.

Genauer gesagt: Bis sie darum bettelte.

Sekunden verrannen, während Vanessa und er wortlos den Kampf ausfochten, wer mehr Willenskraft hatte. Er spürte die Hitze, die sie verströmte, und roch ihre Erregung. Schließlich gab sie dem Verlangen nach und schob das Becken hoch. Er leckte mit Freuden die Linie bis ganz hinauf zu ihren Hüftknochen. Ein wenig Salz, und er leckte weiter, diesmal fügte er etwas Druck hinzu und brachte sie damit zum Wimmern, ließ ihren Körper erschaudern.

Er trank seinen Schuss Tequila und hielt nicht einmal inne, um auf das Brennen zu achten, bevor er eine Limettenscheibe am spitzenbesetzten Bund ihres Slips ausdrückte. Da er Verschwendung hasste, senkte er schnell den Kopf und leckte das Rinnsal, das zwischen ihren Beinen übergelaufen war, auf. Sie stieß ein kehliges Stöhnen aus, als er sich bewegte, um die Flüssigkeit wegzuküssen, die sich angesammelt hatte.

»Genug«, knurrte er, während er sich an ihrem Körper entlang nach oben bewegte. »Keine Spiele mehr. Ich nehme mir, was ich will. Was wir *beide* wollen.«

Eines war völlig klar, dachte Vanessa. Sie hatte sich geirrt. Betrunken mit Jackson Maris Sex zu haben, würde nicht im Mindesten weniger intensiv sein als in nüchternem Zustand. Wahrscheinlich weil keiner von ihnen richtig betrunken war. Angesäuselt, ja. Hinüber … kein bisschen.

Es spielte keine Rolle, dass sie beide eben genügend Shots konsumiert hatten, um die meisten Menschen unter den Tisch zu befördern. Sie hätte sich denken können, dass ein Typ wie Jax kein Spiel vorschlug, das er nicht beherrschte. Der Mann konnte ernsthaft etwas vertragen, und wie der Zufall es wollte, war Tequila das Einzige, wovon auch sie sehr viel vertragen konnte und immer noch ihre sieben Sinne beieinander behielt.

Hätte er ein anderes Getränk ausgewählt, wäre sie vor einer halben Stunde ohnmächtig zusammengesackt, nachdem sie sich total zum Affen gemacht hätte.

Aber stattdessen hatte sie das Spiel mit dem Feuer gewagt und drohte nun zu verbrennen. Goldglühende Augen umrahmt von dunklen Wimpern hielten sie gefangen. Mit dem Instinkt einer Motte umfasste sie sein Gesicht und küsste seine Lippen, versengte ihre Vernunft in den hell lodernden Flammen.

Jackson nahm ihren Kuss an, dann schob er sie zurück auf das Kissen und übernahm die Führung. Seine Zunge erkundete und kostete, dazwischen knabberte er an ihren Lippen, wodurch sie sich wie das köstlichste aller Desserts fühlte.

Dann schob er ihr einen Arm unter den Kopf und schlängelte seine andere Hand hinter ihren Rücken. Mit einer schnellen Bewegung seiner Finger öffnete er ihren BH und riss ihn fort. Ihre Brüste, die schon immer sehr empfindlich gewesen waren, fühlten sich schwer, voll und wie elektrisiert an. Sobald sein nackter Oberkörper sich gegen ihren presste, zogen ihre Brustwarzen sich schmerzhaft zusammen und flehten um die Aufmerksamkeit, die ihnen in der Nacht zuvor verwehrt geblieben war.

Als lese er ihre Gedanken, löste Jax seinen Mund von ihrem und drückte ihre rechte Brust mit seiner großen Hand. Seine Schwielen kratzten über ihre Haut und verursachten köstliche Gefühle, die sie dazu trieben, sich seinen Fingern entgegenzurecken. Sie hatte nicht geahnt, dass die Hände eines Mannes so etwas auslösen konnten. Bisher war sie meistens mit Geschäftsmännern zusammen gewesen, die im Büro arbeiteten. Nicht, weil sie diese Art Männer bevorzugte, sondern weil das die Typen waren, mit denen sie zu tun hatte. Die Hände dieser Schreibtischtäter waren glatt und wenig bemerkenswert gewesen. Kein Vergleich mit Jacksons. Wenn sie auch nur das geringste musikalische Talent besessen hätte, hätte sie ein ganzes Album über diese Hände schreiben können.

Sie spähte hinab, um einen der erotischsten Anblicke überhaupt zu sehen. Sein Kopf schwebte über ihrer Brust, das dunkle Haar leicht zerzaust. Seine ganze Aufmerksamkeit galt der Brust, die er in der Hand hielt. Er strich mit der rauen Spitze seines Daumens über ihre schwellende Knospe und sandte weiß glühende Stromschläge in ihre Körpermitte. Ihr Atem zischte durch die Zähne, während der Schock sich in seinem neuen Zuhause einrichtete.

Er schaute auf, ein wissendes Glitzern in seinen Augen, während er langsam den Kopf senkte und ihre Brustwarze mit der herrlichen Hitze seines Mundes umfing. Sie schrie auf und grub die Finger in sein kurzes Haar, so heftig, dass es wehtun musste, aber es schien ihm nichts auszumachen. Tatsächlich weiteten sich seine Pupillen, und er nahm Anlauf, um so viel wie möglich von ihr in seinen Mund zu bekommen. Seine Zunge kreiste, schnellte vor und zurück, sorgte für Wonneschauer, die sich in eine Explosion verwandelten, als er mit den Zähnen über die harte Spitze kratzte.

Damit das Vergnügen nicht zu einseitig wurde, hob sie ihm auch die andere Brust einladend entgegen. Gleichzeitig versuchte sie, seinen Kopf hinunterzudrücken. Er ließ die Brust, die er bearbeitet hatte, tatsächlich los, und sie blieb kirschrot und feucht glänzend zurück. Dann jedoch wich er vom Plan ab. Er folgte ihrer Führung nicht, sondern hielt stattdessen kurz inne, bevor er sich ihren Körper entlang nach unten küsste.

Sie stöhnte, frustriert und verärgert darüber, dass er ihren Wunsch ignoriert hatte, um seiner eigenen Agenda zu folgen. Sobald er sich tief genug nach unten bewegt hatte, und sie nicht länger von seinem Körper festgehalten wurde, setzte sie sich daher auf. Die Überraschung auf seinem Gesicht war nur für einen Sekundenbruchteil zu sehen, aber es war beschwichtigend genug, um nicht aus der Haut zu fahren.

Sie schob ihn zurück in eine sitzende Position und hockte sich rittlings auf seinen Schoß, sich an der Erektion reibend, die seine Shorts ausfüllte. Jetzt war es an ihm zu stöhnen, als sein Kopf auf die Rückenlehne des Sofas fiel. Außerstande zu widerstehen, leckte sie an seiner Kehle hinauf und saugte an der Stelle direkt hinter seinem Ohr. Er grub die Finger unter ihren Slip und bohrte sie in ihren Hintern. Dann erwiderte er ihre Gefälligkeit und drückte den Mund auf Vanessas Hals, um ihr Kinn mit feuchten Küssen zu bedecken. Aber sie wollte mehr.

Sie lehnte sich zurück und umfasste erneut ihre linke Brust. »Küss mich hier«, befahl sie.

Gehorsam umkreiste er mit zwei Fingern ihre Brustwarze, die sich sofort zusammenzog. Statt Erlösung zu empfinden, steigerte das jedoch nur ihre Gier. Und Jackson schien das genau zu wissen. Hartnäckig vermied er jede direkte Berührung mit ihrem Nippel. Vanessa biss die Zähne zusammen und hielt still. Ganz bestimmt konnte sie diese Folter noch etwas länger ertragen. Denn die Erfüllung danach würde umso schöner sein.

»Bist du dir sicher?«

»Ja.«

»Jetzt sofort?«

»Gott, ja, jetzt.«

Als sie dachte, sie könne es keinen Moment länger ertragen, hielt er inne, sah ihr in die Augen und sagte: »Bitte mich nett darum.«

Die Nadel kratzte über die Schallplatte und die Musik erstarb. »Was?«

»Du hast mich gehört.« Er strich mit seinen rauen Fingerkuppen unter der Wölbung entlang und aktivierte jeden einzelnen Nerv. »Bitte mich nett, an deiner wunderschönen Brust zu saugen.«

Seine Forderung ärgerte sie. *Sehr.* »Du willst, dass ich bettle. Ich flehe niemanden an, um nichts.«

Er zog eine Augenbraue hoch, und die gezackte Narbe drückte ihren eigenen Zweifel aus. »Ich dachte, du hast zugestimmt, mir beim Sex die Führung zu überlassen?«

Ein Anflug von Panik ließ ihr die Haare im Nacken zu Berge stehen. »Das bedeutet nicht, dass ich um das betteln werde, was ich will.«

»Ist das so?«

Sie hob das Kinn und versuchte, das wilde Verlangen ihres Körpers zu ignorieren. Keinesfalls würde sie dieses Spiel mitspielen. Sie würde jetzt aufstehen, in ihr Zimmer gehen und die Nacht mit einem batteriebetriebenen Ersatz verbringen, wenn es sein musste.

»Ja, das ist so.«

»Herausforderung angenommen.«

»Was …«

Bevor sie Zeit hatte, zu reagieren, hob er sie hoch, schwang sie herum und setzte sie auf das Sofa, wo er selbst Sekunden zuvor gesessen hatte. Dann kniete er sich zwischen ihren Beinen auf den Boden und zog ihre Hüften bis an den Rand des Polsters nach vorn. Zu schockiert, um irgendetwas anderes zu tun, beobachtete Vanessa, wie er ihre Knie so weit wie möglich auseinanderdrückte, bevor er innen an ihren Schenkeln emporglitt.

Als seine Daumen den Rand ihres Slips erreicht hatten, presste einer sich über die empfindliche Stelle in der Mitte, der andere zeichnete den Pfad nach, der bereits feucht vor Verlangen war. Rauf und runter, rauf und runter streichelten seine Daumen, und er verstärkte jedes Mal ein wenig den Druck.

Ihr Geschlecht pulsierte vor Verlangen, schmerzte vor Entzug. Als er ihr endlich den Slip auszog, stieß sie einen zittrigen Atemzug aus und versuchte, sich zu beherrschen. Natürlich war ihr völlig klar, was das sollte. Jackson versuchte, ihren Willen zu brechen. Aber wenn sie die Schwellung zwischen seinen Beinen richtig interpretierte, würde er nicht mehr sehr lange an sich halten können. Sie musste nur Geduld haben und auf die typisch männliche *Scheiß-drauf*-Reaktion warten.

»Seestern, hm?«

Sie schaute auf das korallenfarbene Tattoo von der Größe einer Vierteldollarmünze, das man nur sehen konnte, wenn sie vollkommen nackt war. Die meiste Zeit vergaß sie, dass es überhaupt existierte. »*Asteroidea*.«

»Was auch immer.«

»Nicht was auch …«

»Hey, Red Viper, halt mir später deinen Vortrag, okay? Im Moment muss ich dich einfach nur ansehen.« Er legte die Hände über ihre Brüste und ließ sie von dort langsam nach unten wandern, bis er die glatte Haut ihres Hügels erreichte.

»Jesus, du bist hinreißend.« Er zog ihre schwellenden Falten auseinander und starrte sie wie verzaubert an. Schmetterlinge flatterten in ihrem Bauch, und sie spürte, wie sie dort von Neuem feucht wurde, wo sein Blick sie versengte. »Pretty in Pink«, flüsterte er und benutzte die Finger, um sie noch weiter zu öffnen.

Schließlich leckte er einen breiten Pfad von unten nach oben und begrüßte ihre Klit mit einem kurzen Zungenschlag, der ihr Becken vom Kissen hochschießen ließ. Jax hielt sie fest. Dann tauchte er ein, um mit der Zunge die unzüchtigsten Dinge anzustellen, die sich jemals ein Mensch ausgedacht hatte. Das war wahrscheinlich Einbildung ihrerseits, aber es fühlte sich verflucht noch mal wie eine Tatsache an.

Jax war kein Mann, der irgendetwas planlos tat, und Oralsex war keine Ausnahme. Es gab keine willkürlichen Muster oder pubertären Ideen, das Alphabet nachzuzeichnen. Jedes Lecken, jedes Schnippen, jeder Stoß seiner Zunge hatte einen Zweck, der lasziver war als der vorangegangene.

Wie von selbst wanderten Vanessas Hände zu ihren Brüsten. Sie zupfte an ihren Brustwarzen und fügte sich zusätzliche Wonneschauer zu, während Jackson fortfuhr, sie mit dem Mund zu lieben. Ihre Hüften versuchten, sich ihm entgegenzudrängen, aber er hielt sie mühelos fest. Ein Wimmern entrang sich ihren Lippen, Blut rauschte in ihren Ohren, während ihr Puls außer Kontrolle geriet und ihre Atemzüge schnell und heftig kamen.

Es ließ sich nicht länger leugnen. *Jackson Maris war der Inbegriff des Bösen.*

Als wenn er diesen Gedanken untermauern wollte, hob er zwei Finger und begann in sie hineinzustoßen, während er seine Zunge über ihre Klitoris tanzen ließ. Schweiß sickerte zwischen ihren Brüsten hinab. Der Sturm des Verlangens tief in ihrem Zentrum wirbelte schneller und schneller und drohte, sich mit einem Donnerschlag zu entladen.

Sie musterte ihn. Es schien tatsächlich, als würde er das zu *seinem* Vergnügen tun, nicht zu ihrem. Während er sie mit seinen Fingern erkundete und neckte, hielt er den Blick fest auf ihre geschwollenen Lippen gerichtet, als wären sie das schönste, was er je gesehen hatte. Und als er den Mund über ihr schloss, sanken seine Lider herunter, als würde er gerade einen köstlichen Schokoladentrüffel auf der Zunge zergehen lassen. Zusätzlich zu den schwindelerregenden Gefühlen, die er ihr bescherte, reichte dieser Anblick fast aus, um sie kommen zu lassen.

»Oh ja«, stöhnte sie. »Ich bin so nah dran.«

»Ich weiß, Baby.«

»Lass mich kommen.«

Er verlangsamte seine Bewegungen. Das genaue *Gegenteil* von dem, was sie wollte. Sie keuchte frustriert.

»Du machst hier nicht die Ansagen, Schätzchen. Du musst mich nett bitten.«

Vanessa saugte die Unterlippe zwischen die Zähne und biss zu. Ihr ganzer Körper vibrierte. Es war eine Mischung aus Ekstase und Widerstand gegen das, was er da so unverschämt von ihr forderte.

»Mach dir klar, Vanessa, dass ich niemals vor meiner Geliebten komme. Allerdings«, fuhr er fort, während sein Blick sich in ihren bohrte, »bin ich auch entschlossen, dich stundenlang so am Rand zu halten. Es wird keine Rolle spielen, wie blau meine Eier werden oder wie dringend ich fühlen will, wie du meinen Schwanz fest mit deinen Muskeln umklammerst. Ich gebe nicht nach, bis du mir gibst, was ich will.«

Ein Schauder raste über ihren Körper und hinterließ eine Gänsehaut, trotz der Schweißschicht, die bewies, dass ihr alles andere als kalt war.

»Also«, erklärte er mit rauer Stimme, während er die Kuppe seines Daumens um ihre Klitoris kreisen ließ. »Ich will, dass du mich um das bittest, was du dir so sehr wünschst. Bitte mich, dich kommen zu lassen, V.«

Seine Worte überzogen sie so, wie ihr Honig seine Finger überzog. Keiner ihrer Liebhaber hatte jemals auf diese Weise mit ihr gesprochen. Es war schwer zu glauben, dass ausgerechnet Mr Charming solche Dinge von sich gab.

Diese Seite von Jackson war das vollkommene Gegenteil zu allem, was sie bisher erlebt hatte. Sein Ton duldete keine Widerrede, und sein Blick sagte ihr, dass er nicht scherzte. Im Gegenteil, sie wusste, dass er jedes Wort völlig ernst meinte.

Und das törnte sie an. Viel mehr, als es das tun sollte.

Er schnippte mit dem Daumen gegen ihre Klitoris, und sie verlor beinahe das Bewusstsein. Konnte man an Orgasmusentzug sterben? Sie hätte gewettet, dass die Antwort Ja lautete. Aber sie hatte nicht den Wunsch, es herauszufinden.

»Bitte, Jackson«, sagte sie und flehte ihn nicht nur mit ihren Worten, sondern auch mit der Art an, wie sie den Rücken emporwölbte und die Finger in ihre Brüste grub. »Bitte, lass mich kommen.«

Die Muskeln in seinem Kiefer zuckten, und seine Nasenflügel bebten leicht. »Mit Vergnügen.«

Einen Moment später füllte er sie erneut aus und drehte sie so, dass er bei jedem Rückzug seiner Finger gegen den empfindlichen Punkt weiter oben stieß. Ekstase loderte tief in ihrem Innern auf. Er hatte sie so lange scharf gemacht, dass es weniger als dreißig Sekunden dauerte, bevor sie dem Gipfel nahe war. Ihr Atem verwandelte sich in ein Keuchen, ihre Hände gruben sich in seine starken Schultern, in dem Verlangen, sich an etwas festzuklammern, während ihr Körper zu explodieren drohte.

Sie hatte die Augen fest zugepresst und konnte außer ihrem eigenen Keuchen nicht viel hören. Dennoch meinte sie, ein »so verdammt schön« vernommen zu haben, kurz bevor er den Mund auf ihre Klitoris legte und daran saugte, bis es ihr endlich und wunderbarerweise Erlösung schenkte.

Jackson küsste sich seinen Weg ihren Körper hinauf. Mit jeder sinnlichen Berührung seiner Lippen kam sie wieder ein wenig mehr zu sich. Als er ihren Hals erreichte, war sie wieder bei klarem Bewusstsein und irgendwie genauso hungrig nach ihm wie zu Beginn.

Sie packte seinen Kopf, zog ihn näher und senkte ihre Lippen auf seine. Er erwiderte ihr Stöhnen, als sie kühn über seine Unterlippe leckte und dann in die volle Mitte biss. Sie konnte ihr eigenes Aroma auf seiner Zunge schmecken, und bei der Erinnerung daran, wie es da hingekommen war, durchströmte sie eine weitere Hitzewelle.

Jackson versuchte sich zurückzuziehen, aber sie folgte ihm, wollte ihn nicht aus dem Kuss entlassen. Er lächelte an ihren Lippen und genoss offensichtlich ihre Reaktion. Sein Verhalten hätte sie wütend machen sollen, oder zumindest eine Abwehrhaltung in ihr hervorrufen. Unter normalen Umständen hätte sie jetzt so getan, als wäre er ihr gleichgültig. Aber das hier waren keine normalen Umstände, und dieser Mann ließ sie auch ganz und gar nicht kalt. Er hatte etwas in ihr ausgelöst, einen Hunger freigesetzt, von dessen Existenz sie nichts gewusst hatte. Und jetzt scherte sie es nicht länger, ob er erfuhr, *wie* sehr sie ihn wollte.

Plötzlich spürte sie seine Hände auf ihren Schultern. Er hielt sie fest, um zu verhindern, dass sie ihm folgte, als er aufstand. Sie schaute zu ihm empor, gebannt von seiner dominanten Präsenz und seinem wundervollen Anblick. Die Tatsache, dass er ein Kämpfer war, bescherte ihm definitiv Muskeln, die sie bei den Geschäftsmännern nie gesehen hatte.

Er nahm ein Kondom aus seiner Gesäßtasche und warf es achtlos neben sie aufs Sofa. »Zieh mir die Shorts aus, V«, befahl er schroff.

Sie würde tun, was er sagte, und sie ihm ausziehen. Aber er hatte nicht genau gesagt, *wie* sie das machen sollte. Vanessa beherrschte ihre Gesichtszüge, um das Grinsen zu unterdrücken, das ihre Gedanken verraten hätte. Dann legte sie die Hände auf seine Brustmuskeln. Sie bewegte sie an seinem Körper hinab und genoss die Art, wie ihre Finger wellenartig über die Hubbel und Vertiefungen seines Sixpacks glitten, bis zu den beiden schrägen V-förmigen Kerben, die zu ihrem finalen Ziel nach unten führten.

Jackson zog seine vernarbte Augenbraue hoch, während sie die Hände über den Bund seiner Shorts wandern ließ. Zweifellos hatte er erwartet, dass sie nach dem Hosenbund greifen und seinem Befehl folgen würde. Und das würde sie auch. Irgendwann.

Sie fuhr mit den Händen weiter nach unten, an seinem straff gespannten Schwanz entlang, und ihre Daumen berührten kaum die Seiten. Er sog scharf die Luft durch die Zähne und musterte sie mit schmalen Augen. Es war keine starke Reaktion, aber selbst dieses kleine bisschen Kontrolle bescherte ihr einen Rausch.

Mit den Zähnen zog sie seine Shorts fünf Zentimeter hinunter und dann Stück für Stück – ganz langsam – über seine Erektion. Ein tiefes, kehliges Stöhnen entrang sich seiner Kehle. Gut so! Sobald die Shorts auf den Boden gefallen waren, hob Vanessa den Kopf. Und sah sich einer beeindruckenden Demonstration männlicher Potenz gegenüber.

Ihre schnelle, explosive Begegnung der vorigen Nacht hatte sich ganz ums Fühlen gedreht, nicht ums Sehen. Aber jetzt sah sie sich satt. Sie hatte bereits gefühlt, dass er in *keiner* Hinsicht ein kleiner Mann war. Aber das hier überraschte sie nun doch. Als sie ihn berührte, schätzte sie diskret mit den Fingern seine Größe ab. Von der Wurzel bis zum Ansatz der Spitze spannte er sich über ihre gesamte Handlänge, und als sie ihn ergriff, berührten sich ihre Finger kaum. *Na hallo, du großer Junge.*

»Ich habe bereits einmal hineingepasst, V. Ich kann es wieder tun.«

Sie war so in ihren eigenen Gedanken verloren gewesen, dass seine Bemerkung sie verblüffte. Sie schaute zu ihm auf und schnaubte. »Das weiß ich.«

Er schob ihr eine Hand ins Haar und schenkte ihr ein wissendes Lächeln. »Ich wollte nur sichergehen. Du hast ausgesehen, als würdest du dir vielleicht Sorgen machen.«

Dieser Mann durchschaute sie viel zu schnell. Nur gut, dass sie wusste, wie sie ihn ablenken konnte. Sie begann bei der Wurzel und hielt die Zunge entspannt, sodass sie sich um die Unterseite seines Schwanzes schmiegte. Dann leckte sie einen feuchten Pfad bis hin zu der glatten Kappe an der Spitze. Seine Finger verkrampften sich und gruben sich in ihr Haar. Sein Becken schnellte vor.

Sie lächelte und ließ sich ihre Befriedigung ansehen. »Ich mag ja kleiner sein als du, aber ich kann alles nehmen, was du mir gibst.«

»Darauf werde ich dich so was von festnageln.«

Er stieß ein animalisches Knurren aus, hob sie hoch und wechselte ihre Positionen, sodass sie auf der Couch wieder einmal rittlings auf ihm saß. Sie schlang die Arme um seinen Hals und presste ihren Körper gegen seinen, um jeden Raum zwischen ihnen auszulöschen. Jackson folgte ihrem Beispiel und schlang die Arme um ihre Taille, während er sich endlich um die Brust kümmerte, die die ganze Abfolge von Ereignissen ausgelöst hatte.

Das Gefühl, als er sie tief in den Mund sog, sandte einen Funkenregen über Vanessas Haut und erhitzte ihr Blut. Ihr Körper bog sich durch, ihr Kopf fiel zurück, bis die Spitzen ihrer Haare den unteren Teil ihres Rückgrats kitzelten. Er beugte sich vor, ihre Körper vereint von den Hüften bis zu den Rippen, während er mit den Lippen ihren beiden Brüsten huldigte, danach mit der Zunge und dann mit den Zähnen.

Außerstande, sich noch länger zurückzuhalten, kippte sie das Becken, um seinen Schwanz in sich aufzunehmen. Er stöhnte. Sie stöhnte. Und sie griffen beide gleichzeitig nach dem Kondom.

»Liest du meine Gedanken, V?«

»Ich bezweifle, dass es deine Gedanken sind, die ich lese, Maris«, entgegnete sie und rutschte einige Zentimeter zurück.

»Da hast du wahrscheinlich recht.«

Er riss die Folie auf, aber sie nahm ihm den Latexring ab, bevor er eine Chance hatte, irgendetwas zu tun. Trotz ihres kaum zu zügelnden Verlangens bewegte sie sich langsam, benutzte beide Hände, um seinen strammen Schaft zu umfassen und das Kondom bis zur Wurzel abzurollen. Jackson schnappte nach Luft, als sie die Daumen über die samtige Haut seiner Hoden wandern ließ.

Dann entfesselte er seine eingekerkerte Bestie.

Starke Finger gruben sich in das Fleisch ihres Hinterns, während er sie hochhob und die Spitze seiner Erektion an ihrer schwellenden Öffnung positionierte. Angesichts ihrer Enge nach dem Höhepunkt und seiner schieren Größe, hatte Vanessa einen Sekundenbruchteil Zeit, um Panik zu schieben, dass er niemals hineinpassen würde.

»Doch, werde ich«, krächzte er. »Wenn es das Letzte ist, was ich tue, ich werde mich in dir vergraben. Entspann dich, Baby. Du kannst mich aufnehmen.«

Jax griff zwischen sie und rieb über ihre Klitoris. Vanessa keuchte auf, als ihr Saft über die Innenseite ihrer Schenkel rann. Es spielte keine Rolle mehr, ob sie ihm glaubte oder nicht. Sie musste ihn in sich spüren. Sie brauchte ihn da, wie sie die Luft zum Atmen brauchte. Was hatte er letzte Nacht gesagt: Kein Vibrator würde ihr jemals so viel Vergnügen verschaffen wie er? Zum Teufel, sie hatte den Verdacht, dass auch kein anderer *Mann* dazu in der Lage sein würde. Aber darüber durfte sie gar nicht erst nachdenken. Nicht jetzt. Niemals.

Sie spreizte ganz allmählich die Knie und ließ sich langsam auf ihn sinken. Fünf Zentimeter hinunter, dann wieder nach oben. Zwei oder drei weitere Zentimeter, dann zurück nach oben. Während er sie mehr und mehr dehnte, krampfte ihr Inneres sich zusammen, und ihre Atemzüge wurden kürzer. Schließlich packte sie seine Schultern, um sich festzuhalten, und nahm ihn ganz.

Er presste die Stirn gegen ihr Brustbein und knirschte: »Ah, fuck. Halt still, Baby. Gib mir eine Sekunde.«

Aber Stillhalten war das Letzte, was sie wollte. Sie wollte sich bewegen. *Musste* sich bewegen. Also tat sie es.

Vanessa ließ einmal die Hüften kreisen, bevor sie sich hochschob und fast komplett absaß. Jax gab einen Laut von sich, als hätte er soeben einen Tritt in den Magen empfangen. Er riss die Augen auf, um sie zu warnen. Eine Warnung, die sie nicht beachten konnte.

Sie begann sich zu bewegen, rauf, runter, hin und her, Kombinationen davon, die vermutlich gar keine legitimen Bewegungen darstellten. Aber das war ihr egal. Es fühlte sich so gut an, dass sie zuließ, dass ihr Instinkt die Kontrolle übernahm.

Plötzlich hörte sie ein lautes *Klatsch!*, einen Sekundenbruchteil bevor sie das Brennen auf ihrem Hintern verspürte. Sie keuchte auf und schoss vor Schreck jäh hoch. Aber er war anscheinend darauf gefasst gewesen und hielt sie fest, um sie an einer Flucht zu hindern.

»Heilige Scheiße, wofür war das?«, fragte sie und lehnte sich die ganzen fünf Zentimeter zurück, die er sie ließ, und versuchte, zu ignorieren, wie der Schmerz mit dem Gefühl zwischen ihren Beinen zu einer wohligen Hitze verschmolz.

»Was, das?« Ein verruchtes Glitzern erschien in seinen Augen, während seine Hand den wunden Bereich jetzt besänftigend rieb. »Das war die erste von mehreren Strafen, die ich dir schulde, Prinzessin.«

Sie dachte an die verschiedenen Gelegenheiten zurück, als

er sie vor Strafen gewarnt hatte. Mist, wie viele waren es? Sie konnte sich nicht erinnern. Aber sie hätte ihre Dessous-Sammlung darauf verwettet, dass er sich detailliert an jede einzelne von ihnen erinnerte. Ihr dagegen war nur eine Sache im Gedächtnis haften geblieben: dass ihr freches Mundwerk oder irgendwelche sarkastischen Bemerkungen immer der Auslöser gewesen waren.

Weshalb sie absolut nicht verstand, warum sie nicht vorsichtiger war, und den sarkastischen Ton ihrer Antwort mäßigte.

»Also was, jetzt willst du die Peitschen und Geißeln hervorholen, ja?«

Seine Hände streiften über ihren Rücken, ihre Seiten, ihre Brüste. Die Rauheit seiner Finger und Handflächen entflammte ihre Haut und erinnerte ihren Körper daran, wo sie vor Sekunden aufgehört hatten. Als müsste er daran erinnert werden.

»Nein, ich stehe nicht auf den Hardcore-Kram. Außerdem«, sagte er mit einem schnellen Knabbern an ihrem Schlüsselbein, »alles, was ich brauche, um dich feucht und deinen Hintern rot zu machen, sind meine Stimme und meine Hände.«

Und mit diesen Worten versetzte er ihr einen weiteren Schlag, der dieselbe Reaktion wie beim ersten Mal in ihr auslöste.

Vanessa zählte im Geiste bis zehn, während ihr Inneres aufhörte zu vibrieren. Dann betete sie, dass ihre Stimme nicht genauso zittrig klang, wie sie sich fühlte. »Es gefällt mir nicht.«

Das war gelogen.

Er leckte ihre Ohrmuschel. »Du lügst.«

Das stimmte.

»Jetzt beweg dich, V«, befahl er. »Reite mich, und ich zeige dir, wie *gut* sich eine Bestrafung anfühlen kann.«

Während ein Schauder über ihr Rückgrat raste, schloss sie die Augen und begann sich wieder zu bewegen. Ihr Geist wurde dumpf, ihre Gedanken verblassten im Sog der instinktiven Begierde ihres Körpers.

Vanessa hatte sich beim Sex noch nie so hin- und hergerissen gefühlt. Jackson gab ihr das Gefühl, gleichzeitig verloren und gefunden worden zu sein. Verloren an das intensive Begehren, das er in ihr entfachte. Gefunden, als gäbe es nur einen Ort, an den sie gehörte: in seine Arme. Und beide Gefühle machten ihr eine Höllenangst.

Es wäre so leicht, die Tatsachen zu ignorieren und die Schuld dem Alkohol zu geben. Aber selbst mit der halb leeren Flasche als Beweismittel konnte sie diese These nicht aufrechterhalten. Nein, dieses … *was immer* es war, ergab auf keiner logischen Ebene einen Sinn. Es war einfach nicht möglich, so leidenschaftliche Gefühle für einen Mann zu haben, den sie vermutlich nicht mal richtig mochte. Einen Mann, der in ihr den Wunsch weckte, ihn zu erwürgen, sobald sie ihn küsste.

Ihn küssen. Exzellente Idee.

Sie nahm sein Gesicht und fiel über seinen Mund her, stieß die Zunge an seinen Lippen vorbei, um zu lecken und zu saugen und den Geschmack von Salz, Limone und Tequila zu trinken. Dies war ein wahrer Body Shot, und einer, für den sie mit Freuden jeden Kater erdulden würde, den sie vielleicht davontrug.

Jax erwiderte ihr Drängen und steigerte es noch. Sie schienen sich mit den Lippen gegenseitig zu verschlingen, während ihre Hände tasteten und grapschten und zerrten. Es war schnell und heftig und absolut umwerfend. Vanessa spürte, wie all ihre Nervenenden zu vibrieren begannen und wilde Impulse in ihre Körpermitte schickten. Dort pulsierten sie in schneller Folge weiter, als würde ihr Höhepunkt nach Luft schnappen.

Irgendwo, am Rande ihres Bewusstseins, nahm sie wahr, dass

Jax fortfuhr, ihr alle zehn Sekunden oder so auf den Hintern zu schlagen, aber sie konnte das sinnliche Brennen nicht vom Rest der Ekstase trennen, die sie durchlief. Jeder Geschmack, jede Berührung hatte sich zu einem Ganzen verwoben, zu einem einzigen, köstlichen Gefühl.

»Fuck, du fühlst dich so gut auf meinem Schwanz an, Baby.« Er ließ den Kopf wieder aufs Sofa zurückfallen. Die Sehnen an seinem Hals traten hervor, und die Muskeln zuckten über seinem Kiefer. »So. Verdammt. *Gut.*«

Sie wollte ihn wissen lassen, wie umwerfend es sich anfühlte, von ihm gedehnt und ausgefüllt zu werden, aber ihr fehlten die Worte. Sie konnte nur die massive Welle reiten, die geradewegs auf ihren Höhepunkt zuschoss.

»V.«

Wie? Was? Großartig. Jetzt versagte ihr auch noch die Stimme.

»Vanessa«, sagte er, diesmal etwas schärfer. »Du wirst jetzt nicht kommen. Ich erlaube es nicht.«

Die verschwommenen Ränder ihres Gesichtsfeldes wurden scharf, während ihre Augen sich weiteten. Das konnte nicht sein Ernst sein.

»Beweis mir, wie stark du bist«, fuhr er fort, während er mit den Fingern durch ihr Haar wühlte und ihr Gesicht dicht an seines presste. »Du bist eine Frau, die sich nimmt, was sie will. Und diesmal wirst du genau das Gegenteil tun. Du wirst es dir versagen.«

Das Zucken in ihrem Inneren war zu einem flachen Pulsieren verebbt. Sie schluckte hörbar und versuchte, Feuchtigkeit zu erzeugen, wo eine Wüste sich breitgemacht hatte. »Jax, bitte …«

»Diesmal verlange ich nicht von dir, dass du bettelst, Baby.« Sein Daumen liebkoste ihre Unterlippe. »Nimm dir, was du willst; ich halte dich nicht auf. Aber du wirst dich selbst aufhalten, indem du dich freiwillig unterwirfst. Ich werde dein Herr sein, und du die Herrin über deine Unterwerfung.«

»Und wenn ich es nicht will?«

Enttäuschung blitzte in seinen haselnussbraunen Augen auf, und dann war die Regung verschwunden, als hätte es sie nie gegeben. In festem Ton entgegnete er: »Dann nehme ich meine Zusage von gestern Nacht zurück. Wir beenden unsere Affäre ohne die Klausel über Kontrolle.«

Kluger Mann. Bisher hatte sie sich eingeredet, dass sie dieser Klausel nur zugestimmt hatte, weil sie unbedingt Sex mit ihm haben wollte. Aber jetzt wurde ihr klar, dass da noch ein anderer Faktor mitspielte: ihre heimliche Neugierde auf Tabus.

Und nun hatte Jax sie vor die Wahl gestellt. Entweder sie würde ihr heimliches Verlangen eingestehen und sich ihm unterwerfen. Oder … sie würde an ihrem Stolz ersticken und sich die Gelegenheit entgehen lassen, eine ganz neue Seite an sich zu entdecken.

»Okay«, flüsterte sie.

Er umfasste fest ihre Hüften, seine Finger sanken in das Fleisch ihres Hinterns und hielten sie fest. »Okay, was, Vanessa? Was bedeutet das?«

Mit einem tiefen Atemzug verschränkte sie die Hände hinter dem Rücken. Sie war sich nicht sicher, was das Protokoll in dieser Situation vorsah, aber es schien die richtige Geste zu sein, um ihren Worten Nachdruck zu verleihen. »Ich will mich hingeben« – sie senkte den Blick, gleichzeitig beschämt und erregt –, »mich und meine Orgasmen will ich dir anvertrauen.«

Ein leises Knurren entrang sich seiner Brust, und sofort wurden ihre Brustwarzen hart. Es musste ihm ebenfalls aufgefallen sein, denn er hob die Hände, um ihre Kurven zu umfassen und die Daumen über die empfindlichen Knospen gleiten zu lassen.

»Ich kann nicht lügen, V. Das waren die erotischsten Worte, die ich je gehört habe. Und wie du in diesem Moment aussiehst – die Hände hinterm Rücken, während du mir diese wunderschönen Brüste entgegendrückst, die Lippen rot und voll, der Blick gesenkt und bereit für Instruktionen.« Er kniff ihr sachte in die Brustwarzen, was dazu führte, dass sie von einem Blitz purer Lust durchzuckt wurde. »Es ist das Sinnlichste, was ich je *gesehen* habe. Du könntest mein Untergang sein.«

Bevor sie ihn fragen konnte, was er damit meinte, stieß er in einer fließenden Bewegung nach oben in sie hinein, versenkte sich tief in ihr, bevor er ihr befahl zu beenden, was sie begonnen hatte. Sie verschwendete keine Zeit und fand leicht ihren Rhythmus und den Winkel, der es ihm erlaubte, jenen speziellen Punkt in ihr zu treffen. Als sie die Hände auf seine Arme hob, nahm er ihre Handgelenke und hielt sie wieder hinter ihr fest, während sie ihn bis an den Rand ihres Höhepunkts ritt.

»Jax?«, wimmerte sie.

»Noch nicht«, krächzte er.

Sie knirschte mit den Zähnen, während ihr der Schweiß in Strömen von den Schläfen rann und zwischen ihren Brüsten hindurchfloss. Sie hielt sich scharf am Rand eines Orgasmus, was eine süße Qual war, die sie niemals hätte beschreiben können. Wie konnte etwas so Quälendes sich so total umwerfend anfühlen? Vielleicht war es wie die sexuelle Version des Stockholmsyndroms, und sie würde von jetzt ab nur noch die Lust oder Pein brauchen, die Jax ihr geben konnte?

Eine Minute länger, und sie würde sterben, daran zweifelte sie nicht. Glücklicherweise schien er genauso zu empfinden, denn er sprach die Worte, die sie endlich erlösten. »Jetzt, Baby«, sagte er an ihrem Hals. »Lass mich jetzt mit dir kommen.«

Sie folgte seinem Befehl und betete dabei, dass er sie fest genug hielt, um zu verhindern, dass die Risse in ihrer Schutzmauer sie in eine Million Stücke zerspringen ließen.

Sanft in der Hängematte schaukelnd, mit Vanessa in seinem Arm, lag Jackson da und lauschte den besänftigenden Geräuschen der Wellen in der Ferne. Er fühlte sich friedlicher als je zuvor in den letzten zehn Jahren.

Klar, er war nicht unzufrieden gewesen. Glücklich sogar. Aber da hatte es immer auch dieses Gefühl des Unbehagens gegeben. Er war nie völlig mit sich im Reinen gewesen. Das Rätsel, wer seine wahren Eltern waren – wer *er* war –, hatte ihn belastet seit dem Tag, an dem er diese Papiere gefunden und erfahren hatte, dass sein bisheriges Leben eine einzige Lüge gewesen war.

Aber etwas an Vanessa brachte die vielen ungelösten Fragen in seinem Inneren zur Ruhe. Wie sie sich an ihn kuschelte, ihr Bein um seines geschlungen und ihre Hand über seinem Herzen, war überraschend tröstlich. Ganz und gar nicht erdrückend. Nicht wie bei den anderen Frauen, mit denen er zusammen gewesen war. Er gehörte nicht zu den Typen, die sich direkt nach dem Sex aus dem Staub machten, aber er brauchte Platz im Bett, und er stand nicht besonders darauf, anschließend zu kuscheln.

Doch heute Nacht hatte er sie in die Arme genommen, hatte sich das Laken vom Bett geschnappt und sie in die Hängematte gelegt. Dann hatte er sie vorsichtig in das Laken eingehüllt, gerade so, dass ihre Blöße bedeckt war.

Jax küsste sie auf den Kopf und fuhr fort, ihren Arm zu streicheln, während er die neuesten Erkenntnisse über seine falsche Verlobte bedachte.

Der Sex war überwältigend gewesen, gelinde gesagt. Er hatte in der vorigen Nacht schon einen Vorgeschmack darauf bekommen, aber es hatte ihn nicht darauf vorbereitet, wie es mit ihr sein würde, wenn sie völlig hemmungslos war. Das Wort *leidenschaftlich* beschrieb sie nicht einmal ansatzweise. Es war, als wäre sie von innen in Brand gesteckt worden, erfüllt von der verzweifelten Sehnsucht nach irgendetwas – oder irgend*jemandem* –, der die Flammen löschte, bevor sie sie verzehrten.

Sosehr sie um Kontrolle rang, war es doch nicht das, was sie wollte. Oder brauchte.

Fünf Minuten, nachdem er sie kennengelernt hatte, hatte er sie für einen totalen Kontrollfreak gehalten. Sie organisierte ihr Leben und die Menschen darin, so wie Feng-Shui-Enthusiasten ihre Wohnräume organisierten. *Ein Platz für alles, und alles an seinem Platz.* Denn so sorglos und amüsant sie nach außen hin auch wirkte, innerlich war sie so unbeugsam wie ein Soldat.

Sie war eine höllisch starke Frau, daran gewöhnt, die Führung zu übernehmen und Befehle zu erteilen. Das war wahrscheinlich einer der Gründe, warum sie und Lucie so gute Freundinnen waren. Lucie war auf keinen Fall ein geistloses Schaf, aber sie ließ lieber andere vorstürmen, während sie selbst im Hintergrund blieb.

Na ja, das hieß, bis Reid sie in die Finger bekommen hatte. Obwohl sie es immer noch nicht genoss, im Mittelpunkt zu stehen, hatte sie sich doch aus ihrem Kokon freigestrampelt. Als er sie vor einigen Monaten gesehen hatte, hatte sie vor Glück gestrahlt und sich endlich in ihrer eigenen Haut wohlgefühlt, und sie war bis über beide Ohren verliebt gewesen.

Aber seine Schwester war die letzte Person, an die er gerade jetzt denken wollte. Was er wirklich wollte, war dies: mehr über die rätselhafte Frau in seinen Armen zu erfahren. Eine Frau, die nach einer Ansammlung strenger Regeln lebte. Eine Frau, die in der einen Minute wild flirten konnte, um dann in der nächsten vollkommen dichtzumachen. Eine Frau, die Kontrolle brauchte, und sich doch so verzweifelt danach sehnte, dass man sie ihr nahm.

Gegensätze, die ihn jetzt ebenso anzogen, wie an jenem ersten Tag. Er hatte sich geschworen, diesen ganzen Mist, den er ihr da aufgetischt hatte, wiedergutzumachen. Und genau das würde er auch tun. Auf seine Weise. Während ihre leisen Atemzüge federzart über seine Brust strichen, konnte er sich nicht dazu überwinden, die Lügen zu bedauern. Schließlich hätte er sie ohne diese Lügen nicht so in den Armen gehalten. *Was* er bedauerte war, dass sie, sobald er ihr die Wahrheit sagte, wahrscheinlich nie wieder mit ihm sprechen würde. Und ihm obendrein einen Tritt in die Eier verpassen würde.

»Hey, V?«, fragte er leise.

»Mmmh-mmh.«

»Was dagegen, wenn ich dir eine persönliche Frage stelle?«

»Mach.«

»Wie bist du auf die Idee für deine Regeln gekommen?«

Sie versteifte sich in seinen Armen. »Ich habe dir gesagt, dass ich nicht darüber rede.«

»Das hast du.« Er fuhr fort, ihren Arm zu streicheln, bis er spürte, dass sie sich wieder entspannte. »Was hat es mit dem Seestern auf sich?«

»*Asteroidea.*«

»Was auch immer«, sagte er und hatte ein Déjà-vu.

»Aber es sind keine Sterne, also ist es nicht akkurat.«

»Nun, sie sind auch keine Asteroiden.« Er hätte sich am

liebsten selbst einen Schlag gegen den Kopf versetzt. Er machte einen Witz über etwas, das für sie offensichtlich von Bedeutung war. Es hätte ihm auch nicht gefallen, wenn sie ihn wegen seiner Blumentätowierung verspottete.

Doch zu seiner Überraschung stieß sie ein kurzes Kichern aus und ein »Touché«, womit sie ihn wieder einmal überraschte. Jedes Mal wenn er glaubte, zu wissen, was ihn erwartete, bewies sie, dass er sich irrte. Das gefiel ihm.

»Also, was ist die Geschichte dahinter?«, fragte er.

»Warum muss es eine Geschichte geben?«

»Jede Tätowierung hat eine Geschichte. Selbst wenn sie lautete: ›Ich habe mich gelangweilt, bin in einen Tattooladen gegangen und habe auf das erste hübsche Ding gezeigt, das ich gesehen habe.‹«

Sie reagierte erst, als die Hängematte fünfmal hin- und hergeschwungen war. Es war wohl ein weiteres Thema, das nicht zur Diskussion stand.

»In der Highschool hatten wir zwei Semester Unterricht in Meeresbiologie. Die Lehrerin sprach über all die verschiedenen Arten von Meeresgeschöpfen. Viele von ihnen waren wirklich bemerkenswert, aber als sie zu den *Asteroidea* kam, war ich fasziniert davon.«

»Warum das?«

»Sie sind klein, mit weichen, verletzbaren Unterbäuchen, daher sind die Rücken zäh mit winzigen Stacheln, die sie vor Raubtieren beschützen. Und wenn das nicht reicht, sind sie in der Lage, einen ihrer Arme loszulassen – buchstäblich ein Stück von sich selbst zu verlieren –, damit sie fliehen können. Es dauert lange, aber irgendwann wächst ihnen ein neuer Arm nach anstelle des verlorenen.«

Sie hatte nur Tatsachen aufgelistet. Genau wie ein Artikel in irgendeinem Lexikon oder in *National Geographic*. Und doch fiel es ihm nicht schwer, zwischen den Zeilen zu lesen. »Du fühlst dich mit ihnen verbunden.«

Jax spürte, dass sie sich kurz verkrampfte, dann entspannte sie sich Stück für Stück wieder, als sei es eine Übung, die sie häufig praktizierte. »Ja«, antwortete sie. »Das tue ich.«

Das hatte er sich gedacht. Ihr Eingeständnis war ein Riss in der Mauer, die sie um sich errichtet hatte. Aber er wollte keine Haarrisse. Er wollte, dass sie sich ihm vollkommen öffnete. Dass sie ihm ihre Geheimnisse anvertraute, sodass sie einige davon loswerden konnte und sich dadurch etwas leichter fühlen würde.

Fuck, als ob du selbst nicht genauso wärst.

Mit einem tiefen Seufzer sagte Jax etwas, von dem er sich geschworen hatte, dass er es zeitlebens zu niemandem sagen würde.

»Ich bin adoptiert worden. Deshalb bin ich hierhergezogen – um meine leiblichen Eltern zu finden. Es hat mehrere Jahre gedauert, aber schließlich habe ich erfahren, dass meine biologische Mutter von einem Mann, der sich mehrere Monate geschäftlich auf der Insel aufhielt, schwanger geworden war. Er hat sie irgendwann in ihrem dritten Trimester verlassen und ist nie zurückgekommen. Also hat sie mich zur Adoption freigegeben. Ich habe herausgefunden, dass sie in dem Jahr, bevor ich hierherkam, an irgendeiner Art von Infektion gestorben ist.«

»Jackson, das tut mir so leid. Lucie hat mir das nie erzählt.«

»Das liegt daran, dass sie es nicht weiß. Niemand weiß es.«

Sie legte den Kopf in den Nacken, damit sie ihn ansehen konnte, aber er schaute ihr nicht in die Augen. Er konnte nicht. Ein ohrenbetäubendes Schweigen umgab sie. Selbst die Wellen schienen innezuhalten, und die Palmen wiegten sich nicht länger in der Brise, während Vanessa die Tatsache verdaute, dass seine eigene Schwester diese wichtige Information nicht kannte. Das Geräusch seines Herzschlags trommelte in seinen Ohren und beschleunigte das Tempo, je länger sie nicht irgendwie reagierte.

»Ich verstehe nicht. Warum sollten eure Eltern es vor ihr geheim gehalten haben?«

»Sie haben es vor uns beiden geheim gehalten. Ich habe es erst nach dem Unfall erfahren, als ich die Adoptionspapiere fand.« Er stieß ein freudloses Lachen aus. »Warum ich nicht selbst zu der Schlussfolgerung gekommen bin, werde ich nie verstehen. In körperlicher Hinsicht bin ich ganz anders als meine Eltern und Lucie.«

Sie legte die Stirn in Falten. »Nach all diesen Jahren, warum hast du es Lucie nicht erzählt?«

»Am Anfang wollte ich dem Haufen Mist, mit dem sie bereits fertig werden musste, nicht noch mehr Probleme hinzufügen. Sie hatte gerade ihre Eltern verloren und wurde von ihrem kaum volljährigen älteren Bruder großgezogen. Zu sagen: ›Ach übrigens, ich bin nicht wirklich dein Bruder‹ fühlte sich nicht richtig an. Ich meine, ich bekam es nicht einmal in meinen *eigenen* Kopf, wie sollte sie das dann verstehen? Sie war ja noch so jung.«

»Aber es sind mehr als fünfzehn Jahre vergangen, seit eure Eltern gestorben sind. Warum hast du es ihr nicht irgendwann später erzählt?«

Jax rieb sich mit der freien Hand übers Gesicht und schob sie dann hinter den Kopf, als er einen tiefen Seufzer ausstieß. »Ich weiß es nicht. Wann immer ich daran dachte, es ihr zu erzählen, konnte ich es einfach nicht.«

Seine Kehle schnürte sich zu, und die Sterne über ihm begannen zu verschwimmen. Er schluckte hörbar dagegen an und blinzelte einige Male, bis er die Welt wieder scharf sah. Er hasste es, darüber zu reden. Hasste es, wie schwach es ihn klingen ließ. Aber er konnte nicht von Vanessa erwarten, dass sie sich ihm öffnete, wenn er so verschlossen blieb wie Fort Knox. Also schluckte er es runter und fuhr fort, die Dinge in Worte zu fassen, die bisher nur in seinem Kopf gewesen waren.

»Ich hatte wohl das Gefühl, als hätte ich meinen Status als Sohn bereits verloren. Lucie war alles, was ich auf der Welt noch hatte. Sie bedeutet mir alles. Ich könnte nicht damit fertig werden, wenn sie mich nicht länger als ihren Bruder betrachten würde.«

»Jackson, sieh mich an.« Als er sich nicht bewegte, nahm sie sein Gesicht und drängte ihn, den Kopf zu drehen. »Lucie würde dich auch in tausend Jahren niemals als etwas anderes sehen. Du bist ihr großer Bruder, der sich um sie gekümmert, sie beschützt und sie von ganzem Herzen geliebt hat. *Das* ist es, was du für Lucie bist, ganz gleich, was deine Gene sagen.«

Sein erster Reflex war, sich mit ihr zu streiten – ihr zumindest zu sagen, dass sie verschiedener Meinung waren –, aber sie war felsenfest davon überzeugt, dass ihre Worte der Wahrheit entsprachen. Das war ihr deutlich anzusehen. Also neigte er stattdessen den Kopf und fing ihre Lippen zu einem Kuss ein, der als Dankeschön gedacht war und als Punkt hinter diesem Thema. Er bedauerte es nicht, sich ihr geöffnet zu haben, aber jetzt brauchte er ein wenig Zeit, um die offene Wunde verheilen zu lassen.

Vanessa legte sich wieder neben ihn und schob den Kopf erneut zwischen seinen Hals und seine Schulter. Die Hängematte befand sich neben dem Zaun, der ihnen Privatsphäre geben sollte. Daher streckte Jackson den Arm aus und versetzte ihnen einen winzigen Stoß, schloss die Augen und versuchte nicht daran zu denken, was er gerade einer Frau offenbart hatte, die er kaum kannte.

Er wusste nicht, wie lange sie so dalagen, aber lange genug, dass Vanessa offenbar einschlief. Sie regte sich nicht, und ihre Atemzüge gingen völlig gleichmäßig. Daher zuckte er heftig zusammen und hätte die Hängematte fast zum Kentern gebracht, als sie unerwartet sprach.

»*NCIS*.«

Jax gab seinem Herzen Zeit, sich zu beruhigen. Verdammt, er sollte ihr den Hintern versohlen für diesen halben Herzstillstand, den sie ihm eben beschert hatte. »Was ist *NCIS*?«

»Es ist eine dieser Krimiserien im Fernsehen. Du weißt schon, wie *CSI*, aber angelehnt an die Marineeinheit.«

»Oh, richtig. Was ist damit?«

»Da habe ich die Idee für meine Regeln her.«

Er riss die Augen auf, bewegte aber keinen Muskel. Jetzt hatte sie seine Aufmerksamkeit. Die Frage war, wie weit würde sie sich ihm öffnen? Er wollte aufrichtig wissen, wie sie tickte. Warum sie so festgefahren in ihren Regeln war, dass sie sich sogar weigerte, sie auch nur das kleinste bisschen zu beugen. Da er das Thema aber nicht erzwingen wollte, blieb er still und wartete darauf, dass sie weitersprach.

»Weißt du, die Ehefrau der Hauptfigur hatte diese Regeln. Der Protagonist fand es niedlich und liebenswert. Aber dann wurde sie getötet, zusammen mit ihrer einzigen Tochter. Und danach fing der Protagonist an, selbst nach diesen Regeln zu leben und im Laufe der Jahre immer neue hinzuzufügen. Am Anfang der Serie hat er bereits über vierzig Regeln, die er seinen Mitarbeitern als Lektionen fürs Leben beibringt.«

»Also du hast die Serie gesehen, und die Idee hat dir so gut gefallen, dass du deine eigenen Regeln aufgestellt hast?« Er kannte sie nicht sehr gut, aber was er da eben gehört hatte, passte einfach nicht zu ihr. Es klang viel zu impulsiv. »Nichts für ungut, V, aber das kommt mir ein wenig extrem vor.«

»Tja, nun, wenn du nach einem besonders beschissenen Gespräch mit deiner Mutter allein eine ganze Flasche Tequila getrunken hast, klingen eine Menge extremer Dinge überraschend normal.«

Sehr vorsichtig richtete Jax sich auf seiner Seite der Hängematte auf, sodass er Vanessa in die Augen sehen konnte, während sie redeten. Er schob ihr eine abtrünnige Locke hinters Ohr und ließ sie durch die Fingerspitzen gleiten. »Soweit ich weiß, macht jedes Mädchen in seinem Leben eine Zeit durch, wo es mit seiner Mutter aneinandergerät.«

Ihr bitteres Lachen ließ die Haare in seinem Nacken zu Berge stehen. Sie sprach leise, aber der Tonfall ihrer Stimme war messerscharf. Während sie redete, starrte sie abwesend auf seine Brust, als würde sie dort etwas ganz anders sehen. Etwas in ihrer Vergangenheit. »Ich hätte mir nichts mehr gewünscht, als die üblichen Missverständnisse und irgendwelche kleineren Streitereien. Aber so war das leider nicht.«

Ursprünglich war es simple Neugier gewesen, die seine Fragen hervorgebracht hatte. Dann wurde es zu einer Herausforderung, weil sie sich weigerte, darüber zu reden, und ihn zwang, sich auf diese albernen Regeln einzulassen. Später hatte ihn der Zwischenfall beim Training beunruhigt; dass sie so stark darauf reagierte, dass er einen Mann geschlagen hatte, der es verdiente. Aber jetzt breitete sich etwas in seiner Brust aus, das sich stark nach dem Bedürfnis anfühlte, sie zu beschützen.

Eine Warnglocke erklang in seinem Kopf. Es war die Glocke, die ihm sagte, dass er im Begriff stand, den spielerischen Ringkampf zu beenden und stattdessen mit Vanessas Dämonen in den Käfig zu treten.

Er hörte immer auf diese Glocke. Sie warnte ihn, wenn die Dinge zu ernst zu werden drohten. Wenn er in eine Situation geriet, die er unmöglich gewinnen konnte. Und gerade jetzt sagte die Glocke ihm, dass er, wenn er auch nur einen Schritt weiterging, mit großer Wahrscheinlichkeit zu blutigem Brei geschlagen werden würde.

Er hörte *immer* auf diese Glocke.

Behutsam legte er einen Finger unter ihr Kinn, um ihren Kopf anzuheben, dann wartete er geduldig, dass sie ihm in die Augen schaute. Als er in ihre gequälten grünen Tiefen blickte, beschloss er, dass die Glocke zum Teufel gehen konnte.

»Erzähl es mir.«

Seine Augen lagen im Dunklen, doch sie wusste, dass er sie eindringlich ansah. Er wollte ihre Geschichte hören, wollte die Mauer durchdringen, die sie um ihre Vergangenheit errichtet hatte. Zog sie es wirklich in Erwägung, ihn hereinzulassen? Einen völlig Fremden?

»Hey.« Jacksons Finger zogen einen sanften Pfad über ihre Wange, bevor sie sich gerade weit genug in ihr Haar gruben, um seinem Daumen die Freiheit zu geben, ihre Wange zu streicheln. »Es ist okay. Nichts, was du mir erzählst, verlässt diese Hängematte. Ich schwöre es.«

Leute hatten früher schon ähnliche Dinge zu ihr gesagt, aber ihre Worte hatten hohl in Vanessas Ohren geklungen. Sie hatte in jungen Jahren gelernt, dass Menschen, nur weil sie etwas versprachen, ihre Versprechen noch lange nicht hielten.

Aber Jacksons Erklärung war anders. Er hatte es mit solcher Stärke und Aufrichtigkeit gesagt. Das war der Moment, in dem sie begriff, dass er kein Fremder war. Obwohl sie ihm vor drei Tagen zum ersten Mal begegnet war, hatte sie das Gefühl, ihn wirklich zu kennen. Nicht in dem Sinn, dass sie all seine Gewohnheiten und Lieblingssachen kannte. Aber sie wusste, was für ein Mensch er war. Er war loyal und aufrichtig. Und ganz gleich, ob sie einander morgen verachten würden, er würde niemals etwas wiedergeben, das sie ihm heute Nacht erzählte.

Sie konzentrierte sich auf die Kuhle an seinem Hals, holte zittrig Luft und wagte den Sprung ins kalte Wasser.

»Mein leiblicher Vater ist fortgegangen, als ich sechs war, und meine Schwester, Kat, war kaum drei. Ich erinnere mich nicht an ihn, und meine Mutter hat nie von ihm gesprochen, außer um über die Schulden zu keifen, die er uns hinterlassen hatte. Sie hat drei verschiedene Kellnerinnenjobs angenommen, um uns ein Dach über dem Kopf und Essen auf dem Tisch zu beschaffen. Aber sie war kein Roboter, und es dauerte nur wenige Monate, bevor der Stress und der Schlafmangel begannen, ihr wirklich unter die Haut zu gehen. Damals hat eins der Mädchen, mit denen sie zusammengearbeitet hat, sie mit Koks bekannt gemacht.«

»Scheiße.«

»Ja. Das hielt sie wach und gab ihr tonnenweise Energie, aber es bescherte ihr außerdem eine Sucht, und manchmal war eine weitere Tüte Koks wichtiger als die Lebensmittel für die nächste Woche.

Als ich acht war, hat sie mit der Arbeit als Kellnerin aufgehört, um eine lukrative Karriere als Prostituierte zu beginnen. Und zwar bei uns zu Hause. Dann brauchte sie sich nämlich nicht mehr um einen Babysitter zu kümmern, sondern all ihre Jobs kamen zu ihr. Zu jeder Tages- und Nachtzeit. Ich erinnere mich daran, dass Kat und ich mit unseren Spielsachen im Wohnzimmer gespielt haben, während sie ihre Lines geschnupft haben, bevor sie im Schlafzimmer zur Sache kamen.«

»Verdammt. Das muss ein Albtraum für dich und deine Schwester gewesen sein.«

»Nein, eigentlich nicht. Das waren Zeiten, in denen es noch ziemlich anständig zuging. Ich meine, obwohl meine Mom meistens unter Drogen stand, war sie immer noch einigermaßen gewissenhaft mit ihren Kindern. Überwiegend hat sie sich ganz gut um die alltäglichen Dinge gekümmert, und sie erlaubte keinem ihrer Klienten jemals, in unsere Nähe zu kommen. Aber dann hat sie Carl geheiratet.«

»Wer ist Carl?«

»Ursprünglich war er einer der Stammkunden meiner Mom. Jahrelang hat er versucht, sie dazu zu überreden, ihren Dealerzuhälter für ihn zu verlassen. Aber da er nicht viel besser dran war als wir, konnte meine Mom das nicht rechtfertigen. Dann starb seine Großmutter und hinterließ ihm ihr Haus und einen Haufen Geld. Überflüssig zu sagen, dass meine Mutter, als er ihr das nächste Mal einen Antrag machte, ihre Meinung änderte.«

»Wie alt warst du da?«

»Zwölf.«

»Also, was ist passiert, nachdem ihr bei ihm eingezogen seid?«

Sie zuckte die Achseln und wusste nicht, wie sie ihre Vergangenheit in Worte fassen sollte. Vor allem fürchtete sie sich davor, dass er sie gleich mitleidig ansehen würde. »Positiv war, dass meine Mom aufgehört hat, als Nutte zu arbeiten. Aber je länger wir bei Carl lebten, umso kontrollsüchtiger wurde er. Und wenn er trank – also meistens –, benutzte er gern seine Faust, wenn er dachte, dass irgendjemand ihn auch nur schief ansah. Ich habe mein Bestes getan, um Kat zu beschützen. Es kam nicht oft vor, aber wenn Carl sie im Visier hatte, provozierte ich ihn, sodass ich den Hauptteil abbekam. Ich sorgte dafür, dass wir zur Schule gingen und dass sie gute Noten bekam, und ich trug uns für jede mögliche Aktivität ein, die uns von zu Hause fernhielt.«

»Klingt für mich, als hätte deine Schwester extremes Glück gehabt, dass du für sie da warst.«

»Aber das war ich nicht. Nicht immer.« Vanessa schluckte und versuchte zu verhindern, dass ihre Kehle sich zuschnürte. »In meinem letzten Highschooljahr wurde Carl wegen Kokainbesitzes verhaftet. Er hatte einige Vorstrafen, daher verurteilten sie ihn zu sechs Jahren. Wir waren endlich sicher. Das waren acht gute Monate. Kat begann sogar, häufiger aus ihrem Schneckenhaus zu kommen.«

Sie wünschte, das wäre das Ende der Geschichte gewesen. Für sie und ihre Schwester kam das einem *Glücklich bis ans Ende ihrer Tage* so nah, wie es nur möglich war. Aber das war nicht das Ende. Und es war nichts Glückliches daran.

Ihre Augen wurden feucht, bis sie schließlich überquollen. Eine Träne glitt über ihre Schläfe, und die andere fiel von ihrem Nasenrücken. Jackson zog sie ein wenig näher an sich heran und drückte ihr einen Kuss auf den Kopf. Die festen Berührungen seiner Hand auf ihrem Rücken beruhigten sie weit genug, dass sie fortfahren konnte.

»Im zweiten Semester erhielt ich einen Brief, dass ich ein Stipendium bekommen würde. Ursprünglich hatte ich nicht geplant, aufs College zu gehen. Ich weiß nicht einmal, warum ich mich beworben hatte. Vielleicht um so zu tun als ob, ich habe wirklich keine Ahnung. Aber da Carl fort war … es war mein Ticket, um von zu Hause wegzukommen. Weg von meiner Mom, die niemals für mich da gewesen ist. Weg von einem Leben, das ich vergessen wollte. Einfach … weg.«

»Wer könnte dir daraus einen Vorwurf machen?«

Das war keine richtige Frage. Es war etwas, das Menschen sagten, wenn sie nicht wussten, was sie sonst sagen sollten. Bedauerlicherweise gab es eine Antwort auf diese Frage.

»Kat. Sie hätte jedes Recht der Welt, mir deswegen Vorwürfe zu machen«, sagte sie leise. »Sie tut es nicht, aber sie sollte es.«

Vanessa begann sich unruhig zu fühlen, und ihr Gehirn feuerte Fluchtbefehle auf ihren Körper ab. Ihre Haut juckte, wollte frei von Berührung sein, und die Muskeln in ihren Beinen zuckten, wollten laufen, um Abstand zwischen sich und ihre Vergangenheit zu legen.

»Wovon redest du? Du hast dich die ganze Zeit um deine Schwester gekümmert und ihr ein gutes Beispiel gegeben. Warum sollte Kat es dir vorwerfen, dass du etwas aus dir machen wolltest?«

»Weil … ich …« Sie bewegte die Beine und hob den Kopf, um ihn anzusehen, unsicher, was sie zu finden hoffte. Jemanden, der sie unterbrach? Ein magisches Portal, das sie in eine Paralleldimension sog? Obwohl sie draußen waren und sich der Nachthimmel über ihnen spannte, fühlte sie sich erdrückt. Gefangen.

»Hey, hey, hey.« Eine große, schwielige Hand nahm ihr Gesicht und lenkte ihre Aufmerksamkeit um. »Du wirst mir gerade ein bisschen zu flatterhaft, meine Süße. Komm, bleib hier bei mir.« Er streichelte ihre Wange und strich ihr das Haar aus dem Gesicht. »Gut so, Schätzchen. Atme ein paarmal langsam für mich durch.«

Ihr war nicht klar gewesen, wie nah sie einer Panikattacke gewesen war, bis er das sagte. Sie hatte die erste davon an jenem Tag erlebt, als sie erfuhr, was ihre Schwester durchgemacht hatte. *Oh Gott … Kat.* Vanessa schloss die Augen und konzentrierte sich auf Jacksons tiefe Stimme, die sie ermutigte, weiter tief Luft zu holen. Er hatte seine starken Arme um sie gelegt, die ihr jetzt Trost und ein Gefühl von Sicherheit boten.

Seine Lippen berührten ihre Stirn, warm, zärtlich und entspannender als eine Dosis Valium. »So ist es besser. Erzähl mir, warum du denkst, dass Kat dir einen Vorwurf machen sollte.« Sie wappnete sich gegen den Ansturm von Gefühlen, von denen sie wusste, dass sie nun kommen würden, und sprach mit zusammengepressten Zähnen. »Weil ich sie allein zurückgelassen habe. Ich wollte so unbedingt weg, dass ich mir eingeredet habe, sie würde ohne mich gut zurechtkommen.«

»Aber sie hatte nur noch drei Jahre Schule übrig, richtig? Und da Carl …«

»Meine Mom fand einen Ersatz«, sagte sie scharf. »Tommy. Soweit ich später erfahren habe, war er ein weiterer Alkoholiker. Er war kein wütender Trinker. Aber ich denke, er war etwas Schlimmeres. Und Kat war diejenige, die gelitten hat.«

Sie spürte, dass er sich verkrampfte, die Muskeln unter ihrer Wange blieben angespannt. »Was ist passiert?«

»E… er …« Vanessa erschauderte, während die dunklen Erinnerungen an den Wänden ihres Gehirns entlangglitten und sich stetig dem Licht näherten. Sie konnte sie jetzt nicht mehr aufhalten. Sie waren der Oberfläche zu nah. Es blieb ihr nichts anderes übrig, als sie kommen zu lassen und darauf zu vertrauen, dass sie sie am Ende dorthin würde zurückschieben können, wo sie hingehörten. »Ich denke, er hat sie missbraucht … sexuell.«

»Jesus.« Die Heftigkeit in seiner Stimme sandte ein Schaudern über ihr Rückgrat. Er musste es gespürt haben, denn er nahm sie fester in die Arme. »Es tut mir leid, Schätzchen, ich wollte dir keine Angst machen.«

»Das hast du nicht.« Er hatte es doch. Und sie hasste es. Diese Frau – dieses *Mädchen* –, das sie wurde, wenn sie ihre Vergangenheit aufschloss, war *nicht* sie. Nicht nach außen hin. Nicht mehr. Nicht mehr, seit sie ihre Regeln aufgestellt hatte.

»Du bist dir also nicht sicher, was passiert ist?«

Sie schüttelte schwach den Kopf. »Eine von Kats Freundinnen hat mich angerufen und gesagt, der neue Freund meiner Mom sehe Kat an, als sei sie seine nächste Mahlzeit, und dass

Kat sich noch mehr zurückziehe als gewöhnlich. Ich habe Kat angerufen und versucht, sie dazu zu bringen, mir zu erzählen, was los war. Aber sie sagte nur immer wieder, es gehe ihr gut und ich solle mich auf das College konzentrieren. Dass ich weggekommen sei und dass ich dort bleiben müsse.

Also habe ich meine Mom angerufen. Ich habe ihr erklärt, dass ich den Verdacht hatte, dass Tommy Kat belästige, aber sie weigerte sich, mir zu glauben. Ich habe geschrien. Ich habe gebettelt. Aber nichts, was ich tat, hat auch nur den kleinsten beschissenen Unterschied gemacht.« Vanessa holte tief Luft und stieß den Atem wieder aus, und die Enge in ihrer Brust verschlimmerte sich, während ihre Rippen sich zusammenzogen. »Ich habe Kat noch einmal angerufen. Ihr gesagt, dass ich, sobald ich mir das Ticket leisten könnte, nach Hause fliegen würde. Aber sie ist ausgeflippt. Sie hat mir das Versprechen abgenommen zu bleiben. Hat gesagt, sie würde sich etwas antun, wenn ich ihretwegen nach Hause käme.«

»Oh, Baby, es tut mir so leid. Ich weiß, du musst dich hilflos gefühlt haben, aber sie hat es getan, weil sie dich liebte und das Beste für dich wollte.«

Ja, dachte Vanessa. Das war ihr klar. Aber es sprach sie nicht von dieser erstickenden Schuld frei. Die Tränen strömten jetzt stetig, und ihr Atem stockte zwischen den Schluchzern. Jax zog sie näher an die solide Wand seiner Brust heran, und das stetige Schlagen seines Herzens überzeugte ihres, sich zu verlangsamen und seinem Rhythmus zu folgen, bis die Hysterie endlich verschwand und sie sich genug beruhigt hatte, um die Geschichte zu Ende zu erzählen.

»Das war die Nacht, in der ich eine ganze Flasche Tequila getrunken habe, während ich mir mit Lucie *NCIS* angesehen habe. Und das war die Nacht, in der ich beschloss, eine Reihe von Regeln aufzustellen, die mich so weit wie möglich von dem

Leben fernhalten würden, mit dem ich aufgewachsen war.« Sie neigte den Kopf nach hinten, um ihm in die Augen zu sehen. »*Das* ist der Grund, warum meine Regeln mir so wichtig sind. Es mag vielleicht ein wenig seltsam sein, woher die Idee dafür kam, sogar albern … aber ich weiß, wenn ich sie befolge, werde ich niemals wie sie werden, und ich werde mich auch niemals mit einem von ihnen einlassen. Niemals.«

»Oh, Schätzchen … ich kann nicht behaupten, dass ich deinen Regeln zustimme, aber ich verstehe jetzt, warum du sie hast. Ich bewundere dich so sehr. Jetzt noch mehr. Weil ich weiß, dass du die stärkste Frau bist, die mir je begegnet ist.«

Vanessa schüttelte den Kopf, aber er machte dem schnell ein Ende.

»Doch, das bist du.« Er kam weiteren Beteuerungen zuvor, indem er ihren Mund mit einem süßen Kuss verschloss. Dann zog er sich zurück und musterte sie, seine Stirn gerunzelt, als bewege er einen Gedanken in seinem Kopf hin und her. Er öffnete den Mund, um zu sprechen, aber dann zögerte er und schüttelte den Kopf. »Du kannst morgen mit mir darüber streiten. Jetzt will ich, dass du die Augen schließt und ein wenig schläfst.«

Seine Worte ließen ihre Lider schwer werden, bis sie sie nicht länger offen halten konnte. Mit einem tiefen Seufzer tat sie wie geheißen und schob den Kopf unter sein Kinn. Er brachte die Hängematte wieder zum Schaukeln, und Momente später fiel Vanessa zu den Geräuschen der Wellen am Strand und dem stetigen Schlagen seines Herzens in einen tiefen Schlummer.

TAG 4: MITTWOCH

Als Jax erwachte, lag ein rothaariger Engel über ihm, dessen leise Atemzüge über seine Brust streiften. Spät in der vergangenen Nacht, nachdem sie fest eingeschlafen war, hatte er Vanessa hinüber ins Bett getragen und sich neben sie gelegt. Sobald er sie wieder fest an die Brust gedrückt hatte, ließ er seine Lider zufallen. Danach erinnerte er sich an nichts mehr, bis die Sonne vor wenigen Minuten über sein Gesicht gekrochen war.

Er genoss es, die Finger mit ihren Locken spielen zu lassen, bis Vanessa schließlich ebenfalls von der Sonne geweckt wurde. Sie schaute zu ihm auf, ihre Lider noch schwer vom Schlaf und mit Fragen in ihren Augen. Er vermutete, dass sie sich vielleicht verletzlich fühlte, nachdem sie in der vergangenen Nacht so viel von ihrer Vergangenheit mit ihm geteilt hatte, daher zögerte er nicht, sie mit einem zärtlichen Kuss zu beruhigen.

Als er sich zurückzog, belohnte sie ihn mit ihrem strahlenden Lächeln. Von Anfang an hatte dieses Lächeln seine Rüstung durchdrungen. Aber dieses spezielle Lächeln tat mehr als das. Es schaffte es, sich um sein Herz zu schließen, und das Seltsamste von allem war … es machte ihm nicht einmal etwas aus. Tatsächlich fühlte es sich verdammt gut an.

Sie gab ihm noch einen weiteren schnellen Kuss und bedachte ihn dann mit einem strengen Blick. »Wenn ich aus der Dusche komme, erwarte ich, dass Kaffee für mich bereitsteht. Und falls du zufällig auch Speck und Eier da hättest, würde ich nicht Nein dazu sagen.«

Es war so verdammt süß, wie sie dachte, sie habe das Sagen. Er salutierte mit einem »Ja, Ma'am« und beobachtete, wie sie nackt ins Badezimmer schlenderte, was seinen Schwanz dazu veranlasste, auf seine eigene Art zu salutieren. Sobald er die Dusche rauschen hörte, rief Jax den Zimmerservice an, bestellte ein Frühstück, das einer Königin würdig wäre, und gab die Anweisung, es vor ihrer Tür abzustellen. Dann schritt er ins Badezimmer.

Die Dusche war eine riesige offene Kabine, groß genug für vier Personen, ohne Tür. Die drei Duschköpfe – je einer an jeder Seite und der dritte direkt an der Decke – waren im hinteren Drittel der gekachelten Wände angebracht, um zu verhindern, dass Wasser hinausspritzte. Eine Schaltanlage an der Wand erlaubte es dem Benutzer, seine Präferenzen zu wählen. Im Augenblick hatte Vanessa nur die Duschköpfe an den Seiten angestellt. Ihr Haar war noch trocken, und sie war damit beschäftigt, ihren Körper mit einem seifigen Schwamm abzuwaschen.

Da sie von ihm abgewandt stand, hatte sie ihn nicht eintreten hören oder ihn gesehen. Was perfekt war.

Als sie unter das Wasser trat, bildeten sich Seifenbläschen und glitten ihren wunderschönen Körper hinab. Voller Verzückung beobachtete er, wie sie über die Kurven ihrer Hüften und um die runden Kugeln ihres Hinterns flossen. Der Raum wurde feucht von Dampf. Jackson schnupperte. Ein zarter Duft nach Orangen und etwas anderem stürmte auf seine Sinne ein und machte ihn verrückt.

Vanessa drehte die Deckenbrause an und fuhr sich mit den Fingern durch ihr langes Haar. Die leuchtend roten Locken wurden unter dem Gewicht des Wassers glatt und fielen ihr über den Rücken, wie Flammen, die an ihrer Haut leckten. Sie sah überirdisch aus, wie etwas aus einem Film von James Cameron.

Außerstande noch länger danebenzustehen, streifte Jax sich das Kondom über, das er sich auf dem Weg ins Bad geschnappt hatte, und trat in die Kabine. Ohne Vorwarnung schlang er die Arme um sie. Da er ihren Schreck erwartet hatte, hielt er sie fest. Sobald sie seine Stimme hörte, entspannte sie sich und versuchte sich umzudrehen.

»Nein. Bleib so.«

»Jackson Maris, ich bringe dich um dafür, dass du mich so erschreckt hast.«

Er presste seinen steinharten Schwanz gegen ihren Hintern. Mit einem leisen Lachen entgegnete er: »Das glaube ich nicht.«

»Nun, das wirst du mir definitiv büßen«, erwiderte sie ohne große Überzeugung. »Jetzt verschwinde von hier, damit ich das hier beenden kann.«

Er bewegte die Hände, um an ihre Brüste zu kommen, und drückte sie leicht. »Bedauerlicherweise reagiere ich nicht sehr gut auf Strafen. Aber wenn du dich recht erinnerst, genieße ich es durchaus, welche auszuteilen.« Bei der Erwähnung der Eskapaden der vergangenen Nacht entrang sich ihren Lippen ein winziges Stöhnen. »Und ich habe jede Absicht, dich beenden zu lassen, was du angefangen hast.«

Bevor ihr ein weiterer schwacher Einwand einfiel, drückte er sie gegen die hintere Wand und schob die rechte Hand bis nach vorn, um ihre Klit zu berühren. Dies würde auf keinen Fall eine langsame Verführung werden. Sein Ziel war es, sie scharf zu machen und so tief wie möglich in sie einzutauchen.

»*Gott ja, da, mehr.*«

Er wusste genau, wo. Obwohl sie erst zweimal Sex gehabt hatten, hatte er jedes Stöhnen und jedes Keuchen vermerkt, jedes Wölben ihres Körpers. Und er hatte gelernt, was sie mochte und wie sie es mochte. Jede Frau war anders. Nur ein Idiot nahm an, dass alle auf dieselbe Weise befriedigt werden konnten.

Allerdings musste er zugeben, dass auch er gedacht hatte, Stöhnen sei Stöhnen und Keuchen sei Keuchen. Dass die Reaktionen alle gleich seien und der Unterschied nur darin lag, wo und wann sie hervorgerufen wurden.

Aber Vanessas Reaktionen waren wie eine Sprache. Eine, die er noch nie zuvor gehört hatte und die er doch so mühelos verstand, als sei sie seine eigene. Die Geräusche, die sie von sich gab, erhitzten sein Blut, beschleunigten seinen Puls, und machten seinen Schwanz härter als Stahl.

Er umkreiste die empfindliche Knospe mit einer Fingerspitze und neckte sie gnadenlos, hielt sie gefangen, während Vanessa in seine Hand hineinstieß, um noch mehr Reibung zu erzeugen. Sie griff hinter ihn und grub ihm die Nägel in den Hintern. Die scharfen Stiche in sein Fleisch waren wie Sporen bei einem Pferd und drängten ihn, schneller zu machen. Mit jeder anderen Frau hätte er keinen zweiten Gedanken daran verschwendet, aber er wusste, dass es bei Vanessa ihre Art war, etwas von ihrer Kontrolle zurückzugewinnen. Wenn sie die gewünschte Reaktion bei ihm erzielte, war es ein Punkt für sie.

Aber dies war nicht ihr Rodeo.

»So nicht, meine Süße.« Jackson packte ihre Handgelenke und hielt sie mit einer Hand über ihrem Kopf fest. »Ich sage, wo es langgeht. Je eher du das begreifst, desto besser.«

»Ich …«

Er umfasste mit der freien Hand ihren Kiefer, drehte ihren Kopf zu sich um. Dann senkte er den Mund auf ihren und erstickte alles andere, was sie hatte sagen wollen. Seine Lippen pressten ihre auseinander, seine Zunge schob sich hinein und übernahm das Kommando.

Sie rieb ihren Hintern an seinem Schwanz. Er stöhnte, ein

Geräusch, das sie gierig aufnahm, bevor er seinen Mund von ihrem losriss und weiterzog. Nachdem er sich seinen Weg über ihren straffen Hals nach unten gebissen hatte, griff er wieder um sie herum und stieß ohne weitere Einleitung seinen Mittelfinger in ihre feuchte, heiße Öffnung. Sie schrie auf, ihre Ekstase hallte an den gekachelten Wänden wider, und ließ ihn noch steifer werden. Rein und raus, wieder und wieder.

»Oh, Gott, ich bin gleich da. Jax, *bitte!*«

Er hielt den Finger in ihr still. »Bitte was?«, knurrte er ihr ins Ohr.

»*Jackson!*«

Seine kleine Wildkatze wurde frech. Er war froh, dass sie sein Grinsen in dieser Position nicht sehen konnte. Wahrscheinlich hätte sie sonst ausgeholt und ihm eine gescheuert, allein schon dafür, dass er sie kurz vor dem Höhepunkt hängen ließ. Aber so locker er in anderen Dingen vielleicht auch sein mochte, gab es doch zwei Bereiche, in denen er auf Dominanz beharrte. Kämpfen und Sex.

»Bitte *was,* Vanessa? Ich mache keine weitere Bewegung, bis du es gesagt hast.«

Sie stöhnte, ihre Muskeln zogen sich flehentlich um seinen Finger zusammen und bettelten um das, was zu fragen sie sich so schwertat. Unterwerfung war immer noch ein fremdartiges Konzept für sie, aber das bedeutete nicht, dass sie es nicht wollte. Es bedeutete nur, dass sie jemanden brauchte, der ihr geben konnte, was sie wollte. Jemanden wie ihn.

»Bitte, Jax …« Endlich sagte sie die magischen Worte, leise und voller Verlangen. »Nimm mich. Lass mich kommen.«

»Braves Mädchen.« Seine Lippen brannten einen Pfad von ihrer Schulter nach oben, ihre Kehle hinauf und über ihre Ohrmuschel, bevor er flüsterte: »Ich liebe es, wenn du bettelst, V. Ich hätte gut Lust, dich noch länger hinzuhalten, nur um mehr davon zu hören.« Sie wimmerte. »Scht, keine Sorge. Dafür will ich im Moment meinen Schwanz viel zu sehr in dir versenken. Spreiz die Beine für mich, Baby.«

Er zog den Finger heraus und ließ ihn nach oben und über ihre schwellende Klitoris gleiten, sodass sie zusammenzuckte. Dann packte er seinen Schaft, gab den Befehl: »Weiter auf«, während er ihre Beine leicht nach außen stieß. Schließlich beugte er die Knie, um unter sie zu gelangen, und rieb die empfindliche Spitze seines Glieds über ihrer Öffnung hin und her. Er spürte, dass sie versuchte, sich auf ihn zu stülpen, dass sie darauf brannte, ausgefüllt zu werden. Als keiner von ihnen die Neckerei länger aushalten konnte, richtete er sich auf und drang tief in sie ein, sandte sie beide in einen Strudel überwältigender Gefühle.

Während er laut aufstöhnte, gelang es ihm, ihre Hände von der Wand zu ziehen und sie hinter seinen Kopf zu legen. »Beweg sie nicht.« Er grub die Finger Halt suchend in ihre Hüften und presste seine Brust an ihren Rücken. Ihre Brüste klatschten gegen die Wand, die Spitzen prall und rot. Bei der Erinnerung daran, wie er sie gesaugt und geleckt und gebissen hatte, lief ihm das Wasser im Mund zusammen, und er fühlte sich versucht, sie umzudrehen, damit er die Nacht zuvor noch einmal durchleben konnte. Aber stattdessen verdoppelte er seine Anstrengungen, sie beide über die sprichwörtliche Klippe zu jagen.

Er legte die Hand unter ihr linkes Bein und zog es hoch, öffnete sie weiter und konnte dadurch noch tiefer eindringen. Ihre Nägel bohrten sich in seine Kopfhaut, sandten Ströme der Ekstase und des Schmerzes sein Rückgrat hinunter.

Die Wasserstrahlen der Dusche trafen immer noch auf ihre Körper und machten sie rutschig, sodass sie ohne Reibung aneinander hin und her glitten. Das Badezimmer hallte wider von einer Sinfonie aus Ächzen, Stöhnen, Keuchen und Schreien, deren Urheber man nicht mehr im Einzelnen ausmachen konnte.

»So verdammt eng«, brachte er heiser hervor und grub den Kopf in ihren Hals. »Fühlt sich so verflucht gut an.«

Er ließ ihre Hüfte los, und seine rechte Hand fand ihre Klitoris wieder und begann einen fiebrigen Tanz darüber hinweg, während er fortfuhr, in einen Himmel hineinzustoßen, den er so nie gekannt hatte.

»Oh! Ich … ich komme …«

Sie schrie seinen Namen und kratzte blutige Furchen in seine Schultern, während sie sich um ihn zusammenzog. Schmerz mischte sich mit Wonne, während sein Schwanz wieder und wieder in diese feuchtheiße Enge eingesogen wurde, bis auch sein letzter Geduldsfaden riss. Mit einem machtvollen Stoß bohrte Jax sich tief in sie hinein und ergoss sich in ihr.

Er war sich nicht sicher, wie lange sie dort standen und keuchten, während das Wasser weiter auf sie herabregnete. Aber schließlich fand er die Kraft, sich aus ihrem Körper gleiten zu lassen und das Kondom zu entsorgen. Dann drehte er sich um und nahm sie wieder in die Arme. Vanessa ließ sich entspannt gegen ihn sinken und erwiderte leidenschaftlich seinen Kuss.

Als der Kuss endete, schaute sie ihn mit kristallklaren Augen voller Vertrauen und absoluter Zufriedenheit an … und genau in diesem Moment verlor er einen Teil von sich an sie. Welcher Teil genau das war, konnte er nicht sagen.

Aber da gab es ja noch diese Lüge. Sie brannte wie Säure in seinem Inneren, vor allem in Augenblicken wie diesem. Er wusste, dass er es Vanessa erzählen musste, und je länger er wartete, umso schlimmer machte er die Dinge. Aber wann immer er dachte, er könne es tun, drehte ihm die Angst, sie zu verlieren, den Magen um, bis er es dann doch nicht tat. Diese verdammten Regeln. *Warum? Weil sie sichergehen will, dass sie mit einem anständigen Typen zusammen ist. Nicht ganz unverständlich, oder?* Nein, unverständlich war vielmehr seine eigene Feigheit. Aber damit war jetzt Schluss. Er würde sich zusammenreißen, und es Vanessa sagen.

Später.

Nachdem sie ihr gemeinsames Frühstück genossen hatten, ging V los, um irgendwelchen Hochzeitskram mit Franklin zu erledigen, und Jax nutzte die wenigen Stunden, um zu trainieren. Anschließend sprach er eine Zeit lang mit seinem Trainer darüber, ihn für den nächsten Kampf aufzustellen. Er war der Letzte, der nach dem Training unter die Dusche ging, daher hatten die anderen Männer sich bereits umgezogen oder waren gegangen.

Als er sich vorbeugte, um das Wasser aufzudrehen, zuckte er vor Schmerz zusammen. Er hatte Corey angewiesen, sich bei ihrem Sparring nicht zurückzuhalten. Der Mann hatte seine Bitte mehr als erfüllt. Und nun hatte Jax einen ordentlichen Muskelkater und war sich mehrerer Bereiche an seinem Körper bewusst, die in den nächsten zehn Minuten dank Coreys wohlplatzierten Muay-Thai-Tritten blau anlaufen würden.

Er duschte schnell fertig und rubbelte sich auf dem Weg zum Spind mit energischen Bewegungen den Kopf trocken. Er musste sich bald mit Vanessa treffen, und wenn er zu spät kam, würde sie ihm deswegen ewig in den Ohren liegen.

»Ich fand den Kniestoß verdammt beeindruckend, den du bei meinem letzten Clinch gegen die Brust gekriegt hast.«

Jackson riss den Kopf herum und sah Corey rittlings auf einer Bank sitzen, mit einem selbstgefälligen Grinsen auf dem Gesicht. »Himmel, Arsch und …«, murmelte er, während er sein Spind öffnete und seine Kleider auf der Bank neben sich aufhäufte. »Sehr witzig, Arschloch. Was machst du noch hier?«

»Ich wollte mich davon überzeugen, dass du in der Lage bist, auf deinen eigenen Beinen hier rauszugehen, nach der Tracht Prügel, die ich dir verpasst habe.«

Jax grunzte zur Antwort. Normalerweise war er dem Mann verbal gewachsen, Stich für Stich, aber ihm war gerade nicht nach Scherzen zumute.

»Im Ernst, Kumpel, was ist los? Du bist heute nicht du selbst. Im Käfig war es fast so, als wolltest du, dass ich dir ein paar Rippen breche.«

Nachdem er seine blauen Boardshorts angezogen hatte, setzte Jax sich auf eine Bank und musterte den Mann, der hier auf Hawaii zu so etwas wie seinem besten Freund geworden war. Dabei fuhr er sich mit der Hand übers Gesicht und registrierte undeutlich die Bartstoppeln, die er nach der Duscheskapade mit Vanessa heute Morgen nicht mehr rasiert hatte.

»Hast du jemals an Dinge geglaubt und jahrelang in diesem Glauben gelebt, bis dich ein einziger Vorfall plötzlich auf die Idee bringt, dass du dich geirrt hast? Oder dass es zumindest an der Zeit wäre, die Dinge anders zu betrachten?«

»Ja, sicher. Ich denke, das passiert jedem irgendwann mal.« Coreys kniff die Augen zusammen. »Gibst du das Kämpfen auf? Hast du da draußen *versucht,* verletzt zu werden? Denn das ist einfach bescheuert, Mann.«

»Fuck, nein. Es ist nichts in der Art.« Jax seufzte, stand auf und nahm seine Sporttasche aus dem Spind. Wie sollte er seinem Freund klarmachen, dass er sein Äußeres nur dem anpassen wollte, was die Schuldgefühle mit seinem Inneren anstellten? Er würde sich anhören wie ein verdammter Irrer. Teufel, vielleicht war er ein verdammter Irrer. »Vergiss es einfach. Es ist nichts.«

Corey kam zu ihm herüber und lehnte sich mit verschränkten Armen gegen die Spinde. »Hat das etwas mit diesem Mädchen zu tun, das du am Montag mitgebracht hast? Vanessa, richtig?«

Jax packte den oberen Rand der Spindtür und sah seinen Freund an, suchte nach irgendwelchen Anzeichen von gesteigertem Interesse. Als er begriff, dass er das Metall so fest umklammert hatte, dass es ihm in den Zeigefinger schnitt, schreckte er aus seinem verrückten Anfall von Eifersucht hoch. Kopfschüttelnd saugte er sich das Blut vom Finger und zog sein T-Shirt an. »Ja, Vanessa. Ich nenne sie außerdem Red Viper, Prinzessin und hinter ihrem Rücken Die-Frau-die-mich-verdammt-noch-mal-in-den-Wahnsinn-treibt.«

Corey brach in Gelächter aus, aber Jackson wusste, dass das nicht auf seine Fähigkeiten als Komiker zurückzuführen war. »Was ist so witzig?«

Sein Freund bemühte sich um eine ernste Miene, konnte aber das breite Grinsen nicht völlig unterdrücken. »Jetzt ergibt alles einen Sinn. Du hast endlich jemanden kennengelernt, der dich völlig verwirrt. Willkommen im Reich der Normalsterblichen, Maris.«

»Die Frau ist ein totales Rätsel, wenn sie also irgendetwas verwirrt, dann ist es vor allem mein Gehirn, denn nichts an ihr ergibt einen verdammten Sinn.«

Lügner!

Jax sagte seinem Unterbewusstsein, dass es die Klappe halten solle. Es war keine totale Lüge. Vanessa *war* rätselhaft. Er war noch nie jemandem wie ihr begegnet. Und obwohl sie sich nicht so leicht durchschauen ließ wie die meisten anderen Frauen, war er zuversichtlich, dass er sie verstand. Vielleicht sogar besser, als sie sich selbst verstand.

»Komm schon, Maris, mir kannst du nichts vormachen. Ich

kenne dich vielleicht nicht so gut wie Andrews, aber ich kenne dich seit Langem. Ich habe dich mit jeder Menge Frauen gesehen, und keine von ihnen – selbst diejenigen, mit denen du eine sogenannte Beziehung hattest – hat dich mehr beeindruckt als ein großes Steak. Gib's zu. Du stehst wirklich auf dieses Mädchen.«

Jax schloss sein Spind und lehnte sich neben seinen Freund. Er konnte es nicht leugnen, und er war auch nicht der Typ dazu. Er war immer ehrlich zu den Leuten gewesen. Weshalb jede Art von Beziehung, die er mit Frauen hatte, immer damit endete, dass sie ihn verließen. Er verbarg niemals die Tatsache, dass es für ihn mehr eine Freundschaft mit etwas zusätzlichem Sex war. Die Frauen erwarteten immer, dass seine Gefühle mit der Zeit wachsen würden, und wenn sie es nicht taten, schickten sie ihm einen *Lieber-Jax*-Brief.

»Sie ist so anders, Mann. Sie ist halsstarrig und anspruchsvoll und festgefahren …« Er atmete aus und ließ den Kopf nach hinten fallen. Das Klappern des Metalls hallte in dem leeren Raum wider. »Und obwohl wir während der letzten paar Tage zusammengewohnt haben, kann ich, wenn ich nicht bei ihr bin, nur an sie denken.«

»Sie wohnt bei dir?«

»Nein, wir wohnen im Mau Loa. Es ist eine lange Geschichte und nicht wichtig. Der Punkt ist, uns bleibt nur Zeit bis morgen Abend. Und der Gedanke, danach nur Freunde zu sein, weckt in mir den Wunsch, gewalttätig zu werden.«

»Sie geht am Freitag aufs Festland zurück, hm?«

»Nein, sie ist noch die ganze nächste Woche hier, aber sie hat festgelegt, dass unsere Affäre nur drei Tage dauert.« Corey öffnete den Mund, doch Jax streckte eine Hand aus. »Frag nicht. Lassen wir es dabei bewenden, dass sie es glasklargemacht hat, dass sie nicht nach mehr sucht. Die Sache ist aber, dass ich denke, sie *will* vielleicht mehr, nur die Sachen aus ihrer Vergangenheit machen ihr Angst.«

»Hör mal, ich bin kein Experte, aber wenn du denkst, da ist mehr drin als ein paar Bettspielchen – und für mich klingt es so, als wäre das der Fall –, dann bist du es euch schuldig, es zu versuchen.«

»Sie wird es so nicht sehen.«

»Dann stimme sie um.«

»Du kapierst es nicht.« Jax sah seinen Freund an und verschränkte die Arme. »Sie hat diese Regeln, nach denen sie lebt. Nicht nur Sprüche. *Regeln.*«

»Dann bring sie dazu, sie zu brechen.« Corey schlug ihm auf die Schulter und ging hinüber, um seine Tasche aus dem Spind zu nehmen, bevor er zur Tür ging. Er drehte sich noch einmal um und fügte hinzu: »Wenn du mich fragst, Mann, ich würde lieber kämpfen und verlieren, als gar nicht erst in den Käfig zu steigen.«

Als sich die Tür hinter seinem Freund schloss, fuhr Jax sich mit beiden Händen übers Gesicht. Coreys letzte Worte klangen noch immer in seinen Ohren nach. Der Mann konnte nicht nur ordentlich Schläge austeilen, er war auch ganz gut mit Ratschlägen, denn er hatte völlig recht …

Gewinnen oder verlieren, er würde in den Käfig treten.

Vanessa sah sich im *Duke's* um. Die Atmosphäre erinnerte sie an ihr Lieblingspub zu Hause, das *Fritz's*. Hier trafen sich die Einheimischen, um sich bei einem guten Bier mit guten Freunden zu entspannen.

Der einzige echte Unterschied waren die Touristen, die die Bar belagerten. Auch die Ästhetik war etwas anders. Das *Fritz's* war dunkel mit holzvertäfelten Wänden, schwarzen Vinylbänken und Hockern, während im *Duke's* walnussfarbene

Holzmöbel unter einer Dachkonstruktion im Südsee-Stil standen. Die Wände waren offen und gaben den Blick frei auf den Strand von Waikiki und den gewaltigen Pazifik dahinter.

Jax war losgegangen, um ihnen zwei Bier von der Theke zu holen, während sie einen kleinen Tisch fand, ironischerweise neben der einzigen Dartscheibe im Lokal. Daneben war ein Zettel geheftet, um die Gäste darüber zu informieren, dass die elektronischen Komponenten des Spiels nicht mehr funktionierten. Aber die Pfeile steckten noch im Brett, also war die Scheibe benutzbar.

Vanessa schaute nach draußen. Der Strand von Waikiki war absolut umwerfend. Sie hatte den Nachmittag auf einem Jet-Ski verbracht, die Arme um Jackson geschlungen. Der Wind hatte ihnen durchs Haar gepeitscht und ihnen ihr Lachen direkt aus dem Mund gestohlen.

An einem Punkt war eine Schule von Delfinen neben ihnen hergeschwommen und alle paar Sekunden aus dem Wasser gesprungen. Natürlich hatte sie bei Besuchen in Seaworld und irgendwelchen Zoos schon öfter Delfine gesehen. Aber die Tiere in freier Wildbahn zu erleben, war mehr als grandios. Mit ihrer Schnelligkeit und ihrer Anmut zogen sie einen sofort in ihren Bann, und Vanessa war enttäuscht gewesen, als ihre Wege sich schließlich trennten.

Doch ihre Stimmung hatte sich erheblich aufgehellt, als Jax den Jet-Ski in eine kleine Bucht lenkte, auf drei Seiten von hohen Klippen umringt und mit nur einem schmalen Zugang dazwischen. Irgendwie hatte sie es geschafft, sich umzudrehen, sodass sie vorn saß, ihm gegenüber.

»Mmmh«, hatte er gesagt, während er seine starken Arme um sie geschlungen und ihr einen Kuss gegeben hatte. »Sosehr ich dieses Sitzarrangement mag, Babe, ich glaube kaum, dass es besonders sicher ist, mit dir auf meinem Schoß zu fahren.«

»Oh, ich plane nicht, so zu bleiben. Ich dachte nur, ich könnte dir helfen, etwas zu entspannen. Vielleicht sollte mal jemand anders den Hebel dieser Höllenmaschine bedienen.« Als sie die Hand auf seinen Schwanz legte, hatte sie gespürt, dass er bereits halb steif war.

Er hatte nach Luft geschnappt. »Wenn du denkst, was ich denke, dann ist Entspannung das Letzte auf meiner To-do-Liste.«

»Ah«, sagte sie, bevor sie seine Unterlippe mit den Zähnen einfing und daran zog. »Es mag das Letzte auf der Liste sein, aber wenn wir uns um alles andere gekümmert haben, wird dieser Punkt auch abgehakt. Ja?«

Er ließ die Hände sinken, um ihren Hintern zu umfassen und zu drücken. »Sehr ja«, antwortete er, seine Stimme schroff und leise.

Die Erinnerung daran entlockte Vanessa ein Lächeln, während sie darauf wartete, dass Jax mit ihren Drinks zurückkam. Sie sah wahrscheinlich wie eine Idiotin aus, aber sie konnte es nicht ändern. Sie hatten auf diesem Jet-Ski einige ziemlich einfallsreiche Dinge getrieben. Eigentlich hatte sie ja nur einen kleinen Vorgeschmack geben wollen. Aber kaum hatte sie ihren Mund auf seinen gepresst, hatte Jax sie hoch- und ihr Bikinitop heruntergezogen.

Er hatte zuerst eine Brustwarze und dann die andere mit Lippen und Zähnen verwöhnt. Und danach gefragt, ob sie die Pille nehme. Da sie keine Idiotin war, war sie in der Lage gewesen, ihm mit einem Ja zu antworten, woraufhin er ächzte: »V, ich will dich verdammt noch mal jetzt sofort, aber ich bin offensichtlich nicht vorbereitet. Du kannst also Nein sagen, und ich schwöre, ich respektiere das. Aber du sollst wissen, dass es Pflicht ist, sich regelmäßig ärztlich untersuchen zu lassen, und ich bin total clean. Ich würde niemals etwas tun, das dich gefährdet.« Seine Hände glitten in ihr Haar und seine Daumen umrahmten ihre Wangen. Als seine Stirn ihre berührte und ihre kurzen Atemzüge sich vermischten, flüsterte er: »Bitte, sag Ja.«

Sie antwortete genauso leise, nicht bereit, den Zauber des Moments zu zerstören. »Sehr ja.«

Einen Augenblick später war er über sie hergefallen, wie ein ausgehungerter Tiger, den man auf seine Beute losließ, und er hatte sie mit Haut und Haar verzehrt, auf einem Jet-Ski in einer kleinen hawaiianischen Bucht.

»Woran denkst du?«

Vanessa zuckte zusammen, als sie Jacksons tiefe Stimme dicht neben sich hörte. Sie warf ihm einen bösen Blick zu, als er lachte und sich ihr gegenüber an den Tisch setzte. »Danke, dass du mich um ein Jahr meines Lebens gebracht hast.«

»Tut mir leid, Süße. Ich konnte nicht widerstehen. Es kommt nicht oft vor, dass ich dich beim Tagträumen erwische.« Er schob ein Heineken über den Tisch und beugte sich dicht zu ihr, während seine Augen sich um etliche Schattierungen verdunkelten. »Hast du darüber nachgedacht, wie ich dich über die Lenkergriffe eines gewissen Wasservehikels gelegt und von hinten genommen habe?«

Seine Stimme hatte sich verändert. Das hier war der Tonfall, den er beim Sex benutzte, sinnlich und autoritär. Sie waren nur ein paarmal zusammen gewesen, und doch reagierte Vanessa auf diese Stimme wie ein Pawlowscher Hund. Sobald sie sie hörte, verwandelte sie sich in eine Frau, deren einziges Ziel es war, seiner Führung zu folgen. Sie hatte versucht, dagegen anzukämpfen, ihre gewohnte Kontrolle zurückzugewinnen, aber ohne Erfolg. Jackson Maris hatte etwas an sich, das ihre Kontrolle zunichtemachte. Nein, begriff sie, das war es nicht. Er machte ihr *Bedürfnis* nach Kontrolle zunichte.

Oh mein Gott. Das ist es, nicht wahr? Sie erwartete halb, beim Aufschauen eine in der Luft schwebende Glühbirne zu sehen. Wie in den Comics, wenn die Helden etwas Wichtiges begriffen. Und genau das hatte sie gerade. Sie hatte es endlich begriffen: Ihr Bedürfnis nach Kontrolle – nach Regeln – kam daher, dass sie nicht darauf vertraute, dass jemand anders sie gut behandelte. Wenn sie alles und jeden in ihrer Umgebung kontrollierte, brauchte sie keine Angst zu haben.

Aber bei Jackson hatte sie sich von Anfang an anders gefühlt. Außerhalb des Schlafzimmers war er umgänglich und entspannt. Mehr als glücklich, ihr die Zügel zu überlassen. Aber wenn es zu Intimitäten kam, entriss er ihr die Zügel sofort und gab sie ihr erst zurück, wenn er dazu bereit war. Und obwohl sie aus Gewohnheit eine Weile dagegen angekämpft hatte, hatte sie im Grunde gewusst, dass sie bei ihm sicher war. Also hatte sie loslassen können. Endlich.

Ihr war bis jetzt nicht klar gewesen, wie befreiend das war. Jemand anderem die Kontrolle zu überlassen, ihr zu geben, was sie brauchte, ohne dass sie es sich nehmen oder es befehlen musste. Als würde sie aus einer gottverdammten Speisekarte bestellen. *Ja, ich nehme die Bisse-am-Hals als Vorspeise und Nimm-mich-von-hinten, medium gegart, als Hauptgang. Ach ja, und als Beilagen hätte ich dann gerne noch Zieh-mich-an-den-Haaren und Lass-mich-darum-betteln und etwas Kuscheln als Dessert. Vielen herzlichen Dank.*

Sie sah in Jacksons dunkle Augen und antwortete ihm ehrlich. »Ja. Ich dachte gerade an unsere Jet-Ski-Nummer.«

»Gut. Denn ich kann das auch nicht aus dem Kopf bekommen.«

»Ach?« Sie befanden sich in der Öffentlichkeit. Da konnte sie ihn ein ganz klein wenig herausfordern, oder etwa nicht? »Welchen Teil genau?«

Seine Augen wurden dunkler, und sein eindringlicher Blick gab ihr das Gefühl, so nackt zu sein, wie sie es vorhin in dieser Bucht gewesen war. »Vorsicht, Babe. Ich stehe nicht auf öffentliche Shows, aber wenn du so weitermachst, werde ich dich gegen die nächste Wand drücken und mir nehmen, was ich will.« Er zog die raue Kuppe seines Daumens über ihre Unterlippe. »Vor allem jetzt, da ich weiß, wie es ist, dich ganz nackt zu nehmen. Gottverdammt, du hast dich so gut angefühlt.«

Pures Begehren erfasste ihren Körper. Alle Feuchtigkeit wurde aus ihrem Mund gesogen und fand sich zwischen ihren Beinen wieder. Er küsste sie leicht und lehnte sich dann auf seinem Stuhl zurück, so lässig, als hätte er sie nicht gerade mit bloßen Worten kurz vor den Orgasmus getrieben.

Sie griff sich ihre Flasche und leerte sie halb, bevor sie sie wieder auf den Tisch stellte. Jackson grinste, als er sein eigenes Bier an die Lippen nahm und das Gleiche tat. Glücklicherweise brachte in diesem Moment die Kellnerin ihr Essen, bevor Vanessa ihrem Instinkt folgen und sich vorbeugen konnte, um diesen sexy Adamsapfel zu lecken. Sexy Adamsapfel? Im Geiste schlug sie mit der Hand auf den Tisch. Sie steckte *soooo* viel tiefer in dieser Affäre, als sie geplant hatte. Als Nächstes würde sie noch beim Anblick seiner Nagelhäute seufzen. *Komm schon, Nessie, wo hast du deinen Grips gelassen?*

Während der nächsten Stunde genossen sie ihr Essen, redeten, lachten und diskutierten sogar über Politik. Wie sich herausstellte, war Jackson extrem intelligent und gut auf dem Laufenden. Er hatte ein großes Archiv nutzloser Fakten in seinem attraktiven Kopf. Als sie ihre Hula-Pie verzehrt hatten – die sündhaft lecker und die zusätzlichen Sit-ups absolut wert war –, schämte sie sich, dass sie angenommen hatte, er sei etwas beschränkt, nur weil er Kämpfer war und sein Hobby das Surfen.

Er legte seine Gabel beiseite und bemerkte, dass sie ihn anstarrte. »Habe ich Sahne im Gesicht oder so was?«

Sie lächelte und dachte daran, was sie gern getan hätte, wenn er *irgendwo* Schlagsahne an sich gehabt hätte. »Nein, alles in Ordnung. Willst du eine Runde Darts spielen?«

Er warf einen skeptischen Blick auf das Dartbrett. »Auf diesem Ding? Es ist kaputt.«

Sie zuckte die Achseln. »Also zählen wir die Treffer im Kopf mit, oder wir bitten um einen Stift und einen Notizblock.«

»Es überrascht mich, dass du ohne deine eigenen Pfeile spielen willst. Du und Lucie, ihr nehmt dieses Spiel ziemlich ernst, stimmt's? Du wirst die Darts aus der Bar nehmen müssen. Könnte dich dein Spiel kosten.«

»Dann hättest du tatsächlich eine Chance, mich zu schlagen. Wenn ich meine eigenen Pfeile dabeihätte, würde ich dich so in die Knie zwingen, dass du von jetzt ab zum Strand rutschen müsstest. Andererseits werde ich das auch *ohne* meine eigenen Pfeile tun.«

Ein Glitzern flammte in seinen Augen auf. »Okay, die Wette gilt. Los geht's.«

Sie spielten Spiel um Spiel, während die Sonne den Himmel in strahlende Nuancen aus Rosa, Orange und Purpur tauchte. Die nette Kellnerin sorgte dafür, dass sie jede Menge Bier hatten und Zettel, auf denen sie ihre Treffer notieren konnten. Sie kabbelten sich unentwegt und rissen hemmungslos Sprüche, bis sich um sie eine Menschenmenge versammelt hatte, die sie anfeuerte und bei den besten Würfen applaudierte.

Als sie endlich entschieden, dass sie für heute genug gespielt hatten, war die Sonne längst verschwunden und hatte einem großartigen Sternenhimmel Platz gemacht. Die Zahl der Gäste war gewachsen, viele standen draußen und lauschten der Band, die jetzt am Strand spielte. Bunte Laternen, die zwischen Bäumen und Pfosten gespannt waren, dienten als einzige Lichtquelle, abgesehen vom Mond. Menschen johlten und lachten, während sie sich im Sand versammelten, um zu tanzen, ihre Drinks in einer Hand und einen willigen Partner an der anderen. Es sah aus wie etwas direkt aus einer Reisereklame. Es war umwerfend.

Jax ergriff ihre Hand und zog. »Komm.«

Sie folgte ihm glücklich in die Menge der Tanzenden. Vanessa hatte Partys immer geliebt, und häufig war sie die Letzte, die die Tanzfläche verließ. Die Musik fuhr ihr in die Glieder und zwang sie, dem Rhythmus zu folgen. Sie genoss es, inmitten einer Menschenmenge zu sein, Körper, die gegeneinanderstießen, verschwitzt und emotional.

Sobald sie eine freie Stelle fand, begann sie, sich zu bewegen. Jackson folgte ihr. Nicht viele Männer hatten ein gutes Rhythmusgefühl, aber er tanzte so, wie er kämpfte: geschmeidig, jede Bewegung perfekt koordiniert. Ein Bein gegen ihres gedrückt, zog er sie an sich und bewegte sein Becken mit ihrem, während ihre Hüften zum Beat kreisten.

Sie verschränkte die Finger hinter seinem Nacken und legte den Kopf zurück, um ihm in die Augen zu sehen. »Na so was. Du bist ja ein echter Patrick Swayze.«

»Tanzen ist genau wie Sex. Es geht darum, sich mit seinem Partner zu bewegen. Einen gemeinsamen Rhythmus zu finden.« Er neigte den Kopf, um ihr ins Ohr zu flüstern. »Ich bin mir ziemlich sicher, dass ich meine Fähigkeiten heute bereits einmal bewiesen habe, aber wenn du eine Auffrischung brauchst, wäre ich mehr als glücklich, dir zu Diensten zu sein.«

Er knabberte an ihrem Ohrläppchen. Einen Moment lang fühlte sie sich versucht, ihn in seinen Jeep zurückzuzerren und ihm die Erlaubnis zu geben, jedes Tempolimit auf dem Weg zum Mau Loa zu brechen. Aber es war so lange her, seit sie

Gelegenheit gehabt hatte zu tanzen. Und mit jemand, der so gut war wie Jackson, machte es besonders Spaß. Ihnen blieb ja noch die komplette Nacht, um einander den Verstand aus dem Kopf zu vögeln.

»Im Moment will ich, dass du mir deine Fähigkeiten auf dem Tanzboden zeigst. Aber später kannst du meine Erinnerung auffrischen, so viel du willst.«

Ein wissendes Lächeln erschien auf seinem Gesicht. »Darauf kannst du dich verlassen, Prinzessin.«

Während der nächsten paar Songs tanzten sie, manchmal einander zugewandt, manchmal drehte sich Vanessa um und tanzte vor ihm. Wann immer sie Letzteres tat, packte Jackson ihre Hüften, zog sie an sich und drückte seine steinharte Erregung gegen ihren Hintern. Dabei legte er seinen Mund an ihr Ohr und flüsterte ihr zu, wie er ihr Sommerkleid hochschieben würde, sobald sie zurück im Zimmer waren. Vielleicht auch etwas früher.

Das Tanzen und die gesteigerte Vorfreude ließen Vanessas Mund trocken werden. Am Ende des fünften Songs küsste Jax ihren Hals und sagte, dass er ihnen etwas zu trinken besorgen werde. Sie winkte ihm nach und begann sich mit dem nächsten Song zu bewegen, die Hände über den Kopf erhoben, die Augen geschlossen, während sie spürte, wie der Beat durch ihren Körper pulsierte.

Es schien überhaupt keine Zeit vergangen zu sein, als er zurückkam, sich an ihren Rücken drückte und eine Hand über ihren Bauch spannte, um sie nah heranzuziehen. Er beugte sich dichter vor und raunte: »Wusste ich doch, dass du zu Verstand kommst, sobald du dieses Arschloch losgeworden bist, Baby.«

Vanessas Herz setzte einen Schlag aus und das nicht auf die gute Art. Sie fuhr herum und starrte den Mann an, der nun den perfekten Tag ruinieren würde. »Was zum Teufel fällt Ihnen ein? Hat ihre Mutter Ihnen nicht beigebracht, dass man ein Mädchen *fragt,* ob es tanzen will, bevor man es begrapscht?«

Die Tanzfläche war immer noch überfüllt, daher blieb ihr kein Platz, um zurückzuweichen. Hinter ihr wogten die Leute wie Ozeanwellen und schoben sie sanft in seine Richtung. Sein Atem stank nach Alkohol, und auf seinem Hemd waren dunkle Flecken. Das jungenhafte Gesicht wurde von dem arroganten Grinsen ruiniert, das darauf klebte, und von dem heimtückischen Ausdruck in seinen Augen.

»Spiel bei mir nicht die Schüchterne. Ich weiß, dass du es mit Maris treibst. Der Typ ist ein Frauenvernascher, und zurzeit sieht er aus, als würde er ziemlich auf seine Kosten kommen.« Er streckte die Hand nach ihr aus. »Du weißt, was ich meine?«

Sie schlug seine Hand weg, bevor er sie anfassen konnte. Die Tatsache, dass er sich ohne ihre Erlaubnis an sie presste, ließ Vanessa erstarren. Sie hasste nichts mehr als erzwungene Berührungen und verspürte sofort das Bedürfnis, sich zu übergeben bis sie ohnmächtig wurde. Oder diesen Typen zu schlagen, bis *er* das Bewusstsein verlor. »Natürlich weiß ich, was Sie meinen. Ein *Kleinkind* würde das verstehen, Sie Idiot. Und wenn Sie keine Wiederholung von neulich beim Training wollen, schlage ich Ihnen vor, dass Sie Ihren Bullshit woanders loswerden.«

Das Grinsen auf Dannys Gesicht verwandelte sich in Wut, schlicht und einfach. »Du solltest auf deinen Ton achten, Miststück.«

»Da bin ich anderer Meinung.« Jax schob seinen massiven Körper zwischen sie und den Mann, der sie belästigte. Vanessas Herzschlag beruhigte sich ein wenig. Sie war froh, dass er aufgetaucht war, aber sie gehörte nicht zu den Frauen, die sich hinter einem Mann versteckten. Also trat sie einen Schritt vor.

Schützend legte Jax den Arm um sie. Na schön, das war ein Kompromiss, mit dem sie leben konnte. Dann öffnete er den Mund und verkündete: »Ich denke nicht, dass sie auf ihren Ton achten muss. Aber wenn du sie nicht in Ruhe lässt, solltest du ab jetzt sehr vorsichtig sein, kapiert?«

Oh, Scheiße. »Jackson, lass das«, sagte sie leise zu ihm. »Ich will nicht, dass du meinetwegen kämpfst.«

Ohne den anderen Mann aus den Augen zu lassen, antwortete er: »War nicht meine Absicht. Ich informiere Akana lediglich, dass seine Gesellschaft nicht erwünscht ist und er sich trollen sollte, bevor er etwas sagt, das er bereuen wird.« Seine Augen wurden schmal, und die Ader an seinem Hals pulsierte verärgert. »Wieder.«

Es schien, dass Dannys Gesicht nur zwei Ausdrücke beherrschte, denn das Grinsen war wieder zurück. »Yeah, das ist dir unter die Haut gegangen, was, Maris? Vielleicht weil du weißt, dass es wahr ist?«

Vanessa spürte, wie Jacksons Armmuskeln sich anspannten, die Hand auf ihrer Schulter griff reflexartig fester zu, als versuche er, eine Faust zu machen, sei aber außerstande, sich deswegen von ihr zu trennen. Nicht gut. Noch ein weiteres Wort von seinem Teamgefährten, und Jackson würde mitten in dieser Menschenmenge einen Kampf beginnen.

»Wie du meinst, Akana. Weißt du was? Bleib hier und amüsier dich. Ich denke, wir haben für eine Nacht genug getanzt. Man sieht sich beim Training.« Und mit diesen Worten ergriff er ihre Hand und begann, sie wegzuführen.

»Denk daran, Maris, lass es mich wissen, wenn du mit ihr fertig bist. Ich nehme mir die Kleine so lang und hart vor, bis sie mich anfleht, aufzuhören.«

Vanessa blieb wie angewurzelt stehen. Erinnerungen an ihre hilflose kleine Schwester und an dieses Monster, das ihre Kindheit zerstört hatte, schossen an die Oberfläche. Ihre sorgfältig konstruierten Mauern, die sie daran hinderten, ans Tageslicht zu kommen, waren von einem bloßen Satz eingerissen worden.

Sie ließ Jax' Hand los, schloss die Faust und wirbelte herum. Dann traf sie den Mann mitten auf der Nase, mit dem gesammelten Hass, den sie für ihn verspürte, für Carl und jeden anderen Mann, der so war wie er.

Leuchtend rotes Blut schoss Akana aus dem Gesicht. Seine Augen weiteten sich jäh, und er wirkte benommen, während seine Hände zu seiner gebrochenen Nase hinaufflogen. Aber eine Sekunde später wurde der anfängliche Schock von einem gehässigen Knurren ersetzt und dem Schrei nach Vergeltung.

Jax sah die Bewegung kommen, noch bevor Akana auch nur daran *dachte,* die Faust zu ballen. Irgendwie hatte er es geschafft, zuvor cool zu bleiben, obwohl er diesen Dreckskerl wirklich gern niedergeschlagen hätte. Aber genug war genug. Eher würde die Hölle gefrieren, als dass er irgendjemandem erlaubte, Vanessa auch nur ein Haar zu krümmen.

Er packte mit einer Hand nach Akanas Arm und umklammerte ihn mit der anderen im Nacken, dann benutzte er die Vorwärtsbewegung seines Gegners und zog ihn hart zu sich heran. Mit dem Knie zielte er auf Akanas Brustbein, dann ertönte ein Aufschrei, gefolgt von einem Krachen, das auf mehrere gebrochene Rippen schließen ließ.

Während Akana keuchend zu Boden ging und versuchte, wieder zu Atem zu kommen, drehte Jax sich zu Vanessa um, die sich nicht von der Stelle bewegt hatte. Sie stand einfach da, stocksteif, ohne das Blut wahrzunehmen, das auf ihr Kleid gespritzt war und ihre Hand bedeckte. Ihre Schultern hoben und senkten sich unter den flachen Atemzügen, und wenn Blicke töten könnten, wäre Akana jetzt nicht mehr am Leben gewesen.

Jackson war immer noch ein wenig benommen – und offen gesagt ausgesprochen stolz –, dass sie dem Mistkerl überhaupt eins auf die Nase gegeben hatte. Die Frage war nur, wie es jetzt weitergehen sollte.

Glücklicherweise griff die Security ein, und nach einer kurzen Zusammenfassung der Ereignisse packten sie den Schwanzlutscher und nahmen ihn mit.

Jax ergriff Vanessas Schultern und drehte sie sanft von ihrem Opfer weg. »Schätzchen, sieh mich an.« Ihr Körper hatte sich gedreht, aber ihr Kopf kam nur widerstrebend hinterher. Noch immer schien ihr Blick auf irgendeinen weit entfernten Punkt in der Vergangenheit gerichtet zu sein. Auf ein Ereignis, das nur sie sehen konnte.

Mit einem Finger an ihrem Kinn zwang er sie, ihn anzusehen. Sobald ihre Blicke sich trafen, atmete sie tief ein, hielt die Luft einige Sekunden lang an und stieß sie dann zittrig wieder aus. Es war, als beobachte man einen Kämpfer, der aus einem K. o. herauskam – benommen und verwirrt, bis die Realität wieder einsetzte und ihm klar wurde, was gerade passiert war.

»Oh mein Gott«, flüsterte sie. »Was habe ich getan?«

»Du hast einen Mistkerl geschlagen, der es verdient hat.«

Sie schaute auf ihre Hand hinab, die Knöchel rot und geschwollen, und sie erbebte. »Aber ich ha-habe nicht … ich …«

Er nahm ihr Gesicht in beide Hände und zwang sie, ihm in die Augen zu schauen. »Baby, hör mir zu. Du hast nichts falsch gemacht. Dieser Bursche ist ein verdammtes Arschloch, ohne Respekt vor Frauen, und er hat etwas gesagt, das ich nicht einmal zu meinem schlimmsten Feind sagen würde.« Er strich ihr das Haar aus dem Gesicht und küsste sie auf die Stirn. »Er ist ein Kämpfer; er ist es gewohnt, Schläge abzukriegen. Was ihm morgen früh wirklich wehtun wird, ist sein Ego, wenn die

Jungs herausfinden, dass eine Frau – ohne jedes Kampftraining – ihm das Gesicht zerschlagen hat.«

Er grinste sie aufmunternd an. »Vielleicht solltest du morgen zum Training kommen. Nur um zu sehen, wie er zu einem scheuen Reh wird, wenn du durch die Tür trittst.«

Einer ihrer Mundwinkel zuckte. Ein schwaches Lächeln, aber ihm reichte es. Er konnte alles ertragen bis auf diesen Ausdruck von Furcht und Scham in ihren schönen Augen. Einen Arm um ihre Schulter gelegt, führte er sie durch die Menge und dann auf den Parkplatz zu seinem Jeep.

Auf der Fahrt war sie still und starrte in den Nachthimmel empor, als grübele sie über das Universum nach. Aber er kannte sie inzwischen besser. Sie versuchte zu begreifen, was geschehen war. Versuchte, ihre Tat zu rationalisieren und sie mit ihren Regeln abzugleichen. Vielleicht war sie gerade auch dabei, sich eine neue Regel auszudenken. So oder so, er überließ sie ihren Gedanken. Sie hatte sich nicht völlig von ihm zurückgezogen, da sie ihm erlaubte, ihre unverletzte Hand zu halten. Daher war er für den Moment zufrieden.

Sobald er sie in ihren Bungalow gebracht hatte, wies er sie an, sich aufs Sofa zu setzen, während er in die Küche ging, um den Erste-Hilfe-Kasten unter der Spüle hervorzuholen. Er nahm das Ice-Pack und brach das Siegel auf, um dann aus seiner Sporttasche die blauen Bandagen zu holen. »Anscheinend sollten sie dich nicht nur im Gerichtssaal Red Viper nennen, sondern auch außerhalb. Dieser Hieb war blitzschnell, Babe. Ich muss daran denken, dich niemals zu verärgern.«

Er setzte sich neben sie, griff nach ihrer verletzten Hand und half ihr, langsam die Finger gerade zu biegen. Sie schnappte nach Luft, dann warf sie ihm einen verstohlenen Blick durch ihre Wimpern zu, während eine leichte Röte ihre blassen Wangen überzog. Er hasste es, dass sie das Gefühl hatte, sie dürfe ihm gegenüber keine Schwäche zeigen. Verdammt schwer für einen Mann, sich um eine Frau zu kümmern, wenn sie immer wieder versuchte zu beweisen, dass sie ihn nicht brauchte.

Er prüfte vorsichtig die Beweglichkeit und Kraft ihrer Finger, während sie vor Schmerz mit den Zähnen knirschte. Als seine Inspektion abgeschlossen war, legte er ihr behutsam das Eispäckchen auf ihre geschwollenen Knöchel und wickelte die Bandage darum an.

»Du hast Glück«, sagte er mit einem beruhigenden Lächeln. »Ich denke nicht, dass irgendetwas gebrochen ist. Es wird eine Zeit lang höllisch wehtun. Aber die gute Nachricht ist, dass es ungefähr eine Woche lang jeden Tag eine andere Farbe annehmen wird, daher wirst du jede Menge Gelegenheiten haben, deine Handtaschen darauf abzustimmen, oder was immer ihr Mädels so tut.«

Sie begann zu lachen, aber das Lachen ging in ein Zusammenzucken über, das sie dann als Blinzeln zu verkaufen versuchte.

»Weißt du, es ist okay, mir zu zeigen, dass es wehtut«, sagte er. »Du brauchst nicht immer so stark zu sein.«

Sie atmete aus, ließ ihre Schultern sinken und konzentrierte sich auf seine Bewegungen, während er sie verband. »Es ist einfach … ich habe noch nie …« Sie schüttelte den Kopf. Entweder war sie außerstande, ihre Gedanken in Worte zu fassen, oder sie konnte sich nicht dazu überwinden, sie laut auszusprechen.

»Ich weiß.« Nachdem er den Klettverschluss geschlossen hatte, stützte er den Ellbogen auf die Rückenlehne des Sofas und schob ihr das Haar hinters Ohr. »Ich verstehe schon. Du wolltest niemals, dass die Gewalt, die dich als Kind berührt hat, ein Teil deines Erwachsenenlebens wird. Aber V, nur weil du irgendeinem Arschloch eins auf die Nase gegeben hast, heißt das noch lange nicht, dass *du* eine gewalttätige Person bist.«

Sie gab einen Laut von sich, der besagte, dass sie eindeutig nicht dieser Meinung war. »Nur jemand mit gewalttätigen Neigungen, was?«

Er stand auf und streckte ihr die Hand hin. »Lass uns einen Spaziergang machen.«

»Mir ist nicht nach spazieren gehen.«

»Sand zwischen den Zehen und die Ozeanbrise auf der Haut werden dir guttun. Du fühlst dich anschließend besser, das verspreche ich dir.« Ihr Blick wanderte zum Schlafzimmer, offensichtlich wollte sie sich selbst und ihre Sorgen im Bett vergraben. Aber sie musste aufhören, vor der Vergangenheit davonzulaufen. Sie musste sich ihr stellen. Zumindest ein klein wenig. »Komm schon, Sweety, lass mich nicht hängen.«

Vanessa stieß einen resignierten Seufzer aus und gab ihm ihre linke Hand, damit er sie hochzog. Er lächelte sie an, ein Lächeln, das sie schwach erwiderte, dann führte er sie aus dem Bungalow ans Wasser.

Er verschränkte seine Finger mit ihren, während sie schweigend am Strand entlanggingen. Das warme Salzwasser umspielte ihre Füße, um sich über den Sand auszubreiten, bevor es sich wieder zurückziehen musste und dann das Ganze von Neuem versuchte. Hoch in der dunklen Leere über ihnen hing der abnehmende Mond und beleuchtete ihren Weg am Strand.

»Ironisch, nicht wahr?«, fragte sie.

»Was denn?«

»Du hast es heute Nacht geschafft, dich zu beherrschen, und ich habe am Ende die Kontrolle verloren.«

»Ich würde sagen, dass du absolut die Kontrolle hattest. Nicht viele Leute würden einen so soliden Schlag hinkriegen.«

»Das habe ich nicht gemeint, und du weißt es«, murmelte sie.

Als er eine Gruppe großer, zerklüfteter Felsen entdeckte, führte er sie weg von der Brandung. Sobald sie dort waren, drehte er sie zum Ozean, lehnte sich gegen die Felsen und brachte Vanessa zwischen seinen Beinen in Stellung. Sie seufzte tief und schmiegte sich an ihn. Minutenlang sprachen sie nicht. Hörten nur auf die tintenschwarzen Wellen, die sich überschlugen und auf den Strand krachten, bevor sie sich zu einem weiteren Lauf wieder zurückzogen.

Jackson legte ihr die Hände um die Taille und genoss die selbstverständliche Art, auf die sie den Kopf an seine Schulter fallen ließ. Er beugte sich vor und benutzte das Kinn, um ihr Haar zur Seite zu schieben, dann drückte er die Lippen auf die glatte Haut ihres Halses. Obwohl er noch immer die Traurigkeit spürte, die Vanessa gepackt hatte, akzeptierte sie zumindest seine Zuneigung und erwiderte sie sogar in einem gewissen Maß. Die Vorstellung, dass sie sich für Dinge in ihrer Vergangenheit bestrafte, über die sie keine Kontrolle gehabt hatte, brannte wie Säure tief in seinen Eingeweiden.

Er wollte etwas sagen – *irgendetwas* –, um sie von dem düsteren Teil ihres gemeinsamen Tages abzulenken. Aber die beiden einzigen Ablenkungen, in denen er gut war, wenn es um Frauen ging – Witze und heißer Sex –, waren nicht einmal ansatzweise angebracht. Also war es für den Moment wohl das Beste, sie einfach zu halten und ihr die Führung beim Reden zu überlassen.

Einige weitere Minuten verstrichen, aber schließlich brach sie das Schweigen. »Meiner Schwester würde es hier draußen gefallen. Ich war immer vollkommen zufrieden mit dem Stadtleben, aber Kat hat es gehasst. Sie las gern Bücher wie *Anne auf Green Gables* oder *Die Chroniken von Narnia*. Es spielte keine Rolle, ob der Roman realistisch war oder nicht. Solange sie sich auf eine Farm oder in ein fernes Land versetzen konnte, war sie glücklich.«

»Wo ist sie jetzt?«

»Ich weiß es nicht genau. Als ich das letzte Mal mit ihr geredet habe, war sie irgendwo in der Nähe von Memphis, Tennessee. Sie könnte immer noch dort sein, aber aller Wahrscheinlichkeit nach hat Lenny inzwischen all seine Brücken hinter sich abgebrochen, und sie sind in eine andere Stadt gezogen. Wieder einmal.«

»Lenny ist ihr Freund?« Sie nickte. »Du scheinst nicht allzu begeistert von ihm zu sein.«

»Er ist nicht der Freund, den ich mir für sie gewünscht hätte. Aber er *hat* sie immerhin ein Jahr früher aus dem Haus meiner Mom geholt, als es eigentlich erlaubt war. Trotz der Tatsache, dass er erst siebzehn war und sie die Schule geschmissen hat, war Lenny der Loser immer noch eine Art Rettung für Kat.«

Jackson dachte darüber nach, wie er sich gefühlt hätte, wenn Lucie mit irgendeinem Mann im Alter von siebzehn abgehauen wäre. Die bloße Vorstellung ließ ihm das Blut in den Adern gefrieren. Auf keinen Fall hätte er das einfach so hingenommen. Teufel, es war hart genug gewesen, als sie verkündet hatte, dass sie mit Reid zusammen war. Und dieser Mann war immerhin eine Art Bruder für sie beide.

»Okay, also verlässt Kat im Alter von siebzehn mit Lenny ihr Zuhause. Was dann? Wohin sind sie gegangen?«

»Überall und nirgends. Er ist ein Schmarotzer und nutzt seine Freunde aus. Kat nimmt meistens irgendwelche Gelegenheitsjobs an, um sie über Wasser zu halten. Ach ja, und zwischendurch startet Lenny dann immer mal wieder ein neues Geschäft, um schnell reich zu werden. Aber am Ende haut er immer die falschen Leute übers Ohr, und dann müssen sie ihre

Sachen packen und in eine neue Stadt ziehen, und das Ganze fängt von vorne an.«

»Ist sie glücklich mit ihm?«

»Nein. Schon seit Jahren nicht mehr. Aber das würde sie niemals zugeben. Sie ist zu stolz, um mir irgendetwas zu erzählen, das nicht positiv ist. Ich habe sie immer wieder gebeten, zu mir zu ziehen, aber sie will nicht. Sie denkt, ich würde sie dann als komplette Versagerin sehen. Als ob ich das jemals könnte! Schließlich ist das alles nicht ihre Schuld, und das habe ich ihr auch gesagt. Aber das hat nichts geändert. Sie ist genauso halsstarrig wie unsere Mutter.«

Er drückte ihr einen Kuss auf die Wange. »Klingt wie jemand, den ich kenne.«

Sie drehte sich in seinen Armen, legte ihm die Hände auf die Hüften und bedachte ihn mit einem herausfordernden Lächeln. »Wenn du denkst, du hättest mich komplett durchschaut«, sagte sie mit aufreizender Stimme, »dann sag mir doch mal, was ich jetzt gerade denke.«

Sie wechselte zum Thema Sex, aus Gründen, die nichts mit Erregung zu tun hatten. Er durchschaute es. Ein Schutzmechanismus. Er hatte andere Frauen das Gleiche tun sehen, und er war nur allzu bereit gewesen, ihrer Führung zu folgen. Warum sollte er sie dazu zwingen, etwas zu diskutieren, das sie nicht diskutieren wollten?

Aber Vanessa war anders. Sie war nicht einfach irgendein Mädchen. Mit jeder Stunde, die er mit ihr verbrachte, wurde ihm klarer, *wie* viel sie ihm bedeutete. Lieber ignorierte er das drängende Verlangen in seiner Hose, als ihren Schmerz auszunützen.

Als sie sich auf Zehenspitzen stellte, um ihn zu küssen, legte er ihr die Hände auf die Schultern, um sie daran zu hindern. Sie runzelte die Stirn.

»Was mit deiner Schwester passiert ist …«, begann er in einem sanften Ton. »Ganz gleich, was du denkst: Es ist nicht deine Schuld.«

»Ähm, okay«, antwortete sie sarkastisch. »Ich weiß nicht, ob es dir entgangen ist oder was, aber ich habe gerade versucht, dich anzumachen.«

Kein Lächeln, kein Augenzwinkern. Er würde nicht auf ihre spielerischen Versuche reagieren. Er würde ihr nicht helfen, ihre Gefühle zu verdrängen. »Schätzchen, hör mir zu. Es ist. Nicht. Deine. Schuld.«

»Ich will nicht darüber reden.«

»Ich weiß.«

»Warum bedrängst du mich dann wegen etwas, von dem du keine Ahnung hast?«

Sie trat einen Schritt zurück und versuchte, sich aus seinen Armen zu befreien. Aber so leicht würde er sie nicht entkommen lassen. Er legte ihr einen Arm um den Rücken und schob die freie Hand durch die Fülle ihrer Locken, um ihren Hinterkopf zu halten.

»Es gibt eine Menge Scheiße auf der Welt, über die ich nichts weiß. Aber dass du keine Schuld daran trägst«, erklärte er mit Nachdruck, »*das* weiß ich.«

Tränen füllten ihre Augen, und ein einzelner Tropfen quoll über den Rand. Im Mondlicht glänzte er wie flüssiges Silber, das über ihre Wange lief. Sie schüttelte leicht den Kopf und versuchte immer noch, seine Behauptung zu leugnen. »Jackson, bitte … nicht …«

»Hast du irgendeine Ahnung, wie umwerfend ich dich finde? Du hast sie praktisch großgezogen, als du selbst noch ein Kind warst. Du hast sie beschützt, sie abgeschirmt gegen so viel Mist, wie du nur konntest, während ihr unter Bedingungen aufgewachsen seid, die kein Kind jemals erleben sollte.«

»Ich weiß«, antwortete sie mit zitternder Stimme, »aber ich …«

»Du hast sie zu einer starken, stolzen und unabhängigen Frau gemacht. Sie mag im Moment nicht das Leben führen, das du gerne für sie hättest, aber das bedeutet nicht, dass sie es nicht eines Tages haben wird.«

Mit einem zittrigen Stoßseufzer schmiegte Vanessa sich an ihn und bettete die Stirn an seiner Brust. Er rieb ihr langsam den Rücken, auf und ab, während sie ihre Emotionen verarbeitete. Als sie wieder sprach, war ihre Stimme leise, halb erstickt von seinem Hemd, aber nicht so sehr, dass er sie nicht verstehen oder die Qual hinter ihren Worten nicht wahrnehmen konnte.

»Ich mache mir die ganze Zeit solche Sorgen um sie, und …« Sie schnüffelte gegen ihre Tränen an, seufzte und hob den Blick wieder, um ihm in die Augen zu schauen. »Ich vermisse sie so furchtbar.«

»Ich weiß, Baby.« Er nahm ihr Gesicht in beide Hände und küsste sanft die neuen Tränen weg, die aus ihren Augen strömten. Dann nahm er sie wieder in die Arme. »Ich weiß.«

Minutenlang hielt er sie einfach im Arm, während sie weinte. Er bettete seine Wange auf ihr seidiges Haar und strich ihr über den Rücken, beruhigte sie, so gut er konnte. Als sie endlich den Eindruck machte, als habe sie das Schlimmste hinter sich, trat er zurück und sagte: »Lass uns zurück ins Zimmer gehen, damit ich mich um dich kümmern kann.«

Zu seiner Überraschung erhob sie keine Einwände dagegen, dass er sie umsorgte, als sie zurück im Bungalow waren. Erschöpfung zeichnete ihr Gesicht, und sie war nur allzu bereit, sich von ihm in den Pyjama helfen zu lassen. Sobald sie umgezogen war, machten sie es sich auf dem Sofa bequem. Vanessa legte sich neben ihn und bettete den Kopf auf seinen Schoß, während sie sich den alten Film *Teen Lover* aus den Achtzigern ansahen. Jax spielte müßig mit ihrem Haar, während Lloyd Dobler verzweifelt versuchte, das Mädchen seiner Träume, Diane Court, zu beeindrucken. Als Lloyd Diane umsichtig auf Glasscherben aufmerksam machte, damit sie drumherumgehen konnte, war Vanessa fest eingeschlafen, eine Hand unter ihre Wange geschoben, während die andere auf seinem Oberschenkel lag.

Nachdem er sie mit einer leichten Decke zugedeckt hatte, beschloss Jackson, den Rest des Films anzusehen, und dabei Pläne für seinen letzten offiziellen Tag mit ihr zu schmieden. Und wenn alles nach Plan lief, würde morgen erst der Anfang sein.

TAG 5: DONNERSTAG

»Bekomme ich nicht mal einen Tipp?« Vanessa schaute vom Beifahrersitz seines Jeeps zu Jackson hinüber. Sie hielt ihre Locken mit einer Hand fest, um die unausweichlichen Knotenkriege zu vermeiden, die folgten, wenn sie in einem Wagen ohne Dach fuhr. Oder Türen, was das betraf.

Er warf einen schnellen Blick in ihre Richtung, mit etwas, das sich nur als perfektes Model-Lächeln beschreiben ließ. Hinreißend weiße Zähne, feine Lachfältchen unter blauschwarzen Bartstoppeln, topasfarbene Augen, die jetzt wahrscheinlich verführerisch hinter der dunklen Spiegelbrille funkelten. »Nein.«

Das war's. Mehr würde er nicht sagen, ganz gleich, wie viele Vermutungen sie in den Wind warf. Wenn man bedachte, dass sie Überraschungen nicht liebte – schließlich kann man sich nicht auf etwas vorbereiten, von dem man nicht weiß, dass es kommt –, war das eine absolute Frechheit. Und wirklich süß. Mistkerl.

Schließlich gab sie es auf, setzte ihre eigene Sonnenbrille auf und ließ den Kopf nach hinten fallen. Die spätnachmittägliche Sonne wärmte ihr Gesicht und ihren Oberkörper. Unwillkürlich fragte sich Vanessa, wie viele neue Sommersprossen sie davongetragen haben würde, bis sie nach Hause flog. Wahrscheinlich eine ganze Menge. Zum Glück hatte sie sich mit Sonnencreme eingeschmiert, bevor sie aufgebrochen waren. Sie musste daran denken, das später zu wiederholen, wenn sie im Freien blieben.

Nicht dass sie gewusst hätte, ob sie draußen blieben oder nicht. Denn *irgend*jemand rückte hier keine Antworten raus.

Sie seufzte und dachte an all das, was sich im Laufe der letzten paar Tage zugetragen hatte. Niemals hätte sie erraten, was diese Woche für sie in petto hielt. Letzte Nacht war eine noch größere Überraschung gewesen. Sie hatte nicht nur einen anderen Menschen vor Zorn geschlagen, sie hatte auch bis zur Erschöpfung an Jacksons Schulter geweint und ihm dann erlaubt, sich um sie zu kümmern, bis sie auf seinem Schoß eingeschlafen war.

Sie versuchte, sich an das letzte Mal zu erinnern, dass jemand sich um sie gekümmert hatte … und ihr fiel nichts ein. Selbst als Kind war sie diejenige gewesen, die sich um alles kümmerte. Teufel, sie hatte sich sogar um ihre Mutter gekümmert, wenn die mit Gott weiß was zu high war, um die einfachsten Aufgaben zu erledigen.

Aber die gestrige Nacht war vollkommen anders gewesen. Sie hatte sich Jackson gegenüber mehr geöffnet, als jedem anderen Menschen zuvor. Selbst zusammen mit Lucie hatte sie immer noch eine dünne Mauer um sich herum behalten, die ihr ein Mindestmaß an Kontrolle ermöglichte. Und Lucie, süß, wie sie war, hatte sie niemals bedrängt.

Aber Jackson hatte sich ihre Mauer vorgenommen und daran gekratzt, bis eine Kerbe darin war. Dann hatte er weitergemacht, bis die Kerbe zu einem Loch geworden war und das Loch zu einer Bresche, und mehr hatte er nicht gebraucht, um die rohen Gefühle zu entfesseln, nach denen er gesucht hatte. Die Erfahrung war furchterregend gewesen. Und auch erlösend.

Sie hatte einen Großteil des Morgens damit verbracht, sich zu fragen, warum er so versessen darauf war, ihre Barrieren zu durchbrechen. Was hatte er davon? Es war sicher keine böse

Absicht. Es ging Jackson nicht darum, sie verletzbar zu machen, um ihr dann an die Wäsche zu gehen. Schließlich hatte er seit drei Tagen offiziell die Lizenz, jedes ihrer Wäschestücke zu entfernen. Aber was war es dann? Wohl kaum das Verlangen nach einer tiefen, bedeutungsvollen Beziehung. Nein, das konnte auch nicht die Lösung sein. Sie waren ja beide übereingekommen, dass dies eine einmalige Affäre war.

Jepp. *Ein bisschen Spaß muss sein, dann ist die Welt voll Sonnenschein*, und all so ein sich reimender, mantraartiger Mist. Wenn sie geahnt hätte, dass der Ausdruck: »Sei vorsichtig, was du dir wünschst – es könnte in Erfüllung gehen«, in ihrem Fall nicht nur ein Sprichwort war, sondern wirklich zutraf, hätte sie sich die Sache dreimal überlegt. Aber das hatte sie nicht. So viel zu ihrer weiblichen Intuition. Und prompt musste sie jetzt gegen ein leises Gefühl der Trauer ankämpfen, wenn sie daran dachte, dass heute ihr letzter gemeinsamer Tag war.

Vielleicht war Jackson einfach einer dieser seltenen Männer, die von Natur aus lieb waren. Außerdem war sie die beste Freundin seiner Schwester, daher hatte er einen zusätzlichen Anreiz, nett zu ihr zu sein. Wie dem auch sei – obwohl Jackson und sie einen mehr als schwierigen Start gehabt hatten, war sie wirklich glücklich, die letzten Tage in seiner Gesellschaft verbracht zu haben. Sie hatte Spaß mit ihm, er brachte sie zum Lachen, er war verspielt und charmant … und verflucht gut im Bett. Und auf dem Sofa. Und in der Dusche. Und auf dem Jet-Ski.

»Was lächelst du so da drüben?«

Vanessa presste die Lippen zusammen. Ihr war nicht bewusst gewesen, dass ihre eigenwilligen Gedanken unbemerkt bis zu ihrem Mund vorgedrungen waren. Aber da es nun einmal so war, hatte es keinen Sinn, sich so eine Gelegenheit entgehen zu lassen.

Sie legte ihm die Hand auf seinen Schenkel und begann den Innensaum seiner Shorts mit der Spitze ihres Nagels nachzuzeichnen. Seine Muskeln spannten sich unter ihrer Hand, und er stöhnte, als ihr Finger näher an seinen Schritt herankroch und sich dann zurückzog, ohne etwas berührt zu haben, was vergnüglich gewesen wäre. Sie unterdrückte ein Lachen.

»Wenn du mir erzählst, wohin wir fahren, erzähle ich dir, was ich eben gedacht habe.« Dann trieb sie die Dinge noch einen Schritt weiter, beugte sich vor, drückte ihm einen feuchten Kuss auf die Stelle direkt unter seinem Ohr und flüsterte: »Und ich werde dich sogar mit etwas Spaß im Auto belohnen.«

»Tut mir leid, Babe. Keine Chance.« Jackson hielt ihre streunende Hand fest, küsste sie und verschränkte ihre Finger ineinander, bevor er sie auf seinen Schoß legte. Tja, wer's glaubt. Er tat so, als hätte sie keine Wirkung auf ihn, aber der Puls in seinem Hals verriet, dass er gerade gegen den Gedanken ankämpfte, sie könne während der Fahrt seinen Schaltknüppel bedienen.

Sie lehnte sich in ihrem Sitz zurück und dachte über das Telefongespräch nach, das sie an diesem Morgen geführt hatte, mit der einzigen anderen Person außer Lucie, an die sie sich wenden konnte, wenn sie einen Rat brauchte. Fritz, der ergraute Besitzer des Pubs, das Lucie und sie seit ihrem ersten Jahr im College besuchten, kam für Vanessa einer Vaterfigur noch am nächsten. Er gehörte zu den Menschen, die ihre Zuneigung unter einer rauen Art versteckten. Außerdem war er ein Meister der spöttischen Bemerkungen. Fritz hatte nur selten ernste Momente, aber seine väterliche Zuneigung war hinter den spitzen Bemerkungen, die er ihr und Lucie entgegenschleuderte, klar zu erkennen.

Als Vanessa an diesem Morgen in Jacksons Armen erwacht war, war sie groggy und zufrieden gewesen. Während sie dalag und auf seine gleichmäßigen Atemzüge lauschte und auf das stetige Schlagen seines Herzens, richtete sie ihren Fokus nach innen und analysierte ihre Gefühle. Etwas, das sie sich nur selten zu tun gestattete. Was sie fand, erstaunte sie. Sie fühlte sich nicht nur sicher und umsorgt, sie hätte sogar schwören können, dass da etwas war, das sich ganz schrecklich wie … Liebe … anfühlte.

Im Nachhinein hatte sie sich selbst zehn Punkte dafür gegeben, dass sie in diesem Moment nicht ausgeflippt war. Liebe? Das konnte doch nicht sein. Nein, natürlich nicht. Also hatte sie ihre wahnsinnigen Gedanken unterdrückt, war aufgestanden und hatte mit Jax ganz normal Kaffee getrunken und gefrühstückt. Dann war er fortgegangen, um Besorgungen zu machen, und sie hatte hektisch die Nummer der Bar gewählt.

»Wir öffnen erst um vier.«

Die säuerliche, raspelnde Stimme war wie der Strahl eines Leuchtturms im Nebel. »Fritz! Ich bin's, Nessie. Hast du eine Minute?«

»Na, du weißt doch, dass ich immer Zeit für meine Lieblingsrothaarige habe. Aber solltest du nicht auf Hawaii sein?«

»Das bin ich, aber ich brauche jemanden zum Reden, und mit Lucie kann ich das gerade nicht.« Sie hielt inne, dann räumte sie ein: »Noch nicht.« Sie hatte beschlossen, dass sie Lucie erst von ihrer Affäre mit Jax erzählen würde, wenn die Flitterwochen vorüber waren. Wahrscheinlich würde Lucie die ganze Sache gar nicht schlimm finden. Aber für den Fall, dass es ihr doch etwas ausmachte, wollte Vanessa nicht ausgerechnet jene Woche ruinieren, die die glücklichste in Lucies Leben sein sollte.

»Das sieht dir gar nicht ähnlich, Rotschopf. Was ist los? Hast du Ärger mit irgendwelchen miesen Typen, Mädchen? Keine Sorge, wenn ich morgen nach Hawaii komme, werde ich denen schon zeigen, wo der Hammer hängt.«

»Nein, nein, es ist nichts in der Art. Ähm …« Sie holte Luft, schloss die Augen und spuckte es aus. »Ich schlafe mit Lucies Bruder, Jackson.«

Ein langsamer Pfiff kam durch den Lautsprecher des Handys. »Damit es in der Familie bleibt, ja? Okay, also, was ist das Problem? Bringt er deine Muschi nicht zum Schwitzen?«

Es war nicht leicht, Vanessa zu schockieren. Außerdem hatte sie sich längst an die krassen Kommentare des pensionierten Marinerettungsschwimmers gewöhnt, die sie häufig mit ebenso krassen Bemerkungen parierte. Ihre Rededuelle hatten im Laufe der Jahre schon viele Pub-Gäste dazu gebracht, Fritz und sie sehr seltsam anzusehen.

Angesichts des vertrauten Geplänkels spürte sie, wie sich ein Grinsen auf ihrem Gesicht ausbreitete. »Nur weil *du* Probleme hast, die Ladys dazu zu bringen, vor Wonne deinen Namen zu schreien, alter Mann, bedeutet das nicht, dass alle anderen auch solche Probleme haben.«

»Ha! Wenn ich mit einer Frau zusammen bin, ist der Sex so gut, dass meine *Nachbarn* eine Zigarette brauchen. Also lauf nicht herum und beschuldige mich, die Ladys nicht zufriedenzustellen.«

Vanessa brach in Gelächter aus, und etwas von ihrer Anspannung löste sich. »In Ordnung, wir haben also festgestellt, dass du genauso wenig Probleme im Bett hast wie Jackson. Mann, ich kann dir gar nicht sagen, was für eine Erleichterung das ist. Ganz zu schweigen von den spektakulären Bildern, die ich nun im Kopf habe, herzlichen Dank auch.«

»Zumindest klingst du nicht länger wie ein verschrecktes kleines Kaninchen«, erklärte er liebevoll. Dass Fritz ihre Angst übers Telefon gespürt und versucht hatte, sie auf die einzige Art zu beschwichtigen, die er kannte, berührte sie wirklich. Er war im Herzen ein großer Teddybär. »Jetzt erzähl mir, was dir wirklich zusetzt.«

Sie fuhr sich mit der Hand durchs Haar und krallte sich in ein Büschel fest, bis der scharfe Schmerz in ihrer Kopfhaut sie zwang, den Griff zu lockern. *Sag es, sag es, sag es!* »Gott, das ist verrückt«, murmelte sie. »Ich kann nicht glauben, dass ich das tatsächlich sage …«

»Sprich lauter, Schätzchen, mein Gehör ist nicht mehr das, was es mal war.«

»Ich denke, dass ich vielleicht … ich meine, es ist möglich …« Irgendwo in ihrem Hinterkopf wusste Vanessa, dass sie sich lächerlich benahm. Scheiße, sie krümmte sich geradezu, als würden ihr die Worte, die ihr von der Zungenspitze baumelten, tatsächlich körperlichen Schmerz bereiten. »… dass ich vielleicht – nur ein ganz *klein wenig* – scharf auf Jackson bin. Verknallt, oder wie immer du es nennen willst.«

Ihr Atem blieb in ihren Lungen stecken, während sie auf eine Antwort wartete, auf ein schallendes Gelächter, auf *irgendetwas.* Aber das einzige Geräusch, das durch die Leitung kam, war das Kratzen, als Fritz mit den Fingern über seinen grauen Stoppelbart strich. Wahrscheinlich saß er jetzt an der Theke, in einer Hand den Hörer des alten Telefons, während er mit der anderen das Schmirgelgeräusch erzeugte, das mit jeder verstreichenden Nanosekunde lauter zu werden schien.

»Fritz, sag doch was«, flehte sie. »Sag mir, ich bin verrückt, weil ich ihn erst seit ein paar Tagen kenne. Dass es förmlich nach Ärger schreit, mich mit dem Bruder meiner besten Freundin einzulassen. Dass ich eine Heuchlerin bin, weil er praktisch jede einzelne meiner Regeln bricht.«

»Nu, nu, Rotschopf, warum sollte ich solche Sachen sagen, wenn du sie ohnehin schon denkst?«

»Siehst du? Ich hab's gewusst.« Sie sackte auf dem Sofa nach vorn und ließ den Kopf in die Hand fallen. »Oh, das ist schlimm. Schlimm, schlimm, schlimm.«

»Jetzt warte mal einen Moment. Nur weil ich darauf hingewiesen habe, dass du diese Dinge bereits denkst, bedeutet das nicht, dass ich in irgendeinem dieser Punkte deiner Meinung bin.«

Vanessa hätte schwören können, dass sie irgendwo eine Nadel über eine Schallplatte kratzen hörte. »Ach nein?«

»Teufel, nein. Jetzt hör mir zu, und hör *gut* zu. Du weißt, dass ich dich wie meine eigene Tochter liebe. Aber Jesses Maria, du bist die dümmste kluge Frau, die ich kenne.«

»Wie bitte?«

»Ich habe beobachtet, wie du mehr Burschen im Pub abgewiesen hast, als ich zählen kann. Jetzt versteh mich nicht falsch, die meisten von ihnen waren die Zeit nicht wert, die du gebraucht hast, um sie loszuwerden. Aber einige waren mächtig nette Gentlemen, und alles, was dich abgehalten hat, waren diese verdammten Regeln.«

»Meine Regeln sind in Ordnung. Sie verhindern, dass ich mich mit jemandem einlasse, der nicht gut für mich ist«, argumentierte sie, während sie den Raum durchquerte, um auf das leuchtend blaue Wasser jenseits des weißen Sandes hinauszuschauen.

»Ach, das ist so ein Schwachsinn. Deine *Regeln* sind nichts anderes als eine Methode, sicherzustellen, dass niemand dir nah genug kommt, um dir wehzutun.« Sie wollte diesen Punkt gerade bestreiten, als er etwas sagte, das sie veranlasste, den Mund wieder zuzuklappen. »Wenn du so weitermachst, Nessiemädchen, wirst du immer allein sein. Und ich weiß, dass du das nicht willst.«

Nein, dachte sie bekümmert. *Das will ich nicht.*

»Niemand ist perfekt, Kleine. Nicht einmal du, so schwer das auch vorstellbar sein mag.«

Der Anflug eines Lächelns umspielte ihre Lippen bei seinem milden Tadel, aber gleichzeitig verspürte sie Furcht. Würde sie wirklich für immer allein bleiben, wenn sie jeden Mann, den sie kennenlernte, an ihren Regeln maß?

Fritz fügte einen letzten Gedanken hinzu und hielt damit die Lawine von Fragen zurück, mit denen sie sich selbst fast überschüttete. »Ich habe Jackson nie kennengelernt, aber nach allem, was Lucie mir von im erzählt hat, klingt er nach einem ziemlich guten Kerl. Schließlich hat er sie praktisch großgezogen, also kann er nicht allzu schlecht sein. Vielleicht solltest du im Zweifelsfall für *ihn* entscheiden und *dir* eine Chance geben, rauszufinden, wie die Dinge sich entwickeln. Vielleicht erlebst du ja eine Überraschung.«

»Seit wann bist du so klug geworden?«

Sein raues Kichern wärmte ihr das Herz und bescherte ihr ein wenig Heimweh. Das *Fritz's* war während der letzten Jahre zu einer lieb gewonnenen Gewohnheit geworden, und das Gleiche galt für den Besitzer des Pubs. »Seit immer, aber ich versuche, es unter Kontrolle zu halten, weil ich es hasse, ein hübsches Mädchen weinen zu sehen, wenn ein alter Kerl wie ich mal wieder schlauer war.«

Sie hatte gelacht und dann mit Fritz noch etwas über die Hochzeit geplaudert, bevor sie aufgelegt und den Rest des Vormittags versucht hatte, sich auf die Arbeit an ihrem Fall zu konzentrieren statt auf ihre wirren Gefühle.

»Wo bist du, V?«

»Mmh?« Blinzelnd schaute sie zu Jackson hinüber und stellte fest, dass sie angehalten hatten.

»Du schienst gerade meilenweit entfernt zu sein.« Er legte den Arm über die Rückenlehne ihres Sitzes und beugte sich vor, während er sich die Sonnenbrille auf den Kopf schob. Der goldene Braunton seiner Augen drang durch den Nebel ihres Flashbacks. »Wo warst du?«

Sie schenkte ihm ein selbstbewusstes Lächeln. Zumindest hoffte sie das. »Vertrau mir, dort wo ich war, willst du gar nicht sein.«

»Da wäre ich mir nicht so sicher, Schätzchen.« Er kam näher und drückte seine Lippen in einem sanften Kuss auf ihre. Als er sich zurückzog, fügte er hinzu: »Solange *du* dort bist, denke ich, dass es genau der Ort ist, an dem *ich* sein will.«

Vanessa saß stocksteif da, und ihr Gehirn analysierte das Gesagte mit Überschallgeschwindigkeit, während eine ungeheure Wärme sich in ihrem Herzen ausbreitete. Hatte er möglicherweise Gefühle für sie? Wollte er mehr, als sie ursprünglich vereinbart hatten?

Nein, das ergab keinen Sinn. Er hatte sich ziemlich klar ausgedrückt, als sie das Arrangement getroffen hatten. Jackson war nicht daran interessiert, eine Beziehung zu haben – weder mit ihr noch mit irgendjemand anderem. Er musste vom Hier und Jetzt sprechen. Heute war ihr letzter Tag zusammen, und er wollte wahrscheinlich das Beste daraus machen, genau wie sie.

»Komm schon, Prinzessin, beeil dich. Wir haben einen ordentlichen Marsch vor uns.«

Während der nächsten halben Stunde wanderten sie durch die schönste Landschaft, die Vanessa je gesehen hatte. Im Fernsehen hatte sie schon ein paarmal Reportagen über den Dschungel gesehen. Aber diese wilde, üppige Natur hautnah zu erfahren, statt sie nur in der Flimmerkiste zu sehen, war wie der Unterschied zwischen einem Foto von Jackson (Oh, der ist süß) und dem Wissen, wie es sich anfühlte, mit ihm zu schlafen (Oh mein Gott, er ist unglaublich). Kein Vergleich.

Jax ging voran und hielt ihr das Blätterwerk aus dem Gesicht, oder er hielt ihre Hand, um sie zu stützen, wenn sie über eine rutschige Stelle gingen. Nach und nach wurden die Geräusche von rauschendem Wasser lauter. Schließlich erblickten sie

Licht am Ende des Blätterwerktunnels. Vanessa spürte, wie ihr ein erwartungsvolles Prickeln über den Rücken lief. Vielleicht waren Überraschungen doch nicht so schlecht.

»Da wären wir«, verkündete er, nahm ihre Hand und führte sie hinaus auf die Lichtung. »Willkommen in Maris Falls.«

»Oh, Jackson!«

Vor ihr lag ein klarer See, der auf drei Seiten von hohen, üppig bewachsenen Klippen umgeben war. Genau in der Mitte der Felsen fiel ein Wasserfall herab, der mit einer Gischtwolke im See endete und eine Vielzahl kleiner Regenbögen aufscheinen ließ.

Vanessa drehte sich um und sah Jax an. »Das ist deine Lieblingsstelle auf der Insel.«

»Ja. Ich komme hierher, um nachzudenken, mich zu entspannen und über existenzielle Fragen nachzugrübeln. Du weißt schon, das Übliche.«

Sie lachte und sah sich wieder um. »Ich habe noch nie etwas so atemberaubend Schönes gesehen.«

»Ich schon.«

Beim heiseren Klang seiner Stimme bemerkte sie, wie er sie anstarrte. Der Sinn seiner Worte spiegelte sich deutlich in seinem erhitzten Blick wider. Normalerweise hätte sie etwas Anzügliches eingeworfen, wie »Schmeichelei bringt dich überall hin«, aber plötzlich war ihre Kehle trocken, und ihr Verstand schien einen anderen Berg hinaufgewandert zu sein.

»Ähm, also …« Sie räusperte sich und schob sich das Haar hinters Ohr. »Was jetzt?«

»Jetzt«, sagte er, streifte den schweren Rucksack von den Schultern und stellte die kleine Kühltasche, die er getragen hatte, auf den Boden, »schlagen wir unser Lager auf und gehen schwimmen.«

»Das sind die besten Neuigkeiten, die ich heute gehört habe.

Gib mir den Rucksack«, sagte sie und streckte die Hände aus. »Ich bin eine exzellente Lageraufschlägerin.«

»Das bist du, wie?«

»Klar. Das war mein Nebenfach im College. Ich sorge dafür, dass wir im Nu im Wasser sind.«

»Ich habe eine bessere Idee.« Er ließ den Rucksack hinter sich fallen, trat vor sie hin und packte ihre Hüften. Ihre Hände wurden wie Magneten zu seinen Brustmuskeln gezogen, deren Kurven genau in ihre Handflächen passten. »Warum springst du nicht ins Wasser, Süße, und kühlst dich ab. Ich breite die Sachen hier draußen aus und komme gleich zu dir.«

Sie biss sich auf die Lippe und schaute zu dem verlockend kühlen Teich, dann wieder zu Jackson. »Bist du dir sicher?«

Ein breites Lächeln teilte seinen sexy Mund, unmittelbar, bevor er ihr einen heißen Kuss gab. »Ich bin mir sicher.«

Vanessa schaffte es nicht, noch länger Einwände zu erheben. Die Feuchtigkeit des Dschungels, durch den sie marschiert waren, hatte definitiv ihren Tribut gefordert. Schweiß und Dreck bedeckten ihre Haut, und sie fühlte sich wirklich ekelig. Jax so nahe an sich heranzulassen, während sie sich so schmutzig fühlte, lag eigentlich weit außerhalb ihrer Wohlfühlzone. Aber mit ihm zusammen tat sie ja ständig Dinge, die sie früher nie getan hätte.

Sie griff nach ihrer Shorts, streifte sie ab, dann ihr T-Shirt, die Sportschuhe und die Socken, bis nur noch ihr himmelblauer Riemchenbikini übrig blieb. Es war ihr persönlicher Favorit. Der Bikini war im Grunde eine Ansammlung von Dreiecken: Zwei, die kaum ihre Brustwarzen verdeckten und sowohl Dekolleté als auch seitliche Rundungen zur Schau stellten, und zwei dürftige Fetzen, die sie unten bedeckten, viel vom Hintern freiließen und nur durch Bänder und Schleifen über den Hüften verbunden waren.

»Was in Gottes Namen ist das?«

»Was ist *was?*« Da sie befürchtete, dass Jax irgendeine Art von gefährlichem Dschungeltier entdeckt hatte, wirbelte sie herum, um zu sehen, was er gefunden hatte. Aber er starrte sie an. Sie atmete zischend aus und dann einige Male tief durch, um sich zu beruhigen. »*Mach* das nicht noch mal! Du hast mir einen Mordsschrecken eingejagt.«

»Das ist *kein* Bikini.«

»Mach dich nicht lächerlich. Natürlich ist es das.«

»Nein«, widersprach er, sein Blick gefangen zwischen ihren Schenkeln. »Das ist ein Foltergerät. Trägst du dieses Ding in der Öffentlichkeit?«

Tatsächlich tat sie das nicht. Es war für Poolpartys mit ihren Freunden reserviert oder für Sonnenbäder auf ihrem Balkon. »Warum, Jackson?« Sie schlenderte zu ihm hinüber, strich mit einem Finger über die Mitte seiner Brust und schaute durch ihre dichten Wimpern zu ihm auf. »Würde es dich eifersüchtig machen, wenn andere Männer mich so sähen?«

»Versuchs mal mit mordlustig«, stieß er durch zusammengebissene Zähne hervor. »Du bist verdammt noch mal fast nackt.«

Sie bedachte ihn mit einem wissenden Grinsen und verbuchte diese Information zur späteren Verwendung. »Nun, wenn mein Anblick in diesem fast nicht vorhandenen Bikini dich tatsächlich dermaßen foltert …« Sie hob die Hände an die Bändchen, die auf ihren Hüften hingen, bereit die Schleifen zu öffnen. »… sollte ich ihn wahrscheinlich einfach loswerden.«

Jackson packte sie an den Handgelenken und hielt sie fest. »Denk nicht einmal daran, V. Es ist zwar selten, dass ich hier oben andere Leute sehe, aber das bedeutet nicht, dass es nicht vorkommt. Und niemand außer mir bekommt einen Blick auf das, was mein ist.«

Scheiße. Tolle Art, ihr deine Zustimmung zu zeigen, Maris. Er hatte nicht vorgehabt, den letzten Teil laut auszusprechen. Jede Art von Anspruch, den er auf Vanessa erhob, würde ihr unheimlich sein. Er hätte sie genauso gut mit den Händen wegstoßen können. Heute sollte der Tag sein, an dem er ihr zeigte, was er für sie empfand – dass er mehr wollte als nur die drei Tage, denen er zugestimmt hatte. Aber wenn er seinen inneren Neandertaler nicht unter Verschluss halten konnte, würde er keine große Chance haben.

Doch zu seiner Überraschung wandte sie sich nicht ab, sondern stellte sich auf die Zehenspitzen und presste ihre Lippen auf seine. Gerade als er plante, die Sache auf die nächste Ebene zu bringen und zur Hölle mit allem anderen, zog sie sich zurück, schenkte ihm ein strahlendes Lächeln und sagte: »Na gut.«

Sie ging wieder von ihm weg und gab ihren Hüften einen kleinen Extraschwung. Als sie den Rand des Wassers erreichte, warf sie ihm einen Blick über ihre Schulter zu, unmittelbar, bevor sie in das klare, kühle Nass tauchte.

Na gut? Warum hatte sie nicht dichtgemacht oder ihn daran erinnert, dass er nur noch für wenige weitere Stunden einen Anspruch auf sie hatte? War es möglich, dass er mehr als nur ein einfacher Urlaubsflirt für sie war? Einige Meter weiter durchbrach sie die Oberfläche, lachte und trat unter Wasser auf der Stelle.

»Also, *dies* ist der Himmel«, sagte sie, drehte sich, um die Umgebung zu betrachten, und tauchte dann wieder unter.

»Das kommt der Sache verdammt nah«, murmelte er vor sich hin. Das Einzige, was es für ihn perfekt machen würde, wäre, wenn Vanessa mit ihm zusammen sein wollte. Für immer. Er hatte noch nie für irgendeine Frau empfunden, was er für sie empfand. Sie ergänzten einander in einem perfekten Gleichgewicht aus Geben und Nehmen.

Vanessa brauchte Kontrolle in ihrem täglichen Leben. Sie war eine Frau, die wusste, was sie wollte, und nicht ruhte, bevor sie es bekam. Es war verdammt erfrischend, mit jemandem zusammen zu sein, der lieber Pläne machte, statt darauf zu warten, die Tagesordnung gesagt zu bekommen. Sie genoss außerdem, im Mittelpunkt der Aufmerksamkeit zu stehen, und er war glücklich damit, sich zurückzulehnen und zu beobachten, wie sie eine Menschenmenge befehligte.

Jackson hatte versucht, seine natürlichen Neigungen abzustreifen, immer das Kommando über die Dinge zu übernehmen, als er auf die Inseln gezogen war. Nachdem er seiner Schwester fünf Jahre lang die Eltern ersetzt hatte, sehnte er sich nach einem Leben, in dem zur Abwechslung mal jemand anderes die Führung übernahm. Nur dass die Frauen sich jedes Mal, wenn er das Beziehungsding versuchte, in allem an ihm orientierten – vom Schlafzimmer bis hin zu der Frage, was es zum Mittagessen geben sollte. Ersteres machte ihm nichts aus. Letzteres trieb ihn verdammt noch mal in den Wahnsinn.

Jilli hatte ihm einmal gesagt, dass er unbewusst unterwürfige Frauen auswählte, obwohl er das Gegenteil wollte. Auf diese Weise brauchte er sich niemals wegen einer langfristigen Bindung Sorgen zu machen, denn tief im Inneren wusste er, dass sie nicht kompatibel waren. Damals hatte er mit einem lauten »Bullshit« auf ihr weibliches Psychogeschwafel geantwortet. Aber jetzt begriff er, *wie* recht sie gehabt hatte.

In Wahrheit hatte er Angst davor gehabt, jemanden zu finden, mit dem er Ernst machen konnte. Er hatte eine ziemliche Schwäche dafür entwickelt, für niemand anderen als sich selbst verantwortlich zu sein. Und ganz gleich, wie stark beide Partner waren – in einer Beziehung hatte man immer eine Verantwortung für die jeweils andere Person. Sosehr er seine Schwester liebte, hatte er sich während der Jahre, in denen er sich um sie gekümmert hatte, gefangen gefühlt. Das hatte er sie natürlich niemals wissen lassen. Aber der plötzliche Tod ihrer Eltern, die Entdeckung, dass er adoptiert worden war, und seine neue Aufgabe, Lucie großzuziehen … nun, es war schwer gewesen, sich nicht ein wenig überwältigt zu fühlen.

Also ja. Sobald er sich in Oahu niedergelassen hatte, war das Letzte, was er tun wollte, sich an ein anderes menschliches Wesen zu binden, ganz gleich aus welchem Grund. Er war vollkommen zufrieden mit seinem Dreimonatsdurchschnitt bei irgendwelchen Affären.

Weshalb es für ihn ein totaler Glückstreffer war, dass er und Vanessa überhaupt zusammengekommen waren. Teufel, unter normalen Umständen hätten ihre Regeln dafür gesorgt, dass sie mit Sicherheit in die entgegengesetzte Richtung davongelaufen wäre.

Aber sie waren hier. Wie zwei Hälften eines Puzzles, die die leeren Stellen des anderen füllten und sie zum ersten Mal zu einem Ganzen machten. Jax wusste einfach, dass es niemals eine andere Frau geben würde, die ihn so vervollständigte.

Und jetzt, da er sie gefunden hatte, bestand eine verdammt große Chance, dass er sie wieder verlieren würde. Und dann würde er niemandem als sich selbst die Schuld daran geben können.

Es würde keine Rolle spielen, dass die Dinge zwischen ihnen funktioniert hatten. Sie hatten fünf umwerfende Tage zusammen verbracht, und wenn sein Verdacht korrekt war, wollten sie beide mehr Zeit miteinander haben. Vanessa hatte ihre Regeln gemacht, um sich vor Menschen zu schützen, die ihr in irgendeiner Weise wehtun konnten, und dazu gehörten natürlich Lügner. Wenn er ihr die Wahrheit sagte, würde sie nicht nur die Schwindeleien sehen, die er ihr am Flughafen aufgetischt hatte. Sie würde jede Minute, die sie miteinander verbracht hatten, als Betrug ansehen. Alles, was er ihr gesagt hatte. Alles, was er mit ihr gemacht hatte. Alle Gefühle, die er in ihr geweckt hatte.

Jax wusste, dass er genau eine Chance hatte. Er musste ihr zeigen, *wie* viel sie ihm bedeutete – ihr zeigen, wie viel *er* für sie bedeutete – und wie verrückt hoffen, dass es genügen würde.

Er brauchte nur wenige Minuten, um die Decke auszubreiten und sich davon zu überzeugen, dass alle Snacks, die er mitgebracht hatte, immer noch sicher in ihren Behältern waren. Er hatte vor, später im Bungalow ein Abendessen für Vanessa zu kochen. Aber bis dahin hatte er Fingerfood mitgebracht, damit sie ihr Energielevel aufrechterhalten konnte. Denn eines stand fest: Er hatte vor, eine ganze Menge von ihrer Energie zu verbrennen.

In Rekordzeit streifte er alle Kleider bis auf die Shorts ab. Zu sagen, er freue sich darauf, an seiner Lieblingsbadestelle mit Vanessa zu spielen, war eine extreme Untertreibung. Als er sich umdrehte, sah er, dass sie sich auf einem großen, flachen Felsen auf der anderen Seite des Sees entspannte. Auf die Ellbogen gestützt, den Kopf nach hinten gelehnt, während ihr Haar wie eine dunkelrote Kaskade über ihre Schultern floss, sah sie aus wie eine Wassernymphe, die sich dort sonnte und selbst Männer mit größter Entschlossenheit in ihren Bann zog. Und er war keine Ausnahme.

Aber gerade als er im Begriff stand hineinzugehen, sagte sie etwas, das ihn mit einem Fuß über dem sich kräuselnden Wasser innehalten ließ.

Ohne die Augen zu öffnen oder ihre Modelpose zu verändern, rief sie ihm über das Plätschern des Wasserfalls zu. »Du lässt dir ewig Zeit dahinten. Mir war nicht klar, dass du die Decke erst *stricken* musstest, bevor du sie auf den Boden legst.«

Ach, wirklich. Ihr provozierendes Gerede trieb ihm ein breites Grinsen aufs Gesicht und lockte seine verspielte Seite hervor.

»Bin gleich drin!«

Er joggte um den Rand des Pools herum zu dem Pfad, den er so gut kannte, dass er ihn mit geschlossenen Augen finden würde, dann kletterte er auf die Felsformation oben über dem Wasserfall. Sobald er sicher auf dem großen Felsen stand, der über das schnell fließende Wasser hinausragte, legte er die Hände um den Mund und rief nach der badenden Schönheit ungefähr zehn Meter unter ihm.

Als sie ihn erblickte, sprang sie auf die Füße und schrie etwas, das schrecklich nach einer Schmähung seiner Intelligenz klang.

So zu tun, als sei er nicht schon Hunderte von Malen von genau dieser Stelle ins Wasser gesprungen, war wohl gemein, aber der Teenager in ihm konnte einem kleinen Streich nicht widerstehen. »Keine Sorge, ich bin mir sicher, dass es gut gehen wird! Es sieht nicht allzu schlimm aus!«

Ohne ein weiteres Wort sprang er weit vom Rand der Felswand weg und genoss das Gefühl des freien Falls neben dem rauschenden Wasser. Mit den Füßen voran platschte er in die kühlen Tiefen und fühlte sich sofort belebt, als er auf den Grund sank und sich dann abstieß, um durch die Oberfläche zu brechen.

»Bist du verrückt geworden? Du hättest ausrutschen und dir den Schädel einschlagen können.«

Er schaute hinüber, um eine fuchsteufelswilde Wassernymphe zu sehen, die auf dem Felsen kniete und ihn anfunkelte, was das Zeug hielt.

»Was ist los, meine Süße?«, fragte er, als er auf sie zuschwamm. »Hast du Angst, dass du mich bei einem kleinen Klippensprung verlieren könntest?«

»Natürlich nicht. Ich habe mir Sorgen gemacht, ob ich den Rückweg den Berg hinunter allein finden würde, nachdem du wie ein Idiot verblutet wärest.«

Verdammt, er liebte ihr freches Mundwerk. Lachend riss er sie mit sich ins Wasser. Sie kreischte vor Überraschung und versuchte, sich seinem Griff zu entwinden, aber er weigerte sich nachzugeben. Schon bald lachte sie mit ihm, und sie verbrachten eine gute halbe Stunde damit, einander zu bespritzen und abwechselnd unterzutauchen.

Schwer atmend vom Spielen hievten sie sich schließlich auf die Felsplattform, auf der sie sich zuvor gesonnt hatte. Ihre Beine baumelten im Wasser, während sie sich nach hinten auf die Hände stützten. Sie seufzte tief. »Dieser Ort ist magisch, Jackson.« Sie wandte sich ihm zu, um ihn anzusehen. »Danke, dass du mich hierhergebracht hast. Dass du diesen Teil deines Lebens mit mir teilst.«

Bei ihren Worten verkrampften sich seine Eingeweide, und sein Herz öffnete sich weit. Er wollte so viel mehr mit ihr teilen, wenn sie es ihm erlaubte. Und er plante, es ihr zu sagen. Aber nicht jetzt. Jetzt wollte er sich einfach in ihrem Geruch verlieren, ihrem Geschmack, ihrem Körper. In ihr.

Er beugte sich vor, küsste sie langsam und sanft und kostete die Reaktion aus, mit der sie ihm sofort antwortete. Er fragte sich, ob sie irgendeine Ahnung hatte, wie leicht sie ihn aus der Fassung brachte.

Er zog sich zurück. »Hast du schon mal unter einem Wasserfall gestanden?«

Sie schüttelte den Kopf.

»Komm mit.«

Jax führte sie zur rechten Seite des Felsen, wo noch Wasser hinunterfiel, aber nicht mehr mit derselben Wucht wie in der Mitte. Es gab außerdem einen kleinen Vorsprung, auf dem man stehen konnte, und der war näher am Ufer. Er ergriff ihre Hand, um sie festzuhalten bis sie festen Halt gefunden hatte.

Ein strahlendes Lächeln zeichnete sich auf ihren Zügen ab, als sie die Arme hob, um durch den dünnen Vorhang aus Wasser zu greifen, das hinter ihnen herunterkam. Jax war wie gebannt, als er beobachtete, wie sie den Kopf in den Nacken legte und glücklich lachte, weil sie ein solches Naturwunder miterleben durfte.

Da er weit entfernt vom Meer aufgewachsen war, hatte er nie gewusst, dass er eine solche Vorliebe für Wasser besaß, bis er auf die Inseln gezogen war. Der Pazifik hatte ihn sofort in seinen Bann geschlagen. Und seither war das Wasser ebenso ein Teil von ihm geworden wie das Kämpfen. Darum törnte ihn Sex unter der Dusche – im Regen, einer Hot-Tub oder in einem Wasserfall – so gewaltig an.

Und darum wölbten sich jetzt auch seine Shorts, sodass sich die Nähte bis zum Zerreißen spannten.

Jax trat dicht an Vanessa heran und drängte sie gegen die Felsen, die von Jahrhunderten strömenden Wassers geglättet worden waren. Ihr Lächeln erstarb bei dem festen Griff seiner Hände an ihrem Hals. Ihre Atemzüge wurden flach, ihr Puls hämmerte unter seiner Berührung, und ihre Pupillen verschluckten beinah das Grün ihrer Augen.

Er strich mit dem Daumen über ihre Unterlippe, und die Art, wie das pralle Fleisch unter seiner Berührung nachgab, war so gottverdammt erotisch. »Hast du irgendeine Ahnung, was du mit mir machst?« Seine Stimme klang schroff und heiser, als hätte er sie am Tag zuvor verloren und würde sie gerade erst wiederbekommen. »Immer wenn ich dich ansehe, verliere ich verdammt noch mal den Verstand.«

»Gut.« Sie kratzte mit den Nägeln über seine Bauchmuskeln und hinterließ Spuren heißen Begehrens. Dann knabberte sie an der Kuppe seines Daumens. »Dann wären wir schon zu zweit.«

Er brauchte ihren Kuss mehr als die Luft zum Atmen. Pfeilschnell beugte er sich vor und nahm ihren Mund. Er bewegte die Lippen über ihre, drückte V gegen den Fels, bis das Wasser auf ihren Körper niederfiel, ein fließender Umriss weicher Kurven, der seine niederen Instinkte in Versuchung führte. Sie schlang die Arme um ihn und zog ihn zu sich heran, so dicht, dass nicht einmal Luft zwischen ihnen Platz hatte.

Er verlagerte sein Becken, positionierte eins seiner Beine zwischen ihren, packte mit beiden Händen ihren Hintern und hievte sie auf seinen Oberschenkel. Ohne auf eine Anweisung zu warten, kippte sie ihr Becken so, dass sie langsam über seinen steifen Schwanz rieb. Seine Zunge tanzte mit ihrer zu der Wassermusik, die sie umgab. Vanessa schmeckte nach Pfefferminz, Kaffee und … nach Vanessa.

Niemand schmeckte wie sie. Niemand fühlte sich an wie sie. Niemand berührte ihn – physisch oder emotional – wie sie.

»Liebe mich, Jackson.«

Mist, ja. Warte … Er sammelte all seine Willenskraft und antwortete: »Nicht hier.«

Sie reagierte mit einem »Doch, hier«, und biss in seine Unterlippe, bevor ihre Zunge in seinen Mund glitt und seine Entschlossenheit in alle vier Winde versprengte.

Die Frau war gefährlich. Sie hatte die Macht, ihn die Kontrolle verlieren zu lassen, etwas, das er noch mit niemand anderem je erlebt hatte. Er konnte sich leicht in ihren smaragdgrünen Augen verlieren, im Duft ihrer Haut oder der Macht ihres Kusses. Und er war sich nicht sicher, ob es ihn kümmern würde, wenn er den Weg niemals zurückfand.

Jax verlagerte sein Gewicht, und sein Fuß glitt ein wenig auf einem der Felsen aus und erinnerte ihn daran, warum *genau* er zu Beginn Nein gesagt hatte. Er wand seinen Mund von ihrem los, aber bevor er seine frühere Aussage wiederholen und auf den Sicherheitsaspekt hinweisen konnte, kroch eine ihrer Hände seinen geschwollenen Schaft entlang, bevor sie sich fest darum schloss.

Er sog die Luft durch zusammengebissene Zähne ein und stieß sie als ein Stöhnen wieder aus, während er sich in ihre Hand drückte. Sie sah ihn mit einem schelmischen Lächeln an, sichtlich erfreut darüber, dass sie ihm eine solche Reaktion entlockt hatte.

»Du findest es komisch, wenn du mich dazu bringst völlig durchzudrehen?«, fragte er. Sie nickte, ein mutwilliges Glitzern in den Augen, die von den feuchten Spitzen ihrer Wimpern umrahmt wurden. Ihre Lippen, schwellend und rot von seinen Küssen, zeigten den schwachen Anflug eines Schmunzelns, als wüsste sie, was jetzt kommen würde. Kluge Frau.

Eigensinnige Frau.

»Mal sehen, wie komisch du es findest, wenn die Rollen vertauscht sind, Prinzessin.«

Vanessa fühlte sich schwerelos, als Jackson sie hochhob und in den Armen wiegte. Sie legte den Kopf an seine Brust und blickte unter gesenkten Wimpern zu ihm auf.

Sie konnte den Wirbel von Gedanken in seinem Kopf beinahe sehen; so eindringlich schaute er sie an. Aber wie sehr sie es auch versuchte, sie konnte nicht einmal ansatzweise erraten, welche Gedanken das waren. Hatten sie mit dem zu tun, was gerade passiert war? Waren sie gut oder schlecht? Scheiße, seit wann war sie so neurotisch?

»Alles okay?«, fragte sie.

Er blinzelte, dann schenkte er ihr dieses Lächeln, das ihr Inneres schmelzen ließ. »Besser als okay. Hast du Hunger?«

»Wie ein Wolf.«

»Gut. Ich habe ein paar Sachen mitgebracht, von denen ich denke, dass sie dir schmecken werden.«

Er trug sie so mühelos zu den Felsen hinüber, als befänden sie sich auf festem Grund und sie wäre das reinste Federgewicht. So viel Anmut bei einem so massigen Mann widerlegte alle physikalischen Gesetzte. Und gleichzeitig törnte es sie unglaublich an.

Sobald sie ihre Decken erreicht hatten, setzte Jax sie ab und begann in der kleinen Kühltasche zu stöbern. Die Sonne spiegelte sich auf seiner gebräunten Haut und den dunklen Bildern seiner Tätowierung. Die Wellen sahen beinah so aus, als kräuselten sie sich, wenn sein Bizeps sich bewegte. Sie liebte seine Arme. So stark und sicher; noch nie hatte sie sich so geborgen gefühlt wie in seiner Nähe.

Sie ließ sich auf die Decke neben ihm nieder und sagte: »Ich habe plötzlich Hunger nach etwas anderem als Nahrung.«

Seine Mundwinkel zuckten, als er sich umdrehte, um sie anzusehen. »Das ist die Dessertkarte, von der du redest, Prinzessin. Die kommt normalerweise nach dem Hauptgang.«

Sie biss sich kurz auf die Unterlippe und erinnerte sich dann, dass eine ihrer Kolleginnen ihr erzählt hatte, dass ihre Kinder an speziellen Tagen statt des Abendessens ein Dessert bekamen und sich dann Filme anschauen durften. »Aber heute ist ein besonderer Tag, stimmt's? Also, an besonderen Tagen sollten wir in der Lage sein, das Dessert zuerst zu bekommen.«

»Ich weiß nicht«, wich er aus. »Das klingt schrecklich danach, gegen irgendwelche Regeln zu verstoßen.«

Ihr Kiefer klappte herunter, eine Sekunde bevor Jax zu grinsen begann. Sie zahlte ihm sein Lachen mit einem Schlag auf den Arm heim, schob ihn weg, bis er sie zu einem Versöhnungskuss niederrang. Sie hielt den Kampf ganze zwei Sekunden durch, bevor sie anfing zu kichern und sich der Magie seines Mundes ergab.

Eine Minute später flüsterte er ihr ins Ohr, sie könnten tatsächlich zum Dessert vorspringen. Daher war sie verwirrt, als er wieder zu der Kühltasche ging, statt das sinnliche Verschmelzen ihrer Lippen fortzuführen.

Er hielt eine Flasche und zwei Gläser hoch. »Durst?«

»Ooh, Champagner. Absolut.«

Vorsichtig befreite er den Korken und wartete, bis der Schaum aufhörte, aus der Flasche zu rinnen. Er schenkte ihnen beiden ein halbes Glas ein und reichte ihr eins davon, dann stellte er die Flasche auf den Deckel der Kühltasche und drehte sich mit einer kleinen weißen Schachtel in der Hand wieder zu Vanessa um. Als ihre Blicke sich trafen, war alle Heiterkeit aus seinem Gesicht verschwunden. Etwas, das sie an Jackson noch nicht oft gesehen hatte.

Im Naturzustand war er charmant und flirtete. Sie hatte das Gefühl, dass die meisten Menschen kaum seine ernste Seite sahen. Er kaschierte sie mit den Scherzen und der spielerischen Persönlichkeit, die er so gekonnt zur Schau stellte. Aber in ihren Gesprächen über die Vergangenheit hatte er Vanessa gezeigt, was unter dieser glatten Oberfläche lag. Und er zeigte es ihr jetzt … aber warum diesmal?

»Champagner *und* ein Geschenk?«, fragte sie und zog eine Augenbraue hoch. »Da verbessert jemand aber gerade ordentlich seinen Punktestand.«

»Ich spiele keine Spielchen mit dir, Vanessa. Es ist mir wichtig, dass du das weißt.«

Eine ganze Weile lang musterte sie ihn, hoffte, dass sie in seinen karamellfarbenen Augen oder den verkrampften Kiefermuskeln die Bedeutung seiner Worte finden würde. Sie fand sie nicht, aber was sie fand, war Aufrichtigkeit. Etwas Ehrliches, etwas Reines, das ihr vermittelte, dass sie nicht bloß eine weitere Eroberung war. Eine weitere Kerbe in seinem Gürtel.

»Ich glaube dir«, antwortete sie leise.

Er entspannte sich merklich. »Öffne es.«

Sie nahm den Deckel ab und zog eine wunderschöne, silberne Halskette heraus. Ein zweiteiliger Anhänger hing daran. Oben baumelte eine quadratische, türkisfarbene Perle aus Meerglas, und darunter war etwas aus Zinn …

»Seestern.«

Sie lächelte ihn mit feuchten Augen an. »*Asteroidea*.«

Er zeigte ihr das strahlende Lächeln, das seine Grübchen aufblitzen ließ. »Was auch immer. Hier, lass mich dir die Kette anlegen.«

Einige Sekunden später war sie befestigt, und das Metall des Seesterns legte sich angenehm kühl auf ihre sonnenheiße Haut. »Ich liebe sie, Jackson. Vielen Dank.«

»Sehr gern geschehen, Prinzessin. *Jetzt* können wir zum Dessert schreiten.« Er stellte sein Glas auf den Deckel der Kühlbox und küsste Vanessa lange und langsam. »Zieh deinen Bikini aus, dann lehn dich auf den Ellbogen zurück. Du kannst deine Beine gerade lassen oder anwinkeln, aber ich will sie offen.«

Der befehlende Ton, den er während ihrer sexuellen Begegnungen benutzte, überraschte sie erneut und sandte gleichzeitig eine Hitzewelle zwischen ihre Beine.

Was sie bis vor zwei Tagen nicht begriffen hatte, war, dass ihr Verlangen nach Kontrolle sie erschöpfte und frustrierte. Nach Jahren, in denen sie nie locker gelassen hatte, benötigte ihr Gehirn verzweifelt eine Pause. Eine Gelegenheit, loszulassen und darauf zu vertrauen, dass ein anderer übernehmen und ihr geben würde, was sie brauchte, ohne ihre Verletzbarkeit auszunutzen.

Jackson gab ihr das.

Er war perfekt auf sie und ihren Körper eingestimmt. Ihm war klar, dass sie sich insgeheim danach sehnte, die Kontrolle abzugeben. Er wusste, wie weit er sie drängen konnte und wann es weit genug war. Und in den wenigen Tagen, die sie gemeinsam verbracht hatten, hatte er ihr Unterbewusstsein irgendwie darauf trainiert, sofort lockerzulassen, sobald er mit dieser befehlenden Stimme zu ihr sprach.

Sie schaute durch ihre Wimpern zu ihm auf und tat wie geheißen.

Jax beobachtete Vanessa beim Öffnen der vier Schleifen, die den Bikini an ihrem geschmeidigen Körper hielten. Obwohl sie die ganze Woche lang eine Tonne Sonnenschutzcreme benutzt hatte, damit ihre helle Haut nicht verbrannte, hatte sie trotzdem genug Sonne für eine leichte Grundbräune und einige neue Sommersprossen abbekommen. Er hatte nie gedacht, dass Bräunungslinien besonders sexy waren, aber er liebte es, wie ihre Brüste und das Dreieck über ihrem Geschlecht sich milchig weiß gegen den leichten Goldton ihres restlichen Körpers abhoben.

Sie lehnte sich zurück, wie er es gefordert hatte, und stützte sich auf den Unterarmen ab. Ihre Beine waren an den Knien gebeugt, aber immer noch viel zu nahe beieinander. Er kniff die Augen leicht zusammen. »Weiter, *wahine.* Ich will sehen, wie feucht du für mich bist.«

Langsam spreizte sie die Beine, und er kämpfte gegen den Drang, gierig nach Luft zu schnappen. *Atme, Jackson.*

Das hier musste perfekt werden. Er musste eine Erinnerung schaffen, die so mächtig war, dass sie Vanessa immer erhalten bleiben würde, selbst wenn alles andere mit der Zeit verblasste. Das hatte nichts mit seinem Ego zu tun. Nein, es war Furcht, schlicht und ergreifend. Furcht, dass sie nicht für ihn empfand, was er für sie empfand. Furcht, dass sie fortgehen und ihm nur Erinnerungen bleiben würden. Aber Erinnerungen wurden schwächer, und der Gedanke, nicht einmal diesen kleinen Platz in ihrem Leben zu haben, erschütterte ihn bis ins Mark.

Er sah ihr tief in die Augen und streckte sich zwischen ihren gebeugten Beinen auf der Decke aus. Der berauschende Duft ihrer Erregung ließ ihm das Wasser im Mund zusammenlaufen.

Mit beiden Händen griff er nach ihrem Hintern. Sie biss sich auf die Lippen.

Sein Kopf senkte sich und blieb dort. Sie hielt den Atem an.

Seine Lippen trafen auf das weiche Fleisch ihres Oberschenkels, bevor seine Zähne an ihr knabberten.

Sie keuchte auf, atmete in kurzen Stößen und ballte die Hände zu Fäusten.

Normalerweise würde er sie warten lassen, würde sie betteln lassen. Die Erwartung aufbauen, bis sie tropfte und sich wand, ohne dass er ihr Geschlecht auch nur berührte. Es klang grausam, aber in Wirklichkeit machte es ihre Orgasmen nur umso explosiver.

Aber er kriegte es diesmal nicht hin. Er hatte nicht die Kraft, sich so lange zu beherrschen, wie er sollte. Er musste sie kosten, musste von ihr trinken, und er brauchte es verdammt noch mal jetzt.

Mit dem Gefühl schwach und selbstsüchtig zu sein, nahm er sich genau das, was er wollte.

Vanessa schrie in dem Moment auf, in dem sein Mund auf ihre feuchte Mitte traf. Während er sich daran gütlich tat, beobachtete er, wie sie den Kopf in den Nacken warf, den Körper beugte und ihre bleichen Brüste dem Himmel entgegenreckte wie eine Opfergabe an die Sonne.

Nichts auf der Welt ließ sich damit vergleichen. Alles an ihr war einzigartig, und dies war keine Ausnahme.

Sie fühlte sich wie Seide an seinen Lippen an, als er ihre feuchten Venuslippen erkundete, und als er sie mit der Zunge eroberte, dachte er, er würde von ihrer Hitze verbrennen und von der Art, wie sich ihre Muskeln begierig um ihn zusammenzogen.

»Oh, Jesus, Jax«, sagte sie und stieß den Atem aus. »Du bringst mich um.«

Noch nicht, oh nein.

Er bewegte sich leicht nach oben und fand ihre Perle. Er schnippte mit der Zungenspitze dagegen, dann saugte er hart, dann wiederholte er beide Schritte, bis ihre Hüften instinktiv zu stoßen begannen, auf der Suche nach diesem letzten Etwas, durch das sie mitten am Tag Sterne sehen würde.

Und er war nur allzu glücklich, sie dort hinzubringen.

Er schob zwei Finger in ihre Öffnung, wohl wissend, dass sie sie nehmen würde, aber ihm blieb bewusst, wie eng sie am Anfang war. Langsam, doch entschlossen drängte er vorwärts, spürte, wie die feuchte Wärme sich um ihn zusammenzog und seine Invasion willkommen hieß. Sobald er vollständig in ihr war, passte er sich dem Rhythmus ihrer Hüften Stoß für Stoß an und machte sich erneut daran, ihre Klitoris mit dem Mund zu bearbeiten.

Sie griff zwischen ihren Beinen hindurch und bekam eine Handvoll seines Haars zu fassen, als ergreife sie den Knauf eines Sattels, während sie auf ihren Höhepunkt zugaloppierte. Sein Schwanz pochte und wollte die Reibung fühlen, die seine Finger gegenwärtig genießen durften.

Vanessas Atemzüge wurden zu einem keuchenden Hecheln, zu heulenden Rufen, und schließlich zu einem Schrei, der die Luft zerriss, während ihr ganzer Körper sich in sich zusammenzog, bis ihre Muskeln schließlich im Takt der Erlösung zu zucken begannen.

Bevor sie die Gelegenheit hatte, herunterzukommen, riss Jax sich die Shorts vom Leib, legte Vanessas Beine flach auf den Boden und blieb dann direkt vor ihrem Eingang. Als ihr Körper die sensible Spitze seines Schwanzes küsste, stöhnte er und stieß ihn ganz in sie hinein. Wieder bog sie den Rücken durch, aber diesmal pressten sich ihre Brüste an seinen Oberkörper, bis sie sich unter ihm entspannte.

»V, Baby«, sagte er, und seine Stimme war nicht mehr als ein Raunen. »Mach die Augen auf.«

Lange Wimpern öffneten sich flatternd, um lustverklärte grüne Augen zu offenbaren. Ihr Haar war in der Sonne zum Teil getrocknet, wodurch es eine Vielzahl von Rottönen angenommen hatte – von Knallrot über Mauve bis Mahagonibraun. Diese Frau war so schön, so umwerfend und so …

»Du bist mein. Genau hier, genau jetzt. Nur mein.«

Sie griff nach oben und zeichnete mit den Fingerspitzen seine Stirn nach, die Nase hinunter, über seine Wangenknochen, seine Lippen. Schließlich legte sie die Hände an sein Gesicht und schaute zu ihm auf. Dann flüsterte sie: »Nur dein.«

Zwei Worte. Zwei Silben. Sieben Buchstaben.

Etwas so Kleines sollte keine so ungeheure Macht über ihn haben. Sollte nicht in der Lage sein, ihn umzuhauen oder in ihm den Wunsch zu wecken, Berge zu erklimmen, falls sie ihn darum bat.

Aber so war es. Und es fühlte sich … richtig an.

Jax nahm ihren Mund und dann ihren Körper. Er wollte so viel von sich selbst in ihr haben wie möglich. Um sie zu markieren. Sie zu brandmarken. Anspruch auf sie zu erheben.

Sie bewegten sich wie eine einzige Person, als hätten sie sich Tausende Male geliebt und nicht nur ein paar Tage. Und diesmal verbanden sie sich nicht nur körperlich. Alles fühlte sich plötzlich anders an, intimer, mehr ... einfach *mehr*.

Er stützte sich auf einen Unterarm und ließ die andere Hand frei umherschweifen. Über ihre Brust, ihre Seite, hinab zu ihrer Hüfte. Ein schnelles Drücken ihres Hinterns, dann hinunter über die Außenseite ihres Schenkels, bevor er die Hand unter ihr rechtes Knie schob und es nach vorn zog, um noch ein kleines Stück tiefer in sie einzudringen, näher zu ihr zu kommen.

Ihr Kuss brach ab, als sie beide nach Luft schnappten. Vanessas Hände fanden seinen Rücken, und ihre Nägel fanden seine Haut. Als er mit den Zähnen über die Sehne an ihrem Hals glitt und dann zuschnappte, spürte er, wie ein Schaudern sie überlief.

Während er fortfuhr, in sie hineinzustoßen, erkundeten ihre Hände und Münder und Zungen und Zähne jeden Zentimeter, den sie erreichen konnten. Irgendwo unterwegs wurde Jackson klar, dass er den Verstand verloren haben musste. Er konnte keinen zusammenhängenden Gedanken mehr fassen, selbst wenn es sein Leben gegolten hätte. Ihre Bewegungen wurden fiebriger, das Aufeinandertreffen ihrer Körper explosiver, wie eine Rakete, die in den Himmel geschossen wurde, um dort schnell zu verglühen.

Nein, dachte Jax. Nicht so. Das war nicht richtig. Er wollte sich jeder vergehenden Sekunde bewusst sein, wollte jedes Stocken in ihrem Atem hören und jedes Gefühl auf ihrem Gesicht sehen.

Bewusst verlangsamte er seinen Rhythmus und hob den Kopf, um auf sie hinabzuspähen.

»Nein«, keuchte sie. »Schneller. So nah!«

»Ich weiß, Baby. Ich werde dich dorthin bringen.« Sie öffnete den Mund, um zu widersprechen oder vielleicht sogar um zu betteln, aber er kam ihr zuvor. »Vanessa, vertrau mir. Erlaube mir, dich zu lieben.«

Sie zog die Unterlippe zwischen die Zähne, dann nickte sie.

Obwohl das Tempo nachgelassen hatte, blieb die Intensität dieselbe. Er stieß hart zu, wieder und wieder. Ihre Hitze und die Art, wie ihr Körper seinen Schwanz bei jedem Rückzug umklammerte, brachte ihn ein ums andere Mal um den Verstand. Es war der süßeste Tod, den er je gestorben war.

»Du bist so verdammt perfekt, weißt du das?«

Ihre Augen füllten sich mit Tränen, die ihr schließlich über die Schläfen flossen. Sie packte seinen Nacken und fuhr mit den Fingern durch das Haar dort. »Jackson, ich denke, ich könnte … oh, ich denke, ich …«

»Scht. Keine Worte mehr, Baby.« Er war sich ziemlich sicher, was sie sagen wollte. Aber obwohl er sich so danach sehnte, es zu hören, war jetzt nicht der richtige Augenblick. Diese Worte sollten niemals beim Sex zum ersten Mal ausgesprochen werden. Niemals. »Fühle meine Haut auf deiner. Fühle mich in dir. Fühle, wie perfekt du über mich passt. Fühle einfach, okay?«

Wieder nickte sie und verlor weitere Tränen. Jax verlagerte sein Gewicht und hob sich ein wenig an, um sicherzugehen, dass er sie nicht erdrückte. Als sie bei seinem nächsten Stoß aufkeuchte, begriff er, dass er ins Schwarze traf. Er behielt das langsame und stete Tempo bei und traf den Punkt erneut. Und wieder. Und wieder. Jedes Mal trieb er sie näher und näher an den Rand heran, während er ihr folgte. Ihre Lider begannen sich zu schließen, als die Anspannung immer stärker wurde. »Halt sie offen, Vanessa. Beobachte mich. Ich will in deine Augen schauen, wenn ich dich kommen lasse. Ich will, dass du siehst, wer dies mit dir macht, wer diese Gefühle in dir entfacht.«

Sie erhob keine Widerrede, lenkte nicht ab. Sie gehorchte einfach. Und das Wissen, dass sie gehorchte, ganz gleich, wie sehr das ihrem Temperament widerstrebte, war die letzte Mauer, die fiel, bevor die Flut hereinbrach.

Diesmal blieb Vanessa der Schrei in der Kehle stecken. Ihr Körper spannte sich, ihre Augen weiteten sich und ihre Lippen teilten sich, aber nichts kam heraus. Sie war ein lebendes, stummes Kunstwerk. Das Gefühl ihrer Muskeln, die ihn umklammerten, katapultierte Jax voran, und mit einem letzten Stoß drang er tief in sie ein und ergoss sich in ihr, brandmarkte sie so, wie sie sich selbst bereits in sein Herz eingebrannt hatte.

Auf der Decke liegend, die Beine ineinanderverschlungen, kuschelte Vanessa sich noch etwas enger an ihn und stieß einen tiefen Seufzer aus.

»Weißt du«, sagte sie, die Lider immer noch geschlossen und ein träges Grinsen auf dem Gesicht, »die letzten paar Tage waren großartig. Aber heute …« Sie drehte den Kopf, und ihre leuchtend grünen Augen suchten seine. »Heute war absolut perfekt. Ich danke dir so sehr dafür.«

Er senkte den Kopf und drückte ihr einen sanften Kuss auf ihre geschwollenen Lippen. »Glaub mir, es war mir ein Vergnügen.«

Dann zog er sie noch fester an sich, in dem verzweifelten Versuch, jeden Abstand zwischen ihnen auszulöschen, bevor er die Bombe platzen ließ, und Vanessa sagte, was er sagen musste.

Es hatte jede Menge Anlässe in seinem Leben gegen, die Grund für Nervosität geboten hätten. Zum Beispiel als er im Alter von achtzehn Jahren vor Gericht um Lucies Sorgerecht stritt. Oder mit dreiundzwanzig, als er allein um die halbe Welt gereist war, um ein neues Leben zu beginnen. Vor jedem

Kampf hatte er das Adrenalin in seinen Adern gespürt. Aber er hatte sich nie gestattet, in diesen Momenten nervös zu sein. Er glaubte an den Sieg des Willens über die Materie und daran, die Kontrolle über sein eigenes Schicksal zu haben.

Und Vanessa zu sagen, dass er mehr von ihr wollte – dass er sich etwas Richtiges mit ihr wünschte –, war eine Herausforderung. Aber eine, die er zu bestehen gedachte. Er liebte sie. Und nun musste er sie von seinen Gefühlen überzeugen und davon, auf ihr Herz statt ihre Regeln zu hören.

So weit so gut. Nur gab es da diese winzige Kleinigkeit, die der ganzen Sache im Weg stand.

Seine Lüge.

Und *da* kamen die Nerven ins Spiel. Zum allerersten Mal in seinem Leben hatte er größere Angst davor, eine »Für-immer-Beziehung« zu *verlieren*, als davor, sich auf eine einzulassen.

Er hätte ihr im Laufe der letzten fünf Tage die Wahrheit gestehen sollen. Sie ihr gestehen *müssen*. Zu Beginn hatte er sich Sorgen gemacht, sie zu verärgern und damit auch seine Schwester. Aber nach dem Kuss in jener ersten Nacht hatten sich die Dinge geändert. Er hatte plötzlich Angst gehabt, Vanessa zu vertreiben. Etwas zu verlieren, das er zu jener Zeit nicht einmal benennen konnte. Er hatte nur gewusst, dass er das Risiko nicht eingehen wollte und alles versuchen musste, um seinen Verrat durch möglichst viele positive Erlebnisse wenigstens ein kleines bisschen abzumildern.

Und jetzt, da der Moment gekommen war, klammerte er sich mit beiden Fäusten an diese Hoffnung, während er die Tür zur Höhle des Löwen aufstieß.

»Vanessa«, zwang er schließlich an dem Kloß in seinem Hals die ersten Worte vorbei. »Ich will mit dir über etwas reden, aber ich will, dass du mich aussprechen lässt, bevor du irgendetwas sagst.«

»Keine Unterbrechungen? Du verlangst eine Menge von mir, großer Junge.«

Er küsste ihre Schulter. »Ich glaube an dich.«

Sie bewegte sich auf der Decke, bis sie ganz auf dem Rücken lag, aber die Sonne, die ihr ins Gesicht funkelte, ließ sie blinzeln und schützend eine Hand heben. Jax stützte sich auf den Ellbogen, um ihr Schatten zu geben. In der Lage zu sein, auf sie hinabzuschauen, war einfach ein Bonus.

Vanessa senkte den Arm und seufzte dramatisch. »Mein Held.«

Ihr Lächeln war unbefangen und sorglos. So wie ein Lächeln sein sollte. Er hatte sie nie schöner gesehen als in diesem Moment. Teile ihres Körpers leuchteten rosa, wo sein Bart die Haut gereizt hatte, so wie sie es liebte, ihre dunkelrosa Brustwarzen zeugten noch immer von der Aufmerksamkeit, die sein Mund ihnen gewidmet hatte, und wahre Zufriedenheit leuchtete aus ihren halb geschlossenen Augen und ihrem entspannten Lächeln.

Aber das Erotischste von allem war sein Bissmal vorne auf ihrer Hüfte. Er zeichnete den roten Umriss mit dem Finger nach und spürte, wie ein Beben ihren Körper durchlief.

Mein.

»Ich liebe es, meine Male auf deiner Haut zu sehen, weißt du das?«

Sie biss sich auf die Lippe und nickte kaum merklich. Er nahm ihr Kinn und befreite mit dem Daumen ihre Lippe, bevor er sie einmal nachzeichnete, zweimal nachzeichnete. »Wäre da nicht die Hochzeit in zwei Tagen, hätte ich dich so markiert, dass alle es sehen könnten. Damit sie wissen, dass du mir gehörst.«

Jax war sich bewusst, dass er ein großes Risiko einging, wenn er mit einer Frau wie Vanessa so dominant sprach. In ihrem täglichen Leben war sie stolz auf ihre Unabhängigkeit. Stolz darauf, das Kommando über sich selbst und ihr Leben zu haben. Sich niemandem zu unterwerfen, erst recht nicht einem Mann. Und er liebte das an ihr. Ihren Schwung, ihren Elan, ihre Halsstarrigkeit. Das waren alles Dinge, die er unglaublich attraktiv fand.

Aber sie musste verstehen, dass sie nicht immer so zu sein brauchte. Dass vieles davon bloßer Selbstschutz war. Bei ihm brauchte sie nicht so wachsam zu sein und konnte ihm die Führung überlassen. Ihm vertrauen, dass er sich immer um sie kümmern würde, dass er ihre Bedürfnisse und Wünsche kannte. Und dass er immer loyal sein würde.

»Ich habe noch nie irgendjemandem gehört«, antwortete sie leise. »Nicht einmal meiner Mutter. Nicht wirklich jedenfalls.«

»Das liegt daran, dass es niemals in deinem Leben jemanden gegeben hat, der würdig gewesen wäre, Anspruch auf dich zu erheben.«

»Und du?« Sie legte ihm eine Hand auf die Wange. »Bist du würdig genug?«

»Scheiße, nein«, sagte er, ergriff ihre Finger und drückte einen warmen Kuss in die Mitte ihrer Handfläche. »Aber ich verspreche, ich werde dir immer geben, was du brauchst. Und egal, ob du das Sagen hast oder ich, du wirst immer an erster Stelle kommen.«

Ein Lächeln spielte um ihre Mundwinkel, und ihre Augen funkelten. »Der letzte Teil gefällt mir definitiv sehr gut.«

Er lachte, weil er verstand, was sie meinte. »Das wollte ich nicht sagen – was du sehr wohl weißt –, aber ja, auch in dieser Hinsicht. Andernfalls wäre ich kein echter Mann.«

»Gewiss nicht *mein* Mann, so viel steht fest«, lachte sie.

Sie hatte es nicht ausgesprochen – nicht wirklich –, aber es kam dem so nah, dass sein Herz über sich selbst stolperte. Er wurde ernst und schaute ihr tief in die Augen. Er musste es aus ihrem Mund hören. Zumindest einmal, bevor er alles verdarb. »Bin ich dein Mann, V?«

Jax sah die widerstreitenden Gedanken hinter diesen grünen Tiefen. Tränen sammelten sich, und doch fiel nichts aus den Augenwinkeln, als sie blinzelte und ein tiefer Seufzer ihren Lippen entkam. Sein Magen verknotete sich, und sein ganzer Körper spannte sich an.

Gerade als er das Schlimmste befürchtete, flüsterte sie: »Mir fällt nichts ein, was ich mehr will.«

Er hatte nie erwartet, solch süße Worte zu hören. Sein Herz hämmerte so heftig, dass er die Schläge in seinen Rippen spürte. Mit dem breitesten Lächeln der Welt auf den Lippen senkte er den Kopf, um Vanessa bis zur Atemlosigkeit zu küssen.

Sie hielt eine Hand zwischen sich und ihn. »Aber …«

»Nein«, unterbrach er sie energisch. »Kein aber. Wir können später die Details und die Logistik und was auch immer klären. Was jetzt zählt, ist, was wir empfinden und dass wir zusammen sein wollen.«

Dass ich dich liebe. Aber er konnte es noch nicht laut aussprechen, obwohl er es bis ins Mark seiner Knochen spürte. So viel war so schnell passiert. Was sie gerade gesagt hatten, war ein gewaltiger Schritt für sie beide. Wenn sie endlich den Punkt erreichten, an dem sie sich ihre Liebe gestanden, würde das monumental sein. Und er wollte, dass dieser Moment absolut perfekt sein würde.

»Okay«, sagte sie. »Kein aber … noch nicht.«

»Na gut.« Mit diesen Worten küsste er sie und ließ sie all seine ungesagten Gefühle spüren. Arme und Beine schlangen sich umeinander, Hände streichelten, Zungen tanzten. Berauscht von seinem Sieg spürte Jax, wie das Adrenalin durch seine Adern schoss.

Es widerstrebte ihm, dieses Gefühl zu verlieren, und doch wusste er, dass es Zeit war für den letzten Teil des Gesprächs. Den Teil, der unwiderruflich alles zerstören konnte, was er gerade gewonnen hatte.

Langsam zog er sich zurück und drückte seine Stirn an ihre. Vanessas Kopf lehnte an der Innenseite seines Oberarms, eine seiner Hände lag an ihrem Gesicht. Die Anspannung kroch zurück in seinen Körper, in jede Faser seiner Muskeln, die plötzlich brannten, als hätte er den Sandsack beim Training bearbeitet.

»Hey«, flüsterte sie. »Was ist los? Du wirst gerade ganz steif, aber nicht auf eine gute Art.«

»Es gibt da noch etwas, das ich dir sagen muss.«

»Du hast nicht vor, Jilli ins Spiel zu bringen, oder? Denn eins muss ich dir sagen: So heiß sie auch ist, ich bin extrem selbstsüchtig, was dich betrifft, und ich weigere mich zu teilen.«

Obwohl seine Nervosität drohte ihm einen Schlaganfall zu bescheren, musste er tatsächlich lachen. »Niemals. Du bist mehr als genug für mich, *pupule wahine.*«

»Ich vergesse immer wieder, zu fragen, was das bedeutet. Wirst du es mir jemals verraten?«

»Vielleicht eines Tages. Die wörtliche Übersetzung ruiniert irgendwie die Schönheit der Worte. Warum, gefällt es dir nicht?«

Sie zuckte die Achseln. »Es klingt hübsch, und es gefällt mir, dass es etwas ist, das du nur zu mir sagst.« Sie sah ihn prüfend an. »Stimmt's?«

»Nur zu dir, das verspreche ich.«

»Dann kann ich wohl warten. Oder vielleicht denke ich daran, einen Einheimischen zu fragen«, beendete sie ihren Satz mit einem hinterhältigen Grinsen. »Also, was wolltest du mir erzählen?«

Jax holte tief Luft und stieß den Atem aus, versuchte erfolglos, seine Anspannung loszuwerden. »Erinnerst du dich an unsere erste Begegnung am Flughafen?«

»Wie könnte ich die vergessen?«, gab sie trocken zurück.

»Ich bin in der Erwartung dorthin gefahren … nun, ich bin mir nicht wirklich sicher. Aber ich bin mir verdammt sicher, dass ich keine feurige Rothaarige erwartet habe, die sich weigert, sich betören zu lassen, und sich meinen Mist nicht bieten lässt.«

»Du hast mich unterschätzt. Das war dein erster Fehler«, erwiderte sie sachlich und zog hochmütig eine Augenbraue hoch. Er hatte ihre Arroganz schon am Flugplatz sexy gefunden, und jetzt gefiel es ihm umso mehr.

»Du hast recht. Aber danach habe ich einen noch größeren Fehler gemacht. Mir ist einfach noch nie jemand wie du begegnet. Du hast mich wahnsinnig fasziniert, und als du versucht hast, mir deine Tasche wieder abzunehmen und mich so hart angegangen bist … Es war, als wäre ein Schalter umgelegt worden, von dem ich nicht einmal wusste, dass er existierte, und ich wollte – nein, *musste* – Zeit mit dir verbringen.«

Er schloss kurz die Augen und befahl sich fortzufahren, obwohl er das Ganze nur vergessen wollte, während er sich wieder und wieder tief in ihr vergrub. Aber etwas zu beginnen, das auf einer Lüge basierte, war zum Scheitern verurteilt, ob es in einem Monat war oder in zehn Jahren.

»Du hast mich stehen lassen, V. Hast Auf Wiedersehen gesagt und dass du mich dann erst wieder bei der Hochzeit sehen würdest. Also habe ich …«

Eine kurze blecherne Melodie ertönte aus der Richtung, in der sein Rucksack lag. Es war der SMS-Klingelton ihres Handys. Vanessa beugte sich vor, um es aus der Seitentasche zu holen, aber er hielt ihren Arm fest. »Kümmere dich jetzt nicht darum. Du kannst es später checken.«

»Jax, was ist, wenn es Franklin mit einem Notfall wegen der Hochzeit ist? Lucie und Reid werden morgen hier sein, und wenn nicht alles geregelt ist, bekommt sie womöglich eine Panikattacke. Es dauert nur eine Sekunde.«

Sie drückte ihm einen entschlossenen Kuss auf den Mund, dann rollte sie sich herum, um nach dem Telefon zu greifen. Er stieß einen schweren Seufzer aus und fuhr sich durchs Haar. Irgendwie hatte er das Gefühl, als hätte er zwei Stunden lang statt zwei Minuten versucht, ihr die Wahrheit zu sagen. Geständnisse waren so was von scheiße.

Vanessa keuchte auf und rief: »Oh mein Gott.«

Ihre Stimme klang völlig schockiert, und sie hielt sich die Hand vor den Mund, während sie auf den Bildschirm ihres Telefons starrte. Tränen füllten ihre Augen. Es gab kein Hochzeitsproblem auf der Welt, das eine so heftige Reaktion rechtfertigte.

»Was ist los?«

»Meine Schwester. Sie ist im Krankenhaus.« Sie schaute ihn auf eine Weise an, wie er sie noch nie gesehen hatte. Verloren. »Sie wurde verprügelt.«

Vanessa sah auf die Uhr. Sie hatten fünf Minuten gebraucht, um alles zusammenzupacken, und weitere dreißig Minuten, um den Berg hinunterzuwandern, wo es endlich wieder ein stabiles Funknetz gab. Oben bei den Wasserfällen war die Verbindung zu schlecht gewesen. Nur durch einen Glücksfall war die SMS ihrer Schwester überhaupt durchgekommen.

Statt mehr Zeit damit zu verschwenden, ins Mau Loa zurückzukehren, schlug Jackson ihr vor, dass sie zu ihm fuhren, damit sie mit ihrer Schwester reden und herausfinden konnte, was genau los war.

Heute Morgen hatte er den Wagen neben einem kleinen

weißen Cottage mit Erkerfenstern abgestellt. Das Cottage war alt, mit Holzverkleidung und verwitterten Fensterläden, aber es hatte einen gewissen malerischen Charme. Vanessa hatte nicht gefragt, wem es gehörte, und er war nicht mit der Sprache herausgerückt. Aber jetzt dämmerte es ihr langsam, als er den Schlüssel aus der Tasche zog und die Tür öffnete. Er knipste die Lichter an und schloss die Tür hinter ihr.

Himmelblaue Farbe tarnte, was Holzpaneele zu sein schienen, und ein abgetretener Berberteppich, der die gleiche Farbe wie der Sand der Strände hatte, bedeckte die Fußböden. Die Küche auf der linken Seite war klein, sah aber für einen Junggesellenhaushalt überraschend funktionsfähig aus. Im Wohnzimmer stand ein Set brauner Sofas und ein dazu passender Sessel vor dem Fernseher. Einen kurzen Flur entlang gelangte man in zwei Räume, höchstwahrscheinlich Schlafzimmer und Badezimmer. Es gab nicht viel an Dekoration. Keine Vorhänge an den Fenstern, keine Bilder an den Wänden. Obwohl Jax durchaus ein kleines Regal mit Bildern von seiner Familie und Trophäen hatte.

Vanessa war sich nicht sicher, wie sie sich das Zuhause von Jackson Maris vorgestellt hatte. Aber so auf jeden Fall nicht. Sie hatte keine Ahnung, was ein UFC-Kämpfer verdiente, aber anscheinend kämpften sie für die Liebe zum Sport und nicht für Geld. Nicht dass es eine Rolle gespielt hätte, so oder so. Wenn es nach ihr ging, konnte er genauso gut in seinem Jeep leben. Aber wenn er schon als *Champion* so leben musste, was würde dann geschehen, wenn er gar nicht mehr kämpfen konnte?

Regel drei: Lass dich mit keinem Mann ohne sicheres Einkommen und gute Zukunftsaussichten ein.

Verdammt, haltet den Mund, ihr blöden Regeln!

»Ähm, ich weiß, es ist nicht viel, aber ich brauche auch nicht wirklich viel.« Er begann, vereinzelte Kleidungsstücke aufzuheben und sie in einen Raum zu werfen, von dem sie annahm, dass es sein Schlafzimmer war. »Ich hätte dem Mädchen nicht den Tag freigegeben, wenn ich gewusst hätte, dass du kommst.«

Sie blinzelte überrascht. »Du hast ein Hausmädchen?«

Seine bernsteinfarbenen Augen wurden weich. »Nein, Baby, das war ein Scherz«, sagte er und nahm sie in die Arme. »Tut mir leid, jetzt ist nicht der richtige Zeitpunkt für Scherze. Ich habe nur versucht, die Anspannung zu lösen.«

Vanessa klammerte sich an ihn, presste das Gesicht gegen seine starke Brust und atmete seinen einzigartigen Duft ein, als hätte er ihr einen Rettungsanker hingeworfen.

»Warum versuchst du nicht noch einmal, Kat zu erreichen?«

Sie schüttelte den Kopf und löste sich von ihm, um auf das stumme Telefon in ihrer Hand zu starren. »Ich habe bereits eine Voicemail und mehrere SMS hinterlassen. Sie ist offensichtlich noch nicht in der Lage zurückzurufen. Ich muss einfach abwarten.«

Sie hatte sich noch nie hilfloser gefühlt. Zu wissen, dass ihre kleine Schwester irgendwo allein im Krankenhaus lag, zerschunden und zerschlagen …

»Komm und setz dich mit mir hin, bevor du zusammenbrichst.«

Er ließ sich auf das Sofa sinken und zog sie dann neben sich, bevor er ihre Beine über seinem Schoß drapierte. Einen Arm um ihren Rücken gelegt, rieb er mit sanften, beruhigenden Bewegungen die Außenseite ihres Unterschenkels entlang.

»Wenn ich einen Wunsch frei hätte – egal welchen –, dann wäre es der: In der Zeit zurückreisen und niemals von zu Hause fortgehen, bis Kat aus der Schule ist. Dann hätte ich sie mitnehmen können.« Heiße Tränen rollten über ihre Wangen. »Gott, *warum* habe ich damals nicht daran gedacht?«

»Weil du ebenfalls aus diesem Haus wegmusstest. Du hast auch eine Chance auf eine bessere Zukunft verdient, Vanessa. Du warst nicht Kats Mutter. Es war nicht deine Verantwortung, dein Leben wegen ihr auf Eis zu legen.«

Sie lehnte sich zurück, um ihm in die Augen zu schauen. »Warum zum Teufel nicht? *Du* hast es getan.«

Er runzelte die Stirn. »Ich habe was getan?«

»*Du* hast dein Leben für deine kleine Schwester auf Eis gelegt. *Du* hast das Richtige getan.«

»Baby, das ist nicht dasselbe, und das weißt du.«

Vanessa zog ihr Bein von seinem Schoß und stand auf. Sie hatte das Gefühl, als zischten tausend Watt Elektrizität durch ihre Adern und verdampften dabei ihre Blutzellen.

»Blödsinn, das ist es nicht. Und sieh dir an, was passiert ist«, sagte sie und zeigte auf die Tür, als stünde ihre beste Freundin dort leibhaftig auf der Schwelle. »Lucie ist eine ausgeglichene, erfolgreiche Erwachsene geworden, weil *du* sie nicht bei Leuten gelassen hast, denen sie nichts bedeutet hat.«

»Vanessa«, blaffte er und richtete sich vor ihr zu seiner vollen Größe auf. »Du musst aufhören, dir wegen Kats Leben Vorwürfe zu machen. Lucie hat sich nicht so entwickelt, weil ich da war. Ich kann nicht das Lob für ihre Leistungen einstreichen, ebenso wenig wie ich mir die Schuld daran geben kann, dass sie damals den schlimmsten Fehler ihres Lebens begangen und dieses Arschloch in Vegas geheiratet hat.«

Vanessa versuchte sich umzudrehen, um zur Tür hinauszugehen, aber er hielt sie am Arm fest. »Lass mich los, Jackson. Du kapierst es nicht. Du wirst es niemals verstehen, weil *du* nicht alles vermasselt hast.«

»Nein, verdammt, ich lasse dich nicht los. Ich erlaube nicht, dass du hiervor wegläufst, weil es dir unangenehm ist. Ich bin für dich da, ob es dir gefällt oder nicht.« Ohne ihren Arm freizugeben, hob er seine andere Hand an ihre Wange. »Ich kapiere, dass du in deinem Leben von einer Menge Leuten im Stich gelassen worden bist, aber *ich* gehöre nicht zu diesen Leuten.«

Eine überwältigende Gefühlsmischung kochte in ihr hoch. Furcht, Hilflosigkeit, Zorn, Bedauern … Aber als sie Jacksons helle Augen tief in ihre Seele blicken ließ, spürte Vanessa, wie die Hingabe, der Glaube und das gegenseitige Vertrauen alles andere überwanden, bis es nur noch ein Murmeln in ihrem Hinterkopf war.

Sie versuchte zu lächeln, scheiterte aber, während weitere Tränen fielen. »Ich habe wirklich Angst um sie.«

»Das weiß ich doch, Baby. Komm her.«

Wieder ließ sie es zu, dass Jax sie in die Sicherheit seiner Arme zog. Sie legte den Kopf an seine Brust, und der stetige Schlag seines Herzens schien ihres zu beruhigen. Obwohl sie noch immer krank vor Sorge um Kat war, wusste Vanessa, dass sie jetzt an keinem Ort der Welt lieber wäre als in Jacksons Armen.

»Hast du Hunger?«

Sie schüttelte den Kopf. »Ich könnte jetzt nichts essen, selbst wenn ich es wollte.«

»Dann lass uns zum Sofa zurückgehen, während wir auf ihren Anruf warten. Ich will versuchen, dir etwas von der Anspannung aus den Schultern zu massieren.«

Er küsste sie auf den Kopf und zog sie wieder zur Couch, nur dass er sie diesmal zwischen seine Beine setzte, sodass sie das Gesicht von ihm abgewandt hatte. Seitwärts sitzend zog sie die Knie an die Brust, ließ den Kopf sinken und versuchte sich zu entspannen, während seine Hände unter ihrem Shirt an den Knoten in ihrem Rücken arbeiteten.

Es schien, als sei eine Ewigkeit vergangen, während sie so verharrten, aber es waren nur zehn Minuten, bis ihr Telefon klingelte und die Nummer ihrer Schwester erschien. Vanessa sprang vom Sofa, drückte auf den grünen Knopf und hielt sich das Handy ans Ohr.

»Kat! Wo bist du? Was ist passiert?«

»Nessie, beruhige dich, sonst kriegst du noch einen Schlaganfall. Dann liegen wir *beide* im Krankenhaus.«

Die schwache, raue Stimme war beinahe nicht wiederzuerkennen. Was war mit Kat geschehen? Eine Gänsehaut bildete sich auf Vanessas Haut, sofort vertrieben von der Hitze rechtschaffenen Zorns.

»Ich beruhige mich, sobald du mir erzählst, was passiert ist und wo ich das verantwortliche Arschloch finde, das demnächst tot sein wird«, knirschte sie mit zusammengebissenen Zähnen.

Kat seufzte am anderen Ende der Leitung und fand sich zweifellos mit der Tatsache ab, dass Vanessa nicht die Absicht hatte, sich wegen irgendetwas zu beruhigen. »Ich bin okay, Nessie. Nur ein klein wenig angeschlagen.« Es folgte eine geladene Pause und dann ein gemurmeltes: »Diesmal.«

»Was soll das heißen, ›diesmal‹?, Gott steh mir bei, Kat, wenn du nicht anfängst zu reden, werde ich jeden Privatermittler im Land anheuern, bis ich dich finde, woraufhin ich dich entführen und zu deinem eigenen verdammten Wohl gefangen halten werde.«

»Ich brauche deinen Schutz nicht, Ness«, zischte Kat.

»Ach wirklich? Warum zum Teufel liegst du dann in einem *Krankenhaus?*«

Ein weiterer Seufzer. »Das hier ist eine spezielle Situation. Lenny hat sich in so eine Sache verstrickt. Er schuldet den falschen Leuten Geld. Da er nicht zahlen konnte …« Vanessa hörte beinahe das Achselzucken ihrer Schwester durchs Telefon. »Sie sagten, sie wollten ihm ein bisschen Angst einjagen. Also haben sie mich zusammengeschlagen, damit er mich so fand, als er nach Hause kam.«

»Oh mein Gott.« Vanessa sank zurück aufs Sofa. Ihr Verstand registrierte kaum, dass Jackson ihren Rücken massierte, aber ihr Körper verlor etwas von seiner Anspannung, und ihr Herz raste nicht mehr gar so schnell. »Wie viel schuldet Lenny ihnen?«

Schweigen.

»Kat! Wie viel?«

»Zwanzigtausend Dollar.«

»Heilige …«

»Es tut mir so leid, Nessie, ich weiß, es ist eine Menge Geld, und es bringt mich absolut um, dich fragen zu müssen. Das weißt du. Aber ich habe keine Ahnung, was ich sonst tun soll. Sie sagten, sie würden Lenny umbringen, wenn er das Geld nicht ausspuckt, oder sie würden stattdessen einfach mich als Bezahlung nehmen.«

Kats Worte waren mit jeder Sekunde schwerer zu verstehen gewesen, bis schließlich alles, was sie herausbrachte, unregelmäßige, erstickte Schluchzer waren. Vanessa zerriss es das Herz. Sie wollte zusammen mit ihrer Schwester schluchzen, aber sie holte tief Luft und benutzte ihren Große-Schwester-Ton.

»Okay, Kitty Kat, immer mit der Ruhe. Hör mir jetzt zu.« Sie bemühte sich, sanft aber entschieden zu klingen, so wie früher, als sie für Kat eine Art Mutter gewesen war. »Ich will, dass du ein paarmal tief durchatmest. So ist es richtig, beruhige dich. Es wird alles gut werden. Ich bringe es in Ordnung, das verspreche ich.«

Kats zittrigen Atemzügen folgte Schnüffeln und schließlich Schweigen.

»Gut. Wie viel Zeit hast du, bevor sie das nächste Mal kommen?«

»Zwei Tage.«

»*Zwei Tage?* Das habe ich an Schlägern noch nie verstanden. Wenn du jetzt das Geld nicht hast, was bringt sie auf die Idee, dass du es in zwei gottverdammten Tagen auftreiben kannst?« Sie stützte den Kopf in die Hand und rieb sich geistesabwesend die Schläfe. »Okay, lass mich nachdenken. Ich habe einige Ersparnisse, aber den Rest würde ich aus meiner privaten Altersvorsorge locker machen müssen, und auch das wird einige Tage dauern. Akzeptieren die eine Abschlagszahlung als Vertrauensbeweis? Was sage ich? Es sind Kriminelle; sie kennen die Bedeutung von Vertrauen nicht.«

»Sag ihr, dass sie es bis morgen haben wird.«

Vanessa fuhr auf dem Sofa herum und starrte Jackson an. »Was hast du gesagt?«

»Du hast mich gehört. Sag es ihr.«

»Jax«, murmelte sie, »vielleicht hast du gedacht, du hättest sie *zwei*tausend sagen hören, aber ...«

»Es ist ein Handy, V. Das Gespräch könnte sich genauso gut in diesem Raum abspielen. Ich weiß, dass sie zwanzig Riesen braucht.«

Vanessa schaute sich so unauffällig wie möglich im Cottage um und hielt Ausschau nach Anzeichen dafür, dass der Mann, den sie liebte, nicht tatsächlich so mittellos war, wie es den Anschein erweckte.

»Ich weiß, es sieht nicht so aus«, sagte er mit einem amüsierten Grinsen, »aber ich verdiene ziemlich gut. Vertrau mir, wenn ich sage, dass ich ihr das Geld geben kann.«

»Leihen«, wandte Vanessa ein. »Du leihst *mir* das Geld, mit Zinsen, und ich werde es dir zurückzahlen.«

»Wir können später deswegen Armdrücken machen. Sag ihr einfach, sie soll einen Laden in der Nähe finden, der Geldtransfers akzeptiert – nein, weißt du was?« Seine Augen wurden schmal, und er biss die Zähne zusammen, als sei er herausgefordert worden und mache sich jetzt für einen Kampf bereit. »Finde heraus, wo sie ist. Wir fliegen rüber, um dafür zu sorgen, dass ihr Mann es nicht wieder vermasselt. Auf die Weise werden die Schulden ohne weitere Probleme bezahlt.«

Vanessas Herz schwoll auf das Zehnfache seiner normalen Größe an. Sie erwartete jeden Moment zu sehen, wie es zwischen ihren Rippen hervorquoll und dann vor lauter Liebe explodierte. Sie küsste ihn heftig und schnell und formte mit den Lippen das Wort *danke,* bevor sie das Gespräch mit ihrer Schwester fortsetzte und alle Informationen bekam, die notwendig waren, um Jax' Plan in die Tat umzusetzen.

Nachdem sie die Einzelheiten mehrere Male durchgegangen waren und Vanessa ihrer kleinen Schwester dann gesagt hatte, dass sie sie liebte und bald sehen würde, legte sie auf und brach an Jacksons Brust zusammen.

Er schlang die Arme um sie und bettete die Wange auf ihrem Kopf. »Wenn du ihre Handynummer hast, warum bist du dann niemals in der Lage, mit ihr zu reden?«

»Das ist ein Handy, in dem nur meine Nummer einprogrammiert ist. Lenny weiß nicht, dass sie es hat. Da Kat sonst keine Hilfe von mir annehmen will, haben wir uns auf diese Lösung geeinigt. Dann kann sie mich wenigstens im Notfall erreichen oder mir mitteilen, wenn Lenny und sie mal wieder in eine neue Stadt umziehen. Sie benutzt es nicht so oft, wie ich es gern hätte, aber es ist besser als nichts. Normalerweise ist das Handy allerdings ausgeschaltet und in irgendeiner Schublade versteckt, damit Lenny es nicht findet.«

Ein trauriges Lächeln versuchte, ihre Mundwinkel nach oben zu ziehen, schaffte es aber nicht ganz. »Manchmal rufe ich sie an, nur um ihr auf die Voicemail zu sprechen und ihr zu erzählen, wie mein Tag war. Oder um ihr zu sagen, dass ich an sie denke und sie vermisse.«

»Ich wette, das gefällt ihr.«

»Ich weiß es nicht«, murmelte Vanessa. »Sie hat nie etwas darüber gesagt.«

»Klingt so, als sei sie stur und hätte eine Menge Stolz. Irgendwie erinnert sie mich an eine andere Frau, die ich kenne.«

Das, zusammen mit dem Kuss, den er ihr auf den Hals drückte, zauberte ein echtes Lächeln auf ihr Gesicht. Es war unglaublich. Selbst in ihren dunkelsten Momenten schaffte Jackson es noch, sie aufzuheitern. Und seine Hilfe bescherte ihr nicht einmal eine Panikattacke. Anscheinend waren Wunder doch möglich.

Jackson stand vom Sofa auf, schnappte sich sein Telefon und sprach mit dem Reiseberater im Resort, um die Flüge zu buchen. Während er das tat, nahm Vanessa eine Wasserflasche aus seinem Kühlschrank, setzte sich aufs Sofa, trank einige Schlucke der kühlen Flüssigkeit und ließ dazwischen den Kopf nach hinten fallen.

»Ja, ab Honolulu und Ankunft in Nashville … der nächste Flieger, der rausgeht … ein Ticket für mich selbst und das andere für Miss MacGregor.«

Vanessa riss den Kopf hoch. *Miss MacGregor?*

»Nein, die treffen morgen ein. Bringen Sie sie in ihrem ursprünglichen Bungalow unter und behalten sie den anderen. Ja, wir kommen zurück … wunderbar. Wir sind gleich da, um unsere Sachen und die Reiseunterlagen abzuholen. *Mahalo.*«

Jackson legte auf und sah zu ihr herüber. »Abmarschbereit? Der nächste Flieger geht in zwei Stunden.«

Irgendetwas sagte Vanessa, dass sie lieber nicht fragen sollte. Dass sie es auf sich beruhen lassen sollte. Im Moment war es ein winziges Detail im großen Plan der Dinge. Aber aus ihrem Beruf wusste sie, dass es diese scheinbar irrelevanten Details waren, die manchmal den Unterschied zwischen schuldig und nicht schuldig ausmachten.

»Jackson, warum hat die Dame im Hotel meinen *richtigen* Namen gekannt?«

Er ließ den Kopf auf die Brust sinken und rieb sich mehrmals die Schläfen, bevor er ihr wieder in die Augen schaute. »Das war es, was ich versucht habe, dir zu sagen, bevor du Kats SMS bekommen hast.«

»Du hast dem Hotel erklärt, wer ich wirklich bin?«

»Nicht direkt.« Er lehnte sich mit den Hüften gegen die kurze Küchentheke und umklammerte die Kante mit den Händen, als sei sie das Einzige, was ihn aufrecht hielt. »Es ist eher so, dass das Hotel deine wahre Identität die ganze Zeit über gekannt hat.«

»Ich verstehe nicht.«

»Ich habe vorhin versucht dir zu erklären, dass du mich von unserer ersten Begegnung an umgehauen hast. Diese Mischung aus Faszination und Lust habe ich so noch nie zuvor erlebt. Du bist anders als jede Frau, die ich jemals kennengelernt habe. Und als du mir erklärt hast, dass du mich bis zur Hochzeit nicht wiedersehen willst … da habe ich das Erstbeste gesagt, das mir einfiel. Ich wollte einfach sicherstellen, dass wir so viel Zeit wie möglich miteinander verbringen werden.«

Vanessas Inneres begann zu zittern, die Reaktion ihres Körpers auf das, was ihr Verstand noch zu verarbeiten versuchte. Sie wollte es immer noch nicht glauben. »Ich hätte nicht als Lucie einzuchecken brauchen? Oder.« Sie ließ das Fragezeichen am Ende weg. Es war keine Frage, wenn sie die Antwort bereits wusste.

»Nein«, antwortete er. »Das hättest du nicht.«

»Was bedeutet, dass du nicht als Reid einchecken musstest.

Wahrscheinlich hättest du überhaupt nicht einchecken müssen, stimmt's?«

»Nein. Es war ihnen bewusst, dass du für die Woche Lucies Vertretung sein würdest.«

»Wie weit reicht diese Lüge, Jackson? Du hast mich mit all diesem Mist gefüttert, dass das Mau Loa ein so exklusives Ferienresort wäre, mit so hohen Sicherheitsstandards und strengen Regelungen und ähnlichem Mist. Aber ich bin mir sicher, da ist noch mehr«, fügte sie hinzu und verschränkte die Arme vor der Brust. »Das ist noch nicht die ganze Wahrheit.«

»Der Teil, dass die Gäste verschiedene Ausweise vorzeigen müssen, ist wahr. Und es ist niemandem je erlaubt worden, die Reservierung einer anderen Person zu übernehmen, außer dir.«

Sie schnaubte. »Es ist eine Sache zu lügen, aber beleidige nicht auch noch meine Intelligenz, Maris. Ich weiß, dass Reid eine große Nummer in der Welt des MMA ist, aber er ist kein Donald Trump oder Brad Pitt. Ein exklusives Hotel – und das ist das Mau Loa ja wohl eindeutig – ändert nicht für jemanden wie ihn seine strengen Richtlinien.«

»Da hast du recht«, erwiderte er und hielt den Blick fest auf sie gerichtet. »Es sei denn natürlich, er ist zufällig mit einem der Besitzer befreundet.«

»Wer ist der …« Ihre Stimme verlor sich, als es ihr plötzlich dämmerte. Sie blinzelte Jackson an, wie durch eine Röntgenbrille, die es ihr erlaubte, ihn zum ersten Mal als das zu sehen, was er wirklich war.

Er schwieg. Aber das leichte Zucken in seinem Kinn war Antwort genug.

Er war einer der Besitzer des Mau Loa? Es ergab keinen Sinn. Er lebte in einem baufälligen Cottage mit einem Jeep und einem Surfbrett. Sie hatte keine Hinweise auf irgendwelche materiellen Dinge gesehen, die bewiesen, dass er viel mehr besaß als einen Topf, um hineinzupinkeln, und erst recht nicht die Art von Kapital, von dem er sprach. »Ich bin stiller Teilhaber, V, und mir gehört nicht einmal die Hälfte. Aber mir gehört genug, um sicherzustellen, dass ich einen wirklich komfortablen Notgroschen habe, sollte ich jemals verletzt werden und nicht mehr kämpfen können. Und es reicht, um die Richtlinien für meine Schwester und ihre beste Freundin auszuhebeln, wenn ich das brauche.«

»Wow.« Sie starrte auf eine Kerbe in dem Holzpaneel ihr gegenüber und ließ das vertraute Gefühl des Verrats sich wie ein Virus in ihren Adern ausbreiten. »Du und die Angestellten, ihr müsst ja in den letzten Tagen sehr über mich gelacht haben.«

»Vanessa, so war das ganz und gar nicht. Niemand dort weiß, dass ich einer der Besitzer bin. Und um ehrlich zu sein …«

»*Jetzt* kommt der ehrliche Teil«, murmelte sie.

»Vanessa, ich wollte dir die Wahrheit sagen. Das musst du mir glauben. Am ersten Tag, als wir in der Bar saßen, wollte ich dir alles gestehen. Aber ich konnte mich nicht dazu überwinden. Ich hatte Angst, dass du sauer sein und mich danach links liegen lassen würdest.«

»Da hattest du wahrscheinlich recht.«

»Siehst du? Also …«

»Es spielt keine Rolle. Du hast mich *belogen*, Jackson. Und nicht nur einmal, sondern jede Sekunde eines jeden Tages. Und schlimmer noch, du hast *mich* dazu gebracht zu lügen, selbst nachdem du wusstest, wie ich zu Lügen stehe«, fauchte sie. »Ich habe von Männern gehört, die ein paar ziemlich verrückte Dinge getan haben, um ein Mädchen ins Bett zu bekommen, aber du schießt den verdammten Vogel ab.«

»Das habe ich nicht …«

»Bullshit! Hör dir doch mal an, wie jämmerlich deine Ausrede ist. Du konntest die Vorstellung nicht ertragen, dass ich gehe. Statt mir die Wahrheit zu sagen und die Situation zu klären, hast du deshalb angefangen, mich zu manipulieren. Offenbar dachtest du, dass du durch die Aktion bessere Chancen bei mir bekommst.«

Sie drückte die Finger gegen die Schläfen, um den Schmerz zu ersticken, der dort bereits seit der SMS ihrer Schwester pochte. In den letzten Minuten hatte er sich noch einmal beträchtlich gesteigert und war jetzt scharf wie ein Skalpell. Nachdem sie einige Male tief durchgeatmet hatte, versuchte sie, die Gedanken zu sortieren, die in ihrem Kopf umherwirbelten … und kam zu einer schockierenden Erkenntnis.

»Mein Gott«, sagte sie leise, ließ die Hände sinken und schaute zu ihm auf. »Ich habe all meine Regeln für dich gebrochen.« *Lügen, die Kontrolle abgeben, Konflikte mit den Fäusten austragen, finanzielle Unklarheiten und eine Affäre, die länger als drei Tage dauert. Bravo, Nessie. Für all das hast du eine Erklärung gefunden. Und natürlich kam dann auch noch die ganz große Lüge.* »Jede. Einzelne. Regel. Ich muss hier raus.« Sie sprang vom Sofa auf und rannte an ihm vorbei zur Tür.

»V …«

Seinem Modus operandi gemäß packte er sie am Arm, um sie daran zu hindern, das Cottage zu verlassen, bevor *er* das Gespräch beendet hatte. Aber diesmal würde sie da nicht mitmachen.

»Lass meinen Arm los, Jackson, oder ich kratze dir deine gottverdammten Augen aus.«

Er biss die Zähne zusammen, und seine Nasenflügel bebten, während seine Instinkte zweifellos mit ihrem Befehl rangen. Aber nach einem Moment ließ er sie tatsächlich los.

»Ich werde mir ein Taxi rufen und draußen warten. Wenn du auch nur einen Fuß über diese Türschwelle setzt, werde ich Zeter und Mordio schreien, bis halb Oahu hergerannt kommt, hörst du mich?«

»Was hast du vor?«

»Ich hole meine Sachen und fahre nach Nashville. Ohne dich. Dein Geld kannst du auch behalten«, erklärte sie mit belegter Stimme, während sie gegen das Verlangen ankämpfte, nur noch ein kleines Weilchen länger bei ihm zu bleiben. »Es würde sich anfühlen wie eine Bezahlung für geleistete Dienste. Und ich habe mir geschworen, niemals in den Familienbetrieb einzusteigen.«

Er zuckte zusammen, der Ausdruck auf seinem Gesicht war eine Mischung aus Schock und Schmerz, als hätte er einen unerwarteten Hieb unter die Gürtellinie bekommen. Aber sie weigerte sich, Mitleid mit ihm zu empfinden, und drehte sich um, um zu gehen. Das war's. Sie war fertig. Es blieb nichts mehr zu sagen.

Andererseits …

Sie begegnete seinen Augen im Spiegelbild der Glastür. Ihre Stimme zitterte. »Du warst die einzige Person, die mich je dazu gebracht hat, Regel eins zu brechen.«

»Ich glaube nicht, dass du mir diese Regel je genannt hast«, bemerkte er. Seine Stimme war rau und kaum hörbar.

Sie schaute zurück. Verdammt, die Bewegung hatte die Tränen gelockert, die ihr nun über die Wange rannen. Sie schluckte den Kloß in ihrer Kehle hinunter, lächelte hohl und sagte: »Du hast recht. Habe ich nicht.«

Mit einem Knall schlug die Fliegengittertür zu. Es war das Todesgeläut für ihren perfekten Tag und die schwache Hoffnung, die sie für ihre Zukunft gehegt hatte.

»Wie meinen Sie das, sie hat sich selbst entlassen?«, fragte Vanessa in ihrer besten Staatsanwältinnenstimme, während sie mit dem Telefon in der Hand am Flughafen in der Schlange stand. »Sie hat eine Gehirnerschütterung. Sollten Sie sie nicht zur Beobachtung dabehalten?«

»Tut mir leid, Ma'am, aber ich kann Ihnen nicht mehr dazu sagen«, erwiderte die verärgerte Nachtschwester. »Sie hat die Weiterbehandlung verweigert und das Krankenhaus vor ungefähr dreißig Minuten verlassen.«

Die Schlange bewegte sich um ganze fünfundzwanzig Zentimeter vorwärts. Vanessa schob sich den Riemen ihrer Reisetasche höher auf die Schulter, trat einen Schritt vor und zog ihren Koffer wieder neben sich. »Ist sie allein gegangen, oder war jemand bei ihr? Erkundigen Sie sich bei den anderen Krankenschwestern; vielleicht hat sie mir eine Nachricht hinterlassen.«

Irgendwo im Hintergrund registrierte sie die Stimme eines Teenagers, der etwas zu ihr sagte, aber sie hatte keine Zeit, auf ihn zu achten. Kat war verschwunden, anscheinend spurlos, wenn sie dieser Idiotin von einer Schwester Glauben schenken sollte.

»Wie gesagt, Ma'am, ich würde Ihnen gern helfen …«

»Sie verstehen nicht«, drängte Vanessa. »Ich bin im Begriff in ein Flugzeug zu steigen, um sie zu sehen. Sie *erwartet*, dass ich zu ihr ins Krankenhaus komme, warum also sollte sie fortgehen? Das ergibt keinen Sinn!«

Wieder rief der Teenager etwas. Wieder ignorierte sie ihn. »Gibt es sonst irgendjemanden, mit dem ich reden kann? Vielleicht die Krankenschwester, die sich tatsächlich um sie gekümmert hat? Irgendjemand muss doch mit ihr gesprochen haben, bevor genehmigt wurde, dass eine Patientin mit einer Reihe von Verletzungen und einer Gehirnerschütterung *Ihre verdammte Einrichtung verließ.*«

»Hey, Lady!«

Vanessa fuhr herum, um den Surferteenager mit ihrem Blick zu schreddern. »*Was!*«

Er zuckte zusammen, deutete dann aber auf die inzwischen über drei *Meter* weite Lücke zwischen ihr und dem Mann vor ihr. »Könnten Sie bitte weitergehen?«

Gerade als sie im Begriff stand, ihren Koffer hochzuheben und die Krankenschwester wieder zu bearbeiten, wurde Vanessa klar, dass sie nicht länger dieses spezielle Geräusch hörte, das durch ein Handy kam, selbst wenn die andere Seite vollkommen still war. Sie nahm das Telefon vom Ohr und schaute auf den Bildschirm. Anruf beendet. Wenn man bedachte, dass der Empfang im Flughafen hervorragend war und die Krankenschwester von einem Festnetzanschluss aus gesprochen hatte, ließ das wohl nur eine Schlussfolgerung zu: Die Frau hatte einfach aufgelegt.

Mit einer gemurmelten Entschuldigung an die Leute hinter ihr drehte Vanessa sich um und verließ den Flughafen wie in Trance, bis sie endlich eine Bank fand und sich hinsetzte.

Furcht und Sorge schnürten ihr die Kehle zu. Warum sollte Kat das Krankenhaus verlassen haben? Waren diese Schläger zurückgekommen? Möglich war es. Aber wenn solche Typen erst mal eine Frist gesetzt hatten, tauchten sie im Allgemeinen nicht wenige Stunden später wieder auf, um den Deal abzublasen.

Was bedeutete, dass Kat entweder von sich aus gegangen war, obwohl sie wusste, dass sie das Geld noch heute bekommen würde … Oder Lenny war aufgetaucht und hatte sie davon überzeugt, dass es wieder an der Zeit war wegzulaufen.

Scheiß Lenny. Vanessa ballte die Hände zu Fäusten, so fest, dass sie später wahrscheinlich halbmondförmige Abdrücke in ihren Handflächen finden würde. Wenn sie diesem Blindgänger jemals von Angesicht zu Angesicht gegenüberstehen sollte, würde sie ihm so derartig in die Eier treten, dass er sich davon nie wieder erholte.

»Kann ich Ihnen ein Taxi rufen, *nani wahine?*«

Vanessa hob den Blick und sah einen älteren Mann in Portiersuniform sie mit freundlichen braunen Augen anlächeln. »Tut mir leid, wie haben Sie mich genannt?«

»*Nani wahine.* Es bedeutet schöne Frau.«

»Frau«, wiederholte sie. »Also, was bedeutet dann *pupule wahine?*«

Er kicherte, und sein großer Bauch wackelte dabei auf und ab. »*Pupule wahine* bedeutet *verrückte* Frau.«

Verrückte Frau. Der schön klingende Spitzname, den Jax ihr gegeben hatte, war … eine *Beleidigung?* Na, das passte ja. Neue Tränen schossen ihr in die Augen und sie stieß ein kurzes hysterisches Lachen aus, bevor sie sich den Mund zuhielt.

Der Mann setzte sich neben sie und sprach leise auf sie ein, als habe er Angst, sie zu erschrecken. »Sie sehen für mich nicht verrückt aus, *ku'uipo.* Sie sehen müde aus. Kommt jemand, um Sie abzuholen?«

Sie befingerte geistesabwesend den Seestern um ihren Hals. Nein, niemand kam sie jemals abholen. Sie schüttelte den Kopf.

»Dann lassen Sie mich Ihnen ein Taxi rufen, damit Sie zu Ihrem Ziel kommen und ein wenig Ruhe finden, hm?«

Ruhe? Während ihr Herz um einen idiotischen Mistkerl blutete, und ihre verletzte Schwester höchstwahrscheinlich auf der Flucht war nach Gott weiß wohin? An diesem Punkt war an Ruhe nicht zu denken, aber Vanessa nickte trotzdem. Sie konnte schließlich nicht die ganze Nacht vor dem Flugplatz von Honolulu zubringen.

Sie wies den Fahrer an, sie zu dem Hotel zu bringen, das vom Mau Loa am weitesten entfernt war. Fünfzehn Minuten später checkte sie ein und schob dem Mann an der Rezeption einen Fünfzigdollarschein zu, damit er ihren Namen im Computer änderte, sodass sie nicht gefunden werden konnte. Nur für den Fall des Falles.

Sie fand ihr Zimmer, trat ein und fuhr beinah aus der Haut, als die schwere Tür hinter ihr zuschlug und das Geräusch von den Wänden widerhallte. Das Summen der Klimaanlage war ohrenbetäubend in der Stille, die Luft, die durch die Belüftungsschlitze schoss, blähte die Vorhänge, die gemustert waren mit … »*Asteroidea*«. Was sonst?

Sie schluckte, ließ ihre Taschen fallen und setzte sich auf die kratzige Bettdecke, die zu den Vorhängen passte.

»Definitiv das Haus, das vom Mau Loa am weitesten entfernt ist«, murmelte sie.

Dann streifte sie ihre Schuhe ab, schnappte sich ein Kissen und rollte sich auf der Seite zusammen. Ihr Magen schmerzte, weil er sich die ganze Zeit über immer wieder verkrampft hatte, und ihre Augenlider fühlten sich an, als seien sie aus Schmirgelpapier. Am schlimmsten war jedoch das schmerzhafte Pochen ihres Herzens. Die langsamen, stetigen Schläge widersprachen der Behauptung, dass es gebrochen sei.

Aber die Tränen, die ihr aus den Augenwinkeln strömten und die verblassten Seesterne auf der Decke unter ihrer Wange verdunkelten, erzählten eine ganz andere Geschichte.

TAG 6: FREITAG

Jackson schritt durch die Lobby des Mau Loa und trat hinaus in den Poolbereich. Es war kurz nach Mittag und ein wunderschöner Tag. Nicht eine Wolke trübte den blauen hawaiianischen Himmel, die Sonne brannte herunter auf die weißen Sandstrände, und die türkisen Wellen rollten heran und flossen in perfektem Rhythmus wieder zurück. Und all das war ihm völlig gleichgültig.

Die halbe Nacht lang war er in seinem Cottage auf und ab getigert. Hatte sich zum Schlafen hingelegt und sich nur hin und her geworfen, hatte Kissen aufgeschüttelt und seine Laken glatt gezogen, als seien sie der Grund für sein Unbehagen und nicht sein beschissen schlechtes Gewissen.

Er hätte ihr niemals erlauben sollen fortzugehen. Nicht allein. Nicht so. Der Schmerz in ihren Augen und die Tränen auf ihren Wangen hatten ihm das Herz durchbohrt. Er hatte nicht atmen können, geschweige denn sich bewegen, und das für mehrere Minuten. Und als er sich endlich zusammengerissen hatte, kämpfte er mit sich selbst, ob er seinem Instinkt folgen sollte und zu ihr gehen, oder ob er ihren Wunsch nach Distanz respektieren musste.

Nachdem er die Türklinke mindestens ein halbes Dutzendmal angefasst und wieder losgelassen hatte, beobachtete er, wie ihr Taxi davonfuhr und sie ihn schon wieder verließ. Nur dass er *diesmal* nichts tun würde, um sie zu überlisten, ihm eine weitere Chance zu geben. Er hatte seine Lektion gelernt. Auf die harte Tour, aber immerhin. Im Grunde hatte er von Anfang an gewusst, dass er sich falsch verhielt. Aber hatte nicht auf seinen Verstand hören wollen. Und wohin ihn das gebracht hatte, sah er ja jetzt. Er hatte der einzigen Frau wehgetan, die er je geliebt hatte, abgesehen von seiner Mutter und seiner Schwester.

Seine Sandalen sanken in den warmen Sand ein. Er blinzelte und begriff, dass er sich irgendwie erfolgreich durch das Gedränge der Gäste manövriert hatte, ohne sich an einen einzigen Schritt zu erinnern. Er fragte sich, ob sich so Gefangene im Todestrakt auf dem Weg zur Vollstreckung ihres Urteils fühlten. Denn wenn er sein Ziel erreichte und Lucie sagte, dass er fortging, würde sie ihn umbringen. Und wenn sie es nicht tat, würde Reid es tun. Aber egal. Im Geiste zuckte er resigniert mit den Achseln. Es spielte keine Rolle, wer was zu wem sagen würde. Nichts davon vermochte an seinem Entschluss etwas zu ändern.

Ich brauche nur noch eine einzige Chance. Aber ehrlich, verdiente er die überhaupt? Das war die Frage, die ihn den ganzen Morgen geplagt hatte, als er sich durch sein Training gezwungen hatte. Er hatte die Boxsäcke geschlagen und das Laufband benutzt, bis zur absoluten Erschöpfung.

Am Ende traf er die Entscheidung, von der er die ganze Zeit über gewusst hatte, dass er sie treffen würde. Er würde nach Nashville fliegen, um Vanessa zu finden, dann würde er ihrer Schwester helfen und sich um die Geldübergabe mit den Schlägern kümmern. Er konnte nur hoffen, dass es noch nicht zu spät war.

»Maris!«

Jax drehte den Kopf in die Richtung der vertrauten Stimme, die von der Bar am Strand kam. Er wechselte die Richtung und ging hinüber, um seinen besten Freund auf typisch männliche Weise zu umarmen; nicht länger als drei Sekunden, mit ein paar herzhaften Schlägen auf den Rücken.

»Du siehst ein wenig schlaff um die Mitte aus, Reid. Ist es die Pensionierung oder meine Schwester, die dich in ein Marshmallow verwandelt hat?«

»Du redest Scheiße«, sagte Reid und verschränkte die Arme vor der Brust. »Ich bin immer noch in Topkondition. Außerdem wissen wir beide, dass nur ein rechter Haken von mir nötig wäre, und du würdest auf dem Arsch sitzen.«

Jax lachte spöttisch. »Das hast du schon mal versucht, und ich habe dich mit einem Flying Armbar geblockt, wenn ich mich recht erinnere.« Er bedachte seinen Freund mit einem Grinsen und streute ein wenig Salz in die alte Wunde. »Du hast um Gnade geklopft wie ein kleines Mädchen.«

Reid kniff die Augen zusammen und zeigte mit einem Finger auf ihn. »Das war ein Glückstreffer.«

Jax schlug seine Hand weg, und sie lachten beide und wandten sich der Bar zu. »Also, warum bist du hier und nicht bei Lucie?«

»Ich spiele die Rolle des pflichtbewussten Verlobten und hole ihr einen dieser blauen Drinks, die sie überall gesehen hat. Sie sagte etwas in der Art, dass das offiziell der Start ihres Urlaubs sei.«

Jax starrte an Reid vorbei zu dem azurblauen Wasser und stöhnte innerlich bei der Erinnerung an Vanessa, diesen Drink und alles, was danach passiert war.

»Hey, Mann, was ist los mit dir? Du siehst total scheiße aus.«

Er schaute wieder zu seinem Freund hinüber und antwortete: »Warum wollte ich dich noch mal wiedersehen?«

»Lass den Mist. Was zum Teufel ist zwischen dir und Vanessa vorgefallen?«

Unwillkürlich zuckte er zusammen und trat dann einen Schritt vor. »Du hast mit ihr geredet? Was hat sie gesagt?«

»Hey!« Reid legte ihm eine Hand auf die Brust und drückte fest, bis er wieder einen Schritt zurückgetreten war. »Ich weiß gar nichts, Mann. Sie hat Lu angerufen, kurz bevor ich losgegangen bin. Soweit ich es mitbekommen habe, ist sie nicht hier im Resort, obwohl sie das sein sollte. Und du bist so gereizt wie noch nie. Daraus schließe ich, dass zwischen euch irgendetwas passiert ist.«

Jax lehnte sich an die Theke, bestellte ein Bier und nahm sich ein Cocktailstäbchen aus einem Krug, um seinen knirschenden Zähnen etwas zum Beißen zu geben. Es fiel ihm schwer, Lucie und Reid gegenüber zuzugeben, wie sehr er die Sache vermasselt hatte. Seine Selbstvorwürfe waren schon schlimm genug.

»Scheiße, Alter.« Reid stieß einen schweren Seufzer aus und lehnte sich neben ihm an die Theke. »Du hast mit ihr geschlafen, stimmt's?«

Jax zeigte mit dem dünnen, roten Stäbchen auf Reids Gesicht. »Halt die Klappe, Andrews; du weißt nicht, wovon du sprichst.«

»Und ob ich das weiß.« Reids Stimme hatte zwar etwas an Lautstärke verloren, dafür hatte seine Erregung aber zugenommen. »Ich habe dich als meinen Freund gebeten, dafür zu sorgen, dass alles geregelt wird – als meinen Freund und als *Lucies Bruder* –, und du konntest deinen Schwanz nicht lange genug in der Hose behalten, um die Brautjungfer nicht zu vertreiben.«

Jax richtete sich auf und drehte sich zu seinem besten Freund um. Obwohl sie alle anderen um sie herum überragten, begegneten sie einander auf Augenhöhe, und erdolchten sich geradezu mit Blicken.

»Ich warne dich, Andrews. Du kennst die Situation nicht …«

»Es ist mir egal, und wenn sie nackt vor dir herumstolziert wäre. Du hättest dir irgendwo anders eine heiße Schnitte suchen sollen.«

Jax sprang auf, packte Reids teures Polohemd und schwang ihn herum, bis er mit dem Rücken gegen den Stamm einer nahen Palme krachte. »Wenn du jemals wieder so über sie redest, marschierst du ohne einen einzigen gottverdammten Zahn in deinem Mund den Gang zum Altar runter.«

»*Jackson Thomas Maris!* Was tust du da?«

Ohne den Blick von Reids zusammengekniffenen Augen abzuwenden, erwiderte Jax: »Ich sage nur deinem Verlobten Hallo, Lucie.« Er ließ Reid los und drehte sich endlich zu seiner kleinen Schwester um. »Hey Lu, Kleines. Du siehst dünn aus. Gibt dieser Komiker dir auch genug zu essen?«

Lucie stemmte die Hände in die Hüften. »Ich hatte eine Magenverstimmung. Also konnte ich den Großteil der Woche nichts essen, du Witzbold. Und komm mir nicht mit ›Hey, Kleines‹. Was ist überhaupt …« Sie runzelte die Stirn. »Himmel, du siehst wirklich schlecht aus.«

Reid trat neben Lucie und legte ihr den Arm um die Schultern. »Das hab ich ihm auch gesagt, Schätzchen.«

Jax funkelte ihn an. »Fuck you, Andrews.«

»Das reicht«, befahl Lucie. Ihre Stimme war streng, aber ihre großen grauen Augen wurden sanft. Seufzend fuhr sie fort: »Komm her, du großer Blödmann.«

Die Enge in seiner Brust lockerte sich ein wenig, als er seine Schwester stürmisch umarmte. »Es tut gut, dich zu sehen, Mädchen«, sagte er und küsste sie auf den Kopf. »Und du siehst so schön aus wie eh und je.«

Lucie lehnte sich zurück, um ihm in die Augen zu schauen und sagte: »Mmmh-mmh. Hör auf mit dem Süßholzraspeln. Ich will wissen, was mit dir los ist.«

»Das ist doch völlig klar«, mischte Reid sich ein. »Unser lieber Jax hier ist in deine beste Freundin verknallt, aber er hat irgendetwas getan, um es zu vermasseln.«

Jax wollte ausholen und Reid einen linken Haken verpassen, um ihm dieses Grinsen vom Gesicht zu wischen. Aber das würde nichts an der Sache ändern. Außerdem würde seine Schwester vermutlich ziemlich sauer werden, wenn ihr Göttergatte auf den Hochzeitsfotos ein blaues Auge hatte.

Lucie sah ihn fragend an. »Jackson?«

Jax ließ sie los, trat einen Schritt zurück und fuhr sich mit einer Hand übers Gesicht. Er hatte sich nicht die Mühe gemacht, sich nach seiner letzten Dusche zu rasieren, also waren seine üblichen Bartstoppeln jetzt schon der Beginn eines echten Bartes. Noch zwei Tage, und er konnte sich einen Job als Model für Holzfällerklamotten suchen.

Er räusperte sich, betrachtete Reids selbstgefälliges Gesicht und murmelte dann: »Ja, stimmt schon. Verknallt und dann vermasselt. Das fasst es ziemlich gut zusammen.«

Zu seiner Überraschung breitete sich ein Lächeln auf Lucies Gesicht aus. *Oh Scheiße.* »Kleines, fang bloß nicht an, jetzt rührselig zu werden.«

»Was?«, fragte sie unschuldig. »Darf ich mich nicht freuen, wenn mein großer Bruder endlich die Liebe gefunden hat? Und ausgerechnet in Gestalt meiner *besten Freundin?*«

»Tja, nun, ich an deiner Stelle würde nicht allzu sehr aus dem Häuschen geraten. Sie will mich nicht einmal *sehen*, geschweige denn, mit mir zusammen sein. Aber heute wird sie sich einfach mit mir abfinden müssen, weil ich nach Nashville fliege, ob sie mich dort haben will oder nicht.« Dann erinnerte er sich, dass Reid etwas über einen Anruf von Vanessa gesagt hatte. »Sie geht nicht ans Telefon, wenn sie meine Nummer sieht. Ruf du sie an und sag ihr, dass sie *nichts* unternehmen soll, bis ich dort bin. Ich will nicht, dass sie irgendetwas mit diesen Verbrechern zu tun hat, und Kats Freund vertraue ich schon gar nicht …«

»Jackson!«

Als Lucie seinen Namen brüllte, wurde ihm klar, dass sie schon einige Male zuvor versucht hatte, ihn zu unterbrechen. »Was?«

»Vanessa ist nicht in Nashville. Sie ist immer noch auf der Insel.«

Erleichterung mischte sich mit Besorgnis. Vanessa war noch da. Aber warum war sie nicht geflogen? Über das tosende Gefühlschaos in seinem Inneren hinweg stieß er hastig hervor: »Sag mir, wo sie ist.«

Die Augen seiner Schwester wurden traurig. »Das kann ich nicht.«

Er machte einen Schritt nach vorn und senkte die Stimme zu kaum mehr als einem Knurren. »Lucie, ich spiele nicht rum. Ich will wissen, wo sie ist.«

Er musste ziemlich bedrohlich ausgesehen haben, wenn Reid die Notwendigkeit verspürte, sich halb vor seine Verlobte zu stellen. Ein lobenswerter Impuls. Doch so leicht ließ Lucie sich nicht einschüchtern. Sie ging um Reid herum, während sie ihm ihren berühmten *Mach-Sitz*-Blick zuwarf, den auch Jax nur allzu gut kannte. Prompt gab Reid nach. Ein klein wenig.

Lucie holte tief Luft. »Ich meine, ich kann es dir nicht sagen, weil sie es *mir* nicht sagen will. Als ich gefragt habe, warum sie das Hotel gewechselt hat, hat sie mir von Kat erzählt und gesagt, sie wolle mich nicht in ihren Mist mit reinziehen.«

Typisch V. Immer versuchte sie, die Menschen, die sie liebte, auf die eine oder andere Weise zu retten. »Sie wollte eigentlich nach Nashville fliegen, weil ihre Schwester in Schwierigkeiten steckt.«

»Ja, ich weiß.« Lucie schob sich ihr langes braunes Haar hinter die Ohren und machte ein Gesicht, als ringe sie mit sich, wie viel sie ihm erzählen sollte. »Bevor sie gestern Abend ins

Flugzeug einsteigen konnte, hat sie herausgefunden, dass Kat abgehauen ist. Vanessa hat heute Morgen eine SMS von ihr bekommen, in der Kat geschrieben hat, dass sie das Problem lieber alleine lösen will.«

Jax schnaubte. »Mit anderen Worten: Ihr Idiot von einem Ehemann hat beschlossen, dass sie sich lieber aus dem Staub machen sollen, statt die Suppe auszulöffeln, die sehr gut seine Henkersmahlzeit sein könnte.«

Lucie nickte. »Mehr als wahrscheinlich. Und wenn man sich anschaut, wie es bisher so gelaufen ist, wird Kat bestimmt wieder für mehrere Monate abtauchen. Nessie ist daran gewöhnt. Sie wird schon zurechtkommen. Aber sie braucht jetzt einfach ein wenig Zeit für sich allein.«

»Blödsinn«, knurrte er. Das war es ganz und gar nicht, was sie brauchte. Sich selbst überlassen würde Vanessa tun, was sie immer getan hatte: Sie würde sich in ihrer Schuld vergraben und wieder das Gefühl bekommen, dass sie versagt hatte. Dass sie nicht gut genug war. Und das war Schwachsinn. Sie war *mehr* als gut. Sie war alles für ihn, und das musste er ihr sagen. Es ihr zeigen.

Aber um das zu tun, musste er erst einmal aufhören, sich vor sich selbst zu verstecken.

Vanessa verdiente einen Mann, der dazu stand, wer er war. Nicht einen Kämpfer, der vorgab, ein einfaches Leben zu führen, während er in Wahrheit Mitbesitzer einer exklusiven Hotelanlage war. Nein, er musste jetzt endlich reinen Tisch machen. Und damit fing er am besten gleich bei Lucie an. Bei seiner kleinen Schwester, der er schon lange die Wahrheit über seine Herkunft schuldete.

»Lu«, stieß er rau hervor. »Ich muss mit dir reden.« Er warf seinem besten Freund einen Blick zu, der ihm daraufhin verständnisvoll zunickte. »Allein.«

Ihre Mundwinkel hoben sich leicht, und sie streckte die Hand aus. »Komm«, sagte sie. »Lass uns einen Spaziergang machen, großer Bruder.«

Lucies Bungalow stand am Rande des Hotelgeländes. Von hier aus hatte man einen direkten Blick auf das kristallblaue Wasser des Pazifiks. Jackson saß auf der Holztreppe, die zur Veranda führte, die Arme auf die Knie gestützt. Er schloss die Augen und sog die salzige Luft tief in seine Lungen, dann synchronisierte er seine Atemzüge mit den Geräuschen der Wellen, die aufs Ufer trafen.

Als er das Gespräch mit Lucie begonnen hatte, war er auf die schlimmstmögliche Reaktion gefasst gewesen. Jetzt schämte er sich, dass er gedacht hatte, sie würde anders als mitfühlend reagieren. Lucie war wirklich einzigartig. Und sie hatte ihm ihre Liebe klar und deutlich gezeigt. Als er ihr davon erzählte, wie er nach dem Tod ihrer Eltern seine Adoptionspapiere gefunden hatte, hatte sie die Information nicht schweigend verarbeitet, sondern ganz spontan etwas gesagt, das ihn unendlich beruhigte.

»Ich werde nicht lügen und behaupten, mit so etwas hätte ich schon gerechnet. Denn das habe ich nicht. Aber«, fügte sie hinzu und sah ihn mit ihren grauen Augen an, »es ist mir völlig egal, wer dich zur Welt gebracht hat, Jackson. Du bist deshalb nicht weniger ein Maris. Und es ändert ganz gewiss nichts an der Tatsache, dass du mein großer Bruder bist.«

Die Bürde, dieses Geheimnis mehr als fünfzehn Jahre lang mit sich herumgetragen zu haben, fiel von ihm ab. Plötzlich spürte er Tränen in seinen Augen brennen. Lucie schlang ihm die Arme um den Hals und drückte so fest, wie es ihr mit ihrem winzigen Körper möglich war. Er war sich nicht sicher, wie lange sie einander so hielten, aber als sie sich schließlich voneinander trennten, hatte er sich wieder unter Kontrolle. Die nächste Stunde verbrachten sie damit, über alles zu reden – angefangen von dem wahren Grund, warum er nach Hawaii gezogen war, bis hin zu der Frage, warum ihre Eltern ihnen nie die Wahrheit gesagt hatten. Sie spekulierten ein wenig, aber am Ende stimmten sie beide darin überein, dass es ein unglücklicher Zufall gewesen sein musste. Ihre Eltern hatten bestimmt geplant, mit ihnen über die Adoption zu reden. Aber vorher waren sie bei dem Autounfall gestorben. Es war vielleicht nicht das klügste Vorgehen gewesen, diese Tatsache so lange geheim zu halten, aber sie mussten ihre Gründe gehabt haben. So oder so, Lucie hatte recht. Nur weil seine DNA etwas anderes sagte, bedeutete das nicht, dass er nicht immer noch ein Maris war.

Die Tür hinter ihm schwang auf und wieder zu, als Lucie mit einem kalten Bier wiederkam und es ihm reichte. »Bitteschön.«

»Danke, Kleines.« Er nahm mehrere lange Schlucke und ließ die kühle Flüssigkeit die Enge vertreiben, die er immer noch in seiner Kehle spürte.

»Also«, begann sie und kam die Treppe herunter, um sich vor ihm aufzubauen. »Was hältst du davon, wenn wir unseren Spaziergang am Strand fortsetzen und du mich darüber ins Bild setzt, was zwischen dir und Ness vorgefallen ist?«

Jax betrachtete die vor der Brust verschränkten Arme seiner Schwester und die hochgezogene Augenbraue, die in einer Lücke in ihrem Pony sichtbar wurde. »Das ist wohl nicht verhandelbar, was?«

»Richtig.«

Seufzend erhob er sich von der Treppe und folgte Lucie zum Strand hinunter. »Wie viel willst du wissen?«

»Du kannst ruhig am Anfang beginnen. Ich lasse dich wissen, wenn ich anfange mich zu langweilen.«

Er lächelte und nahm einen großen Schluck Bier, bevor er sich ans Erzählen machte. Lucie lauschte aufmerksam, während sie am Rand des Wassers entlangschlenderten, das gelegentlich über ihre nackten Füße schwappte. Sie geriet nicht einmal außer Tritt, als er ihr erzählte, dass er Mitbesitzer des Mau Loa war. Stattdessen lächelte sie ihn an und erklärte, dass sie stolz auf ihn sei, weil er etwas für seine Zukunft getan habe, falls seine Karriere als Fighter durch eine Verletzung verkürzt würde. So eine Möglichkeit war Lucie sicher sehr bewusst, da sie Physiotherapeutin war. Bei vielen ihrer Patienten handelte es sich um verletzte Sportler, wie zum Beispiel Reid. Obwohl der ja jetzt, nachdem er sich aus dem Kampfsport zurückgezogen hatte, wahrscheinlich keine Physiotherapie mehr brauchte. Es sei denn, er wollte ein Rollenspiel in …

Eklig! Das war einer der Nachteile, wenn der beste Freund sich mit der eigenen Schwester einließ. All die schönen Männergedanken wurden da unmöglich.

»Was?«, fragte Lucie, als er ihr einen Seitenblick zuwarf.

Na, klar. Er würde auf gar keinen Fall ein Gespräch über dieses Thema beginnen. »Nichts.«

Sie zuckte die Achseln und ließ es auf sich beruhen. »Also, wie hat Vanessa reagiert, als du ihr die Wahrheit gesagt hast?«

»Genauso, wie sie reagieren sollte. Sie hat mir gesagt, dass ich die schlimmste Art von Lügner bin und die Situation ausgenutzt habe, um … an sie ranzukommen. Und sie hat recht.«

»Ja, aber es ist ja nicht so, als wärst du derjenige gewesen, der den ersten Schritt getan hat, stimmt's?« Sie griff nach seinem Bier, nahm einen Schluck und gab es ihm dann zurück. »Ich meine, eigentlich war sie diejenige, die die Affäre vorgeschlagen hat.«

»Spielt keine Rolle, Lu. Vanessa hätte frei sein sollen, eine Affäre mit einem Mann zu haben, den sie wirklich wollte. Aber sie hat mich gewählt, weil sie dachte, sie würde die ganze Woche mit mir festsitzen und Pärchen spielen müssen.«

Lucie starrte auf ihre Füße, während sie einen vor den anderen setzte, die Hände in den Taschen und an ihrer Unterlippe kauend. Jax wusste, dass sie die Information im Kopf drehte und wendete. Sie würde jetzt nichts weiter sagen, bis sie etwas Glänzendes hervorziehen konnte, das es wert war, vorgezeigt zu werden.

»Sie meinte, ich sei der Einzige, der sie je dazu gebracht hätte, Regel eins zu brechen, und dann ist sie gegangen.« Angewidert über sich selbst schüttelte er den Kopf. »Ich hätte ihr nachgehen sollen.«

Lucie blieb wie angewurzelt stehen und hielt ihn am Arm fest. Jax drehte sich mit einem fragenden Blick wieder zu ihr um.

»Warum bist du ihr nicht nachgegangen?«

»Du meinst, abgesehen davon, dass ich mir die Augen nicht auskratzen lassen wollte?«

Lucie runzelte die Stirn und zeigte ihm damit, dass sie nicht erheitert war.

»Weil es keine Rolle spielt, dass ich niemals vorhatte, sie oder die Situation auszunutzen. Die Wahrheit ist, dass ich es getan habe. Ich hätte ihr die Wahrheit über meine Beteiligung am Resort sagen müssen. Aber ich habe es nicht getan. Vanessa hat sich benutzt gefühlt, und ich kann ihr keinen Vorwurf daraus machen. Sie hatte jedes Recht, mich zu hassen.«

»Ich denke, *hassen* ist vielleicht ein wenig stark, Jax. Vor allem wenn sie dir gerade gesagt hatte, dass sie dich liebt.«

»Wovon redest du? Das hat sie nie gesagt.«

»Doch, hat sie«, erklärte Lucie und sah ihn von der Seite an. »Sie hat gesagt, dass sie deinetwegen Regel Nummer eins gebrochen hätte.«

Sein Herz schien stehen zu bleiben. Seine Lungen schnappten vergeblich nach Luft.

Lucie starrte ihn ungläubig an. Dann weiteten sich ihre Augen. »Oh, Jackson. Sie hat dir nie gesagt, was Regel eins ist, nicht wahr?« Er schüttelte knapp den Kopf. Sie trat auf ihn zu und legte ihm eine Hand auf die Brust. »Regel eins lautet: ›Verliebe dich nicht.‹ Und ich weiß mit Sicherheit, dass sie das auch nie getan hat … bis jetzt. Sie *liebt* dich, Jackson. Also, was wirst du jetzt tun?«

Ihre Worte erfüllten ihn mit Hoffnung und Furcht. Und mit einer wilden Entschlossenheit. »Ich suche jeden verdammten Zentimeter dieser Insel ab, bis ich Vanessa finde. Dann werde ich nicht lockerlassen, bis sie meine Entschuldigung akzeptiert und mir eine Chance gibt.«

»Was das Nichtlockerlassen angeht, bin ich mir nicht so sicher. Aber der Rest klingt ziemlich gut. Bei Reid und mir war es ganz ähnlich. Er musste mich für hundert Riesen auf einer Auktion ersteigern, bevor ich ihm noch mal eine Chance gegeben habe.«

»Ich *hoffe,* dass ich so billig davonkomme.« Jackson küsste seine Schwester auf die Stirn. »Ich muss los, danke, Kleines. Ich sehe dich später beim Probedinner, hoffentlich mit einer zauberhaften Rothaarigen an meinem Arm.«

Dann joggte er zurück zu seinem Jeep und begann Pläne zu schmieden, wie er Vanessa finden und die Dinge wieder in Ordnung bringen könnte.

TAG 7: SAMSTAG

Als Vanessa aus dem Taxi stieg und durch den Haupteingang des Mau Loa ging, fühlte sie sich wie die *schlechteste* beste Freundin in der Geschichte schlechtester bester Freundinnen. Sie hatte Lucie angerufen und das Probedinner am vorigen Abend abgesagt, weil sie es nicht ertragen konnte, Jackson zu sehen. Er hätte garantiert versucht, mit ihr zu reden, und sie hätte nicht fliehen können, ohne eine Szene zu machen.

Tatsächlich war sie ihm heute Nachmittag in ihrem Hotel nur mit knapper Not entkommen. Der Mann an der Rezeption hatte ihr erzählt, dass eine Stunde zuvor ein gewisser Mr Maris angerufen und nach Vanessa MacGregor und einem Haufen anderer Namen gefragt hätte, von denen er offenbar dachte, es könnten ihre Aliasse sein. Nur gut, dass sie etwas total Abwegiges benutzt hatte, sonst hätte er sie noch gefunden.

Also bestand ihr Plan nun darin, in der allerletzten Minute aufzutauchen, die Hochzeit hinter sich zu bringen und sich mit Fritz und ihren Freunden Eric und Kyle beim Empfang bis zum Umfallen zu betrinken.

Sie nannte diesen Plan »*Operation Jax meiden (Um jeden Preis, weil er sonst womöglich noch meine Entschlossenheit untergräbt und mein Herz komplett bricht)*«.

Okay, der Titel war ein wenig lang, aber er war mehr als akkurat.

Als sie an der Rezeption vorbeikam, bemerkte sie, dass Jillian fehlte. Die glückliche, stets lächelnde, exotisch schöne Jilli. Garantiert hatte *diese Frau* ihr Gefühlsleben bestens im Griff.

Sie bezauberte ihre Opfer wahrscheinlich mit einem geübten Kundendienstlächeln und ließ dann alles andere ganz locker auf sich zukommen.

Vanessa bog rechts in den Flur ein und ging zum Trakt, in dem der Ballsaal und die Brautsuite lagen. Ihre Hände wurden feucht, und ihr Herz trommelte einen Stakkatorhythmus hinter ihren Rippen. Sie betete, dass Jax nicht im nächsten Flur sein würde, um sich auf sie zu stürzen. Noch zwanzig Schritte … zehn Schritte … fünf … Sie holte tief Luft und hielt den Atem an, bevor sie um die Ecke bog.

Ihr wurde schwer ums Herz. Kein Jax.

Moment mal, ihr Herz sollte nicht schwer werden. Es sollte heiter sein. Super-mega-extrem heiter. *Blödes Herz, mach gefälligst, was von dir erwartet wird.* Bevor sie etwas *wirklich* Dummes tat, wie an die Tür zum Zimmer des Bräutigams auf der linken Seite zu klopfen und zu fragen, ob sie mit ihm sprechen könne, öffnete sie die Tür zur Brautsuite, schlüpfte schnell hinein, als seien alle Hunde der Hölle hinter ihr her.

»Nessie!«

Sie begegnete Lucies Blick im Frisierspiegel. Ihre Freundin saß auf einer gepolsterten Bank und war gerade dabei, Feuchtigkeitscreme aufzutragen. Aus Überraschung wurde Freude auf Lucies Gesicht, bevor sie sich umdrehte und aufsprang, um durch den Raum zu schießen.

In der Mitte des Zimmers umarmten sie sich lange.

»Lu, es tut mir so leid.«

Lucie trat einen Schritt zurück und hielt Vanessas Schultern fest. »Stopp. Du brauchst dich nicht zu entschuldigen. Was zählt ist nur, dass du jetzt hier bist.«

»Nun, hallo, *Vanessa.*«

Vanessa blickte an Lucie vorbei und entdeckte einen sehr

streng dreinblickenden Franklin, ganz in Weiß gekleidet, ein Klemmbrett unter dem Arm und einen Bleistift in der Hand. Erst in diesem Moment begriff sie, dass sie aufgeflogen waren. Sie war so in ihrem eigenen Elend versunken gewesen, dass sie das Täuschungsmanöver Franklin gegenüber komplett vergessen hatte.

Sie legte sich eine Hand auf die Stirn. Ob ihr plötzlich vor lauter Scham so heiß war, oder ob da ein Migräneanfall auf dem Weg war, konnte sie nicht mit Sicherheit sagen. »Jesus, Franklin, es tut mir so leid. Ich wollte Sie nicht anschwindeln …«

Ein breites Lächeln erschien auf seinen Zügen. »Schätzchen, *bitte,* es ist mir egal, in wie viele Identitäten Sie schlüpfen. Ich würde *trotzdem* lieber mit Leuten wie *Ihnen* arbeiten statt mit neunundneunzig Prozent meiner Klientel. Jackson hat bereits mit mir gesprochen und die *volle* Verantwortung übernommen. Jetzt *kommen* Sie aber ganz schnell hier herüber.«

Erleichtert gehorchte sie und ließ die Umarmung und die Wangenküsschen über sich ergehen. Dann wurden Lucie und sie hastig an ihre jeweiligen Frisiertische gescheucht. Sie hatten nur noch eine Stunde Zeit bis zur Sonnenuntergangszeremonie.

Es klopfte an der Tür, und Vanessas Magen rutschte ihr in die Knie, bis sie hörte: »Hier kommt ein Mädchen!«

Jilli kam mit einer Reisetasche herein. Sie trug ein schlichtes weißes Sommerkleid und ihr schönstes Angestellte-des-Monats-Lächeln. »Hallo zusammen!«

Lucie und Franklin begrüßten sie mit einem »Hi, Jilli« und »Aloha, Darling«, während Vanessa herausplatzte: »Was tun Sie denn hier?«

Klasse, MacGregor. Könntest du vielleicht noch etwas zickiger sein? Ihre Wangen röteten sich, und sie murmelte die dritte Entschuldigung des Tages.

»Kein Problem«, sagte Jilli, ohne dass ihr das Lächeln verrutschte. »Ich bin hier, um bei den Haaren und dem Make-up zu helfen. Franklin und ich kümmern uns für gewöhnlich um die kleineren Brautgruppen. Tatsächlich habe ich eine Kosmetikschule besucht, bevor ich im Hotel angefangen habe.«

»Okay, wunderbar, dann können Sie sich um Lucie kümmern und um Ro...«

»Oh nein«, sagte Jilli, während sie neben Vanessas Frisiertischchen ihre Sachen aufbaute. »Ich bin gut, aber Franklin ist ein Profi. Also bekommt er die Braut. Machen Sie sich keine Sorgen. Es wird kein Problem sein, Sie in Windeseile atemberaubend schön zu machen.«

Na toll. Vanessa spürte, wie die Anspannung von ihren Schläfen auf den ganzen Kopf überging. Es war nur eine Frage der Zeit, bis der pochende Schmerz hinter ihren Augäpfeln angelangt war. Während sie sich vier Ibuprofen aus ihrer Handtasche holte, beobachtete sie, wie Jilli ihren Lockenstab, das Glätteisen und den Haartrockner einstöpselte, bevor sie genug Kosmetikartikel aufbaute, um Zsa Zsa Gabor für die nächsten fünfzig Jahre zu schminken.

Vanessa wusste nicht einmal, warum sie so gereizt auf die Rezeptionschefin reagierte. Sie war immer sehr angenehm und hilfsbereit gewesen, aber irgendetwas hatte diese Frau an sich, das ...

Jillian stellte sich hinter Vanessa auf und machte sich daran, ihr das Haar zu bürsten und es mit Clips zu unterteilen. Neben ihnen plauderten Franklin und Lucie munter drauflos, lachten und gingen Hochzeitsdetails durch. Und irgendwo in einem anderen Bereich des Hotels war Jackson und ... Vanessa seufzte. Sie wünschte, sie hätte gewusst, wie sie diesen Gedanken beenden sollte.

»Jackie ist ziemlich mitgenommen.«

Vanessa brauchte eine Sekunde, um zu begreifen, dass Jillian gesprochen hatte, und eine weitere, um zu begreifen, von wem sie da redete. *Jackie.* Ein Kosename. Heilige Scheiße.

»Jackson und Sie waren mal zusammen.« Es war keine Frage. Es war ein verdammt guter Schuss ins Blaue, der erklärte, warum diese süße, stets freundliche Frau sie störte. Sie war Konkurrenz.

»Vor einigen Jahren.« Jillian sah sie im Spiegel an, dann konzentrierte sie sich wieder auf ihre Aufgabe, das Unterhaar zu glätten. »Es war nichts Ernstes. Mehr wie Freunde mit gewissen Vorzügen. Tatsächlich habe ich Jax in all den Jahren, die ich ihn kenne, niemals mit jemandem Ernst machen sehen.«

Autsch. Das schmeckte nach Wahrheit mit einer Prise von *Er-hat-dich-gewarnt* oben drauf.

»Bis Sie gekommen sind.«

Vanessa zuckte zusammen. »Entschuldigung?« Verdammt, jetzt entschuldigte sie sich noch in Form einer Frage. Sie klang wie eine hängen gebliebene Schallplatte.

»Er hat gestern versucht, Sie zu finden, und als Sie nicht zu der Probe aufgetaucht sind, ist er hergekommen.« Als Jilli diesmal lächelte, war es ein mitfühlenderes Lächeln. »Nicht nötig, mich mit Blicken zu erdolchen, Schätzchen. Er ist rübergekommen, um mit mir und meinem *Ehemann* zu reden.« Sie hielt die linke Hand hoch und wackelte mit ihrem Ringfinger, an dem ein Ehering steckte.

»Uh, Entschuldigung … *Mist!* Schon wieder.« Vanessa stieß ein frustriertes Schnauben aus und drückte gegen ihre schmerzenden Schläfen. »Irgendwie scheint das das einzige Wort zu sein, das ich heute sagen kann.«

Jillian kicherte und schnappte sich eine weitere Locke, um sie zu glätten. »Keine Sorge. Ich kann verstehen, warum Sie Ihr Revier verteidigen.« Sie warf Vanessa einen Blick aus ihren schokoladenbraunen Augen zu, und alle Andeutungen von Verspieltheit waren plötzlich verschwunden. »Er ist ein wirklich großartiger Bursche. Ich weiß, dass Sie wütend auf ihn sind, und ganz ehrlich, Sie haben jedes Recht dazu. Aber er ist normalerweise kein unehrlicher Mensch, und ich denke, Sie sollten ihm zumindest die Chance geben, es wiedergutzumachen.«

»Ich weiß ihre Sorge zu schätzen, Jillian, aber da gibt es nichts zu korrigieren. Mal abgesehen von seiner Lüge – Jackson und ich hatten ein Abkommen für drei Tage, ohne Verbindlichkeiten. Es hat Spaß gemacht, aber jetzt ist es vorbei. Und ich würde lieber nicht mehr darüber reden.«

Die Frau drückte leicht ihre Schulter, als wolle sie sagen: *Ich verstehe,* dann beendete sie Vanessas Frisur und Make-up schweigend und überließ sie ihren Gedanken. Die natürlich mal wieder in eine wohlbekannte Richtung wanderten …

Jackson Maris schien sich dauerhaft in ihrem Gehirn eingenistet zu haben. Was konnte sie nur tun, um sich von den Erinnerungen an die letzte Woche zu befreien?

Schließlich waren Franklin und Jillian fertig und packten ihre Sachen.

»*O-kay*«, sagte Franklin an der Tür, »ich schaue nach den Dingen draußen, aber Jillian wird *gleich* vor der Tür sein, falls Sie *irgendetwas* benötigen sollten. Wenn ich Sie das nächste Mal sehe, dann um Sie für die Zeremonie abzuholen. Also ziehen Sie sich an, trinken Sie etwas Champagner und entspannen Sie sich.«

Lucie umarmte den Hochzeitsplaner. »Vielen herzlichen Dank, Franklin.«

Sobald die Tür geschlossen war, drehte Vanessa sich um, und betrachtete Lucie in ihrem Hochzeitskleid. »Du siehst aus wie Cinderella, Lu.«

Das trägerlose weiße Kleid im griechischen Stil floss wie ein Chiffonwasserfall zu Boden. Kunstvolle Perlenstickereien besetzten den Rand des Herz-Dekolletés, und die Schleppe fügte einen Prinzessinentouch hinzu. Lucies dunkelbraunes Haar fiel ihr in weichen Locken um die Schultern und wurde an einer Seite von einem türkisfarbenen Kämmchen in Form einer Hibiskusblüte festgehalten. Franklin hatte seine Sache mit dem Make-up hervorragend gemacht und dezente Töne benutzt, um Lucies natürliche Schönheit zu betonen und ihre taubengrauen Augen hervorzuheben.

»Na?«, fragte Lucie.

Vanessa schenkte ihrer Freundin ein beruhigendes Lächeln und blinzelte gegen die Tränen an, die ihre Sicht trübten. »Eine schönere Braut hat es nie gegeben. Du siehst wundervoll aus. Wirklich.«

Lucie strahlte, aber dann zuckte sie plötzlich zusammen. Sie drückte sich eine Hand auf den Bauch und sagte: »Oh Gott, ich glaube, ich werde mich übergeben. Ich weiß nicht, ob ich das durchziehen kann.«

Oh nein. Lucie und Reid waren perfekt zusammen. Wenn *sie* nicht an Liebe glaubte, welche Hoffnung hatte dann der kümmerliche Rest der Welt?

»Komm und setz dich da hin«, sagte Vanessa und führte die blasse Braut zu dem eleganten Sofa. Sobald sie sicher war, dass Lucie nicht ohnmächtig wurde, ging sie zu dem Sideboard, wo sie aus einem Eimer mit Eis eine Flasche Champagner zog und ihnen beiden ein Glas einschenkte. »Jede Braut bekommt kalte Füße, Schätzchen, aber du wirst deine Sache großartig machen, das verspreche ich dir.«

Lucie nahm das Glas entgegen und kippte den Inhalt herunter. »Was? Ich bin nicht nervös, weil ich Reid heirate. Ich liebe ihn mehr als alles auf der Welt.«

»Ich sollte dich an dieser Stelle wahrscheinlich unterbrechen, aber wann hast du je auf mich gehört in diesen Dingen?« Sie reichte Lucie ihr Glas Champagner und machte sich auf die Suche nach ihrem Kleidersack. »Also, was denkst du, was du nicht tun könntest?«

»In diesem zauberhaften Kleid den Gang hinunterschreiten, während alle mich anstarren! Hast du vergessen, wie ungeschickt ich bin und wie sehr ich es hasse, im Mittelpunkt der Aufmerksamkeit zu stehen? Ich werde platt auf die Nase fallen. Unweigerlich.«

»Verdammt, Lucie, erschreck mich nicht so«, sagte Vanessa, während sie ihr Kleid herauszog und die komplizierte Prozedur begann, es anzuziehen, ohne Jillis harte Arbeit zunichtezumachen. »Wenn du gehst, raffst du vorne eine Handvoll von deinem Kleid zusammen und hältst es hoch, damit du nicht auf den Saum trittst. Außerdem wirst du Fritz haben, der dich führt.«

»Wenn du meinst.« Die nervöse Braut kippte das zweite Glas hinunter.

Vanessa bat Lucie, ihren Reißverschluss zu schließen, dann betrachtete sie sich im Spiegel. Das türkisblaue Chiffonkleid endete in einem asymmetrischen Saum an ihren Knien, und das trägerlose gerüschte Mieder betonte ihre Rundungen. Ihr Haar war in der gleichen Weise wie Lucies frisiert, aber Jillian hatte ihre wilden Locken glätten müssen, bevor sie sie in große weiche Wellen verwandelt hatte.

»Okay«, sagte Vanessa und drehte sich zu Lucie um. »Wir sind wohl so weit.«

Lucie starrte vielsagend auf die Stelle unter Vanessas Schlüsselbein. Dann zu ihren Augen empor. Dann hinunter. Dann wieder hinauf.

»Lu, warum siehst du mich so an?«

»Jackson hat erwähnt, dass er dir eine Kette geschenkt hat, daher …«

»Oh, ja, ähm …« Sie machte sich an der Vorderseite ihres Kleides zu schaffen, damit sie nicht die Stelle an ihrer Haut berührte, die sich nackt anfühlte, seit sie die Kette vor zwei Tagen abgenommen hatte. »Ich fand, sie passt nicht zum Ensemble, daher … Wir sollten wohl jetzt gehen, hm?«

Was bedeutete, dass sie Jackson sehr bald sehen und garantiert wieder das Verlangen verspüren würde, die Arme um ihn zu legen und ihn festzuhalten, bis … Tja, bis wann? Morgen früh? Bis sie wieder nach Hause musste? Bis er das nächste Mal beschloss, jemandem einen Schlag zu versetzen, weil ihm irgendetwas nicht passte?

So oder so, ihre Trennung war unausweichlich. Es in die Länge zu ziehen und sich Zeit zu geben, sich noch mehr in ihn zu verlieben war die schlechteste Idee aller Zeiten. Und doch machte die Vorstellung, ihn zu sehen und sich nicht von ihm umarmen zu lassen, sie körperlich krank.

»Du liebst ihn, nicht wahr?«

Sie drückte die Finger an ihre pochenden Schläfen und nickte. »Ich hatte es niemals vor, Lucie, das schwöre ich. Ich dachte … Verflucht, ich weiß nicht, *was* ich dachte.«

»Er hat gestern überall nach dir gesucht. Er ist ein Wrack, Ness. Ich habe ihn noch nie so gesehen. Ihr zwei solltet reden.«

»Ich brauche einen Drink«, sagte Vanessa, während sie schnell den Raum durchquerte. Dann nahm sie, da Lucie beide Gläser hatte, die Flasche an den Mund und trank, bis die Bläschen ihre Augen tränen ließen. »Lu, mir geht's nicht so gut. Würdest du mich total und komplett hassen, wenn ich mich nach der Zeremonie verabschiede?«

Vanessa fühlte sich wie ein Trottel, dass sie überhaupt fragte. Dies war die Hochzeit ihrer besten Freundin, und sie wollte alles dafür tun, dass es der wunderbarste und denkwürdigste Tag in Lucies Leben wurde. In Jacksons Nähe zu sein würde ihr schwerfallen, aber es war nicht unmöglich. Doch der Gedanke, mit ihm zu tanzen, ihm so nahe zu sein …

Tanzen ist genau wie Sex. Es geht darum, sich mit seinem Partner zu bewegen. Einen gemeinsamen Rhythmus zu finden.

Sie würde das nicht überleben.

Lucie gesellte sich zu ihr an das Sideboard und streckte die beiden Gläser aus. Vanessa füllte sie wieder auf und stellte widerstrebend die Flasche zurück in den Kühler, um das Glas anzunehmen, das ihr hingehalten wurde.

»Ich weiß, es wird schwierig werden, aber du kannst nicht gehen, Nessie. Bleib wenigstens bis zum Ende des Dinners, okay? Und wenn du danach immer noch nicht zum Tanzen bleiben willst, verstehe ich das. Okay?«

Mit dem strahlendsten Lächeln, das sie zuwege bringen konnte, antwortete Vanessa: »Okay, bringen wir dich unter die Haube.« Dann hob sie ihr Glas und fügte hinzu: »*Salut*, meine Freundin.«

Lucie machte mit bei ihrer altehrwürdigen Trinktradition, hob ihr Glas und ließ es gegen das von Vanessa klirren. »*Salut*, Nessie.«

Während sie ihre letzten Gläser Champagner herunterkippten, sah Vanessa einen seltsamen Schimmer in Lucies Augen. Sie wirkte fast ein wenig heimlichtuerisch. Gab es da etwas, das ihre Freundin ihr verschwieg?

»Jax, normalerweise ist es der Bräutigam, der bei einer Hochzeit nervös ist. Wenn du so weitermachst, hast du bald einen Pfad bis ins Inselinnere ausgetreten.«

Jackson warf einen bösen Blick in Reids Richtung, hielt aber nicht in seinem schnellen Auf und Ab durch den Raum inne.

Die ruhige Stimmung seines Freundes, der entspannt auf dem Sofa lümmelte, war nervig genug – er brauchte nicht auch noch Reids neunmalkluge Bemerkungen.

Es trieb ihn in den Wahnsinn, dass ihn nichts als eine Rigipswand von Vanessa im Nebenzimmer trennte. Er hasste es, darauf zu warten, sie zu sehen, ihr die Dinge zu sagen, die ihm während der letzten sechsunddreißig Stunden klar geworden waren. Aber er hatte sowohl Reid als auch Lucie versprochen, sich bis nach der Hochzeit zusammenzureißen. Falls alles schiefging, wäre dann zumindest die Trauung nicht ruiniert.

Er würde seiner kleinen Schwester nicht ihren großen Tag verderben, das war das Letzte, was er wollte. Aber das *Zweitletzte* war es, Vanessa vor dem weglaufen zu lassen, was sie zusammen gehabt hatten. Denn das tat sie. Er hatte eine Menge Zeit gehabt, um über die Dinge nachzudenken, seit sie in dieses Taxi gestiegen und scheinbar spurlos verschwunden war. Er zweifelte nicht daran, dass der Verrat ihr zu schaffen machte, aber er bezweifelte, dass es der Hauptgrund war, warum sie ihm aus dem Weg ging. Als ihre Schwester angerufen hatte, war alles aus ihrer Vergangenheit – der Schmerz, die Angst, die Schuldgefühle – wieder über sie hereingebrochen. Und mit der Erinnerung an die Vergangenheit kam die Erinnerung daran, warum sie ihre Regeln geschaffen hatte und warum sie sie einhalten musste.

Jax war sich sicher, dass Vanessa ihn liebte. Sie hatte es praktisch zugegeben, als sie ihm sagte, dass sie für ihn Regel Nummer eins gebrochen hatte. Aber auch ohne dieses Geständnis war er sich nie einer Sache sicherer gewesen. Sie passten zusammen, ergaben zusammen Sinn. So klischeehaft es klang, sie vervollständigten einander.

Jetzt lag es also an ihm, ihr zu beweisen, wie sehr er sie liebte. Irgendwie musste er zu ihr durchdringen, musste die Mauer um sie herum zum Einstürzen bringen.

Reid stand auf und stellte sich ihm in den Weg. Sein zwangloser Hochzeitsanzug, weiße Leinenhosen und ein passendes Hemd entsprachen seiner Verfassung. Nicht einmal ein Anflug von Unruhe war in seinen Zügen zu sehen. Dies war ein Mann, der auf seine Liebe und die Liebe seiner Braut vertraute. Unwillkürlich verspürte Jax einen Anflug von Eifersucht. Er wünschte, er könnte genauso vertrauensvoll sein, aber gerade jetzt waren die Dinge ein einziger Schlamassel.

Reid schlug ihm auf die Schulter und fragte: »Hast du die Ringe, Alter?«

Jax schob die Hand in die Tasche seiner Hosen und ertastete das kühle Metall. Er nickte.

»Gut«, sagte Reid. »Und wie ist es mit deiner Trauzeugenrede?«

Jax steckte die Hand in die andere Tasche und zuckte zusammen, als er nichts zu fassen bekam. Dann erinnerte er sich daran, dass er den Zettel an eine andere Stelle verlegt hatte. Er berührte die Brusttasche seines türkisfarbenen Hemdes, ertastete die Umrisse des gefalteten Zettels und sagte sich, dass er sich verdammt noch mal beruhigen sollte. »Ja«, antwortete er, und seine Stimme klang angespannt. »Ich hab den Zettel.«

»Dann beruhige dich. Es wird schon alles gut gehen. Ich gebe dir Rückendeckung, in Ordnung?«

Jax neigte einmal knapp den Kopf.

Ein Klopfen an der Tür kündigte Jilli an, bevor sie eintrat, ganz Lächeln wie gewöhnlich. »Na, ihr Jungs habt euch aber schick gemacht. Du siehst gut aus, Jackie.«

»Jackie?« Reid zog die Augenbrauen hoch.

Jax warf ihm einen tödlichen Blick zu. »Wag es nicht. Ein blaues Auge ist kein Heiratshindernis.«

»Okay, okay. Lucie bringt mich um, wenn ich die Fotos ruiniere, also bist du nicht in Gefahr. Erst mal«, fügte Reid feixend hinzu.

»Arschloch.«

Jilli hielt die Tür weit auf. »Kommt, Kinder, Zeit, eure Plätze einzunehmen.«

Reid drehte sich zu Jax um, und mit einem kurzen Blick sagten sie in drei Sekunden mehr, als die meisten Frauen in drei Stunden sagen konnten.

Danke, dass du immer für mich da warst.

Kein Problem, du hast das Gleiche für mich getan.

Ich liebe deine Schwester, Mann, und ich werde alles Erdenkliche tun, um sie glücklich zu machen.

Ich weiß, dass du sie liebst, und ich weiß, dass du dich anstrengen wirst. Außerdem breche ich dir, wenn du es nicht tust, deine verdammten Beine.

In Ordnung.

Dann lass uns zur Tat schreiten.

Ja, verdammt.

Reid ging als Erster hinaus. Jax folgte ihm, hielt aber inne, als er Jilli erreichte. Er wusste, dass sie Vanessa gesehen hatte. Er wollte sie fragen, wie es ihr ging, ob sie okay war, ob sie etwas über ihn gesagt hatte … Aber wenn er erst mal damit anfing, würde er wahrscheinlich nicht wieder aufhören können. Und jetzt war definitiv nicht der richtige Zeitpunkt für so eine Unterhaltung.

Jilli schien seine Gedanken zu lesen, denn sie stellte sich auf die Zehenspitzen und drückte ihn kräftig, was ein wenig half, seine Nerven zu beruhigen. Dann küsste sie ihn auf die Wange, trat zurück und sagte: »Viel Glück, Jackie.«

»Danke. Lass uns hoffen, dass ich es nicht brauche.«

Jax ging den Flur entlang, und sein Herz zog ihn in Richtung der Brautsuite, an der sie vorbeikamen. Mit geballten Fäusten zwang er sich, weiterzugehen. Um sich abzulenken, zählte er seine Schritte. Dreiundvierzig bis zum Ausgang. Zweiundzwanzig durch den Loungebereich nach draußen. Und einhunderteinundsiebzig zu dem festlichen Zelt, wo bereits eine kleine Gruppe von Gästen versammelt war und sich unterhielt.

Ein Pfad aus Sand, gesäumt von Tikifackeln, die mit weißem Tüllstoff verbunden waren, führte zwischen den Stuhlreihen hindurch. Türkisfarbene Meerglassteine waren an den Rändern verstreut, anstelle der sonst üblichen Rosenblätter, die in der Ozeanbrise einfach weggeweht worden wären. Reid stand vorn und sprach mit dem Pfarrer unter einem Bogengang aus weißem Tüll, der über vier hölzernen Pfosten drapiert worden war. Hinter ihnen begann die untergehende Sonne gerade eben, den Himmel in helle Schattierungen aus Lavendel und Koralle zu verfärben, während das Meer träge ans Ufer plätscherte.

Seine Schwester verdiente genau das: eine Hochzeit im Paradies.

Und das Gleiche galt für Vanessa. Sie verdiente eine Beziehung, die sie glücklich machte. Nicht eine Affäre, die völlig verkrampft nach irgendwelchen Regeln ablief, weil sie ständig das Gefühl hatte, sich schützen zu müssen.

Er verstand, warum sie die Regeln aufgestellt hatte. Vielleicht hatten sie ihr in der Vergangenheit auch tatsächlich geholfen. Aber jetzt war Vanessa ihnen entwachsen, und es wurde Zeit zu begreifen, dass sie auch ohne sie zurechtkommen konnte.

Jax begrüßte die wenigen Gäste, die er kannte, und stellte sich denen vor, die er nicht kannte, bis Franklin ihn zu seinem Platz neben Reid scheuchte.

Der Geigenspieler bekam sein Stichwort.

Reid und der Pfarrer nahmen Haltung an.

Stille senkte sich über die Gäste, während sie sich in ihren Sitzen umdrehten.

Jackson richtete sich auf … und konnte kaum noch atmen.

Vanessa. Ihr Name wisperte durch seine Gedanken wie ein stummes Gebet, als sie in Zeitlupe auf ihn zuschwebte. Es existierten wahrscheinlich Worte, um ihre Schönheit zu beschreiben, aber leider nicht in seinem Vokabular. Exquisit, makellos, überwältigend … keine dieser Beschreibungen wurde ihr auch nur annähernd gerecht.

Sie lächelte ihren Freunden zu und verdrehte die Augen, als Eric und Kyle – laut Lucie das süßeste Schwulenpärchen aller Zeiten – Kusshände in ihre Richtung warfen. Schließlich war sie ihm so nahe, dass er sie beinahe berühren konnte. Sein Körper schmerzte vor Verlagen, genau das zu tun, sie an sich zu reißen und nie mehr loszulassen, aber er widerstand dem Impuls. Vielleicht würde sie ja wenigstens in seine Richtung sehen. Doch das tat sie nicht. Sie begrüßte Reid mit einer schnellen Umarmung und einem Kuss auf die Wange … dann drehte sie sich um und nahm ihren Platz an der anderen Seite ein, ohne seine Anwesenheit auch nur zur Kenntnis zu nehmen.

Er hatte ihre Zurückweisung erwartet, aber deswegen traf sie ihn nicht weniger hart.

Gedämpftes Schnaufen lenkte seine Aufmerksamkeit wieder zurück, als Lucie am Arm von Fritz erschien. Sie hatte ursprünglich gefragt, ob Jax sie zum Altar führen wolle, aber er hatte beiläufig vorgeschlagen, dass sie den ergrauten Barbesitzer fragen sollte, da es dem Mann wahrscheinlich verdammt viel bedeuten würde.

In Wahrheit hatte Jax sich einfach vor dem Moment gefürchtet, wenn er seine kleine Schwester an einen anderen Mann übergeben musste. Als Lucie ihm von ihren Hochzeitsplänen erzählt hatte, hatte er zum ersten Mal verstanden, wie jeder Vater auf der Welt sich fühlen musste: Ja, man schätzte und mochte den zukünftigen Ehemann vielleicht. Und trotzdem wollte man die junge Frau vor sich packen, in ihr Zimmer zurückbefördern und ihr fürs restliche Leben Stubenarrest geben. Also war er jetzt der Trauzeuge, denn die Hauptsorgen des Trauzeugen bestanden darin, die Ringe nicht zu verlieren und sich beim Empfang zu betrinken. *Viel* einfacher.

Obwohl er versuchte gelassen zu bleiben, schwoll sein Herz vor Stolz und Liebe an, als seine kleine Schwester den Gang entlangschritt. Er hatte sie nie schöner oder selbstsicherer gesehen. Als ihr Blick auf den von Reid traf, war die Intensität beinahe mit Händen zu greifen. Die beiden schienen ganz allein auf der Welt zu sein. Der Rest der Anwesenden konnte in einer Rauchwolke verpuffen, und sie würden es nicht einmal merken.

Sobald sie den Bogengang erreichten, streckte Reid die Hand aus, um die Hand seiner Braut zu empfangen, nur dass der alte Mann sie nicht so leicht hergab. Reid zog eine Braue hoch.

»Fritz?«

Mit zusammengekniffenen Augen sprach Fritz so leise, dass nur diejenigen, die vorne standen, es hören konnten. »Wenn Sie diesem Mädchen jemals das Herz brechen sollten, Andrews, serviere ich Ihre Eier meinem einäugigen Hund zum Frühstück.«

Reid beugte sich leicht vor. »Wenn ich ihr je das Herz brechen sollte, serviere ich sie Willy selbst.«

Fritz nickte mit einem befriedigten Grunzen, bevor er sich zu Lucie umdrehte. Sein ledriges Gesicht schien nur noch aus Runzeln zu bestehen, als er voller Stolz strahlte. Sie erwiderte sein Lächeln, küsste ihn auf die Wange und erlaubte ihm, ihre

Hand mit einem festen zustimmenden Tätscheln in Reids zu legen.

Jax sog den Anblick seiner Schwester in sich auf, ihre überschäumende Liebe und ihr Glück. Er hatte oft daran gezweifelt, dass er diesen Tag erleben würde. Einen Tag, an dem er sich nicht länger Sorgen darum zu machen brauchte, dass er Lucie im Stich ließ. Dass er als Elternersatz nicht gut genug für sie war, weil er keine Ahnung hatte, wie man einen Teenager großzog. Dass er … Vorbei. Der Tag war gekommen. Und wenn irgendjemand fortfahren konnte, sie zu lieben und für sie zu sorgen, so wie er es getan hatte, dann war es Reid. Sie war in guten Händen.

Jax holte tief Luft. Nun war er frei, über seine eigene Zukunft nachzudenken. Und während im Hintergrund die vertrauten Worte gesprochen wurden, musterte er die Brautjungfer. Ihr Blick war auf den Pfarrer fixiert. Sie schien eifrig zuzuhören, ein süßes Lächeln auf dem Gesicht. Aber Jax wusste es besser. Ihre Augen waren unfokussiert. Ihr Körper war angespannt, sie hielt ihren Strauß vor sich wie einen Schild, und ihr Lächeln war gepresst, gezwungen.

Irgendjemand sagte etwas über Ringe. Hastig holte er sie aus seiner Tasche und legte sie in Reids Hand, bevor seine Aufmerksamkeit zu Vanessa zurückkehrte.

Er konnte die Gedanken sehen, die in ihrem Kopf herumschwirrten und noch mehr Schmerz und Zweifel schufen. Das Wissen, daran mitschuldig zu sein, schmerzte wie ein Messerstich. Mehr als alles auf der Welt wollte er die Anspannung in diesem Lächeln wegküssen. Wollte tun, was immer notwendig war, um sie glücklich zu machen, heute und an jedem Tag, für den Rest ihres Lebens.

Als Lucie ihr Gelübde sprach, tauchte Jax aus seinen Überlegungen auf.

»Reid«, sagte sie, ihre Augen bereits randvoll mit aufsteigenden Tränen, als sie den Ring an seinen Finger steckte. »Ich verspreche, weiter zu versuchen, mich selbst so zu sehen, wie du mich siehst – ganz gleich, für wie liebesblind ich dich halte.«

»In Bezug auf dich habe ich eine mehr als hundertprozentige Sehschärfe, Liebes.«

»Reid, du kannst mein Gelübde doch nicht unterbrechen!«

»Tut mir leid, Lu. Sprich weiter.« Er zwinkerte und schenkte ihr ein Lächeln, das verriet, dass es ihm ganz und gar nicht leidtat.

Die Gäste kicherten, und Lucie war grottenschlecht darin, streng auszusehen. Einen Moment später gab sie es auf, lächelte und fuhr fort.

»Ich verspreche, immer die Knoten aus deinen Händen zu massieren, wenn du zu viele Stunden an einer neuen Zeichnung oder Skulptur gesessen hast. Ich verspreche, dich niemals vergessen zu lassen, wie talentiert du bist, und deine Träume immer zu unterstützen. Ob es nur darum geht, Dinge für unser Zuhause zu erschaffen oder eines Tages Werke in deiner eigenen Galerie zu verkaufen. Aber vor allem … ich verspreche, dich mit all meinem Sein, von diesem Tag an bis zu meinem allerletzten Atemzug, zu wertschätzen, zu ehren und zu lieben.«

»Luce«, begann Reid, während er ihr langsam den Ring überstreifte. »Ich verspreche aufzuhören, Witze darüber zu reißen, dass du aus ganz anderen Körperteilen Knoten herausmassieren sollst, wenn du mir gerade mit meinen Händen hilfst« Luc lief nacheinander in ungefähr zehn Abstufungen von Rot an, diesmal lachten alle rundheraus. »Und ich verspreche, dir nie wieder zu erlauben, mit einem Kellner zu flirten, solange ich lebe.«

»Aber du hast mich dazu *gebracht* …«

Er legte ihr einen Finger auf die Lippen. »Keine Unterbrechungen, erinnerst du dich?« Lucie stieß einen entnervten Seufzer aus. Jax fand das Ganze verflucht amüsant. Er hatte die beiden noch nicht oft als Paar zusammen gesehen. Ihre Beziehung schien einige verspieltere Elemente zu haben. Und wenn Lucie gedacht hatte, Reid würde während ihrer Hochzeit auf die Neckereien verzichten, hatte sie sich gründlich geirrt. Obwohl das Funkeln in ihren Augen eher vermuten ließ, dass sie mit so etwas schon gerechnet hatte.

Aber dann wurde Reid ernst und hob ihre rechte Hand und legte sie über sein Herz. Die Zuschauer wurden still, und selbst die Meeresbrise fühlte sich ernster an, als sie Lucies Locken zerzauste.

»Ich verspreche, dass du eines Tages auch noch die letzten Unsicherheiten abstreifen und dich endlich so sehen wirst, wie nicht nur *ich* dich sehe, sondern die ganze Welt. Ich verspreche, deine Liebe niemals als selbstverständlich zu betrachten und dir jeden Tag zu zeigen, wie ungeheuer dankbar ich dafür bin, dich in meinem Leben zu haben. Aber vor allem … ich verspreche, dich mit all meinem Sein, von diesem Tag an bis zu meinem allerletzten Atemzug, zu wertschätzen, zu ehren und zu lieben.«

Tränen strömten ungehemmt über Lucies Wangen, und sobald der Pfarrer sie zu Mann und Frau erklärte, nahm Reid seine Braut in die Arme und küsste sie, als sei sie der Atem des Lebens.

Jax konnte das nur zu gut nachvollziehen.

Mehr denn je wusste er jetzt, wie sehr er Vanessa liebte. Er wollte mit ihr das haben, was Reid mit Lucie hatte. Ein Leben zusammen. Für immer.

Jetzt war nicht der Moment, um ihr all das zu sagen. Aber bald würde er es tun. Sehr bald.

Vanessa wusste, dass alles atemberaubend aussah, dass die Speisen exquisit waren und die Torte himmlisch schmeckte. Schließlich war sie diejenige gewesen, die das alles während ihrer vielen Treffen mit Franklin ausgesucht hatte. Aber das war auch der *einzige* Grund, warum sie es wusste. Auf nichts schien sie sich richtig konzentrieren zu können, und sie erinnerte sich auch nicht daran, wie irgendeiner von den fünf Gängen geschmeckt hatte.

Von dem Moment an, als sie Jackson gesehen hatte, hatte sie sich gefühlt, als sei sie unter Wasser. Die Welt um sie herum wirkte wellig, die Gespräche waren gedämpft und undeutlich, und sosehr sie sich auch bemühte, sie bewegte sich niemals schnell genug, um wegzukommen.

Nach der Zeremonie hatte sie versucht, sich auf die Damentoilette zu flüchten. Vielleicht konnte sie sich ja dort so lange aufhalten, bis das Dinner vorbei war. Dann würde sie nicht neben Jax sitzen müssen und nicht gezwungen sein, seine Blicke, die sich wie verdammte Laserstrahlen in sie hineinbohrten, zu ertragen. Aber sie war gar nicht bis zur Toilette gekommen. Stattdessen war sie gezwungen worden, für eine Million Fotos zu posieren, wo sie – dank des unmöglichen Fotografen – direkt neben Jackson stehen und seinen unnachahmlichen Geruch wahrnehmen musste.

Sie hatte sich dagegen gewappnet, dass er versuchen würde, mit ihr zu reden, sie beiseitezunehmen oder ihr an Ort und Stelle zu sagen, was er dachte. Aber das hatte er nicht getan. Er war ihr außerdem nie so nahe gekommen, dass ihre Körper sich berührten. Auf eine traurige Art war das fast schon lustig: Zehn Zentimeter Abstand zu ihm fühlten sich viel schlimmer an als fünfzig Kilometer.

Sie rief sich ins Gedächtnis, dass er ihr genau das gab, was sie wollte. Eigentlich sollte sie erleichtert sein. Aber aus irgendeinem Grund war das nicht so. Sie fühlte sich nicht besser, sondern wollte sich am liebsten ins Bett verkriechen und in die Kissen weinen, bis ihre Tränendrüsen komplett leer waren.

Sobald die Fotos endlich vorüber waren, hatte sie noch einmal versucht, sich zu entschuldigen. Doch eine Urkraft namens Franklin hatte alle Hochzeitsgäste – sie eingeschlossen – zu ihren Sitzen an der langen Tafel getrieben. Braut und Bräutigam nahmen an der Stirnseite Platz, Vanessa zu Lus Rechten und Jackson zu Reids Linken, und der Rest der Gäste füllte die anderen zwölf Plätze.

Lucie hatte sie gebeten, zumindest bis zum Ende des Dinners zu bleiben, und genau das hatte Vanessa auch getan. Aber *jetzt* würde sie zusehen, dass sie hier wegkam, bevor der erste Tanz begann und sie gezwungen sein würde, mit ihrem Gegenpart bei dieser Hochzeitsgesellschaft zu tanzen.

Während die Kellner begannen, die Tische abzuräumen, schlenderten mehrere Leute zu der kleinen Tikibar hinüber, darunter Eric und Kyle, ihre beiden Freunde und Dart-Vereinskumpel. *Perfekt.*

Vanessa erhob sich. Lucies Hand schnellte vor und hielt eisern ihren Unterarm fest, bevor sie auch nur ganz aufgestanden war.

»Wohin gehst du, Nessie?«

Sie lächelte und nickte in Richtung der Bar. »Mit den Jungs reden und eine ganze Menge von irgendetwas bestellen, das sich auf Shequila reimt.«

»Oh, okay. Hey, bringst du mir ein Bier mit? Wenn ich noch mehr Champagner trinke, muss ich später immer in mein Hochzeitsalbum schauen, um mich an irgendetwas zu erinnern.«

»Geht klar.« Sie würde einfach einen der Jungs mit einem Bier zurückschicken. So schnell ihre hohen Schuhe sie trugen, eilte sie auf die Theke zu. Nachdem sie ihre Freunde umarmt hatte, bestellte sie einen Patron on the Rocks und entspannte sich erst, als sie Glas Nummer eins geleert und Nummer zwei bestellt hatte.

Kyle, ihr muskulöser, blonder und sehr offenherziger Freund enttäuschte sie nicht. »Also, was ist da los mit Lucies Prachtstück von einem Bruder? Er starrt dich an, als wärst du eine verdammt leckere Mahlzeit, die ihm aber leider in die Eier getreten hat und entkommen ist.«

Vanessa erstickte beinah an einem Eiswürfel. »Das ist wohl das Blödeste, was du je gesagt hast.«

Eric, ein kräftig gebauter Latino mit schwarzem Haar und schokoladenbraunen Augen, erwiderte: »Nein, das Blödeste, was er je gesagt hat, war, dass gewisse Dinge zwischen uns zur Routine geworden wären. Danach konnte er eine Woche lang nicht sitzen, ohne zusammenzuzucken.«

»Weshalb ich es für eines der *klügsten* Dinge halte, die ich je gesagt habe, Babe.«

Das vertraute Geplänkel zwischen Kyle und Eric löste etwas von Vanessas Anspannung. Die beiden waren seit ihren Collegetagen zusammen und noch immer schrecklich verliebt. Jemand, der sie nicht kannte, würde kaum vermuten, dass sie schwul waren. Beide waren extrem sportliche Machos, die nicht auf öffentliche Liebesbekundungen standen. Dafür liebten sie umso mehr ihre scherzhaften Geplänkel. Manchmal zu sehr. Aber zumindest ersparte das Vanessa jetzt, Kyles lächerliche Frage beantworten zu müssen.

Während die Männer ihren gespielten Zank darüber fortsetzten, wer was mit Absicht getan hatte, schaute sie sich um, ob irgendwo Franklin zu sehen war, der gefürchtete Hochzeitspolizist, der sie vermutlich gleich wieder auf ihren Platz verweisen würde.

»Guten Abend, alle zusammen.«

Selbst ohne hinzusehen gab es keinen Zweifel, wem die Stimme gehörte. Ihre Ohren nahmen die Information auf und reichten sie – am Gehirn vorbei – direkt an ihren Körper weiter. Genauer gesagt an ihren Unterkörper. Sie presste die Schenkel zusammen und drehte sich um, gerade als Jax aufstand und in seine Brusttasche griff, um ein zusammengefaltetes Stück Papier herauszuholen. *Die Trauzeugenrede.* Der perfekte Zeitpunkt für sie, um sich davonzustehlen. Aller Augen würden auf ihn gerichtet sein, und sein Blick würde auf dem glücklichen Paar ruhen. Sie würde einfach ein paar Minuten warten, bis alle sich beruhigt hatten, und dann würde sie verschwinden.

Eine Hand schloss sich um ihren Ellbogen, während eine andere in ihrem Kreuz landete und sie zum Tisch zurückführte. Die Hochzeitspolizei hatte sie gefunden. »Franklin, es ging mir gut, wo ich war«, murmelte sie in einem hörbaren Flüstern.

»Unsinn, es ist *höchste* Zeit für die Trinksprüche. Die Brautjungfer *muss* mit dem Trauzeugen dort oben sein.«

Vanessa hatte keine andere Wahl, als mitzugehen, es sei denn, sie wollte eine Szene machen. Nachdem er sie neben Lucie abgesetzt hatte, machte Franklin sich auf die Suche nach seinem nächsten Opfer. Vanessa stieß einen diskreten Seufzer der Frustration aus, drehte sich zu Jackson um und heuchelte Interesse. Der Idiot zwinkerte ihr zu und richtete das Wort an die ganze Gesellschaft.

»Im Namen von Reid und Lucie danke ich euch allen dafür, dass ihr hier seid, um ihren Tag zu etwas Besonderem zu machen, während sie ihr neues gemeinsames Leben beginnen. Als Kämpfer weiß ich, dass man nur begrenzt planen und sich auf seinen Gegner vorbereiten kann. Man kann seine Bewegungen studieren, seine Strategien, man kann lernen, wie man sich verteidigt und kontert. Aber die Wahrheit ist, wenn man in den

Käfig steigt, weiß man nie, was der Gegner einem entgegenschleudern wird. Man muss von ihm lernen und sich an seine Strategie anpassen.«

»Die Liebe ist nicht anders«, fuhr Jackson fort, und der Klang seiner tiefen Stimme wurde von der salzigen Brise zu ihr getragen. »Während wir heranwachsen, stellen wir uns die Art Person vor, in die wir uns eines Tages verlieben werden. Dann werden wir älter und versuchen, diese Person zu finden, oder – wenn man ein Verbindlichkeitsmuffel ist – sie zu vermeiden.« Gedämpftes Gelächter beantwortete seinen letzten Kommentar.

»Aber genau wie ein Kämpfer nicht vorhersagen kann, was sein Gegner tun wird, können wir nicht vorhersagen, was die Liebe uns entgegenwirft, während wir nach dieser perfekten Person suchen.« Das Licht der untergehenden Sonne schien kleine Flammen in seinen bernsteinfarbenen Augen zu entzünden, die plötzlich auf sie gerichtet waren. Vanessa spürte, wie ihre Entschlossenheit zu schmelzen begann. »Und in den meisten Fällen ist die Person, von der wir *denken,* dass wir sie brauchen, ganz und gar nicht die, die wir *wirklich* brauchen.«

Jackson drehte den Kopf, um das Wort an das Paar zu richten. »Reid und Lucie sind das beste Beispiel. Wenn sie nicht angenommen hätten, was die Liebe in ihre Richtung warf, wäre Reid immer noch ein unglücklicher Junggeselle, der seine Leidenschaft für die Kunst verleugnet, und Lucie wäre mit einem Chirurgen verheiratet, der wahre Schönheit nicht erkennt, selbst wenn er sie vor der Nase hat.«

Gelächter und zustimmendes Gemurmel ertönten von den Gästen. Lucies Wangen waren feucht von Tränen, aber sie lächelte strahlend und schmiegte sich noch enger an Reid.

Jackson legte seinem besten Freund eine Hand auf die Schulter und fuhr fort: »Ich bin unglaublich dankbar, dass mein bester Freund und meine Schwester klug genug waren, ihre Ansichten anzupassen und ihre gegenseitige Liebe anzunehmen.« Er ließ die Hand fallen, und sein Blick fand erneut Vanessas Augen. »Aber was ist mit der Zukunft? Beziehungen haben Höhen und Tiefen, genau wie alles andere. In der einen Minute ist man auf dem Gipfel des Glücks …«

Er schluckte hörbar und hielt inne, als hätte er vergessen, was als Nächstes kam. *Oder als sei es zu schwer, es auszusprechen.* Ihre Kehle schnürte sich zu, gerade als er fortfuhr, aber der letzte Teil seines Satzes machte das beengende Gefühl nur noch schlimmer. »… und in der nächsten Minute werden wir k. o. geschlagen, kämpfen gegen die Dunkelheit an und fragen uns, an welchem verdammten Punkt die Dinge schiefgegangen sind.«

Gerade als Vanessa dachte, sie könne nicht mehr ertragen – dass sie ihn zum Schweigen bringen musste oder sie würde mit ihrem blutenden Herzen an Ort und Stelle zusammenbrechen – nahm seine Rede eine Abzweigung in eine völlig andere Richtung.

»Also wollte ich Lucie und Reid etwas für die Zukunft mitgeben, das ihnen vielleicht helfen kann. Ich habe überlegt, was das sein könnte, und mir ist eine Liste mit sieben Dingen eingefallen. Man könnte sie auch sieben Regeln nennen …«

»Oh nein.« Vanessa hielt sich die Hand vor den Mund, aber es war zu spät. Sie war damit herausgeplatzt, laut und deutlich. Und jetzt starrten alle sie an, während ihr Magen sich in einen Eisklumpen verwandelte. Jax würde sie verspotten. Hier, jetzt gleich, vor all ihren Freunden. Sie warf ihm einen warnenden Blick zu. *Wag es nicht.* Aber das schien ihn nicht zu beeindrucken. Okay, sie hatte sich bereits lächerlich gemacht, also war der Rest jetzt auch egal. Sie trat vor, ging an dem glücklichen Paar vorbei und stellte sich an Jacksons Seite.

Sie versuchte, zu ignorieren, dass die Gäste tuschelten, was hier wohl vor sich gehen mochte. *Der Trauzeuge kapert die verdammte Hochzeit für seine eigenen Zwecke,* das *geht hier vor sich.* Verdammt sollte er sein, bei dieser Hochzeit ging es nicht um sie beide oder was sie wollten oder nicht wollten …

Gott, du bist so eine Heuchlerin, Nessie.

Sie hatte das Fest verlassen wollen, weil sie sich in Jacksons Nähe unwohlfühlte. War das vielleicht weniger egoistisch? Die Hochzeit ihrer besten Freundin, und sie wollte einfach verschwinden. Lucie hätte ausflippen sollen, und das schon vor Stunden, ach was, *gestern,* aber ihre Freundin war zu nett dafür.

Also ja, sie hatte sich mies verhalten, aber wenigstens hatte *sie* nur von der Feier flüchten wollen. Im Gegensatz zu *Jackson* hätte sie nicht mal im Traum daran gedacht, die Hochzeit zu einem öffentlichen Forum für ihre Beziehungsprobleme zu machen, wie in einer Episode aus der *Jerry Springer Show.* Das Ganze war so lächerlich, dass ihr die Worte fehlten.

Oh, wem machte sie etwas vor? Und ob sie Worte hatte.

Jax legte ihr eine große warme Hand auf die Hüfte und beugte sich vor, bis seine Wange ihre streifte und sein Mund dicht an ihrem Ohr war. »V, atme ein paarmal tief durch, Schätzchen.« Seinem Ton fehlte die Schroffheit, die er in ihren intimeren Momenten benutzte, aber er war trotzdem so bestimmt, dass sie unwillkürlich gehorchte.

Während er sie leise coachte, schaffte sie es, ihren Herzschlag in den Griff zu kriegen, ihre Panikattacke niederzukämpfen und die Peinlichkeit zu vermeiden, restlos die Fassung zu verlieren. Glücklicherweise war sie nicht so weit durchgedreht, dass man es ihr nach außen hin angemerkt hätte. Deshalb sah es für alle anderen so aus, als habe Jax sich nur zu ihr vorgebeugt, um einige private Worte mit ihr zu wechseln … und sich aus irgendeinem Grund noch nicht zurückgezogen.

Er war noch immer dicht neben ihr. Sie spürte seine Hand, als er ihr das Haar über die Schulter strich und die Fingerspitzen sachte über ihre Ohrmuschel und ihren Hals hinuntergleiten ließ. »Braves Mädchen«, flüsterte er, bevor er ihr einen diskreten Kuss auf die Schläfe drückte und dann zurücktrat.

Verdammt, es war ihm tatsächlich gelungen, sie zu beruhigen. Ein Teil von ihr wollte ihm danken. Aber ihr Stolz drängelte sich vor, mit einer spitzen Bemerkung auf den Lippen.

»Braves Mädchen? Normalerweise nennst du mich doch ›verrückte Frau‹.«

»Uh-oh.« Zumindest hatte er den Anstand zusammenzuzucken. »Da hat wohl jemand mit den Einheimischen geplaudert.« Sie verschränkte die Arme trotzig vor der Brust. »Komm schon, es ist irgendwie witzig. Du hast gedacht, es würde hübsch klingen.«

»Ich habe *außerdem* gedacht, es sei ein Kosename.«

Gekicher erklang von den billigen Plätzen. Tja, Pech. Wenn er eine Show daraus machen wollte, dann würde er jetzt die Show seines Lebens bekommen. Er war nicht der Einzige, der aus dem Stegreif ein Skript schreiben konnte.

»Kannst du mich später wegen deines Spitznamens beschimpfen?«

»Absolut. Ich werde es der wachsenden Liste von Dingen hinzufügen, wegen derer ich dich später zu beschimpfen gedenke.«

Diesmal hörte sie ein Schnauben, ein Zeichen für die Belustigung ihrer besten Freundin, angesichts der Standpauke, die ihr großer Bruder einstecken musste.

Vanessa trat dicht zu ihm, um die Stimme leise zu halten, bevor sie sagte: »Jackson, dies ist absolut und vollkommen inakzeptabel. Du kannst Lucie und Reid das nicht antun …«

»Es ist okay, Nessie.« Vanessa schaute auf Lucies Hand hinab, die über ihrer lag, dann suchte sie nach dem enttäuschten und verletzten Ausdruck in den Augen ihrer Freundin. Aber zu ihrer Überraschung lächelte Lucie und erklärte leise: »Reid und ich haben ihn auf die Idee gebracht.«

»Ihr habt *was?*«, flüsterte Vanessa.

»Lass uns das später klären, Ness. Jetzt musst du erst mal meinem Bruder zuhören.«

»Ja, und macht schnell, okay? Ich würde gerne noch mit meiner Frau tanzen, bevor ich eine künstliche Hüfte brauche.« Reid lachte, als Lucie ihm einen diskreten Stoß in die Rippen versetzte.

Einen Moment lang stand Vanessa einfach nur ganz still da. Sie war völlig sprachlos. Was Jackson leider die ideale Gelegenheit gab, mit seinem verrückten Plan weiterzumachen.

Wieder richtete er das Wort an die Gäste: »Wie gesagt, ich habe eine Liste von Regeln aufgestellt, die ich Reid und Lucie gern mitgeben würde, falls sie sich jemals auf ihrem Weg verirren sollten.« Jackson blickte sie eindringlich an, und Vanessa war hilflos, konnte nichts anderes tun, als ihm in die Augen zu schauen. »Und zurückfinden müssen.«

Verdammt soll er sein. Verdammt sollen er und seine goldenen Augen und seine silberne Zunge sein.

Jackson riss sie mit dem Rascheln von Papier aus ihren Gedanken, als er etwas auseinanderfaltete und sich räusperte. Obwohl ihr Herz sein Tempo verdreifachte, kämpfte sie um eine ungerührte Mine. Sie verschränkte die Arme und zog eine Augenbraue herausfordernd hoch.

Das Publikum wurde langsam warm und verfolgte mit Begeisterung Jax' kleine Nummer. Er zwinkerte den Leuten zu, und sie lachten offen, versuchten nicht länger, ihre Erheiterung mit Hüsteln oder Räuspern zu tarnen. Vanessa schwante nichts Gutes. Wenn das so weiterging, würde das Publikum später noch darüber abstimmen, ob sie die Insel verlassen musste, wie in einem üblen Abklatsch von *Expedition Robinson* oder *Dschungelcamp*. Franklin würde wahrscheinlich mit Begeisterung die Rolle des Moderators übernehmen.

Oh, mein Gott, ich werde vollkommen wahnsinnig.

Jackson drehte sich zu ihr um, und ihre Knie gaben beinahe unter ihr nach. Er war so verdammt sexy in seinen weißen Baumwollhosen und dem türkisfarbenen Hemd, das sich um seine breiten Schultern und seine Brust schmiegte, aber durch die leichte Brise locker um seine Taille wehte.

Mit einem stärkenden Atemzug ließ sie den Blick zu seinem Gesicht wandern und prägte sich jede Einzelheit ein. Die Fülle seiner Lippen. Die Art, wie seine Grübchen hinter den Bartstoppeln hervorblitzten. Der durchdringende Blick seiner goldenen Augen, der nur von dem dichten Kranz schwarzer Wimpern weicher gemacht wurde. Und die gezackte Narbe in seiner linken Augenbraue, die im hochgezogenen Zustand alles Mögliche bedeuten konnte – von einem unbeschwerten *Du machst wohl Witze* bis hin zu dem finsteren *Das sage ich nicht noch einmal.*

Sein Mundwinkel zuckte leicht. Er war nicht so ungerührt, wie er es sie glauben machen wollte. Tatsächlich sah Jackson beinahe ein wenig … nervös aus.

Jackson Maris? Nervös? Dann musste die Lage wirklich ernst sein. Kein Wunder, dass sie selbst halb tot vor Angst war. Unzählige Szenarien – gute, schlechte, hässliche und entsetzliche – wirbelten durch ihren Kopf wie tasmanische Teufel auf Speed. Ihr Herz war irgendwie dem Käfig ihrer Rippen entkommen, weil sie spürte, dass es direkt unter der Oberfläche ihrer Haut immer schneller und schneller schlug, und ihre Lungen mussten kollabiert sein, denn sie konnte keinen tieferen Atemzug nehmen. Ihre Organe versagten, die Apokalypse war nahe, sie waren alle dem Untergang geweiht, *und ... Heilige Scheiße, was zum Kuckuck ist los mit mir!*

Jax räusperte sich, betrachtete das verzückte Publikum, holte selbst tief Luft und begann: »Ich nenne sie ›Jacksons sieben Regeln für die Liebe.‹ Nummer sieben: Sei *immer* hundert Prozent ehrlich. Selbst wenn es bedeutet, dass du nicht so tun kannst, als wärst du mit der schönsten Frau auf der Insel verheiratet.«

Sie schnappte nach Luft. Er schaute kurz vom Papier auf, dann fuhr er fort.

»Nummer sechs: Wenn du einen Fehler machst, dann gestehe ihn ein. Selbst wenn du dich gar nicht so sehr verspätet hast und ihr ein Mittagessen spendieren willst, um es wiedergutzumachen.

Nummer fünf: Die ideale Dauer für eine Beziehung ist *immer* für immer. Selbst wenn im hawaiianischen Wörterbuch ein riesiges Hochglanzfoto von ihr unter *›pupule wahine‹* zu finden ist.« Er zwinkerte dem verzückten Publikum noch einmal zu. »Das Verrückte ist einfach die Würze dabei.«

Darüber lachten alle, und Vanessa versuchte, wütend zu sein, aber Mist, welche Frau würde einen Mann nicht lieben, der ihre Art von Verrücktheit liebte?

»Nummer vier: Benutze deine Fäuste nur im Käfig und um sie – wenn nötig – zu beschützen, aber lass keine Gewalt in deinem Leben zu.« Mit diesen Worten ergriff er ihre Hand und drückte sie an seine Brust. »Auch wenn sie stark genug ist, um auf sich selbst aufzupassen.«

Heiße Tränen brannten in ihren Augen, und in ihrer Kehle bildete sich ein Kloß von der Größe eines Pingpongballs, der sie leider daran hinderte, diesen unmöglichen Mann zu beschimpfen.

»Regel Nummer drei: Sei bereit, aus deiner Junggesellenbude in ein ›richtiges‹ Haus umzuziehen.« Ein mutwilliges Grinsen zog seinen Mundwinkel hoch. »Selbst wenn besagte Bude zusätzliche Annehmlichkeiten wie einen Wasserfall bietet, der perfekt für die schöneren Momente des Lebens geeignet ist.«

»Jackson!«, warnte sie und war davon überzeugt, dass ihr Gesicht leuchtend rot anlief. Der Bastard ignorierte sie und sprach weiter.

»Regel Nummer zwei: Vergiss nie das Gleichgewicht. Gib die Kontrolle so häufig ab, wie du sie übernimmst.« Sein Daumen zeichnete Kreise auf ihre Hand. »Selbst wenn es bedeutet, Sex rund um die Uhr, vierundzwanzig Stunden lang, sieben Tage die Woche zu haben, bis wir es richtig hinbekommen.«

»Das wünschst du dir wohl«, murmelte sie leise.

»Das tue ich.« Er nickte, und sie schüttelte nur den Kopf.

Hustend, um die Kehle freizubekommen, machte er ein ernstes Gesicht, und ihr Herz stockte ihr in der Brust. »Und dann natürlich, Regel Nummer eins.« Er sah ihr tief in die Augen. »Sag ihr immer, immer, *immer* … wie sehr du sie liebst, bevor es zu spät ist.«

Liebe? Hatte er ihr gerade gesagt, dass er sie *liebte?* Gefühle überwältigten sie – Glück, Furcht, Erleichterung, Furcht, Freude, ach ja, und auch noch etwas Furcht –, sodass ihr ganz schwindelig wurde. Sie hatte sich so sehr gewünscht, dass er sie liebte. Die eine Hälfte von ihr frohlockte, aber die andere Hälfte kreischte vor Entsetzen wie ein Vampir aus einem B-Movie, während die Sonne über den Horizont kroch.

Und plötzlich begriff sie. Sie hatte ihre eigenen Regeln nicht aufgestellt, um dafür zu sorgen, dass sie einen Mann fand, der sie liebte. Sie hatte sie aufgestellt, um ihn *nicht* zu finden. Denn wenn sie sich daran hinderte, die Liebe eines Mannes zu erwidern, dann hätte er niemals die Macht, sie zu verletzen. Ihre Regeln waren nur ein Schutz vor der Vergangenheit gewesen und nicht ein Plan für die Zukunft, obwohl sie sich das immer eingeredet hatte.

Sie vergrub ihr Gesicht in den Händen, Tränen strömten zu beiden Seiten hinab, und sie war außerstande, ihre überwältigenden Gefühle in Worte zu fassen. Jackson hatte ihre Überlebensstrategie genommen und sie in etwas Positives und Schönes verwandelt. Jede seiner Regeln war eine Antwort auf ihre. Aber während ihre Regeln alle Männer auf Abstand gehalten hatten, waren Jacksons Regeln Schwüre der Liebe, Versprechen an sie, dass er sie mit Respekt und Ehrerbietung behandeln wollte.

Er hätte hundert verschiedene Ansprachen verfassen können. Einige hätten vielleicht funktioniert, die meisten wahrscheinlich nicht. Aber nichts hätte eine solche Wirkung auf sie gehabt wie diese sieben Regeln. Und er wusste das, denn innerhalb weniger Tage hatte Jackson sie besser kennengelernt, als sie sich selbst kannte. Sie liebte das an ihm. Sie liebte *ihn.*

»V, bitte weine nicht.« Er stopfte sich das Papier in die Tasche und zog ihr die Hände vom Gesicht, um einen Kuss in beide Handflächen zu drücken, bevor er sie über sein Herz hielt. »Gott, Baby, es tut mir so leid. Ich schwöre, ich werde dich nie wieder belügen, solange ich lebe. Nur gib mir bitte noch eine weitere Chance. Ich liebe dich so sehr …«

»Ich liebe dich auch.«

»… und ich … was hast du gesagt?«

Sie konnte nicht widerstehen. Er hatte ihren depressiven, zynischen Zustand in eine Art wilder Ekstase verwandelt. Von null auf hundert in 0,6 Sekunden. Kein Wunder, dass sie jetzt ein wenig übermütig war. Sie biss sich in die Innenseite ihrer Wange und versuchte, das Lächeln auf ihrem Gesicht zu unterdrücken. »Ich werde das jetzt nicht wiederholen. Vielleicht solltest du noch eine achte Regel hinzufügen. Zum Beispiel: Höre immer beim ersten Mal zu.«

Seine Augen wurden schmal, und sie hörte das vertraute Knurren tief in seiner Brust, das eine Kettenreaktion von Hitze und Nässe überall in ihrem Körper auslöste. Er trat so dicht an sie heran, dass sie gezwungen war, den Kopf in den Nacken zu legen, um ihm in die Augen zu schauen. Dann gab er ihr einen Befehl, genau wie sie es vermutet hatte.

»Wiederhole es. Und zwar, wenn ich nicht gerade mitten im Satz bin. Dann kann ich dir auch zuhören.«

Okay, der Punkt ging an ihn. Innerhalb der letzten achtundvierzig Stunden hatte sie offenbar vergessen, wie groß seine Wirkung auf sie war. Sie schluckte und benetzte sich die Lippen, versuchte verzweifelt, so etwas wie Feuchtigkeit aufzubringen, aber anscheinend war jeder letzte verfügbare Tropfen zwischen ihre Beine gewandert, um ihre teure neue Unterwäsche zu durchnässen.

»Ich liebe dich, Jackson«, sagte sie, während sie die Hände an seiner Brust hinaufwandern ließ und sie hinter seinem Hals schloss. »Ich liebe dich so sehr, dass ich nicht weiß, was ich mit mir anfangen soll.«

Ein strahlendes Lächeln breitete sich auf seinem Gesicht aus, ließ die Grübchen sichtbar werden und betonte den mutwilligen Glanz in seinen Augen. »Mach dir darüber keine Sorgen, Prinzessin«, sagte er, schlang die Arme um ihre Taille und zog sie an sich. »Ich verspreche, ich weiß *genau,* was ich mit einer *pupule wahine* wie dir machen muss.«

Dann, während ihr Publikum applaudierte – und Reid wahrscheinlich Gott dankte, dass es vorbei war –, gab Jax ihr einen kleinen Vorgeschmack auf sein Versprechen, das er noch zu erfüllen hatte.

EPILOG

Sechs Monate später

Verdammt, wo blieb dieser Mann nur? Vanessa saß fix und fertig gestylt vor dem Schminktisch in ihrem Schlafzimmer. Sie griff nach dem Kästchen mit den Ohrringen und stöberte darin herum, um ein Paar zu finden, das sie zu ihrer Seesternkette tragen konnte. Warum brauchte Jackson so lange? Er hatte gesagt, er müsse nach dem Training nur kurz etwas erledigen und würde auf dem Heimweg dann Reid und Lucie abholen.

Sie waren jetzt sechs Monaten zusammen. Für Vanessa waren es die sechs schönsten Monate ihres Lebens gewesen, auch wenn sie die ganze Logistik noch nicht so ganz geklärt hatten, da Jacksons Training auf Hawaii stattfand, und ihr Job in Nevada war. Aber so langsam pendelte sich die Sache ein. Wenn Jax nicht im Trainingslager war, wohnte er bei ihr. Wenn er sich auf einen Kampf vorbereitete oder schlicht und einfach Heimweh nach der Sonne und den Wellen hatte, besuchte sie ihn so oft wie möglich, falls nicht gerade ein Gerichtstermin anstand.

Bisher schien das System ganz gut zu funktionieren. Natürlich waren die vielen Flüge anstrengend, aber momentan waren sie beide noch nicht in der Position, ihre Karriere zu beenden. Sollte sich daran etwas ändern, würden sie über weitere Schritte nachdenken. Doch was immer sie taten, sie würden es zusammen tun.

Lächelnd schaute Vanessa auf den Diamantring an ihrem linken Finger und drehte ihn ein wenig. Es war ein Solitär im

Princess-Schliff. Sie hatte ihn bereits seit einem Monat, aber wenn sie allein war, bewunderte sie ihn immer noch. Nie im Leben hätte sie gedacht, dass sie irgendwann zum Club der Verlobten gehören würde, aber um ehrlich zu sein, genoss sie jede Minute davon.

Sie hörte, wie die Wohnungstür geöffnet und dann wieder geschlossen wurde.

»*Jax,* wo zu*m Teufel warst du?*«, rief sie. »Ich komme zu meinen *eigenen* Geburtstagsdrinks zu spät, und das ist *absolut* inakzeptabel.«

»Du hörst dich an wie Franklin«, brüllte er zurück.

»Tue ich gar nicht!«

Sie blickte auf und entdeckte im Spiegel einen unbekannten Mann. Beinahe hätte sie ihre Zunge verschluckt.

Eine Hälfte seines Mundes verzog sich zu seinem mutwilligen Grinsen. »Tust du wohl.«

»Heilige Scheiße, wer bist du, und was hast du mit meinem Verlobten gemacht?«

Ein Smoking. Jackson Maris steckte tatsächlich in einem Smoking. Schwarz und weiß, mit einer (noch nicht gebundenen) Fliege, das volle Programm. Sie hatte bisher nur ein einziges Mal erlebt, dass er sich in Schale warf, nämlich bei Lucies Hochzeit. Doch das war kein Vergleich zu diesem Anblick hier.

»Was, gefällt er dir nicht?«, fragte er und schaute an sich hinab. »Ich habe Lucie gesagt, dass ich die Fliege erst im letztmöglichen Moment binden will. Wie Männer in diesen Dingern klarkommen, ohne zu ersticken, übersteigt mein Vorstellungsvermögen.« Dann fügte er mit einem Grinsen hinzu: »Reid hat mich zu einem Schneider geschleppt, der mich stundenlang vermessen hat. Am Ende kannte dieser Typ mich so gut, dass er mich eigentlich zum Essen hätte einladen sollen.

Daher hoffe ich jetzt wirklich, dass ich einigermaßen anständig aussehe.«

Sie fuhr auf ihrem Sitz herum und stand auf. »Machst du Witze? Du siehst so gut aus, dass ich dir das Ding mit den Zähnen vom Leib reißen und dich auf der Stelle vernaschen möchte.«

»Baby, wenn ich gewusst hätte, dass du so richtig auf Touren kommst, sobald ein Typ an mir rumfummelt und ich einen affigen Anzug trage, hätte ich das schon längst gemacht. Aber schön. Dann werde ich von jetzt ab natürlich jeden Tag so rumlaufen.«

Lachend ging sie zu ihm hinüber. »Das wäre vielleicht etwas übertrieben. Ich genieße es auch, dich in nichts als deinen Shorts herumstolzieren zu sehen.«

»Hör zu, *wahine,* ich stolziere nicht. Ich gehe einfach auf eine sehr männliche Art und Weise.«

»Na klar, was auch immer. Und jetzt mal zu den wirklich wichtigen Dingen: Du hast mich schon länger nicht mehr geküsst.«

Sie glitt mit den Händen das Smokinghemd empor, während Jackson den Kopf senkte, um ihr auf halbem Weg entgegenzukommen. Plötzlich zuckte er zusammen und sog scharf die Luft ein.

Sie runzelte die Stirn. »Was ist los? Hast du dich heute beim Training verletzt?«

»Nein, das ist dein Geburtstagsgeschenk.«

»Wow«, sagte sie langsam. »Eine verletzte Schulter? Ich will deine Gefühle nicht auch noch verletzen, aber du warst mit dieser ganzen Schenkerei schon mal besser.«

»Tja, schade. Ich halte nämlich nichts von diesem Laserentfernungsmist. Also musst du wohl oder übel in Zukunft damit klarkommen.«

Laserentfernung? Sie starrte auf die Stelle über seinem Herzen, als könne sie durch die Schichten von Stoff hindurchschauen. Hatte er …?

Vorsichtig zog sie ihm die Jacke von seinem linken Arm, dann öffnete sie die Knöpfe seines Hemds mit zittrigen Fingern. Obwohl ihr Blick auf seine Brust gerichtet war, wusste sie, dass er sie ansah. Die Hitze seiner topasfarbenen Augen ließ ihre Haut erglühen.

Als sie beim letzten Knopf angekommen war, holte sie tief Luft und schob dann die linke Seite seines Hemds hinunter. Ein weißes Gazequadrat unter Plastikfolie war auf seine goldbraune Haut geklebt.

»Nur zu, V«, sagte er leise.

Vorsichtig zog sie die Folie mitsamt der Gaze ab, um einen korallenfarbenen Seestern mit einem großgeschriebenen V in der Mitte zu enthüllen, direkt neben einer der Kirschblüten, die auf den Wellen seines Tattoos ritten.

»Ich habe dir einen Verlobungsring gegeben, um der Welt zu zeigen, dass ich dich für immer bei mir haben will. Aber dies …« Er deutete auf den Stern. »Dies ist für dich, für uns. Ich trage dich auf meiner Haut, um dir damit zu zeigen, dass du immer in meinem Herzen bist.«

Er war so ein Mistkerl. Sie hasste es zu weinen. Sie hatte in den letzten sechs Monaten mehr geweint, als in den letzten fünfzehn Jahren. Wenigstens waren es immer Tränen des Glücks gewesen. Aber er war trotzdem ein Mistkerl.

Mit langsamen tiefen Atemzügen, um nicht in eine Heulorgie auszubrechen, machte sie vorsichtig den Verband wieder fest und fragte: »Wo sind Reid und Lucie?«

»Draußen, sie warten im Wagen. Warum?«

Sie schob eine Hand unter sein Hemd, zog es mitsamt der Smokingjacke herunter und spähte dann durch die Wimpern zu ihm auf. »Nun, wir müssten uns beeilen, aber ich dachte, vielleicht könnten wir ein paar Bereiche an meinem Körper untersuchen, wo ich eine Kirschblüte tragen könnte.«

Sie trat dicht vor ihn hin, legte die Arme um seine Taille und presste die Hüften an ihn. Erfreut registrierte sie, dass seine Erregung schon jetzt beträchtliche Ausmaße angenommen hatte. Stöhnend fand er mit seinen Händen den kurzen Saum ihres Minikleides und knüllte ihn um ihre Taille zusammen, um ihren Hintern zu packen.

»Und was ist, wenn ich jeden Zentimeter von dir so sehr liebe, dass ich mich nicht entscheiden kann?«, fragte er, und seine tiefe Stimme sandte Schauder über ihren Rücken. Bevor sie die Chance zu einer Antwort hatte, fiel er über ihren Hals her, saugte und kratzte abwechselnd, bis jeder klare Gedanke verschwunden war.

»Dann kommt die Blüte neben meinen Seestern.«

Er knabberte an ihrer Unterlippe und lächelte breit, als sie scharf die Luft einsog. »*Asteroidea.*«

»Was auch immer«, sagte sie mit einem Grinsen und überließ ihm dann mit Freude die Führung.

Jax' sieben Regeln für die Liebe:

7. Sei immer hundert Prozent ehrlich.
6. Wenn du einen Fehler machst, dann gestehe ihn Vanessa ein.
5. Die ideale Dauer für eine Beziehung ist immer für immer.
4. Benutze deine Fäuste nur im Käfig und um Vanessa – wenn nötig – zu beschützen, aber lass keine Gewalt in deinem Leben zu.
3. Sei bereit, aus deiner Junggesellenbude in ein richtiges Haus umzuziehen.
2. Vergiss nie das Gleichgewicht. Überlass Vanessa die Kontrolle so häufig, wie du sie übernimmst.
1. Liebe Vanessa … für immer und ewig.

Leseprobe

GINA L. MAXWELL
Fighting for Love
Unstillbare Sehnsucht

Aiden O'Brien bog mit seiner 62er Harley Panhead am Stadtrand von Alabaster, Louisiana, auf den Parkplatz einer heruntergekommenen Bar ein. Lou's Riverview.

Von außen sah die Bar aus wie ein großes einstöckiges Wohnhaus, das bessere Tage gesehen hatte. Der baufälligen hölzernen Verkleidung und dem rissigen Fundament nach zu urteilen, war das vor dem Zweiten Weltkrieg gewesen.

Aiden lenkte sein Bike in eine Parklücke neben der Tür und trat mit seinem gummibesohlten Stiefel den Ständer herunter. Mit einem kaum unterdrückten Stöhnen schwang er das rechte Bein über den Sitz. Eine Fahrt von Boston, Massachusetts, nach Louisiana war eine wunderbare Gelegenheit, ruhige Straßen und eine malerische Landschaft zu genießen. Bedauerlicherweise entpuppte sie sich außerdem als die weniger wunderbare Gelegenheit, sich alle Knochen durchschütteln zu lassen.

Irgendwo zwischen West Virginia und Kentucky hatte er ein Brennen in seinem Steißbein verspürt. Als er Mississippi erreicht hatte, taten ihm bereits der ganze Rücken und die Schultern weh. Sosehr er seine alte Panhead auch liebte, sie war definitiv kein Tourenbike.

Während er die Beine streckte, fragte er sich, ob *Bayou* das französische Wort für Brathähnchen war. Ohne den kühlenden Fahrtwind fühlte Aiden sich jedenfalls genau wie ein Brathähnchen vom Vortag, das unter einer Hitzelampe verschrumpelte. Das Surren einer Klimaanlage an der Ecke des Gebäudes machte ihm Hoffnung, dass er im Innern Zuflucht vor den sengenden Sonnenstrahlen finden würde.

Nachdem er sich die Sonnenbrille an den Ausschnitt des T-Shirts gehängt hatte, zog er die schwere, verwitterte Tür auf und trat ein. Die Kneipe sah aus wie die meisten alten Bars und Tavernen. Holznischen säumten die Wände des Schankraums, und in der Mitte standen so viele Tische, wie sich hatten hineinzwängen lassen. Jede Nische lag unter etwas, das als Lampe durchgehen konnte, obwohl es sich lediglich um Glühbirnen handelte, die in undefinierbaren Plastikkugeln von der Decke baumelten. Die Kugeln waren mit der Zeit vom Tabakrauch ganz gelb geworden. In einem Hinterzimmer standen Billardtische und zerschlissene Sofas für diejenigen, die gern tranken, während sie Billardstöcke – leicht verfügbare Waffen für eventuelle Wutanfälle – schwangen.

Rechter Hand ragte eine Theke aus massiver Eiche hufeisenförmig in den Raum. Da erst früher Nachmittag war und dazu Dienstag, war das Lokal fast leer, bis auf den einsamen Barkeeper und vier alte Käuze, die an einem der vorderen Tische Poker spielten. Ihre Kleider waren schmutzig, sie hatten sich offensichtlich tagelang nicht rasiert und besaßen insgesamt etwa ein Dutzend Zähne. Aiden fragte sich, ob sie Obdachlose waren oder ob Alabamas Bewohner gemeinhin so aussahen.

Er fuhr sich mit dem Handrücken über die Stirn und ging zur Theke. Seine Kehle fühlte sich an wie die Sahara, und er hatte vor, etwas dagegen zu unternehmen. Dann würde er sich ein bisschen unterhalten und feststellen, ob die Informationen, die man ihm gegeben hatte, immer noch zutrafen. Hoffentlich taten sie es. Dann konnte er seinem Freund die gute Nachricht überbringen und sich wieder auf den Weg machen.

Aber nicht zurück nach Boston. Diese Gefälligkeit, die er seinem Freund erwies, hatte ihn endlich aus seinem Loch herausgeholt. Jetzt, da er es hinter sich gelassen hatte, fragte er sich, warum er nicht schon vor fünf Jahren fortgegangen war, als er sein Leben zerstört hatte. Und das seines besten Freundes.

Vielleicht würde er den Rest des Sommers auf seiner Harley das Land bereisen. Und dort bleiben, wo es ihm am besten gefiel, einen Motorradladen aufmachen oder in dem von jemand anderem arbeiten. Es spielte keine Rolle, solange er an Bikes rumschrauben konnte. Das war das Einzige, was ihn ablenkte und ihm wenigstens ein paar Stunden am Tag schenkte, in denen er nicht die schlimmste Nacht seines Lebens wieder und wieder Revue passieren lassen musste.

»Was soll es sein?«

Der Barkeeper stellte das Einweckglas, das er abgetrocknet hatte, auf das Regal hinter sich, stützte sich auf die Theke und wartete geduldig.

Aiden zog seine Brieftasche heraus und griff nach einem Fünf-Dollar-Schein. Dann hielt er ihn dem Mann hin und sagte: »Ein großes Wasser und ein wenig Konversation.«

Mit einer hochgezogenen Augenbraue schaute der Barkeeper zwischen dem Geldschein und Aiden hin und her. Wahrscheinlich versuchte er herauszufinden, was genau dieser Gast wohl wollte. Ein Fünfer war nicht gerade ein Betrag, den jemand anbot, wenn er nach Informationen fischte. Auf der anderen Seite war es ein großes Trinkgeld für die Bestellung eines kostenlosen Getränks.

Aiden versuchte einen nicht bedrohlichen Gesichtsausdruck

hinzubekommen. Es fiel ihm nicht mehr so leicht wie früher, aber es musste sein. Denn angesichts der leuchtend bunten Tattoos und all der Piercings überlegte es sich sonst jeder zweimal, mit ihm zu reden.

Also würde Aiden ein Lächeln vortäuschen müssen, wenn er die Frau finden wollte, nach der er suchte.

Glücklicherweise rettete ihn der Barkeeper und tat den ersten Schritt. Der Mann streckte die Hand aus und stellte sich als Johnny Anders vor. Aiden umfasste die Hand mit festem Griff und schüttelte sie einige Male. »Irish.« Als Johnny fragend die Augenbrauen hochzog, fügte er hinzu: »Einfach Irish.«

Niemand hier unten brauchte seinen richtigen Namen zu kennen. Welchen Sinn hatte es, die Vergangenheit hinter sich zu lassen, wenn man sie jedes Mal, wenn man sich vorstellte, prompt wieder hervorkramte?

»Also schön. Einfach Irish.« Johnny ließ das Lächeln aufblitzen, das ihm wahrscheinlich jede Menge Trinkgeld einbrachte, griff nach dem Einweckglas, das er gerade gesäubert hatte, und füllte es mit Eis und Wasser aus dem Zapfhahn. »Also, woher kommen Sie?«

Hinter Aiden brach in der Pokerbande ein heftiger Streit aus. Er spähte über die Schulter. Ein Mann schrie den Verdacht heraus, dass sein Kumpan gemogelt habe. Dabei gestikulierte er so wild, dass die Hälfte seines Biers einige Schritte von Aiden entfernt auf den Boden schwappte. Johnny brüllte den Gästen zu, dass sie sich beruhigen sollten. Er habe keine Lust, für sie aufzuwischen.

Aiden hob das Glas an seine ausgetrockneten Lippen und legte den Kopf in den Nacken, bis er auch noch den letzten Wassertropfen getrunken hatte. Dann stieß er erleichtert den Atem aus, schob das Glas zurück über die Theke und nickte, eine Bitte, es nachzufüllen.

»Boston«, antwortete er schließlich. Er sollte wahrscheinlich versuchen, Sätze von mehr als zwei Silben zu bilden, schließlich war sein Ziel, eine Unterhaltung in Gang zu bringen und Informationen zu sammeln. Aber bevor er es probieren konnte, hörte er Schritte aus dem hinteren Flur kommen, über dem ein Schild mit der Aufschrift *Büro* hing.

Eine Kellnerin trat in den Schankraum, während sie sich noch das lange rote Haar zu einem Pferdeschwanz zusammenband, und begutachtete ihr Werk in einer verspiegelten Werbung für Miller-Bier an der Wand.

Sie war … atemberaubend.

Der Krampf in seinen Eingeweiden – wie nach einem Schlag in die Magengrube – traf ihn völlig unerwartet. Aiden konnte sich nicht daran erinnern, wann ein weibliches Wesen ihn zum letzten Mal dazu gebracht hatte, sich aufrechter hinzusetzen und um einen ersten Blick zu buhlen. Anscheinend hatte sein Schwanz kein solches Problem mit dem Gedächtnis und wollte das auch beweisen.

In der Hoffnung, lässig zu wirken, stellte Aiden seinen linken Stiefel auf die metallene Fußstütze, die sich an der ganzen Theke entlangzog, damit die Frau nicht sah, wie eng der Schritt seiner Jeans geworden war.

Sie war keine klassische Schönheit. Ihr Anblick ließ einen nicht an förmliche Kleider denken, an korrektes Make-up und trockenen Champagner. Eher an luftige Kleider, Haar in einer Sommerbrise und den erfrischenden Biss in eine gezuckerte Zitrone …

Scheiße. Aiden rieb sich die Stirn. Er musste sich während der letzten Stunden seiner Fahrt einen Hitzschlag zugezogen haben. Klar, Hitzschlag klang gut. Damit konnte er sich anfreunden. Die Alternative – sich eine Frau wie aus der Limonadenwerbung vorzustellen – würde den Niedergang seiner

Manneskraft bedeuten, dann konnte er seinem Selbstbild als harter Kerl gleich den Abschiedskuss geben.

Die lebende, atmende Bedrohung für seine neuerdings kultivierte Gleichgültigkeit in Bezug auf Sex fing seinen Blick im Spiegel auf. Sie taxierte ihn kühl. Etwas, von dem er dachte, es sei vielleicht beiderseitiges Interesse, loderte einen Moment auf wie ein angerissenes Streichholz, bevor die Fremde die Flamme löschte und den Blick abwandte. Wenn sie sich die Worte *kein Interesse* auf die Stirn tätowiert hätte, wäre es keine klarere Botschaft gewesen.

Er heuchelte seinerseits Desinteresse und richtete seine Aufmerksamkeit wieder auf sein Wasser, aber er musterte sie weiter aus den Augenwinkeln. Sie drehte sich um und streckte die Hand über die Theke nach der offenen Bierflasche aus, die Johnny in Erwartung ihrer Ankunft bereitgestellt haben musste. Dann hob sie die Flasche an die Lippen und nahm mehrere lange Schlucke. Die glückliche Scheißflasche.

Die Kleine war gertenschlank, wohlproportioniert und nicht viel größer als einen Meter fünfundsechzig. Genau wie Johnny trug sie ein mit einem Logo versehenes Shirt, aber ihres hatte einen tiefen Ausschnitt, der die Wölbungen ihrer Brüste preisgab. Ein formeller schwarzer Rock schmiegte sich nicht nur um ihren Hintern, er machte für ihn Reklame. Die Kleidung war eng und dazu geschaffen, Aufmerksamkeit zu erregen.

Genau die *falsche* Aufmerksamkeit.

Bilder von betrunkenen Arschlöchern, die sie begrapschten, während sie ihnen Drinks servierte, zogen vor seinem inneren Auge vorüber. Etwas, das er jahrelang totgeglaubt hatte, regte sich in Aidens Bauch. Der irregeleitete Drang, zu beschützen und zu verteidigen, obwohl er kein Recht dazu hatte. Wo diese Frau arbeitete und welche Aufmerksamkeit sie erregte, ging ihn nichts an.

Allerdings entspricht sie genau der, die es sein könnte, Blödmann. Dann ging es ihn sehr wohl etwas an.

Er erinnerte sich an die Beschreibung seiner Freundin. *Rotes Haar, klein und mit vielen Sommersprossen.* Es sah so aus, als müsse er sich doch nicht mit Johnny unterhalten. Sie war nicht nah genug, als dass er irgendwelche Sommersprossen hätte sehen können, aber ihr rotes Haar war unverkennbar.

»Hey, Johnny«, sagte sie, »meinst du, wir können einen Ausbruch von Masern oder etwas in der Art vorschützen und heute Abend schließen?«

Der Mann schnaubte. »Machst du Witze? Lou würde uns wahrscheinlich erklären, dass wir Handschuhe und Atemschutzmasken tragen und weiterservieren sollen.«

Sie band sich eine kleine, schwarze Kellnerschürze mit Taschen um die Taille und seufzte. »Dann werden wir wohl einfach hoffen müssen, dass die Zeit schnell rum ist und heute Abend nichts zu Bruch geht.«

»Dein unerschütterlicher Optimismus ist das, was ich am meisten an dir liebe, Sydney«, bemerkte Johnny.

Verdammt. Falscher Name.

Sie bedachte Johnny mit einem schiefen Grinsen, während sie sich einen Bestellblock und einen Stift in die Schürze steckte. »Leck mich, Anders.«

Als die alten Männer aufhörten zu spielen und die Kellnerin lautstark begrüßten, ging sie um den Tresen herum und begrüßte sie ihrerseits mit spitzfindigen Kommentaren. Aiden wollte Johnny gerade um die Speisekarte der Bar bitten, als er neben sich ein Kreischen hörte.

Sydney war auf dem verschütteten Bier ausgerutscht und auf einem One-Way-Trip in Richtung Boden. Aidens Reflexe setzten ein. Er tat einen großen Schritt nach links, legte ihr einen Arm um die Taille und verhinderte ihren Sturz, kurz bevor sie auf dem Boden aufgeschlagen wäre. Sie legte ihm instinktiv die Arme um den Hals und klammerte sich an ihm fest, was ihren Körper auf gleiche Höhe mit seinem brachte.

Irgendwo im Hintergrund pfiffen die Leute, weil er die Frau gerettet hatte, aber er nahm den Beifall nicht zur Kenntnis. Auch sonst nichts weiter, was das betraf. Sein Oberkörper fühlte sich wie gebrandmarkt an, wo ihre Brüste sich gegen die Piercings in seinen Brustwarzen pressten und Schockwellen der Wonne zu seinen Eiern hinabschickten. Verzweifelt darauf bedacht, sich davon abzulenken, konzentrierte er sich auf ihr Gesicht, das jetzt nur Zentimeter von seinem entfernt war.

Natürliche Schönheit. Das waren die Worte, die ihm durch den Kopf schossen. Alles an ihr sah aus, als sei es von einem der vier Elemente gekommen. Er hatte falsch gelegen mit der Einschätzung, ihr Haar sei lediglich rot. Jetzt, da er es aus der Nähe sah, erinnerte es ihn an die orangefarbenen und goldenen Streifen eines Sonnenaufgangs.

Blaue Augen mit einem Anflug von Grün, wie das Meer in einem Prospekt für den perfekten Inselurlaub, blickten ihn unschuldig und unsicher an.

Der Rest ihres Gesichtes zeigte verschiedene Pfirsichschattierungen: Die hellste war ihre makellose Haut, die dunkelste ihre vollen Lippen, und das Merkmal, das jede Schattierung dazwischen innehatte …

Sommersprossen.

Es sah so aus, als hätte er sich doch nicht geirrt. Denn trotz des falschen Namens war ihm der Grund, warum er Boston verlassen hatte und in diese hinterwäldlerische Stadt mitten im Nirgendwo gefahren war, gerade buchstäblich in die Arme gefallen.

Die Liebesgeschichte, über die die ganze Welt spricht!

Meredith Wild
HARDWIRED - VERFÜHRT
Aus dem amerikanischen
Englisch von
Freya Gehrke
352 Seiten
ISBN 978-3-7363-0124-5

Erica Hathaway musste früh lernen, was es bedeutet, auf eigenen Beinen zu stehen. Als sie für ihr Internet-Startup einen Investor sucht, trifft sie auf Blake Landon. Blake ist sexy, mächtig und geheimnisvoll und er schmettert ihre aufwändig vorbereitete Präsentation, ohne mit der Wimper zu zucken, als uninteressant ab. Trotzdem fühlt sich Erica auf magische Weise zu Blake hingezogen. Je mehr sie über den Milliardär erfährt, desto deutlicher wird, dass er gute Gründe für seine Entscheidung hatte. Und obwohl sie spürt, dass sie besser die Finger von Blake lassen sollte, gibt sie sich ihrem Verlangen hin